人是铁
饭是钢

张旸 作品

一个厨子，一段人生，一个年代。

新世界出版社
NEW WORLD PRESS

序

《人是铁饭是钢》这部戏的原名其实本来叫《大厨》。

它讲述的是一个发生在上世纪六十年代那个特定历史环境里的故事。关于那个年代以及那个年代里的种种事情,今天的80后、90后们是很难想象的。

这是一个关于吃的故事,或者说,一切故事的发生皆源于吃。对于今天的人们来说,吃,也常常是个问题。之所以是个问题,在于人们往往为去哪儿吃,吃什么而纠结,因为可选择的餐馆和菜系太多。常常一个新饭馆开张,人涌车流立马蜂拥而至,风头一过,便又茫然。而五十年前则完全不同。那时下馆子简直是件比今天买个大牌包包还要奢侈的动作。因此,今天来讲述和演绎那时的故事就尤其显得意义不同。也可以说,作者希望借助这个故事唤起公众关于吃的集体回忆。这个回忆对于今天的人们如何珍惜餐桌上的食物无疑是会有很大帮助的。

大厨的本事是讲究各种食材的搭配,为食客料理出色香味具全的美味佳肴。但最牛的大厨应该还不只这些。巧妇难为无米之炊。最牛大厨的本事在于能够在缺材少料的状况下,烹调出不一样的味道,从而稳稳控制着食客们的食欲。在满足别人口福的同时,这厨师的命运也就不由自主地沉浮起落。于是,就有了这个关于大厨的传奇。

民以食为天。为了满足肚子的要求,一切都显得是那么合理。即便有不合理之处,也都是可以理解的。按照马斯洛的理论,吃是人类最基本最本能的需求,围绕着吃,诞生了太多的悲剧、喜剧甚至是闹剧。今天回过头去看,除了辛酸,还会带给人们很多的感悟。

其实,食物匮乏的年代也有某种好处,人们的追求很单一,也很容易满足,大多数人过的亦很快乐。倒是今天一些衣食无忧的人,往往会有迷失的困惑。究其源,实际是与内心信仰相关。

《大厨》的作者张旸也许并无意去探求吃与信仰之间的关系,但他们显然是希望以自己的文字为今天的读者和观众奉上一道精神大餐。从根本上说,作家和厨师实属具有同一种功能的职业。饥饿年代里人们的饥不择食成就了不少人。货品琳琅满目、出版物汗牛充栋的时代，人们普遍存在选择性困难，无论厨师还是作家都面临着更多挑战。好在饭总是要吃，书总是要读。《大厨》虽不属于燕翅鲍，但其营养成分未必不高。对于还在抱怨不知吃什么好的读者来说，很值得开卷品尝。

许建海（北京紫禁城影业公司总经理）

2011年10月

人是铁 饭是钢

目 录
CONTENTS

页码	章节	标题
001 Page	第一章	厂里来了一头猪
015 Page	第二章	白刀子进，红刀子出
029 Page	第三章	一条猪尾巴
041 Page	第四章	一切为了吃
051 Page	第五章	什么也比不上粮票
061 Page	第六章	宣传队和领导调研
067 Page	第七章	爱情的难题
083 Page	第八章	阴差阳错
099 Page	第九章	错点鸳鸯谱
113 Page	第十章	形势紧张
123 Page	第十一章	多事之年
135 Page	第十二章	"文革"风波
143 Page	第十三章	新婚也是愁
155 Page	第十四章	继父难当
169 Page	第十五章	不是一家人，不进一家门

CONTENTS

181 Page	第十六章	风水轮流转
189 Page	第十七章	痛失幼子
195 Page	第十八章	闹离婚分分合合
207 Page	第十九章	"孙悟空"制伏外宾的胃
221 Page	第二十章	知恩图报
229 Page	第二十一章	风波又起
239 Page	第二十二章	崔大可的婚外情
251 Page	第二十三章	下海开饭店
257 Page	第二十四章	又开"得胜锅"
263 Page	第二十五章	崔大可上当受骗
275 Page	第二十六章	"就想来"饭店
289 Page	第二十七章	又入骗局
301 Page	第二十八章	彼得也是骗子
315 Page	第二十九章	经济大改革
327 Page	第三十章	吃的记忆
344 Page		后记

第一章
厂里来了一头猪

下了班,30出头的美艳寡妇梁拉娣脱下工作服,换上一条剪裁合体的裙子,扭着臀部去食堂开职工大会,经过车间时,照例引起了一阵不小的骚动。一个只顾着看她的工人一个不小心被机器轧伤了手,鲜血顿时涌了出来。有人立刻调笑道:"拉娣,你太厉害了,又一个因你而受伤啊。"

梁拉娣不耐烦地说:"活该!关我屁事!"头也不回地走了出去。众人哈哈大笑起来。

厂党委召集全厂职工去食堂开会,是为了一头猪。

这是1963年,三年"自然灾害"刚刚过去。一头猪,这是多久没有见过的东西了,当然要召开全体职工大会。

梁拉娣走进食堂的时候,代理厂长刘峰已经坐在了临时拼成的台上,他的身边坐着厂里的其他几位领导。

梁拉娣坐了下来,有些无聊地四处望着。又有不少职工陆续走进食堂。那个最会吹嘘拍马的食堂主任崔大可坐在主席台边上,正在跟周围的干部们热情地打着招呼。一抬头,他脸上的笑意立刻变成了毫不掩饰的不屑与厌恶,梁拉娣就知道,他是看到南易了。

转过头,果然看见了正在找空位的南易。他显然刚刚在他那个用大汽油桶改装的浴桶里洗完澡,头发梳得整整齐齐,找到了空位,他仔细看了看,俯身用嘴吹了吹凳子上的浮土,这才坐下。

梁拉娣也忍不住笑了一声。

台上,刘峰和几位领导交换一下眼神,然后清清嗓子,激动地说:"同志们,下面我要宣布一个好消息!因为我们厂上半年提前、超额完成了生产任务,在总厂的大会战中表现出色,总厂决定,给予咱们分厂重大奖励——一口二百七十五点三斤的肥猪!"

话音刚落,全场立刻沸腾了,台下的职工纷纷起立,一时掌声雷动,欢呼声震天。巴掌拍得最响、喊得最欢的，又是崔大可。他一边鼓着掌，一边用脚踢了踢站在台下的食堂厨子刘明敢，压低声音吩咐道："放音乐！放音乐！"

刘明敢愣了半晌才反应过来，咕哝着："噢噢噢，放音乐……"跑了开去。

台下，只有南易一个人仍然稳稳地坐着，歪着头，抄着手，跷着腿，从上衣兜里掏出一包烟，划火柴，点上，看着四周兴奋的工人，一脸的不屑。

旁边有人拉了拉他，问："南易，你怎么一点都不激动呢？一头猪，一头猪啊！"

南易侧过头说："不就一头猪吗，至于吗？"

"谁不至于，你也应该至于啊，谁不知道你南易的这张嘴啊……"

南易打断他："别说猪了，就算是头牛，也得好好弄才能吃，要是瞎煮乱炖的，一只鸡也白费。"

那人被南易说愣了，半晌没吭声。

第二天一大早，厂区里的大喇叭就响起了音乐和欢庆的锣鼓声。一群孩子欢快地奔跑着，嘴里嚷着："猪来了！猪来了！"梁拉娣的两个儿子大毛和二毛也在里面。孩子们的前面，一辆小卡车缓缓地前行着，卡车后面的拖板车上装着一头身披红花的肥猪。光着膀子的锣鼓队在小卡车边上奏着乐，崔大可在一旁卖力地指挥着。二毛跑得急，摔了一跤。大毛过去把他拉起来。二毛顾不上疼，淌着哈喇子继续跟着往前跑。

正在数钱的女干部探头往窗外看了一眼，说："听说今天猪来了，还要游街呢！"

南易在一旁等着女干部发工资，听她这么问，有点不耐烦："关我什么事儿？"

女干部嘿嘿一笑："你不想吃肉啊？"说完又转头向窗外看了看。

"再想也得看怎么炖吧，又不能现在就下去生吃。"南易伸手在女干部面前晃了晃，"我说同志，请专心本职工作！能先把我工资给我再看热闹吗？"

女干部皱着眉头说："急什么呀，又少不了你的。"说着，把钱塞给了南易。看到窗外二毛那一脸的馋相，又低声嘀咕了一句："这梁拉娣家的孩子怎么饿得跟土狗似的……"

南易接过钱点着数儿，听她这么说，也往窗外瞅了一眼。

这时，财务科和隔壁行政科之间的门"咚"地响了一声，众人吓了一跳。南易走了过去，侧着耳朵听了听。

隔壁行政科的科长老刘又把来要补助的梁拉娣堵在了门上想占点儿便宜，那一声"咚"就是这么发出来的。梁拉娣又不敢得罪他，只能虚与委蛇着："刘科长，你今天就给批了行吗？全厂谁不知道我是最困难的，一个女的带四个孩子……"边说边楚楚可怜地盯着老刘，心里却已经把他骂了几百遍。

在梁拉娣妩媚眼神逼视下，老刘终于还是顶不住投降了，点点头。

梁拉娣忙趁势拉着老刘到桌边按在椅子上，指着桌上的补助报告，说："那你就签个字呗！"

老刘拿起钢笔，在报告上签了"同意"。

梁拉娣高兴了："真是个爽快人。我给你倒水去。"说完拿起桌上的水杯。

望着梁拉娣的背影，老刘又按捺不住，从背后上去，一把抱住梁拉娣。梁拉娣一点都不怵，故意手一抖，把开水倒在他的手上。他"哎呀"一声，撒开了搂着梁拉娣的手。

梁拉娣假惺惺地说："哎呀，没事吧，你看你，正给你倒水呢，你还不老实，烫着了吧。"

南易在这个时候推开了门，假装什么都不知道地问："这儿发生什么事了？"

老刘一见南易，赶紧跳到一边，摆摆手说："没事，什么事都没有。"

梁拉娣顺手拿起老刘批的补助报告，看着南易挤了一下眼睛，也说："没什么事，老刘倒水烫着手了。"梁拉娣拿着报告，"刘科长，谢谢啦，我走了。"说完，高高兴兴地走了。

老刘点起烟，狠狠地抽了一大口，骂道："破鞋！就知道要补助！"

南易拍拍老刘肩膀，说："消消气，再接再厉。"

老刘眼一斜："你什么意思？"

南易耸耸肩，退出门外，径直往林场的方向去找老班吃饭去了。

市里的一家老字号饭馆内，南易和林场的护林人老班这对忘年交坐在窗边的位置上，不紧不忙地吃着菜，喝着酒。

"南易，你就真铁了心不出手？"吃了几口菜，老班说道，"崔大可已经托人跟我打听了，问我能不能杀，我说我不行，我这胳膊……"他抬起微微发抖的右胳膊摇了摇，"我跟他们说你们找南易，他能杀！"

南易笑道："你这不是难为崔大可吗。他找谁也找不到我头上啊。"

"嘿，听说有人向刘峰推荐你来杀猪，崔大可暴跳如雷，说你是被他赶出食堂的混混，刘峰也就没再问了。"老班摇头，"不过，你信我，这可是一头整猪啊！杀猪、会餐，这么大的事，到最后他们肯定得找到你头上！他们不找你，能找谁呀？这猪，方圆百十里，除了我会杀，就只有你。会餐，他崔大可知道什么叫会餐么！这孙子这回总算犯到你手里了，你得好好整整他。"

南易喝了口酒，说："我不跟他一般见识。我的观点，不掺和！我又不指多吃他们一口，再说就我们厂那食堂，就算是有肉，做出来还不是糟蹋东西。猪谁爱杀谁杀，谁爱做谁做，跟我没关系。"

"行了吧，跟我你还装什么？咬着牙说懒得做，实际上比谁都着急，我还不了解你？"

南易"嘿嘿"一笑，没接话。

老班意味深长地说："要是通过这事儿能重回食堂，也是个好机会啊。"

南易干了一口酒，叹道："是啊……"

两人边吃边喝，吃完了，南易打开随身带来的饭盒，把剩的菜装进饭盒里，然后点上一支牡丹牌香烟，扬手招呼服务员结账。

服务员跑了过来，殷勤地问道："您吃好了？今天的菜味道怎么样？"

南易说："嗯，不错，肝尖挺新鲜。不过，蒜末稍微多了一点。也谈不上好坏，我个人口味。大概因为蒜不是今天新剥的，所以多加了点吧。"

服务员奇道："这您都吃出来了？"

南易笑道："这你就是骂我了，新不新鲜、放多放少我都吃不出来，不辜负你们厨子的手艺么？多少钱？"

"是是是，您真是美食家啊……十五块二。谢谢。"

南易掏钱递过去，苦笑道："这年月谈什么美食，还'家'啊！"

服务员往厨房那边看了一眼，问出了大家一直好奇的问题："您这么会吃，我们后厨都对您佩服得五体投地，都特别想知道您……是做什么工作的呀？"

南易耸耸肩说："我做什么工作跟吃一点关系也没有，南方话，不搭界！"说完，和老班一起走出了饭馆。

老班笑道："得！下趟馆子半个月工资又没了。"

南易潇洒地说："管它呢，今朝有酒今朝醉！食堂里那猪食，能少吃一餐是一餐吧。"

回到厂区宿舍，南易提着饭盒来找梁拉娣拿请她改尺寸的衣服。梁拉娣正送媒人赵大姐从屋里出来。见到南易，赵大姐话里有话地说："南师傅，又来啦？"南易懒得搭理她。赵大姐翻着白眼走了。

南易说："赵媒婆又给你张罗呢？"

梁拉娣叹口气："寡妇门前……你当是非怎么多的？这门坎儿不整天就是让人踩的吗？来，进屋吧，你的活都做好了，都在屋里呢。"

南易跟着梁拉娣进屋，屋里昏暗拥挤，乱成一团。梁拉娣的小儿子在床上爬着，手指头含在嘴里。屋里有股尿布味儿。南易捏捏鼻子，直皱眉头。

梁拉娣从屋角的铁丝上摘下一件衬衫，弯下身子在床上打理，对南易说："南师傅，我家老四的推车轮子坏了,缺滚珠,你能不能帮着找一个?还有,厨房油毡烂了,又有点漏雨,仓库里有剩的油毡吗?给我弄点儿。"

梁拉娣的衣服前面有些松垮,双乳若隐若现,南易不自觉地往梁拉娣的衣服里瞅着,梁拉娣意识到了,抬头看一眼南易,笑着说:"看什么哪?没见过啊?我平常还跟别人说,人家南师傅就是跟你们不一样,特有风度,想不到也是表面文章啊……"

南易被说了一个大红脸,支支吾吾不知道接什么话。

梁拉娣理好了衬衫,见他那副样子,笑着说:"来试试吧。肩和领口我稍微给你缩了一点,也不知道合适不合适。"她凑到南易身前,帮他脱下衣服,又穿上衬衫。南易刚才被梁拉娣一说,此时有点扭捏。

梁拉娣见状,故意逗南易:"别绷着,放松点儿,我帮你试衣服呢,就跟我要占你便宜似的,瞧你这有贼心没贼胆的样儿!"说完妩媚地笑了。

南易看着拉娣妩媚的样子,颇有几分尴尬。

梁拉娣左右看了看,说:"还挺合适的。对了,你的那件外套也改好了,你试试,肯定特别好看,料子真好。"她打开柜子,找那件给南易改的中式外套,却没找到。"哪儿去了?我明明记得叠好放在柜子里了。"

这时,梁拉娣的老三秀儿进了屋,一身电影里的地主老财的打扮,戴着瓜皮帽,嘴上画着胡子,手里拄着根木棍当文明棍,身上披着的正是那件梁拉娣遍寻不着的南易的新中式外套。

南易一看,气不打一处来。梁拉娣也急了,冲过去便打。秀儿撒腿就跑,跑得太急滑了一跤,摔在泥水里。梁拉娣扯下秀儿身上的衣服,一个劲儿地跟南易道歉:"真对不起啊,我马上就给你洗干净,熨好给你送过去……"

南易没好气儿地摆了摆手,说:"算了……"他想走,又想起自己的饭盒,忙回到屋里,只见秀儿和老四正在解他装饭盒的网兜,饭盒盖已经开了一条缝,里面的菜汤流了出来,弄了满手。

南易大喝一声,一把抢过饭盒,夺门而逃。

梁拉娣进了屋,秀儿问:"妈,他饭盒里是什么呀?这么香!"梁拉娣看着自己的孩子抽着鼻子闻味的样子,心里一阵难过。

第二天一大早,崔大可就给刘峰送去了一张单子,上面是他拟出的这次分猪肉需要照顾的人的名单:科级领导,一人半斤;厂级领导,一人一斤;单位的各关系户,一人一斤;厂长二斤。

看着看着,刘峰的眉头皱了起来:"这么多人?这猪还没宰呢,大半扇就已经分了。这要让群众知道了,还不炸了?"

崔大可压低声音说:"当然不能让群众知道啦。这都是必给的,已经是最精简的了。不瞒您说,这猪,个个都盯着呢,哪个不想分到点,怎么分都是得罪人的事儿。"

刘峰想了想,说:"我的不要了,我带个头,我不要,就都没话说了。"

崔大可忙摇头:"那不行,那不行,没您,哪来这口猪啊?猪毛也见不着啊!要我说,分二十斤别人都没话说。"

刘峰叹口气:"这个特权要传出去,非让人骂死。"

"不会传出去的。这份绝密文件,你过目之后,我待会儿就烧了。嘿嘿,秘密都在这儿呢!"崔大可指指心窝。

刘峰还是摇头:"这样不合适。"

崔大可继续劝道:"求您了,刘厂长,咱们是社会主义大锅饭,和大锅沾边儿的人,都得吃上,要不于情于理说不过去啊。吃肉是小,肉后面的大是大非,咱们不能判断失误。"

刘峰无奈:"这样吧,该分的人,每人减半,剩下的大部分猪肉都留给食堂,给广大职工改善伙食。"

崔大可喜道:"您真是毫不利己,专门利人啊。"

刘峰一笑:"少拍马屁。杀猪的找好了吗?"

"现成的!"崔大可把自己的胸脯拍得咚咚响。

刘峰不太相信地问:"你会杀猪?"

崔大可点头,用手比划着:"白刀子进,红刀子出!"

既然在刘峰面前夸下海口说会杀猪,崔大可便说杀就杀了。消息一传出来,厂里的人们就从各车间里纷纷涌向食堂看热闹。刘明敢早就听了崔大可的差遣,堵着大门不让人进。

刘峰和几个领导也来了。刘峰对刘明敢说:"让大伙进来吧,难得杀回猪,别乱就行。你去叫保卫科的来一下,维持一下秩序。"

厂长发了话,大家都涌了进去,刘明敢也没敢再拦。没多久,食堂的院子里就挤满了人,连房顶、墙头上都站上了人,食堂的厨子和保卫科的干部们维持着秩序。

食堂后院中间留出了一块空场。空场边是猪圈,那头众人瞩目的猪在静静地吃着饲料。另一边,是后厨的后门。大家的目光都在注视着后门,等待崔大可出来。

而崔大可此刻正在后厨里,让厨子杨小东给他磨刀。他自己则在磨刀石前紧张地比比划划,做出各种手势和动作,脑门上全是汗,衬衫背后洇湿了一大片。

杨小东双手捧着刀来到崔大可身边:"主任,刀。"

崔大可点点头,深呼吸,长吐气,问:"磨好了?"

杨小东擦擦头上的汗,说:"都磨五回了。"

崔大可说:"很好!"然后把衬衫脱了,光着大膀子,端起一碗水咕咚咕咚地喝了,一把抄起杨小东手里的刀,冲出后厨。

见到崔大可提着刀从后厨冲出来,院内一片欢呼声。

提着刀,站在空场的崔大可有点犯蒙,许久才招呼刘明敢和杨小东过来,对他们说:"你俩帮我按住猪。"

三人走向猪圈。刘明敢打开猪圈门。

在场的人都停止了议论,屏息观看。

猪圈里,那头肥猪依旧默默地吃着饲料,对三人无动于衷。三人围着猪,不知道该怎么下手。刘峰在一边看着,觉得有点不对劲,侧头问身边的一个科长:"崔大可以前杀过猪吗?"

"没见过。"

"没见过,还是没杀过?"

"不知道。"

刘峰不放心地看向崔大可,额头冒出了冷汗。

崔大可连着冲刘明敢和杨小东使了好几次眼色,这两人才笨手笨脚地去拉猪。那头大肥猪这才不老实地挣扎起来。三人弄了一身猪屎,却依旧没抓住猪,反而让猪从敞开着猪圈门跑了出去。

三人手忙脚乱地在院子里对四处乱窜的猪围追堵截,又上来几个好事者也一块帮忙,闹了好半天,才终于连围带抓地将乱蹬乱叫的大肥猪按倒在地。

崔大可大喝一声,举着刀冲着猪脖子捅了下去。哪知刘明敢被崔大可的一声大喝吓了一跳,浑身一颤,手上略松了些劲。这一松,让那头大猪挣扎了起来,一跃而起,杨小东被掀翻在地,崔大可自己也被绊得失去了平衡,他手上那把被磨了五次的杀猪刀擦着猪脖子过去,只划破了点儿猪皮,正好捅在了刘明敢的大腿上。

"啊——"刘明敢一声惨叫,崔大可惊呆了,在场的人一片哗然。

而那头被刀划伤的肥猪受了惊,嗷嗷地叫着,噌噌噌地冲出了食堂大门。

场面一片大乱。

那头受了惊的猪淌着血在厂区里乱窜,沿着一条小道,跑到了仓库的院子,钻进了一堆建筑材料里。南易正坐在院子里喝着茶看报纸,没有注意到那头猪。

一帮工人顺着血迹跟着冲进院子里来。南易吓了一跳,蹿起来,大喊道:"干吗?!干吗?!你们要干吗这是?抢劫啊?暴动啊?"

来人喊着:"猪跑进来了!猪呢?那头猪呢?"

南易骂道:"什么猪?你们脑子饿出毛病了吧?这儿是仓库,不是食堂。找猪去食堂找去!去去去!都出去!"他轰起了人,"全都发癔症了吧,我一直在院子里坐着,一头活猪跑进来我能看不见?出去!都出去!没看见大门上的字吗?仓库重地,闲人免进!出去!"

崔大可领着一帮人也冲进院子,劈头就问南易猪跑哪儿去了。

南易骂道:"有毛病啊,找猪去猪圈找去,这儿是仓库!我是管仓库的!"崔大可不信,两人吵了起来。正闹得不可开交,南易一低头,发现地下有血迹,不禁一愣,让众人闪开,然后顺着地上的血迹,来到了建筑材料边,往里一看,笑了。

南易指着建筑材料笑道:"嘿,这儿呢,钻里面去了。"说完坐回小板凳上喝茶,看热闹。

崔大可等人一拥而上,围着建筑材料蹲上爬下,对着那头猪千呼万唤,一会儿劝,一会儿骂,又拿砖头扔,又拿树枝捅,那头猪就是不出来。

这时,刘峰也赶来了,问崔大可:"找到了吗?"

崔大可点头:"就在里面,不出来。"

刘峰说:"想想办法,给弄出来呀!"

崔大可叹了口气,招呼众人搬动建筑材料:"兄弟们,搬吧!"

一直在一旁看笑话的南易突然大喝一声:"谁都别动!"他站起来,对被他吓一跳的众人说,"干吗?想搞破坏啊,谁允许你们搬了!"

崔大可大声吼道:"废话!猪在里面。"

"猪在里面,你们就随便搬啊!猪要跑到天安门里,你还把紫禁城给拆了?"

崔大可大喝:"反动!这哪跟哪儿啊,什么乱七八糟的。"

刘峰看了看南易,皱着眉问:"你是……"

南易回答:"我是仓库管理员南易。"

刘峰点点头,说:"我是厂长刘峰,让他们先搬吧,搬开了的材料,待会让他们再归位。这也是特殊情况。"

南易摇头笑道:"是,情况是够特殊的,那也不必这么劳师动众吧。"他从一人手里拿过根木棍,来到建筑材料边,蹲下来,冲着躲在里面的猪一阵"唠唠唠"地叫,不一会儿,那头让人头疼的猪摇头摆尾地出来了。

食堂几个人过来,拿着一只大网,要把猪罩住拖走。南易一看,拦住他们,说:"行了,别折腾猪了。我给你们赶回去吧。"他一路小吆喝着,把猪赶出仓库院子。

乱糟糟的场面总算告一段落了。

崔大可跟着刘峰回到办公室,刘峰生气地猛拍桌子,骂道:"崔大可同志!你太不像话了!从来没杀过猪,还非说自己会杀猪!充什么大个儿!现在把事情搞得乱七八糟!还伤了人!幸亏是捅在腿上!要是捅到身上,还不出人命了!"

崔大可在一旁低着头不语,脸色难看:"厂长,我错了,我深刻检讨!"

刘峰还是一肚子气:"检讨有个什么用!本来一件大好事,被你弄成一个笑话了!传到外面,丢不丢人啊!你先回去吧!写个检查,等候处理。"

崔大可垂头丧气地站起来,往门口走去。

刘峰突然想起了什么,又叫住崔大可,问:"今天那个赶猪的,是怎么回事?"

崔大可这下来劲儿了,说:"那人啊……别提了,一身毛病。封建地主加资产阶级家庭出身,祖辈是宫里做饭太监。好吃懒做,贪图享受,吃、喝、玩、乐无所不能,满脑子资产阶级的享乐观。那人净爱耍嘴皮子,说风凉话,仗着自己的手艺不错,谁也看不上,专跟领导作对,能把人气死。后来,自己知道在食堂混不下去,去看仓库了。"

"什么叫在食堂混不下去了?"

"以前他是食堂的厨子。"

刘峰想了想,说:"行了,你走吧。"看着崔大可走出办公室,刘峰叹了口气。这时,他的秘书张干事进来提醒吃饭时间到了。刘峰按了按太阳穴,跟张干事一起去食堂吃饭。

刘峰吃着饭,若有所思,突然问张干事:"你觉不觉得咱们食堂的饭很难吃?"

张干事摸不透领导的意思,含糊地点点头。

刘峰却当他是认真的,说:"你也有同感?我是南方人,还以为你们北方做饭就这个味儿呢。我来北方上大学,算是被你们北方的饭菜给折腾坏了,基本上可以说两个字,绝望!当然,这几年也不分啥南方、北方了,'吃饱'已经和'好吃'是同义词了。"

张干事赔着笑道:"是是,跟您南方比起来……"

刘峰继续说:"不过,我到咱们厂才发现,我以前在其他地方吃的北方饭菜还算是不错。我在想,这头猪杀了,虽然有不少肉,可如果没有做好,不就糟蹋了么。你说是不是?"

张干事答道:"可不么!这几天我也是担心这个问题呢,好多人都说,这么好的机会,可别因为食堂厨子们水平不高给废了,那天现场会我就想提,后来……"

刘峰想了想,说:"对了,那天你提到的那个南易,就是管仓库的那个南易吧?"

张干事点头:"是,南易,南方的南,容易的易。"

刘峰重复了一遍"南易"的名字，说："名字很奇怪。到底是个什么人？"

张干事回答："听说他师父以前是旗人，是宫里御厨，他之前是咱们食堂的一把手，美食家，做的一手好菜，后来因为和崔主任不和，离开食堂，去仓库当管理员了。"

刘峰若有所思地点了点头。吃过饭，他就直奔仓库去了。他的目的很明确——让南易重新回去当厨子。

可是，南易却给刘峰碰了个不大不小的软钉子。刘峰垂头丧气地从仓库出来的时候，不少人都看出来他的脸色不太好看。

晚上，南易去看老班，把刘峰找他的事情说了。

老班听完，哈哈大笑道："我说什么来着，他肯定会来找你的，没错吧。"

南易摇头道："被我一口回绝了。把我当破鞋呀？想穿就穿，想扔就扔？哼哼，我又不是梁拉娣！"

老班呵呵笑道："听说你下了班没事儿给工人们讲做菜的门道，听得人家口水都流下来了，吊着人的胃口啊？你这不是诱着人请你南易回去吗？"又问，"说起梁拉娣……哎，你都三十了，为什么不结婚？"

南易看了看老班，喝了口酒，仰起了头，长叹一口气说："兹事体大，说来话长……总结起来，用句俗语吧，就是一人吃饱全家不饿！逍遥自在！"

老班不以为然道："我还以为有什么高论呢！"

南易接着说："再说，我这个人打小被人照顾惯了，没什么照顾人的习惯，现在新社会讲男女平等，咱可招架不住。再往深说一点，我这个人对生活品质要求比较高，色、声、香、味、触，望闻问切，哪一样都马虎不得，我们厂里上上下下的，我也不是没盘点过，没一个能入我法眼的啊……这就是私下一说，可别传出去啊。"

老班笑道："呸！我看你跟拉娣那个小寡妇就常来常往，眉来眼去的。"

南易辩解道："没有！这话可不能乱说。我是有时候找她做做衣服，改改衣服，她裁缝的手艺还不错。"

老班一脸严肃地说："你可别犯糊涂，哪天折她手里！那可真是远近闻名啊！"

南易连连摇头："不会！我又不缺心眼儿，就算我惦记她，那四个小崽子也受不了啊！"

老班又笑了起来，问："你到底想不想女人？不是问你这儿，是问你这儿！"他先指着南易的头，然后本想指南易的下面，觉得不妥，改成指着南易的心口。

南易被问住了，憋了半天，说："也想！"

老班乐了："我给你说个对象吧。"

南易瞪大眼睛问:"你?一大老头子,怎么为老不尊干起这事来了?"

"怎么说话哪!怎么为老不尊,这闺女不是外人,是我表妹的闺女,刚从护士学校毕业,长得漂亮,性格也好。你先别拒绝,哪天见见。"老班说着从包里拿出张照片递给南易。

南易接过照片,一看,咽咽口水,点点头,觉着不妥,又摇摇头,支支吾吾地说:"那……见见也无妨吧……"

"对了,崔大可在食堂门口贴了张会餐的菜单,你看到了吗?"老班问。

南易笑了:"会餐?等他们先找到会杀猪的人再说吧!"

贴出菜单还没超过十个小时,它就被扯下了布告栏,此刻正躺在刘峰办公室的桌上。刘峰的手指重重地点着菜单,生气地问他面前的崔大可:"这就是你们拉的会餐菜单?"

崔大可摸不透领导的意思,硬着头皮回答:"是啊!我知道,还有待改进……草稿,征求意见……"

刘峰又指着还留有脚印的破烂的菜单,说:"看见没有,意见反馈回来了!这就是群众的意见!"

崔大可一脸委屈。

刘峰接着说:"我去找了一趟你们说的那个南易,这家伙架子还挺大,说对会餐没兴趣。"

崔大可听刘峰这么说,有些急了:"您还真去找他啦?他就是那么个驴脾气,拉着不走,赶着倒退,蹬鼻子上脸的主儿,我甚至怀疑,群众就是被他挑动的,用不着搭理他!"

刘峰点头道:"我也懒得搭理他!"

崔大可想了想,叹道:"不过,目前的情况,完全不理,好像还真不行。"他见刘峰一脸的不解,解释道,"那个林场老班,杀不了了猪,他手坏了。"

刘峰一听也急了:"那怎么办?会餐的时间都宣布了,张干事已经通知了各个方面、兄弟单位,鼓乐队都开始排练了,我刚才还托人跟市里电影公司的打了招呼,专门请了电影放映队,会餐之后放映最新国产彩色故事片。没杀猪的,吃活猪啊?!"

崔大可摇头叹道:"林场的老班给咱推荐了人,南易。"

刘峰皱起了眉头:"怎么又是南易?!他还会杀猪?"

崔大可说:"我也是头回听说。南易和老班这俩是哥们儿,那南易不是好吃吗,自然灾害之前,老班到处给人杀猪宰羊的时候,就老带着南易,杀完猪,南易就顺手给人家露点做菜的手艺混顿酒,混口饭,就这么着跟着老班顺带学会了杀猪!"

刘峰只有摇头说："那还有什么可说的，走吧，再去趟南易那儿吧。"

崔大可不肯："我就别去了，我们俩有过节，我去了，他一不高兴，更不答应了。"

刘峰问："你俩到底有什么过节啊？互相一提起来就势不两立的样子。"

崔大可说："我不跟您说过吗，这家伙专门喜欢跟我作对，整天碎嘴唠叨，自己特别贪图享受吧，还老拿什么工作啊、敬业啊说事，非把食堂当成饭店来搞，搞得食堂乌烟瘴气。我就经常批评他，这个人就小肚鸡肠，为发泄自己的不满，主动离开了食堂，跑到仓库去了。"

刘峰想了想，说："既然南易是因你而离开食堂，你去跟他示好，解了这个结不就结了。"

崔大可还在支吾。刘峰瞪起眼："这次会餐可不是小事，个人恩怨先放在一边！"

崔大可知道事情重大，不敢违抗，只好硬着头皮答应了。

刘峰和崔大可走进仓库的时候，南易正在试穿梁拉娣送来的那件被秀儿弄脏的外套。梁拉娣又帮南易拉袖口，又掸后背，凑得很近，这让刘峰和崔大可都以为撞见了不该撞见的事，几个人都有几分尴尬。梁拉娣跟二人打了声招呼就匆匆离开了。

三人打了招呼，说了几句客套话，南易坐在一把椅子上。刘峰和崔大可也落了座。崔大可从怀里拿出一瓶"西凤"酒来，放在桌上，笑着说："给你带了瓶酒！知道你好喝。"

南易看了一眼，没吱声。

崔大可又扔给南易一根自己的好烟："来支烟。"

南易接住烟，却并不抽，而是把烟放回桌上，然后从自己口袋里摸出一盒"战斗"牌香烟来，抽出一支，点上，吸了一口，话里带刺地说："不敢占公家便宜。抽自己的，喝自己的，虽然比不上崔主任的高级，也凑合了，本来就不是个什么讲究人！"

崔大可心里骂了一句娘，嘴上却说："别这么说啊，这烟、这酒也是自己的，我自己的。"

南易还是不领情："那更该您自己留着了。"

一时间，屋子里的气氛颇为尴尬。刘峰皱着眉头，努力压了压心底对南易的反感，用商量的口吻说："南易，这次我和崔主任来，有两件事要跟你商量一下。一是林场老班的手坏了，没法承担杀猪的工作，他推荐你来做；二是我和崔主任商量，想请你做这次会餐的大厨，如果你愿意，会餐之后，你也可以调回食堂，继续在后厨做厨师的工作。"

南易心下有些高兴，却压了下来，一脸不在乎的表情说："领导厚爱，我真是受宠若惊，不过，这两件事，我做不来。杀猪，那不是我的专业，以前确实跟着老班凑热闹，也宰过几头，可那纯粹是票友，上不了台面。这猪是咱厂最近的头等大事，全厂上上下下几百号人都盯着,我不行,怯场。回食堂的事,我那天已经跟您汇报过我的思想了,既然都已经离开了,再回去,我不像崔主任,我没这脸。"

崔大可还是一脸笑地捧着南易:"我说南易,你这就多虑了,我是欢迎你的!老班说了,杀猪你一点问题没有,手艺高超!"

南易不买账:"他说是他的事,有没有问题,我自己知道。"

崔大可又退了一步:"怯什么场啊,甭怯场,那天有我这儿给你顶着呢。"

南易斜着眼看了看崔大可,问:"有你顶着?那就你直接来吧,你比我像能杀猪的。"

刘峰有点儿不耐烦了,但还是耐着性子说:"南易同志,我们是代表组织来找你的,组织上是真心实意地想请你做这两件事,这不是个人之间的事,是为全厂职工谋福利的事。"

南易抽了口烟,摇摇头:"所以,我就更不敢应承了。"

崔大可有些忍不住火了:"这你不就是成心了吗?明明你行,你非说你不行,较劲么这不是。"

南易冷笑一声,说:"崔主任,从你嘴里说我行,这可还真是头一回。我记得你以前老是说我样样不行啊。"

崔大可看了看刘峰,脸上有些挂不住了:"我也没说你样样不行啊……我说,你这人怎么这么别扭呢,说你不行不行?说你行也不行?你行不行啊?怎么这么……这么别扭呢?"

南易哼了一声:"你也别绕口令儿了,我承认,我不行。行了吧?"

刘峰急了,再也忍不住脾气,勃然大怒:"南易同志!这是革命工作,组织上的需要,你必须答应。行也得行,不行也得行!"

南易故意装出一副不温不火慢条斯理的样子,完全没被刘峰的话唬住,话里有话地说:"看仓库也是革命工作,我做好本职工作就问心无愧。回食堂工作,天天看见不正之风,还不哼不哈的,那是同流合污。那样反而问心有愧,吃东西反而不香,喝东西反而没味,没劲!"

刘峰这下真生气了,一甩手,怒气冲冲地走了。崔大可赶紧跟上,刚出门又折回来,拿走放在桌上的"西凤"。

南易嘲笑道:"嘿!不是送我了么,又拿走?真是本性难移啊!"

崔大可对他怒目而视,摔门而去。

第二章
白刀子进，红刀子出

仓库里，南易一边吹着口哨，一边收拾着东西。厂长来求他两次都碰了钉子，连崔大可也低声下气，这当然让南易心里舒坦不已。他有事没事就在厂里给人说做饭烧菜的门门道道，把工人们说得直流口水，民意都直指南易做这次餐会的主厨，他才不担心刘峰不再来求了呢。南易的心情大好，丝毫没注意到梁拉娣早就站在了门口，等她走进来了才发现，吓了一跳。

梁拉娣笑着看他："什么事这么高兴？"

南易看看梁拉娣，调笑道："把你盼来了呗。"

梁拉娣抛出一个媚眼："是吗？我比厂长还吃香啊？"

看着梁拉娣眼波流转，还有些配合的意思，南易越发兴奋，有些色迷迷地看着她。梁拉娣早就习惯了男人的这种目光，自己找了张椅子坐了下来。南易跟了过去，挨着她坐下。

梁拉娣瞅了瞅放在墙角的油漆毡布，说："厨房漏雨……"

南易略带殷勤地打断了她，一指墙角："早就给你备好了，老忘了拿给你。"

梁拉娣一笑："别的你怎么忘不了？装吧你就！"

南易急着表心意："真的真的，是真的忘了。"说着说着，手就顺其自然地挽住了梁拉娣的肩膀。梁拉娣也没躲闪，扭头盯着他看，反而把南易看得有些不好意思，一只手搭在拉娣的肩膀上，摸也不是，收也不是。

梁拉娣忽然扑哧笑了："我以为你跟他们不一样呢。"

南易被这句话触动了一下，借着挠头皮，把手收了回来，低声说："什么不一样啊？不都一样啊……"

梁拉娣故意挑逗地说："没看出来呗。谁不知道你南师傅眼光高，我还以为看不上我呢。"说着，伸手假装随意地给南易捋了捋头发。

南易很有些心猿意马地看着梁拉娣，感觉到自己的体内有什么在蠢蠢欲动。他忍不住了,刚想伸手再摸梁拉娣一把,门外传来了一声吆喝声。南易一哆嗦,赶紧站起来,往边上跨了一步。梁拉娣看着他敏感的样子,略带讥讽地冷笑了一声,走向墙角那儿张油漆毡布,卷巴起来,转身离开。

南易看着她性感的背影曲线,心里说不出是什么滋味儿。发了会儿呆,想起约了老班,忙起身洗漱换衣服。

南易来到老班家,老班神秘兮兮地拿出一个报纸包来,里三层外三层地打开,里面竟是一只肥硕的野鸡。

南易瞪大了眼惊道:"林子里怎么还会有这种东西活下来呀!"

老班笑着说:"我也说奇怪呢,这家伙不定是逃过多少劫才活下来的。"

南易拿过野鸡看了又看,说:"不对呀,你不是手废了,不能打枪了么?"

老班笑着说:"本能!纯粹是本能。我一听见这东西叫,抄起猎枪就追,追了好几里地,终于追上,想都没想,抬手就开枪,开完了,我自己都纳闷,怎么就打中了呢。"

南易感叹道:"真是啊,为了吃,人的潜力是无限的!"

老班也感叹道:"对,可以创造奇迹!"他看着肥硕的野鸡,对南易说,"这只鸡就交给你了!"

南易拍了拍胸脯:"没问题,明天你就别吃饭了,晚上你过来,鸡肉鸡汤,我再贡献一瓶酒!"

老班点头:"行,就这么定了!"

梁拉娣带着刚刚从崔大可那儿沾来的一身气回到了家里。谁都知道这次猪肉怎么分法儿,该是崔大可说了算。所以从南易那儿出来以后,她就去找崔大可。可是那个抠门的家伙只想占拉娣的便宜,一点儿油水都不肯给。梁拉娣看着乱成一团的屋子,老四在床上哭闹,秀儿叠着纸飞机满屋乱跑。梁拉娣把糖水灌进奶瓶,塞进老四的嘴里,对秀儿喊着别满屋乱跑,突然长叹一口气,一屁股坐在了地上,心里觉得有种前所未有的绝望。

媒人赵大姐在这个时候提着两包纸包着的点心进了屋——这是供销社的许主任送来的礼物。

梁拉娣忙安顿好老四,来到桌边倒了两杯水,偷眼瞟了瞟那两包点心,说:"供销社许主任,大姑娘小娘们,等着投怀送抱的还不有的是,找不着对象?"

赵大姐接过水,说:"所以呀,人家许主任挑着呢!我给他拿过多少照片,人家都摇头,就见了你的,仔细看半天,点头了。"

"多大岁数?"

"五十五。岁数大点好,知道疼人。"

"有孩子么?"

"有一个闺女,都挺大的了,上班了,也是好工作,供销社卖肉。"

梁拉娣叹了口气:"人家这一家,真是命好。"

赵大姐指了指秀儿和老四,说:"是啊,就你拖着这四个小油瓶,不是许主任这条件,谁接得住呀!养得起老婆的人多,养得起你这一堆小崽子的可真没几个!"

梁拉娣无奈地一笑,说:"我这四个孩子都没吓跑他?我这么大魅力?他不是有什么残疾吧?"

"什么残疾!是我没敢跟人家说你有四个孩子。"赵大姐喝了一口水,"先瞒着,先让他看上你人,孩子的事慢慢再说。"

梁拉娣摇摇头:"这事你也瞒不住啊。迟早得说,还不如早说好,省得麻烦,我可不想瞎耽误功夫。"

赵大姐笑着看着拉娣:"这事儿你不懂。你人长得好,又正当年,有股子骚劲……"

梁拉娣脸上一红:"呸,你才骚呢!"

"瞧你,我这不是大实话吗,三十狼四十虎,我也是过来人,你这么好的一副身子,一夜一夜闲着,不是白白浪费吗!多可惜呀。许主任一大老爷们,也素了不少年了,正好干柴烈火,一点就着。你多少给他点甜头尝尝,男人色迷了心窍,就什么都能答应。你跟了供销社主任,还不是吃香的喝辣的。搞定这一个,这辈子都踏踏实实了,省得为了几个娃,整天跟那些光想占你便宜的男人们周旋,整半天还有上顿没下顿的,净整没用的。"

梁拉娣想了想,说:"那就见见呗,我也无所谓。他要是色胆包天,敢要我们母子五个,我怕什么呀。"

赵大姐乐了,一拍大腿,说:"好,我看这件事有成戏!那我可就约时间见面了。我先走了,这点心是人家许主任让我捎给你的礼,你要答应见面,就留下了。"

梁拉娣见留下点心,心中欢喜,笑着说:"那我就不客气了,谢谢你了,赵大姐。"

第二天中午,南易锁上那间在仓库里隔出的小屋的门,窗帘拉得严严实实,还拿出了自己的便携电唱机,放上了一张黑胶唱片。做好准备工作,他偷偷生起了电炉,从床底下翻出各种私藏的小包调料,然后跟着唱片哼着小曲,精心烹制起那只肥硕的野鸡来。

此时,刘峰正皱着眉头坐在办公室里,端着茶杯喝着水。张干事站在边上,也是愁眉苦脸的。他们俩人都因为处理群众意见而稍显疲惫——群众意见正如南易所料的一样,一面倒地要求南易做主厨。这让刘峰很头疼。他想了想,对张干事说:"你下午再去找找南易,问问他什么意思。"

张干事摇头:"我本来也觉得南易合适,可是现在这南易左请不来,右请不来,就有点蹬鼻子上脸了,他跟崔大可有矛盾,不能跟您较劲呀。要我说,这号人就不应该给他脸,惯得他!"

刘峰摇摇头,也是满脸不高兴,忍了忍,说:"他也不是跟我较劲,我刚调来不久,又不认得他。唉,还是我再去一趟吧。不为他,为全厂职工嘛,民意不可违啊。"说完,站起了身。

南易在仓库里炖鸡的香味儿飘了出来,吸引住了正在附近玩耍的梁拉娣的两个儿子大毛和二毛。在仓库一侧的墙外,大毛踩着二毛的肩膀,二毛又踩在一只摇摇晃晃的破板凳上,偷偷地从高处的一个小窗口的缝往里瞧,又伸着鼻子闻炖鸡的香味。

这时,刘峰骑着自行车奔仓库而来。他见门窗紧闭,以为没人,正要走,听见墙那边有人说话。刘峰推着车过去一看,便看到了登高爬墙的大毛和二毛。

二毛见刘峰过来,一慌张,板凳翻倒,大毛和二毛摔了一身土,也顾不上掸,撒腿就跑。

南易听到外面有动静,停下手里的活,关小了电唱机的声音,跑到窗边,掀开窗帘一角往外看,只见刘峰正冲着两个孩子喊着。南易一时慌了神,赶紧收拾家伙,把电炉连带炖鸡的锅端进另外一间小屋,拉紧了门。

仓库外,大毛和二毛已经跑得没影儿了,刘峰看了看那个散了架的板凳,好奇心起,也想从小窗一看究竟。他把自行车推到窗下,站在自行车后座上,欠着脚朝里看,只见南易在屋里走来走去忙活着,不知在干什么。

刘峰爬下自行车,又绕到仓库前面来,拍了拍门。

南易刚好把屋里基本收拾停当,他定定神,走到门边,打开门,对站在门口的刘峰假笑着打了个招呼。

刘峰问:"大白天的弄得严严实实的干吗?"

南易结结巴巴地说:"我……我午睡……下午没什么人,安静,是不是该上班了?"

刘峰一听南易就是在瞎扯,推开南易进了屋,四下瞧着,可没看出什么不对劲,还是决定先谈正事:"南易啊,我还是要跟你好好谈一谈,现在就谈。你现在有事吗?"

南易犹豫了一会儿,只好说:"好啊,您……请坐。"

刘峰坐了下来,说:"你也知道,全厂大会餐的日子越来越近了,杀猪和做菜的事都没有落实,全厂的职工们都眼巴巴盼着这次会餐呢!你说说你的真实想法,为什么死活就是不愿意出头。"

南易还有些惊魂未定,一心惦记着自己的野鸡,也没回答刘峰的问题。刘峰正有点摸不着头脑,突然闻到一股焦煳味,南易也闻到了。南易往开着点门缝的小门看去,只见一阵阵烟正从门缝里飘出,这下他也顾不得掩藏了,慌忙地冲到小屋里。

因为慌张,电炉没放好,引着了糊在墙上的报纸,火苗正到处乱窜。刘峰和南易手忙脚乱一通忙活,总算把火扑灭了。两人都被烟熏得一脸焦黑。

南易抹了一头冷汗,叹道:"好悬哪!"

刘峰说:"厂里不让用电炉啊!"

南易不吱声。

刘峰发现了炖着的那锅野鸡,走过去,打开锅盖,一股热腾腾的香气扑鼻而来。刘峰使劲闻了闻,盖上盖,看看鸡,又看看南易,一脸严肃地说:"没有引起火灾就好,这件事就到此为止,我也不会跟别人提。"

南易赶紧点头。

刘峰又转了话题:"但是,事实证明,你看仓库是不合适的,我看,你还是应该回到食堂的工作岗位上。我刚来咱们厂不久,以前你和崔大可的恩恩怨怨我也搞不清楚,不过,我可以负责任地跟你说,现在只要我刘峰在这当一天厂长,就不会让以前那样的事再发生。其实我几次三番地来找你,没别的想法,就想让职工们谋点福利。如果你实在不肯接受,就算了。"

刘峰这么一说,南易也不好意思再摆谱了,点点头说:"刘厂长,既然您话都说到这份儿上了,我也没话说了。还是先把鸡吃了吧,肥硕的野鸡啊!"

刘峰的心里早就对那香味垂涎三尺了,也不客气,和南易一起痛痛快快地把一锅鸡吃了个毛干爪净,一边吃,一边对南易的手艺赞不绝口。

吃完了鸡,刘峰抹抹嘴高兴地走了,南易颇感欣慰。毕竟离开食堂并非出于自愿,现在能体体面面地被请回去,也不失为一件喜事。正踌躇满志,又有敲门声。南易打开门,见来人是老班,马上颓了下来,不好意思看他。

老班抽抽鼻子,眯起了眼:"好香啊,这不是久违了的鸡汤味儿嘛!"他拍拍南易的肩膀,进了屋。南易跟在后面,一脸尴尬,不知该说什么。

老班一眼看见桌上堆着的还没来得及收拾的鸡骨头。他脸色一变,冲到锅前,一开锅盖,见里面只剩了个汤底。老班脸色铁青,指着啃得溜光的鸡骨头,骂道:"南易!你这人太不地道了吧,说好一块儿分享,怎么一个人独吞了呢?"

南易忙摆手:"没有,没有,不是我一个人吃的。老班,你听我说,下午厂长又找我,我正在电炉子上炖鸡呢,一听有人来,就赶紧把鸡藏那小屋里了,没想到电炉没放好,差点着了火。人家厂长又帮我救火,又请我杀猪,又请我当大厨,而且都来第三回了……"

老班冷笑道:"你还挺了不起,弄成诸葛亮了,还让人家来个'三顾茅庐'!"

南易点头:"是啊是啊,实在有点扛不住了,再扛就有点成蹬鼻子上脸了,不得体了。"

老班冷哼一声:"那你也不能把我的那份鸡用来巴结了领导啊!你经我同意了吗?"

南易赔笑道:"是是是,这是我的不对。改天一定补偿你!"

老班没再多说什么,一脸不高兴地走了。

第二天一大早,南易提着饭盒,晃晃悠悠走进了食堂后厨,算是正式回归食堂工作。

在崔大可的管理下,食堂后厨里一派脏乱差的景象,到处是苍蝇,还有蟑螂、老鼠。南易直皱眉头。杨小东、刘明敢等人正摆锅、抬菜,见到南易,向他打了招呼。南易点头示意。

这时,崔大可匆匆从外面进来,来到南易身边,拍拍他的肩膀,说:"上班啦?又回到老地方,干老本行,心情如何啊?"

"大开眼界啊!"南易指着灶台上一只跑过的老鼠。

崔大可一看,哈哈直乐,完全不当回事:"你看前几年,这些小动物都绝了迹,这些年又有了,说明生活正在改善,连老鼠们都缓过来了。"

南易无话可说。

刘峰也匆匆来到食堂,把南易和崔大可拉到一边,说:"来来,我正找你们俩呢。明天就是会餐的日子了,咱们得赶紧出菜单了,大可,上回你那个肯定不行!"

崔大可谄笑道:"是是,那不是个草稿吗!"

南易从口袋里掏了一张纸递给刘峰,说:"我试着拟了一个,您看看。"

刘峰大喜过望,接过来看,一边看一边点头:"太好了!就照着这个来吧!崔主任,你看看。"他把那张纸递给崔大可。崔大可接过来,皱着眉头看。

刘峰对南易说:"该怎么准备,你们就抓紧干吧。时间紧,任务重啊!"

南易说:"有一点我得事先声明一下,我不是杀猪的,杀猪纯系帮忙。但既然杀了,就要按杀猪的规矩办,猪毛、猪血、猪胰子,归杀猪的。"

崔大可眉头一皱,说:"啊?归你?"

刘峰点点头,答应道:"可以,归你!"

南易:"我自己也不要,都给老班。另外,这回会餐,得请老班参加,那天把本来该人家一半的野鸡给吃了,得还个情。"

崔大可莫名其妙地问:"什么野鸡?"

刘峰心领神会:"行,就这么办吧。"

南易又对崔大可说:"另外,崔主任,你那天送我的那瓶西凤酒,临走又拿走了,现在答应我回食堂上班,是不是还应该送给我呀?"

崔大可眉头皱得更紧了:"哦?你不是不占公家便宜吗?"

南易说:"你不是说那是你自己的吗?"

崔大可还想再说,刘峰打断道:"大可,你也别太抠了,不就是瓶西凤嘛,去,回家拿酒去，就算表示你们俩尽释前嫌，旧账一笔勾销，以前的事谁也不提了，现在又成了同事，从今往后，齐心协力把食堂办好。怎么样？"

崔大可和南易一边点头，一边互相对视，谁也不服谁。

刘峰马上去让张干事把南易拟出的那份"大会餐"的菜单用毛笔写在一张红纸上，贴在了食堂门外的公告栏上。菜谱前立刻就挤满了人，议论纷纷，显然对这个被"三顾茅庐""临危受命"的南易很是满意。

这一夜，许多人都很是激动，许久没吃上猪肉了，大家都对第二天的会餐期待不已。

第二天一大早，刘明敢一瘸一拐地和另外两个小伙子抬着一口大锅从食堂里出来。别人想替，他摇头不同意。几人来到新架起的一个灶边，架在柴火上。

宣传队的几个工人蹬着平板三轮拉来了锣、鼓，从板车上往下抬，摆放好。

食堂前，人渐渐越聚越多。

南易背着全套杀猪的工具，雄赳赳气昂昂地向厂区走来。一些小孩子一路打打闹闹地跟着南易。

崔大可和几个食堂的厨子在后院猪圈里忙着给那头待宰的肥猪戴上大红花。

刘峰则忙着和各种人应酬，说着客套话。晚上放电影的师傅开着电影放映车也来了，引起孩子们的欢呼。

一切准备就绪，锣鼓喧天之后，刘峰即席讲了话。这时，供销社的许主任带着一个一脸青春痘的小伙子虎子也来了，有些高傲地和各种人打着招呼。

媒人赵大姐远远地一路小跑来到许主任的身边："走，许主任，我带你去见见她！"拉着许主任和虎子来到梁拉娣身边，介绍道："拉娣，我给你介绍一下，这位就是许主任。主任，这就是梁拉娣！"

许主任一看梁拉娣颇有风韵，立即露出了满意的笑容。

梁拉娣笑着和许主任握了握手，握完后想把手收回来，可许主任握住了就不撒开了，另一只手也搭上去。梁拉娣笑了笑，也不在意，任许主任拉着。

许主任说："不要叫我许主任，叫我老许就行了。虎子！来，叫阿姨。"虎子走了过来，虎头虎脑地叫了一声："阿姨！"

梁拉娣略微有点不好意思。

许主任又问："你多大啦？"

梁拉娣回答："三十一。"

"噢，好好好。"许主任一连说了三个"好"，不自觉地上下打量着拉娣，一脸满意的表情。赵大姐在一旁暗乐，知道成功了。

梁拉娣故意问："怎么了，许主任，我哪儿穿错了？您这上上下下打量得我直发毛呢。"

许主任忙摇头说："噢，没有，没有。你比照片上还漂亮！"

梁拉娣暗暗皱眉，解嘲道："照片和真人儿都不怎么样，唯一的区别就是真人会动，照片不会动。"说着，把手从许主任的手里抽了出来。

刘明敢架起的那口大铁锅里的水已经开始冒热气了。铁锅附近，搭起了一张案子，旁边的凳子上放着一碗清水，二尺来长的杀猪刀担在水碗上。一旁，张干事给挽着袖子的南易递上烟。

宣传队的锣鼓开始敲起来。看热闹的职工们越围越多，大家都在等待着杀猪的那一刻。

老班带着一个姑娘来到南易身边，介绍道："南易，我给你介绍一下，这就是我外甥女丁秋楠。"

本来目光炯炯、神色严峻、一副蓄势待发模样的南易，一见到这位围着纱巾的漂亮姑娘，顿时有点儿慌乱。还是丁秋楠先打了招呼："你好。老听我老舅念叨你。"

南易还没平静下来："啊？是吗？我也见过你照片……"

丁秋楠吃惊地问："你在哪见过我的照片？"

老班瞪了南易一眼，南易有些发窘，结结巴巴语无伦次地说："啊？没有，我是说好像在哪儿见过你，要么就是照片上？"

老班一看，赶紧把南易拉一边，低声训道："别提什么照片了！杀猪的口诀还记着吗？"

南易还没有回过神来："什么口诀？"

"眼里没别的，只有猪！别分心！"

南易点点头。

这时，以崔大可为首，食堂厨子们赶着猪从后院过来了。全场一阵骚动。崔大可来到南易的身边，问道："猪来了，咱们怎么着？"

南易想了想，说："来两个小伙子帮忙。"

崔大可举起了手："我来。"

刘明敢一瘸一拐地凑了上来，崔大可皱着眉头说："你就别跟着起哄了。杨小东，你们几个过来。"

食堂的杨小东和几小伙子过来。

刘明敢小声嘀咕道："我的腿还不是让你给扎的！"却终于没敢大声抱怨出来。

南易把手上的烟猛抽几口，扔掉烟头，搓搓手，往左右手心里狠狠地"呸"两下，喊道："来吧！"然后带着崔大可和杨小东几个人来到大肥猪跟前。

南易一把扯住猪尾巴，崔大可、刘明敢等人揪住猪耳朵，将猪扳翻。南易利落地把猪腿绑了，几人把猪抬上长条案子。几个小伙子将猪在案子上死死按住。猪发出"嗷嗷"的叫声，却没有反抗的余地。

南易把清水碗上的杀猪刀一把提起，来到案子边，左手抱住猪脖子，右手拿刀，猛地一刀下去——

白刀子进，红刀子出。

在一旁看热闹的丁秋楠被吓得直捂眼，梁拉娣也直撇嘴，许主任身边的虎子却看得津津有味。

猪的叫声越来越弱，越来越低了。南易大喝一声："按住！"崔大可几人连忙加大了力气。只见猪脚越蹬越快，最后一用力便软了下来，不再动弹了。一旁用来接猪血的盆里早已接了满满一盆猪血。

南易将杀猪刀抽出，在猪脖子上揩了两下，又用手指在猪背上按了按，比划了四个手指，说："好肥的猪，四指膘。"

真正的力气活是吹猪。

南易在猪腿上割了一个小口，拿铁条伸进去捅一捅，然后用嘴对准这个小口子处，用力吹起来。

丁秋楠惊诧地瞪起了眼。

老班问："没见过杀猪啊？"

丁秋楠摇摇头，说："头一回。他这是干吗？"

老班解释道："干吗？吹猪啊。看见没有，这才是真正的力气活！有把子力气。"

只见南易浑身肌肉紧绷，满脸青筋暴起。猪在南易的吹气之下，渐渐如气球般膨胀起来。一边看热闹的人们大声叫起好来。

老班继续解释道："吹完的猪，皮和肉就分开了，一会剥皮的时候，用刀轻轻一拉，皮就会自己裂开。这叫吹猪，宰羊也吹。"

丁秋楠问："是不是也吹牛啊？"

老班侧过头问："什么吹牛？"

丁秋楠乐了，笑道："杀完猪得吹猪，杀完牛不得吹牛吗？"

老班反应过来，也跟着笑了，笑完了问丁秋楠："印象怎么样？"

丁秋楠不置可否地回答："老了点。"

老班说："老点好，老点知道疼人。"

丁秋楠不好意思了。

吹完猪，南易满脸大汗，旁边的人递上水，南易仰头喝了。又有人递上烟，南易抽起来。虎子挤进人群，在南易身边欣赏地看着他。南易并没注意到。

几个小伙子将猪抬到大锅边，放进烧开的水里烫毛。烫过毛，又将猪抬上杀猪凳，南易用铁皮刮去猪毛。剃下的猪毛，有人在一旁拿着布口袋收起来。

南易开始把猪大卸八块，先将猪鼻子割一个洞，然后将猪头旋下来。刘明敢端着大盘子在一旁接着那只血淋淋的大猪头，皱着眉头不敢看。

虎子过来，拍拍南易的肩膀，称赞道："好样的！"

南易看看虎子，不认识，只是对他点点头。

梁拉娣跟自己班组的同事们也在杀猪现场看热闹，无意间瞅见大毛、二毛在一旁探头探脑，生气地冲过去，一把揪住两人，问："你们俩不上课跑这儿来干吗？"

大毛说："体育课，出来跑步。"

梁拉娣骂道："放屁，我不信，赶紧回去上课，要不然晚上不给你们带吃的。"

大毛、二毛一听吓坏了，哀求道："别呀妈，我们真是体育课。"

这时候，猪被吊了起来，大卸八块。南易正切得兴起，一边观看的崔大可忽然高声叫道："谁呀这是？！"他伸手指着猪屁股。南易一看，也纳闷了。

猪屁股上的猪尾巴不见了！

梁拉娣也被崔大可那一声叫吓了一跳，忘了教训儿子的事情。大毛和二毛悄悄拉了拉梁拉娣的衣袖，大毛满脸得意地伸出右手。梁拉娣低头一看，只见大毛手里有一条毛茸茸的猪尾巴。

梁拉娣大惊失色，又气又紧张，不知该怎么办，一把把猪尾巴夺过来，装进自己的衣服口袋里。

大毛和二毛笑着跑开了。

崔大可和南易等人急匆匆冲进播音室，将丢了猪尾巴的事情公布了，然后召集全体职工立刻去食堂开会。

许主任听到广播哈哈大笑道："嘿，真是什么新鲜事都有！"

虎子也奇怪道："是呀，为条猪尾巴至于吗！"

许主任说："咱们走吧，甭跟他们在这儿凑热闹了。"一抬头，他就看见梁拉娣右手插着兜，跟着人群往食堂走去。他笑了笑，几步走过去，伸手抓住了梁拉娣的肩膀。

梁拉娣正心神不宁地想着右手抓着的猪尾巴，这一下差点没吓得她叫出声来，一回头就看见了许主任的那个大秃头，恨不得狠狠打他一耳光。

"我先走了，改天咱们再聚啊！"许主任伸出手，要和拉娣握手，拉娣因为右手在口袋里攥着猪尾巴,把左手伸了出来。许主任见拉娣伸出来的是左手,微微一愣,但还是紧紧地握住。两人不像是在握手,倒像是在拉手,在人群中显得颇为暧昧,引来周围人的目光。

梁拉娣赶紧从许主任的手里挣脱,勉强地笑道:"那改天见。"然后匆匆地走了。

许主任色迷迷地目送着拉娣的背影,丝毫没注意到身边的虎子正伸着脖子寻找着南易的身影。看见南易匆匆进了食堂,虎子的目光中流露出了欣赏和渴望。

职工们陆续进了食堂里,本来一派喜庆的气氛,突然变得严肃紧张起来。大家或面面相觑,或扎堆小声议论。

梁拉娣手放在裤子口袋里,手里握着那条猪尾巴,十分紧张。猪尾巴还在往外渗血,裤子口袋已经洇湿一小片。

保卫科的人出现在食堂里,一会儿进来,一会儿出去,不知在忙些什么。

刘峰带着几位领导也出现在食堂。崔大可走到餐厅前面,表情肃穆地说:"我郑重宣布厂领导的决定,一定要认真追查猪尾巴事件。猪尾巴是小,但也只有一条,并且,这件事破坏了整个会餐欢乐祥和的气氛,不能不让人怀疑是某些人的别有用心。如果拿猪尾巴的人不交出猪尾巴,会餐将会延迟,直到交出猪尾巴。"

众人一片哗然,纷纷骂那个偷猪尾巴的人缺德,梁拉娣听不下去了,匆匆跑出食堂,来到墙角下,把猪尾巴扔了,可又舍不得,捡了回来。最后,她把猪尾巴用树叶盖上,跑到食堂后厨。

南易正在后厨干活,忽然看见梁拉娣在门口冲他招手,有点纳闷,放下手里的活,走到后厨门口,问道:"干吗?"

梁拉娣一把拉住南易就往藏猪尾巴的墙角处走,结结巴巴地说:"猪尾巴……猪尾巴是我儿子拿的。"

南易愣了一下,说:"你儿子拿了猪尾巴,你找我干吗?"

梁拉娣一脸着急:"我也不知该怎么办了,都是孩子惹的祸,现在保卫科的在追查呢,说不查出猪尾巴的下落就不开饭。我是想,不能让大家因为这事吃不成'会餐'呀。"

南易摊摊手,说:"那你就把猪尾巴交回去啊,就说孩子不懂事,自己拿的。"

梁拉娣犹豫道:"那……不成吧,要是刚才就交了还好,现在事都闹大了,食堂里气氛紧张得要命,让我当着全厂那么多人的面,我害怕……"她眼巴巴地看着南易,一把拽住他的手,眼泪都快下来了。

南易不自觉地看看她抓住自己的手,一时心猿意马,也伸手抓住了拉娣的手。拉娣没躲。

食堂里仍然乱哄哄的,崔大可让大家肃静,却毫无效果,正焦头烂额着,就看见南易高举着猪尾进了食堂,一路走,一路嚷着:"找到了!找到了!"

崔大可忙迎了上去,问:"什么情况啊?"

南易举着猪尾巴解释道:"猪尾巴不知怎么掉到大肠里去了,刚才洗大肠的时候发现了。完全是虚惊一场!虚惊一场!"

一时间,所有人如释重负,气氛重新欢快起来。餐厅一角,梁拉娣放下心来,露出放松的笑容。

厂区里的锣鼓队又敲起来。阳光明媚,高音喇叭里放着欢快的乐曲。

期待已久的会餐终于开始了。一道道菜上了桌子;一屉屉馒头、米饭,从后厨搬出。

梁拉娣所在的那桌,大家正要动筷子,梁拉娣说:"等一下,有个事我跟大家说一下,这饭菜我得夹一点,说好了给孩子们带回去点。大家放心,我不多夹,只夹我自己那一份,我自己一口不吃。孩子们都盼好几天了,大家要同意,我就夹啦。"

大家纷纷同意,梁拉娣高兴地拿出饭盒,每样菜都夹了一些,装了满满一饭盒。

南易来到每张桌前询问大家吃得如何,获得了一致好评。到了梁拉娣那一桌,知道拉娣一口都没吃,把自己的那份都留给孩子了,南易说:"多少也还是得吃一点吧,不吃也不是个事儿啊。"

拉娣不好意思地说:"不了,不了,我都拿了,就不能再吃了。"

南易还是说:"总得尝尝吧,各位没什么意见吧?"

大家也纷纷劝拉娣吃一点儿,拉娣不好意思地拿起筷子,每样都动了一筷子,尝一尝,心里对南易充满了感激。

南易又来到老班和丁秋楠那桌,一看见丁秋楠,又腼腆起来。

丁秋楠说:"老舅一直夸你做饭的手艺好,果然名不虚传。真太好吃了!"

南易赶紧摆手谦虚地说:"过奖,过奖。"

老班在一旁加把火:"行,以后想吃好的,就找他。"

南易一拍胸脯:"这事简单。只要有东西做!"

大家一片欢声笑语。

会餐结束时,桌上的盘子里,连菜汤也被馒头沾得干干净净。人们陆陆续续地从食堂出来。

丁秋楠陪着老班从食堂门里出来,老班的胃突然一阵绞痛,他痛苦地捂着,额头渗出汗来。丁秋楠着急地问:"舅舅,你怎么了?"

老班刚想开口，哇地一口把吃的全吐了出来，还吐了血。

一下子围上来好些人，周围一片大乱，丁秋楠大喊："赶紧送医务室。"

有人问："怎么了，怎么了？"

"吃太多了吧？"

傍晚，刘峰带着崔大可为他预留出的菜回到家里，和妻子焦敏、十岁的女儿朵朵一起坐在桌边吃饭，大家都吃得很起劲。刘峰说："这几道菜，确实不赖啊！"

焦敏有些不高兴："你看你一提吃那副贪婪的样子！"

刘峰笑呵呵地说："我不就是馋吗，也算不上大缺点。"

焦敏边吃边说："怎么不是大缺点？馋本身是个小缺点，但它带来一大堆大缺点。整天花很多时间研究吃的，有这些时间，多读读书，看看报，想想国家建设好不好？这些菜从食堂带回来，你给钱了吗？占公家便宜！整天就是贪图享受，不思进取，这种思想境界很落后！"

朵朵边嚼边说："爸，你是有点落后。"

刘峰一时无语，觉得妻子女儿很煞风景，分享快乐的热情完全被一瓢凉水浇没了。

梁拉娣提着饭盒进门时，孩子们早已在饭桌边坐好，眼巴巴地盯着她的饭盒。梁拉娣二话不说，给了大毛一个大嘴巴。大毛捂着脸，吃惊地看着母亲。

梁拉娣把饭菜热好，端上桌。大毛、二毛、秀儿分别都盛好了饭，坐在桌边，看着桌上香喷喷的饭菜，都露出了兴奋的目光，直咽口水。但又都看梁拉娣的脸色不对，有点发怵。

秀儿拿起筷子，大毛、二毛也拿起筷子，刚要夹菜，梁拉娣一声吼："把筷子放下！"她看着大毛，"你，站一边去！"大毛站了起来。

梁拉娣又说："吃吧。"秀儿拿起筷子，二毛也拿起筷子。

大毛在一边站着。几个人吃起来。梁拉娣也夹一点点吃，一边吃，一边狠狠地看着大毛。大毛强忍不哭，眼泪还是不停地流下来。

二毛吃了几口，终于吃不下去了，对梁拉娣说："妈，不怪我哥，是我趁他们不注意割的。"

梁拉娣一听，瞪着二毛，抬手也给了二毛一个大耳光，吼道："那你也站着去！"

二毛站到了哥哥身边。

拉娣说："秀儿，你吃……吃啊！"秀儿拿起筷子吃起来。拉娣自己也拿起筷子吃起来，边吃边落泪。大毛、二毛看母亲落泪，站在旁边，边流泪，边咽口水。

梁拉娣流着泪抄起扫帚,照着大毛、二毛的屁股打起来,边打边骂:"我让你偷东西!偷!这么小你们就不学好,就偷东西,将来大了,还不得犯罪进监狱啊!"

秀儿去抱拉娣的腿,拉娣也不管,仍打着:"咱家穷,可是得有骨气,再饿,再馋,也不能偷!不能让人看不起!"

大毛和二毛哭着认错,一家人哭成一片,都吃不下去了。

南易路过梁拉娣家,看见大毛、二毛在门口呜呜地哭着,问清了缘由,劝拉娣别罚孩子们了,难得演个电影,还是去看电影。

大毛、二毛感激地看着南易。

厂区的空地上置着放电影机,孩子们激动地上蹿下跳,四处疯跑,大人们端着茶倒着水,坐在一片马扎和小板凳上,津津有味地欣赏着电影。电影放映员一脸高傲地站在那儿,不时地呵斥着阻挡了光线的人们。

南易看电影正看得入迷,身后有人捅了他一下,南易转头一看,是梁拉娣。

四下很黑,拉娣紧紧贴着南易,南易颇有一点紧张。拉娣拉南易,让南易跟她的嘴凑近点。南易不明所以,还以为拉娣要亲他,可还是把脸凑了上去。

拉娣在南易耳朵边小声说:"今天猪尾巴的事情太谢谢你了,真不知该怎么报答你。"

南易一听"报答"二字,心怦怦乱跳。拉娣仍紧紧贴着他,他有点想伸手去摸她。

这时,远远有个女声叫了两声"南易",南易吓了一跳,抬头四下看,只见不远处,丁秋楠举着一个小板凳,向南易这边挤过来,冲他招手。

南易赶紧和梁拉娣拉开距离。丁秋楠挤了过来,对南易说:"哎呀,看电影的人真多啊,我来晚了,凳子都没地方放。"

"放这儿吧,放这儿吧。"南易给丁秋楠腾地方。

梁拉娣识趣地说:"你们看吧,我过去了。大毛、二毛在那边。"

南易忙说:"好。"

丁秋楠有点不解地看着梁拉娣,问:"是不是占了你的地方?"

梁拉娣看了南易一眼,说:"没有,没有。你们聊。我在那边有地方。"

第三章
一条猪尾巴

崔大可刚刚洗完澡，光着膀子端着脸盆从澡堂里出来，在门口碰见了特意等着他的老班。老班热情地向他打招呼："大可！我正找你。"

崔大可看看老班，问："是吗？什么事？"

老班说："有个事想求你。我有个外甥女，刚刚从护校毕业，正在找工作，厂里医务室不是缺护士吗，你能不能帮着跟领导说说？"

崔大可忙摇摇头说："老班，不是我不帮忙，医务室跟我不沾边啊，这忙恐怕帮不上。"

老班赔着笑："你跟领导关系那么近，还不是你一句话的事。"

崔大可摆摆手退了一步："可别这么说，我可是个有原则的人。"

老班看着崔大可，气呼呼地不知道该说什么。这时，丁秋楠从女澡堂走了出来。她也刚洗完澡，头发湿漉漉的，脸涨得红红的，年轻貌美。她见崔大可光着膀子，又是生人，不想凑近，只远远跟老班打了个招呼。

崔大可一见丁秋楠，眼睛就发直了。老班把丁秋楠喊了过来，向崔大可介绍了。崔大可高兴地问老班："就是她想当护士？"

老班点点头，说："市护校念了三年中专，今年刚毕业。"

崔大可拍了拍胸脯，一脸豪气地说："我回头去医务室说说，应该没问题。你听信儿吧。"

老班忙道谢，可崔大可像没听见似的，眼睛还在丁秋楠身上定着，看得丁秋楠浑身不自在，打了个招呼就逃也似的走了。崔大可这才依依不舍地去推自行车。

会餐的成功让南易正式重回食堂，并担任食堂厨师长，管理厨房。可是他上班第一天，就发现崔大可难为他，故意把盐藏了起来。南易只好去找他评理，走到崔大可的办公室门口，却看见一个虎头虎脑的小伙子抱着一包肉从崔大可屋里出来，那小伙子拿眼睛使劲盯着南易,说:"你是南易吧!"

南易上下打量了他半天,说:"嗯。咱们好像哪儿见过?"

小伙子笑道:"杀猪的时候见过,我叫虎子,供销社许主任是我爸。"

南易点点头,又指了指虎子手里的肉,问:"你这是……"

"崔主任送我爸的肉,叫我来取,我们说不要,非给!呵呵。"虎子把肉提了提,"要不给你吧?"

南易摆摆手说:"那不用,那不用。我先走了,回头见。"说完就向崔大可的办公室走去。

办公室里,崔大可正把着一杆秤在分猪肉。听到敲门声,他把门打开一道缝,见又是南易,便问:"有事吗?"还故意用身子挡着南易的视线。

南易说:"挡也没用,我知道你在干吗!"

崔大可见南易看到了,索性也不挡了。南易走进来,指着猪肉,说:"崔主任,又假公济私?"

崔大可辩解道:"谁假公济私了?刚才是供销社许主任家的。"

南易冷哼一声:"反正不是咱们厂的。"

崔大可急了:"哎,南易,我跟你说,人家不稀罕这一斤肉,可咱要是没意思到,面子上就过不去。说句实话,咱们食堂的副食好多都指着人家呢。"

南易不以为然道:"供销社不也是国营的吗?是他家个人的买卖啊!"

崔大可不耐烦了,说:"跟你这人说不清楚事儿。我就知道,这事叫你看见就又得唠叨,你说能怪我嫌你唠叨吗?你不是厨师长吗,就管好做饭那摊事,食堂管理的事,不归你费心。"

可是南易还是不肯就这么算了,径直去了刘峰的办公室,把崔大可给供销社主任送肉的事儿跟刘峰说了。

刘峰叹了口气,说:"这个事不怪崔主任,我知道,我同意的。"

南易看看刘峰,点点头,冷笑道:"我就知道!都是……"他那句骂人的话到了嘴边又咽了回去,一张脸涨得通红,满脸的愤怒。

刘峰按住南易的肩膀,语气平和地说:"你先听我说。会餐前,崔主任就拟了一个名单,说这些人都得照顾一下。我一看就急了,这哪成,猪还没杀就分光了,群众还吃什么?可是我心里也明白,有些关系总是要维持的。为了大局,我就把给每个人的数量都砍了一半,而且我可以跟你保证,我自己一根猪毛都没拿,崔主任也一样。所以,这件事要实事求是地看,不能完全说是假公济私,也可以说是假私济公,目的都是为了咱们厂。南易,底我都跟你交了,毫无保留。"

南易被刘峰诚恳的态度给说蒙了，但还是嘴硬："哼，反正最后还是领导落的多，群众落得少。"

刘峰叹了口气，说："一点没错，我也很清楚。这是弊端，但要改变也得慢慢来，先从自己做起是不是？南易啊，你这个人有原则，看不惯就说出来，我欣赏，像你这样的人就是太少了，不正之风才得以暗兴起来。以后，厂里有什么不好的事，你都可以跟我直接反映，能管的一定管，咱们一起来建设一个良好的风气。怎么样？"

南易不自觉地点点头，可心里又觉得哪儿有点不对，一时却又说不出个所以然来。

自打南易回归食堂以后，食堂的菜样丰富了不少，厂里的人来打饭都要跟南易打招呼，道声谢。

这天中午，丁秋楠也来打饭，和南易随便聊了几句就端起饭盒走了。南易微微探身看着丁秋楠年轻的背影，一脸的依依不舍。这时，梁拉娣也来到南易的窗口打饭，借故探头往南易的脚猛看，让南易有些摸不着头脑。

不远处的一桌，崔大可和刘峰正吃得开心，崔大可发挥自己的特长，把刘峰逗得不时发出爽朗的笑声。他对崔大可说："你跟南易各有优缺点，合作好了，可以互补，要是较劲，就是两败俱伤。以后食堂，你主外，他主内，你把食堂管好，人脉维持好，南易把菜做好，做个黄金搭档，多好的事，较什么劲呀！"

崔大可说："哪是我较劲呀，是他喜欢跟我较劲。"

"南易这个人性格是有点各色，但其实人不坏，没什么私心，只要你把住了他的脉，这个人很好相处。你其实也清楚，以前大伙对食堂的饭菜有很多抱怨，自打会餐之后，全厂职工都对食堂挺满意，你还不趁热打铁，把食堂越搞越好，老是闹矛盾，传出去也丢人啊。"

崔大可点头道："刘厂长，明白了，你放心吧。我一定好好带着他干。"

刘峰笑道："行！有你这句话，我就放心了。"又吃了一口菜，他看着崔大可说，"我把你的副科级都报上去了，就等批了。你看，前途一片光明，要好好珍惜呀。"

崔大可感激地说："刘厂长，您真是个好领导！"

从食堂出来，崔大可还在念叨着刘峰对他说的话，回到屋里，他从一个锁着的柜子里拿出一个小小的布口袋，里面是他珍藏了好久的花生。崔大可抓了几把，拿纸包好，径直出门去了仓库找南易。

进了门，也没有多说废话，崔大可就拿出花生来递给南易："来来，小小意思，吃吃吃。"

南易笑道："你现在是真大方。今天送酒，明天送花生，简直变了个人！"

崔大可也跟着笑道："哈哈，进步，必须的。我对自己就这么点儿要求。"

南易看了一眼花生，笑骂道："真大言不惭！"

崔大可坐了下来，看着南易说："说句实话，你回食堂，我是真高兴。你知道，我这个人对吃饭没什么兴趣，塞饱就得，没那么多讲究。你一来，饭菜的质量就搞上去了，我也跟着脸上有光嘛。"

南易摇摇头，谨慎地回答："不敢当。"

崔大可接着说："南易啊，你这回真是风光了一把，一顿饭改变命运，直接成厨师长了。一夜成名啊！外面都传，说我和刘厂长三顾茅庐你才出山，那不就说你是诸葛亮嘛。我以前还真没看出来，你平常吊儿郎当的，关键时候还真按不住地往外蹿啊。"

南易低声咕哝道："我没蹿，谁蹿了谁自个儿知道。"

"哈哈，开个玩笑嘛。你对我还有什么意见，尽管提。我这个人就是大人大量，什么事都不过脑子，以前咱俩的那些过节，不提了。"崔大可拍了拍南易的肩膀，"食堂是个肥差，直接跟吃打交道，到什么时候都饿不着。以后咱俩通力合作，无往不利，共同实现人生理想！"

南易有些不屑地说："呵，你还有人生理想？说说你的人生理想是什么！"

"我的理想？我的理想……"崔大可低头想了一会儿，仿佛确定了什么，抬头笑道，"哈哈，那可不能告诉你。反正不想当厨子，尤其不想当厨子！你呢？就想当厨子？"

南易被他弄糊涂了："崔主任，你到底想说什么呀？"

崔大可摆摆手，说："以后还是不要叫我主任了，叫我老崔、大可都行，都这么多年了，就算在单位我是你的一级领导，私下也该是兄弟了。"

南易摇头："别别别，不习惯。"

崔大可皱起了眉头，说："有什么不习惯的？兄弟！你得习惯起来。你做饭手艺不错，以后就在食堂好好干，有我，有刘厂长，前途一片光明。我看出来了，刘厂长也是个好吃的主，说句实话，把领导的胃管好了，就赢得了领导的心。你想想，胃是不是跟心挨一块儿，一不留神就弄混了？"崔大可说着，还在胃和心的位置比划着。

这时，大毛和二毛背着筐经过南易住的仓库门口，探头探脑地往屋里看。南易听着崔大可唠唠叨叨个没完没了，早不耐烦，一看到两个孩子，就故意招呼他们进来。

崔大可说："嘿，这不是梁拉娣那俩崽子吗！"他问大毛，"你们俩筐里装的什么呀？"

大毛回答："榆树钱。"

崔大可笑了笑，又问："困难时期都过去了，怎么还吃这个呀？"

二毛抢着答道："爱吃！"

崔大可又笑了。南易看不过去，又实在是想气一气崔大可，就问两个孩子："吃过花生吗？"大毛二毛看见桌上的花生，不知是该说吃过会得到，还是说没吃过会得到，所以一个摇头一个点头。

南易又问:"想吃吗?"大毛、二毛这次都重重地点了点头。

崔大可一听,伸手去捂住花生,却被南易抢先抓起一把,递给大毛二毛,桌上所剩无几,崔大可心疼得直皱眉头。

大毛和二毛懂事地对南易说:"谢谢叔叔。"南易说:"别谢我,这是崔主任的花生,咱们都是沾主任的光!可要记住啊,崔主任!"

大毛和二毛又看着崔大可说:"谢谢崔主任。"崔大可也不知道该哭还是该笑,尴尬地说:"不用、不用。"

两个孩子欣喜若狂,千恩万谢地走了。崔大可埋怨南易:"南易,我都没吃几颗呢,你就都抓给这俩毛孩子了?这花生是我带给你吃的……"

南易说:"你看你看,抠门劲又来了,给出去的东西,还心疼?"

崔大可还是心疼:"那是给你吃的呀!"

南易乐呵呵地看着崔大可,心里对自己的小报复很满意:"既然是给我的,我又分给别人了,怎么着吧?"

崔大可生气地说:"跟你这人没法聊天!算了算了,花生也没了,我先走了。"

大毛、二毛高兴地回到家时,梁拉娣正在画鞋样。大毛和二毛从筐里把树上钩的榆树钱儿和槐树花拿出来,洗干净,烫熟,拌上些酱油和盐,放在桌上当菜吃。

大毛高兴地说:"妈!你猜今天我们去摘榆树钱的时候碰见谁了?"

梁拉娣头也没抬:"谁呀?"

二毛抢着回答:"南易,还有食堂崔主任。"

梁拉娣听到南易的名字,抬了抬头,问:"噢,那怎么了?"

大毛说:"你猜他给了我俩什么?"

拉娣皱了皱眉:"跟你们说过多少次了,不许瞎要别人的东西!"

大毛急道:"真是他给我们的。"二毛从口袋里掏出了那把花生放在桌上。梁拉娣一看这么珍贵的东西,也很惊异,有些不敢相信地问:"真不是偷的?"

二毛肯定地说:"真不是偷的!是南易给我们的,他说是崔主任给他的。我们俩一人就吃了一个,大毛说让我带回来给你和秀儿吃。"

拉娣笑了:"你们俩懂事啦,知道想着妈啦。行,你们三个一人再吃一颗,剩下的妈给你们收起来,过年再吃,好不好?"

大毛、二毛听话地点点头,三个孩子从桌上拿起花生剥了,高高兴兴地吃。大毛说:"妈,你给南易也做双鞋吧,他那儿老有吃的。"二毛接口道:"就是!"

梁拉娣笑着说："你们这俩小子还挺贼！行，就把这双给他。"她扬了扬手里正在做的鞋样。

大毛说："南易这个人真好。"二毛也说："妈，万一你以后要再结婚，就找个食堂的厨子吧，像南易这样的。"

"呸！闭嘴，这事也是你们小孩子说的！"拉娣笑着给了二毛一耳刮勺，又忙补了一句，"不许出去乱说啊！"她看着自己手里的鞋样，忍不住嘴角的笑意。

第二天清晨，后厨空空荡荡，厨子们都还没来上班，南易就已经开始忙着剁大骨头熬骨头汤了。一直忙到上班时间，南易才去崔大可的办公室找他谈自己对食堂的设想："我想弄一缸泡菜、一缸卤汁，这两样都是可以长年吃的，不怕放，时间越长越好吃。"

崔大可点头："噢，可以，弄吧。"

南易接着说："除了每天的大锅菜，主食，食堂可以自制一些咸菜、卤菜、熟食之类，把伙食搞得更丰富一些。每天还可以卖一部分，不为赚钱，就是可以有更多的花样，更丰富一点。"

崔大可摇头："卖东西，那可不行。"

南易想了想，说："那好吧，那这个算了。咱们食堂现在只做午饭，其实每天职工上班都挺早的，是不是可以把早饭开了。还有下夜班的职工……"

崔大可皱起眉头："怎么这么多事啊，食堂到底是你管还是我管？"

南易撇了撇嘴，说："哦……那就先弄两个泡菜和卤汁吧。缺一些佐料、工具和器皿，可不可以添制一点儿？"

崔大可不耐烦地说："那泡菜和卤汁就不要搞了。你就管把菜炒好了就得了，脑子里怎么那么多想法？我有事，出去一趟。"说着站走来往门外走。

南易跟着出门："这星期的菜单，你要不要……"

"不要，不要。"崔大可打断道，"这些事不用问我，问我我也不懂。"

崔大可不同意添置器具，南易没有办法，只好一个人跑到废品收购站的院里四下寻摸，好不容易从成堆的废品中拨拉出了一些锅、炒勺、大缸等。他找来一个平板车，把这些东西拉回来，满头大汗地一样一样地往下搬。

崔大可从办公室的窗子里看到，恼怒地断喝一声："停！"然后跑了出来，指着南易，"停停停！你干吗呢？"

南易说："我从废品淘换出来的，洗干净就全都能用得上。"

崔大可生气地大喊："不行，不行，你要把食堂改废品站吗？"

南易争辩道:"没有,不是,我是想……这些洗干净都可用,我跟丁秋楠都说好了,她给我高锰酸钾消毒……"

崔大可坚决地摇头:"作为食堂主任,我坚决不能同意!"

南易无奈地看着崔大可,见他一脸坚决,只好又拉着一平板车的坛坛罐罐送回去。来到一个大下坡路,南易勉强地支撑着板车的分量,一路冲滑下去,快到坡底时,却正赶上刘峰骑车经过,两人互躲,结果都摔在了一边路上,一车的坛坛罐罐翻在地上,全碎了。板车的一只轮子也掉了,滚出老远。南易还磕了腿和胳膊,脸上也撞青了一块,疼得龇牙咧嘴。

刘峰拍了拍身上的土,来到南易身边,问:"你没事吧?"见南易摇头,他又指着地上的一堆东西问,"你这是干吗?"

南易长叹了一口气,把来龙去脉说了一遍。刘峰说:"走走走,这个事情要找崔大可好好说说。"

在刘峰的办公室里,刘峰严肃地对崔大可说:"崔主任,必须得批评你了。南易搞食堂建设,你应该支持才对啊。"

崔大可大声说:"我支持啊。我是怕这堆东西不卫生,万一弄个传染病什么的,那可就出大事了。"

刘峰皱眉了:"这些东西要是食堂有,南易也不会到废品站去搞啊。"

崔大可一副无辜的表情说:"是啊,他也不跟我提,自己就跑到废品站去了。"他转过头看着南易,说:"南易,食堂缺什么你得跟我反映啊,自己解决问题不是个办法嘛。"

南易的脸色一阵难看,张了张口想争辩,又觉得没意思,把话咽了回去。不过刘峰看出来是崔大可在推卸责任,有些头疼地揉了揉太阳穴,说:"得得,南易,废品站的东西确实让人不放心,这么着吧,你需要什么,列个单子给崔大可。"他又盯着崔大可:"崔大可,你都得满足他。"

崔大可胸脯拍得直响:"没问题。"

刘峰叹了口气,说:"行了,那这事就这么定了。你去把板车修修,拉回来吧,轮子都掉了。"

崔大可马上站了起来:"好,在哪啊?"

"我领你去。"南易站起来一瘸一拐地往外走。

崔大可和刘峰也跟着往外走。刘峰看见南易的胳膊上磕出来个伤口,问道:"怎么磕这么大一块儿?"

南易看看自己的胳膊,毫不在意地说:"抹把炉灰就得了,没事。"

刘峰说:"什么没事,赶紧去医务室搽搽药!"

南易说:"不用了吧?我小时候头破了都没打过针。"

刘峰提高了声音:"我让你去就去!板车让崔大可去修。"然后看了崔大可一眼,自己先走了。

崔大可恨恨地对南易说:"好啊,你跟领导玩苦肉计!"气呼呼地走了。

南易一进医务室的大门,第一眼就看见了已经在医务室正式上班的丁秋楠,神色顿时变得有些不自然起来。

丁秋楠听见有人进来,一回头,看见是南易,眼神为之一亮,笑着说:"是你呀。"

南易嘿嘿笑着:"啊……这会儿不忙啊?"

丁秋楠看见南易胳膊上的伤口,眼睛里闪出一丝关切:"再忙也得接待你啊。你怎么了这是?"

南易会心地一笑,看看胳膊,说:"骑车磕的,本来没事,厂长非让我来。"

丁秋楠赶紧去取药水,给南易撸好袖子,很用心地为他的伤口消毒,焦急关心的神色就写在脸上。南易一直盯着丁秋楠看,两人的眼神无意中一碰,赶紧互相躲开。丁秋楠的脸微微一红,差点把药水棉球掉到南易的裤子上。

一丝涟漪在两人心头泛起。

上完了药,丁秋楠送南易出来,两人热情地告别,似乎还有些难分难舍,丝毫没有注意到不远处一脸怒气、还狠狠往地上吐了口痰的崔大可。

又是开饭的时候,崔大可站在一个固定的位置,审视食堂打饭的情况。

梁拉娣端着饭盆来食堂,崔大可注意到,南易负责打饭的窗口队伍很长,梁拉娣不去排短的队,却排在南易那个窗口。崔大可灵机一动,远远地偷看。

排到梁拉娣了,崔大可看到南易和梁拉娣有说有笑,南易在给梁拉娣打饭的时候,盛菜的量特别大,几乎是别人的一倍。崔大可暗暗点了点头。

饭后,崔大可晃到后厨,用阴阳怪气的语气对正在收拾灶台的南易说:"南易,今儿可让我给逮个正着啊,假公济私啊!"

南易莫名其妙地看他一眼,问道:"什么逮个正着?我假什么公济什么私了?"

崔大可阴沉沉地一笑,说:"中午梁拉娣打饭,别的队都短,就你的队长,她就专挑长的排。我再仔细一看,可不得排你的队嘛,一份钱给两份菜呀。"

被崔大可说中了,南易的表情有点儿不自然:"你别胡说八道啊!我没有故意给她多打饭菜!"

"哎呀，不用解释，我理解。她要是天天排我的队，我也多给她。梁拉娣是咱厂有名的'破鞋''公共汽车''全国粮票'嘛。"崔大可的话越说越难听。

南易生气地说："你穿过啊？破鞋？无聊！"说完扔下东西就往外走。

崔大可冲着南易的背影喊："你看你看，好汉做事好汉当，我又没怪你，说着玩嘛！"一旁正在洗锅的刘明敢和杨小东偷着乐。等南易出去了，刘明敢凑到崔大可身边，说："崔主任，你不说我还忘了，这俩说不定还真有一腿。"

崔大可来了兴趣："怎么回事？"

刘明敢说："你还记得会餐的时候猪尾巴的事吗？"崔大可点头。刘明敢接着说，"那天猪尾巴不是一直没找着吗，后来梁拉娣来找南易，再过会儿，南易就举着猪尾巴说在大肠里找到了。那天是我洗的大肠，哪有猪尾巴啊。你说这事是不是有点怪？"

崔大可一听，眼睛放光："你再说一遍，前前后后怎么回事？"他听着听着，得意地笑起来——下午，厂里的领导要开会，这简直就是一个大好机会！

下午开完会，刘峰刚要宣布散会，崔大可站起来，说："稍微等一下。我有件和今天会议无关的事想说一下。"

大家都看向崔大可。

崔大可说："我想再谈谈猪尾巴事件。"大家一阵哄笑，崔大可接着说，"大家别笑。据一些同志们反应，后经过我多方调查和搜集证据，初步可以断定，猪尾巴是南易拿的。"

大家愕然。刘峰问："他拿猪尾巴干吗？"

崔大可说："南易偷了猪尾巴给了咱们厂的女工梁拉娣。大家都知道，梁拉娣是个寡妇，名声一向不怎么好，她跟南易之间有很多不清不楚的事，我和刘厂长就撞见过一回。"

众人大吃一惊，纷纷看向刘峰。刘峰忙解释道："没有啊，我和崔主任去找南易时，人家正试衣服呢，我们一去，梁拉娣就走了。"

崔大可又说："我还发现，每天梁拉娣都在南易的窗口打饭，而南易给她的量总是特别地大，这不也是一种变相的偷窃行为吗？"

有职工来找梁拉娣去保卫科的时候，梁拉娣刚刚打发走来找她的那个供销社许主任，正烦恼着，听说要去保卫科，心里一惊，惴惴不安地去了。推开保卫科的门，她发现崔大可和两个保卫科的干部表情严肃地坐在里面。

崔大可让梁拉娣坐下，说："厂里委派我和保卫科共同追查猪尾巴的事！"崔大可冷笑一声，"事情的来龙去脉我们都已经很清楚了，现在叫你来就是要听你怎么说，请你配合。坦白从宽，抗拒从严。"

梁拉娣想了想,就直说了:"这事跟南师傅一点关系都没有,猪尾巴是我儿子拿的,被我发现了。我害怕说不清楚,就去找南师傅想办法,人家南师傅纯粹因为仗义才帮的忙,这事前前后后跟他一点关系也没有,责任都在我!"

崔大可摇摇头:"跟谁有没有关系,责任该谁负,不由你说了算,我们自有判断,你老老实实说明情况就行了,明白吗?"

梁拉娣争辩道:"我说的就是实际情况啊。"

崔大可摇摇头,说:"不老实!背后的隐情都想蒙混过去,那可不行。你的态度不好啊!"

梁拉娣生气了:"什么叫蒙混过去?你说什么是隐情?"她死死盯着崔大可,"我态度不好?就这么点事情,你们还死活不相信,你们态度很好?"

崔大可一拍桌子,吼道:"现在是调查你的情况!"

梁拉娣索性放松了,跷起二郎腿,说:"行啊,你们想知道什么?"

崔大可问:"你和南易怎么回事?"

梁拉娣满不在乎地说:"我和你怎么回事,和他就怎么回事。"

崔大可被呛得一时无语,梁拉娣又把保卫科的两个干部都说了一遍,都是些占过她便宜的,也都被说得满脸通红,尴尬不已,不知道该不该继续问。这时候,南易在外面敲了门。

崔大可让梁拉娣进里屋回避一下,才打开门。

南易一看是崔大可,皱眉头说:"你怎么也在这儿?出什么事了?保卫科找我干吗?"

崔大可说:"是厂里委派我查一下会餐那天猪尾巴的事。"

南易说:"那天猪尾巴不都找着了吗,还追查什么呀?为条猪尾巴,至于吗?"

崔大可说:"你当然觉得不至于了,也不是我非要查,有群众反映,得给群众和领导一个交代呀。"

南易不以为然:"群众都反映什么呀?"

崔大可嘿嘿一笑:"反应你跟梁拉娣之间关系不正常。"

南易大怒:"放屁!怎么不正常?看见我们搞破鞋了,还是捉奸在床了?"

"别急呀,我们又不是无中生有。梁拉娣就在屋里,人家可都说了。"崔大可还想蒙南易说点儿什么出来。

哪知南易不在乎地说:"说就说了呗,她都说了我还说什么?"

里屋门开了,梁拉娣走了出来。崔大可急道:"哎!谁让你出来的……"梁拉娣不理他,对南易抱歉地说:"对不起,南师傅,连累你了,我把情况都跟他们说了。"

南易一见梁拉娣真在,知道事情败露,索性也直说了:"猪尾巴是我帮她还给食堂的,怎么了?不就是条猪尾巴吗?小孩子调皮捣蛋,割了猪尾巴,也算不上什么大错吧。那天梁拉娣主动拿猪尾巴来让我帮着还,说怕耽误全厂会餐,我帮着还,也是觉得为条猪尾巴弄得大家吃不成会餐,犯不上。要搁我,就把猪尾巴送给她了。"

崔大可总算逮着一句话:"那是公共财产,你想送人就送人?"

南易懒得再和他废话,不耐烦地说:"行行,随你们怎么办吧!我不奉陪了。"说罢,怒气冲冲地摔门而去。

梁拉娣追了出来,拉住南易,不住地道歉:"真对不住南师傅,这事连累了你,给你添麻烦了。我跟他们都说了,你纯粹是帮忙,要说错和责任都在我。"

南易一回头,崔大可等一干人正趴在窗户上往外看,南易甩开拉娣的手,冷冷地说:"事儿是我自己愿意乐意做的,该承担什么责任,我自己承担,不关你的事。"说完走了。

拉娣愣在那,感激地看着南易走远。

南易皱着眉头往宿舍走。一抬头,看见丁秋楠迎面走来。微风中,丁秋楠的长发迎风而起,步伐轻盈,南易有些出神地看着她动人的身影,眉头马上舒展开来。

丁秋楠也看见了南易,笑着和他打招呼。南易问她去干吗,丁秋楠说:"我去出个诊,送点儿药。"

南易殷勤地说:"哦,哎,要不我骑车送送你?远吗?"

丁秋楠笑了:"就在车间旁边。"

南易一下子也不好意思了。

丁秋楠想了想,有些害羞地说:"下次要是去外头,我去叫你。"

南易高兴了:"行!"

两个人笑意盈盈,南易完全忘记了前一刻的烦躁与愤怒。

在南易与丁秋楠打情骂俏的同时,刘峰却和妻子焦敏在家里吵了起来。焦敏处处看不起刘峰,总是在女儿面前贬低他,这让他越来越受不了,终于把报纸往身边一摔,火了。

下一刻,整个宿舍区都可以听到焦敏高声叫骂的声音:"刘峰!你什么态度!你就这么下去吧,有你吃亏后悔的一天!……"

刘峰唉声叹气地从家里出来,漫无目的地骑上自行车,想了想,奔仓库而去。

仓库里,南易正在做饭,两人便聊了起来,说着说着,话题就扯到了梁拉娣身上。巧的是,梁拉娣正拿着给南易做好的布鞋到了仓库门口,听到里面在说自己的名字,心里一动,侧耳细听起来。

南易说:"梁拉娣带着四个孩子,家里跟猪窝似的,一进屋一股尿介子味,我疯啦?再说,我还不知道梁拉娣是厂里出了名的'破鞋'?我南易是一堂堂的厨子,戴白帽子的,可不想整天顶着绿帽子下厨！我就搞破鞋，也犯不着找梁拉娣呀，我傻，我缺心眼？"

刘峰劝道："你也别生气了，我都听明白了，这事虽然确实有点拗淘，但也千万别影响了工作，咱们虽然相处不长，可我对人的基本判断还是有的，我对你是绝对信任的。你这一手的好厨艺，我还准备让你好好地发挥发挥呢。你对梁拉娣要真没意思的话，那往后就注意点，能少搭搁就少搭搁，保持正常的同志关系，别人想说也说不着。"

南易哼了一声："本来就没任何关系！真是没逮着狐狸还惹了一身骚。"

仓库外，梁拉娣把南易的一番话全听了进去，心上一阵难过，忍了忍，一咬牙，还是推开门进了屋。

梁拉娣突然推门进来，把刘峰和南易吓了一跳。

梁拉娣强迫自己笑了笑，说："刘厂长也在哪！猪尾巴的事我都跟保卫科交代了，不关南师傅的事！我是寡妇，寡妇门前是非多，名声本来就不怎么好，平常也都是我主动跟男的搭搁，没办法，人穷志短，为了几个孩子，谁给好处就跟谁，平时有时候多跟南师傅说几句话，也冲他是厨子，吃上个方便。可人家南师傅特正派，我就是想勾搭人家，人家也瞧不上我啊。这次猪尾巴的事，南师傅绝粹是仗义、帮忙，结果还受连累背黑锅，真对不住！"

南易听她这么说，有些过意不去："你也别这么说……"

梁拉娣自嘲道："你说得对，又没招着狐狸还惹一身骚，多冤枉啊。还弄脏了你……的棉袄，这鞋是赔给你的，新鞋，不是破鞋！"说完，拉娣把一双布鞋放在窗台上，扭身走了。

留下刘峰和南易在屋里面面相觑。刘峰也觉得有些尴尬，没再多留就起身告辞了。

南易走到桌边，看着那双布鞋。鞋做得针脚细致、样式讲究。再往里看，鞋里还有一对绣着暗花的鞋垫。南易走到柜子边，打开，叹了一口气，把鞋扔了进去。

回家的路上，梁拉娣伤心地走着，终于忍不住，蹲在路边哭了起来。哭着哭着，她撸了一把鼻涕，狠狠地摔在地上，抹了一把脸，站了起来。

第二天清晨，布告栏里就贴上了对梁拉娣和南易的处分公告。梁拉娣也再不到南易打饭窗口去打饭了。崔大可对此得意不已。

他却不知道，他心心念念的丁秋楠把这事儿的过错都栽到了"小肚鸡肠"的崔大可身上，对老班说崔大可是"一天到晚给人栽赃"。

第四章
一切为了吃

南易的屋子里乱成一团,南易正戴着白粗线手套,蹲在地上鼓捣蜂窝煤炉子。门没关,刘峰急匆匆走进来,看见满地的东西,问:"这是干什么啊?"

南易没起身,继续鼓捣着炉子,回答道:"炉子坏了,我修修。"

刘峰也没跟他客气,坐到床上,看着他,说:"我找你有事说。"

"什么事啊?"南易把炉子搁在一边,摘下手套,起身看着刘峰。

刘峰说:"我刚接到电话,总厂的史副书记要到厂里来视察工作。你要负责准备招待的饭菜。"

南易说:"厂长,炒菜我没二话,准备饭菜,我到哪儿去找啊?现在是要菜没菜,要肉没肉啊!这不是崔大可的事情吗?他路子那么广,还用得着我啊。"

刘峰叹口气:"狼多肉少,没那么多东西。每个人都得琢磨怎么弄点东西,崔大可那头我已经交代过了,他也在想办法。这次招待,要既不铺张,又要讲究。我告诉你,史副书记也是个美食家,不好糊弄。领导头一次来,这个战役可只许胜利,不许失败。"

南易还想推,刘峰打断他:"想想办法,关键时刻别掉链子!"交代完,又急匆匆地走了。

一接到领导布置的任务,崔大可就忙着四处买肉,可是他把认识的人全找遍了,也没买到多少肉。刘峰也着急,在家里饭也吃不下,大口地抽着烟。

妻子焦敏被他晃得不耐烦了,说:"一个厂副书记下来就把你折腾成这样,这要是市长来,你不得去偷肉啊?我看你真是官儿迷。"

刘峰没好气地说:"我倒是想偷。你给我指条明路,告诉我哪儿有就行。"

"没羞没臊!供销社有的是肉,你还真的去偷啊?"

听她这么一说,刘峰忽然恍然大悟:"哎,对了,供销社……"他又想了半天,起身回了厂里办公室,吩咐崔大可跑一趟供销社。

没过多久,崔大可就灰头土脸地回来了,显然,他在供销社许主任那里碰了钉子。刘峰眉头紧锁地走来走去,气愤地说:"这个老许做人也太抠了吧?"他又哪里知道,不是许主任太抠,而是他把多余的肉都卖给了梁拉娣!

崔大可说:"我都快给他跪下了,说什么也不给啊。"他想了想,"倒是他的女儿在旁边帮着说了半天好话,可许主任硬是不听。"

"他女儿?"刘峰问。

"对啊。"崔大可说,"还问了南易好几回呢。"

刘峰低声自语道:"南易……"他猛地一拍桌子,说,"我再亲自去一趟供销社。"

从供销社一回来,刘峰就叫人把南易找了来,又是倒水又是让座,格外热情地招呼他,寒暄了几句,忽然问道:"南易,你今年多大了?"

南易有些莫名其妙:"三十啊……怎么了?"

刘峰说:"给你解决解决个人问题。"

南易连连摆手:"这个我不着急。"他心里还想着丁秋楠呢。早上悄悄给她送了栗子去,也不知道她吃没吃。

刘峰说:"什么不着急,人总得结婚生孩子,你也不是怪物,也到该考虑的时候了。我给你相中一个,包准配得上你。不但配得上,还是互补型的,一个厨子,一个卖肉,多好。"

"卖肉的?谁啊?"南易更有些丈二和尚了。

刘峰笑着说:"供销社许主任的闺女,在供销社柜台上卖肉,你杀猪的时候见过你,对你挺有意思,我一说要相亲,人家就答应了。"

南易皱了皱眉头,不记得自己见过许主任的闺女啊,那个叫虎子的小伙子倒是见过几次。他又想到了丁秋楠,忙说:"我没意思,还是拉倒吧。"

刘峰有些急了:"你是不是犯傻了?这样的人家,多少人都想抢着找呢!许主任是谁啊?供销社是什么单位?再说了,眼看着史副书记这不是马上就要来了吗?你要是能跟那女的见一面,先谈谈,咱们缺的肉不就全了吗?"

南易坚决摇头:"厂长,你这不是让我卖身求荣吗?我不干。"

刘峰"呸"了一声,道:"什么卖身求荣?胡扯。又不是让你订终身,就是去跟人家见个面,吃个饭,实在对不上眼儿,谁也不能逼着你结婚啊,对不对?"也不给南易再拒绝的机会,就把他送出了办公室,让他再好好想想。

出了厂长办公室,南易烦闷地皱着眉头,想着丁秋楠,就觉得自己绝对不能答应刘峰的要求。这么下定了决心,南易突然打了一个大大的喷嚏。

而这个时候,丁秋楠却并没有想着南易。崔大可带着一瓶相当珍贵的水果罐头去送给丁秋楠。要知道,在那个年代,水果罐头的珍贵程度要远远高于鱼肉。丁秋楠看着那瓶罐头,眼神一变,对崔大可说话的语气,也没再那么厌恶和冷漠了。

晚上,南易躺在床上睡觉,把被子掖得紧紧的,还不住地咳嗽,显然是病了。正难受着,传来"咚咚"的敲门声。

南易用被子裹到头上,翻了个身,不想理会这敲门声,只想继续睡觉。可那敲门声却越来越大。实在被吵得不行了,南易猛地坐起,满脸愤怒地跳下床,冲过去开门,准备把来人大骂一顿。

可门开了以后,南易愣了,没骂出来。

门外,刘峰拿着一瓶酒,站在那儿:"南易,我求你来啦。"

南易的咳嗽越来越重,第二天一早,丁秋楠就带着药箱来给南易打针,崔大可送给她的罐头,她也带了来,想让南易补充点儿营养。崔大可在门外弯着身子从门缝里偷看,眼看着南易脱了裤子,丁秋楠动作轻柔地在他的屁股上打针,崔大可实在忍不住了,走了进来,冲南易冷笑道:"别装了南易,针都打了,还装什么啊!"

崔大可一扭头,看见自己的罐头放在桌子上,马上来气了,上前把罐头打开,自己大口大口地吃了起来。

丁秋楠不屑地说:"崔大可,你可够大度的啊。"

崔大可猛地把罐头放下,冲南易大喊:"南易!我跟你势不两立!"

丁秋楠满脸瞧不起的表情看着崔大可,冷笑道:"不就是嫌我把你的罐头拿这儿来了吗?大老爷们儿怎么这么小气?后悔了?后悔拿走!"

崔大可不吃了,小声儿嘀咕着:"我他妈一定要把他比下去……"

大家都不说话了。

刘峰正指挥着一帮青工打扫卫生、悬挂欢迎领导的条幅什么的,看看忙得差不多了,火急火燎地来找南易:"南易,打了针就快起来吧,什么都到位了,就差肉和菜了,抓紧抓紧!"说完,又风风火火地走了。

崔大可看着他出门,嘀咕道:"赶紧什么啊?"

南易叹了口气,对丁秋楠说要出去一下,看了崔大可一眼,就走了。丁秋楠赶紧也跟着走了出去。留下崔大可一个人对着南易的背影翻白眼。

南易去的地方,当然是供销社许主任的家了。昨晚刘峰深夜来求,南易实在不好意思再拒绝，只好答应了他。

此时，许主任家的厨房里，到处都放着肉菜和葱姜蒜等材料。南易站在一边，两眼放光。

许主任说："东西全在这儿了，缺什么就说话，我再去拿。"

南易忙说："够了，足够了。"他盯着那些东西，说话时眼睛都不离开。作为一个厨师，能看到这么齐全的做菜的材料，他实在欣喜不已。

许主任自豪地说："咱家别的没有，嘴上从来不缺，哈哈。"他招呼虎子去给南易倒水，又接着说，"早就听刘峰说你是你们厂厨师长，今天我也不跟你客气，一会儿歇够了，你给好好露一手。"

南易笑道："以后我干脆当你们家保姆得了。"

许主任也笑道："哈哈，以后就是一家人了嘛！"

正聊着，院外有人敲门。虎子去开门，南易和许主任都向外看去，来人竟然是梁拉娣。南易一愣。

梁拉娣进了客厅，看见南易，也愣了。许主任笑嘻嘻地给大家互相介绍，南易打断道："认识，认识。"

梁拉娣也急切地说："老许，我是来取油的，我不知道你待客……"

虎子一拉梁拉娣，说："姨，别急，一起吃吧！"

许主任也说："就是就是！一起吃，以后咱们就是一家人了嘛……"

梁拉娣连连摇头："不了不了，家里还一堆的事呢，你们吃，回头咱们再……那谁，虎子，要不你给我取一下油？"

虎子看看许主任。许主任点点头说："也行，那就改天咱们再聚一回！今天先把今天的主题办完，哈哈！"

虎子进去把食用油取出来递给拉娣，拉娣急匆匆打着招呼，走了。许主任出去送了人回来，南易已经穿着自己带来的围裙，在厨房里忙得不亦乐乎了。

烧好了一桌菜，许主任开了一瓶酒，两人边吃边聊，许主任对南易的菜更是夸赞不已。南易被许主任劝得频频举杯，不一会儿就喝得不省人事了。

南易醒来时，发现自己躺在一张陌生的床上，一歪头，床边放着一只脸盆。南易坐起来，发现这好像是一个姑娘的房间。桌上放着一面镜子，镜子边摆着"小伙子"虎子一帧女装打扮的照片，南易呆了。原来那个虎头虎脑的虎子，竟然是个女孩子！！！原来刘峰说的许主任的女儿许春柳，就是虎子！

南易再一看墙上的钟，发现竟然已经是第二天上午九点了！他在这儿睡了一夜！

南易从床上跳起来，从窗户往外看，只见"小虎子"许春柳穿着背心儿，在院子举着哑铃。南易懊恼得恨不能一头撞死。他拿起自己的包，动作迅速地冲出房门，顾不上跟许春柳打招呼，仓皇逃窜。

许春柳不知道怎么了，哑铃停在半空中，看着他狂跑出去。

刘峰到仓库来找南易，敲了半天门都没人答应，急得他又是砸门又是踢门，还是没反应。刘峰自言自语地骂道："现在还没回来，真他妈个吃货！"

刚准备回去，背后传来急促的脚步声。刘峰一转头，看见南易狂奔而回。南易累得呼哧带喘，连话都说不出来。

刘峰问："怎么了你？"

南易顺了顺气，说："见，见鬼了……"

刘峰见南易还在喘气，说："看你这样子……进去歇会儿再说吧！"

南易点点头，打开门进了屋，一屁股坐在椅子上喘着气，表情呆滞，满脸绝望。刘峰给他点了一根烟，塞到他嘴里。南易狠狠几口把烟吸完，扔了烟头，看着刘峰说："你要让我再去，我马上解下裤带，吊死在这儿。"

刘峰说："哎呀，不就是相个亲见个面吗，又不是让你入洞房，不至于吧……"

南易迅速跳起来叫道："厂长，你可别逼我躲到你们家吃饭去。"

刘峰急得走来走去："怎么办啊，史副书记明天就来了啊……"

南易心一横，说："你现在就是让我去死也行，除了再去卖身。"

刘峰无计可施，烦躁得恨不得跳起来。这时，屋外传来了虎子——许春柳的喊声。南易和刘峰一愣。南易马上缩到床后边，用手势示意刘峰不要暴露他。

刘峰兴奋地出了门。南易偷偷趴到窗户上往外看。

外面，许春柳自己蹬着三轮车，送来了一些菜和肉，还从三轮车的车把儿上拿下两个猪腰子递给刘峰。刘峰大喜过望，不住地感谢许春柳，许春柳却一直往屋里看，吓得南易赶紧缩了回去。

打发走了许春柳，刘峰满意地走进屋，手里拿着两个猪腰子。

迎接史副书记的菜，这会儿终于准备齐全了。

晚上，南易在仓库宿舍里架起蜂窝煤小炉子，炖猪腰子，忙得不亦乐乎。

大毛和二毛又被香味吸引了来，两个孩子躲在门缝外偷看，大毛擦着口水，把二毛往里一挤，门发出了"吱呀"一声响。

南易听到响声，回头往门外看，有些紧张地问："谁……"

大毛和二毛没敢跑，往后慢慢退。南易走过来，看见是他俩，松了口气："你们俩小子啊，鬼鬼祟祟的干什么？"

大毛低着头说："路过，进来看看你……"

南易笑道："瞎说八道。进来吧！"大毛二毛蹭了进来，站在锅头，看着南易傻笑。南易乐了，取了两个碗，给他们俩每人盛了一些猪腰子汤，又给两人每人一个烤土豆。

大毛、二毛端着碗，吸溜吸溜地喝着汤，大口吃着烤土豆。南易说："慢点喝，烫着回头你妈又得说道我！"

两个孩子很快吃喝完了，还不肯走。南易说："吃完了就赶紧回去睡觉去！"把两人轰了回去。

大毛、二毛回到家里，把这事儿告诉了梁拉娣。大毛说："我们没问他要，是他自己非给的。"梁拉娣不信："他有那么好心啊？骗谁呢？"

二毛给大毛作证："真的！是他把我们叫进去，舀的汤。"梁拉娣没吭声，自己做活儿。

二毛又问："妈，咱家什么时候也喝猪肉汤啊？"

梁拉娣看了二毛一眼，没好气地说："家里就这些东西，不吃拉倒！人不大，要求还不少了！"

二毛支支吾吾地说："其实……其实要是能跟南易叔叔在一起吃饭，不就有肉吃了……"

梁拉娣这次没像以前那样说笑，反而给了大毛、二毛一人一个大嘴巴，吼道："你们两个，从现在开始，再别去南易那儿，也别吃他的东西，再有一回，谁都别想进这个家门！你们要嫌你娘穷，就趁早滚蛋！"

大毛二毛不知母亲为什么动这么大气，不敢吭声了。

第二天一大早，史副书记的伏尔加轿车准时停在了办公楼前那幅"热烈欢迎领导莅临指导"的条幅下。刘峰和厂里头头脑脑们在办公楼前迎接，和史书记热烈握手，寒暄过后，陪着史书记走进食堂参观。崔大可带着食堂的工作人员列队欢迎，唯独不见南易。

史副书记高兴地点点头，问刘峰："刘厂长，哪一位是你说的那个很会做菜的厨师呀？"

刘峰这才注意到南易不在，问崔大可："对呀，崔主任，南易呢？"

崔大可摇摇头，说："没见着。一大早来就没见他。"

刘峰表情一变，不高兴地说："不像话！"又转过来对史书记说："可能买菜去了……"

史书记也没深究，刘峰觉得面子上挂不住，又没什么办法，只有陪着史副书记继续参观后厨，拣着空儿让崔大可去找南易。

史副书记赞叹道："你们搞得还挺不错的。很多经验值得推广啊。"他指着食堂黑板报，这一天黑板上写的是"土豆的二十种做法"，"这个有点意思，谁弄的？"

刘峰答道："就是那个南易……"

南易其实也没失踪，他只是睡过头了，这时候才迷迷糊糊醒来，看了看表，猛然意识到睡过了头，狂奔而出，上气不接下气地冲进了后厨，弯腰直喘气，刘明敢告诉他人已经到休息室去了。南易又撒腿冲向了休息室。

南易一进来，一屋子人都抬头看向他。刘峰的眉头马上皱了起来，不满地问："你到哪儿去了！不是通知你今天史书记来检查工作吗？就算是平时上班，现在也晚了吧！太不像话了！"

南易低头道歉："对不起，取调料去了。"

史书记转头问刘峰："你说的就是他啊？"

刘峰点头说："对，就是他。"他一边说，一边用眼神示意南易过去。南易连忙上去笑着向史副书记打招呼，脑门上的冷汗都快滴到到眼睛里了，临时撒了个谎："史书记，厂长说你是美食家，非让我去买点细磨调料，这不，跑了大半个县城……"

刘峰默契地接过话，假装责怪道："那你倒是和食堂说一声啊！搞得谁也不知道你哪儿去了！买着了没？"

南易点点头："买着了！"

史书记对自己这么受到重视，感到非常满意，嘴上还是说："哎，不要搞特殊化嘛，有什么就吃什么好了。真是难为你们了……"他看着南易，满脸笑意，"你是后厨负责人吧？食堂搞得还是不错的，特别是后厨，井井有条。那些咸菜啊，老汤啊，想法都很好啊，看起来还是动了一番脑筋的。"

刘峰也跟着夸奖："这小子就是脑子好使，喜欢琢磨！"

史书记问南易："据说你烧的一手好菜，你们刘厂长对你赞不绝口啊，今天中午你可要给我们好好露一手了！"

南易右手一个敬礼，大声说道："保证完成任务！"

他这么一说，大家都笑了。

有了许主任提供的食材，再加上南易的手艺，史副书记的这顿饭吃得非常满意，餐桌上只剩下残羹剩汁。史副书记拍着自己吃得饱饱的肚子，称赞道："很不错啊！那个做饭的小伙子，叫南……"

刘峰忙喊："南易！来！"

南易从后厨出来，史副书记称赞道："手艺不错。别看岁数不大，功夫挺好的嘛。"

南易谦虚地说："哪里，都是厂长领导有方。"说完故意看看刘峰，刘峰满脸笑意，显然对他的这一回答很是满意。

史副书记对刘峰说："这是你们厂的人才啊！"

刘峰忙表决心："我们一定继续发扬认真精神，注重培养人才！"

崔大可一直在旁边盯着他们，对南易无比嫉妒，心里郁闷非常。

史副书记满意而归，刘峰心花怒放，拍着南易的肩膀说："南易，干得好！我没看错你啊！拿下史书记的嘴，咱们这次的工作就算圆满完成了！以后的工作也更好开展了！还有大可……"他看向崔大可。

崔大可忙快步走上前。

刘峰接着说："你和南易是咱们厂食堂的骨干力量，你又是领导，你们俩要搞好团结，一心一意把食堂工作搞上去，搞好……争取再上一层楼！"

崔大可不住地点头："是，是，一定认真贯彻厂长的要求！"

南易讽刺道："崔主任没问题，都贯彻半辈子了。"

崔大可白了他一眼。

一行人往回走，边走边聊。走到食堂门口，崔大可的眼睛忽然向前看去，停住了。南易和刘峰随之往前看去，也都愣了。

在他们对面，站着让南易避之唯恐不及的人——"小虎子"许春柳。看见南易回来，许春柳立刻迎了上去，递上一块手表，说："南易，你把手表落在我房间了。"

南易呆了。

这样一句暧昧至极的话，让崔大可和刘峰迅速地对视了一眼。南易是接也不是，不接也不是，愣了半晌，还是接了，脸色的神色说不出是尴尬还是气愤。

下了班回到家，刘峰又为了点儿小事和妻子吵了起来。焦敏是正科级的干部，而刘峰是代理厂长，副科级。刘峰是南方人，当初毕了业，他为了焦敏没有回南方去，和焦敏的婚姻也多少有些倒插门的味道，为这，焦敏没少瞧不起他。

焦敏越骂越来劲，刘峰又出了门，骑上车，躲到了南易的仓库里。

两人在仓库的小桌子上摆着两个小菜、半瓶酒，喝酒聊天，对吃的东西倒算是找到了知音。南易还专门抓了麻雀逮了蛇,也刘峰做了不少野味,刘峰对南易也越发看重了。

厂长这么器重南易,崔大可想来想去,只有把厂长夫人请出来帮忙了。他提着一些东西,来到刘峰家里,对焦敏点头哈腰,假装来找刘峰:"哎,焦书记在家呢……厂长……出去了?"

焦敏白眼一翻,说:"谁知道他滚哪儿去了!你找他有事?"

崔大可把提来的礼物放到地上,笑着说:"没事没事,我就是过来看看……厂长不在,我就先走了……"

焦敏急了,把东西提起来往崔大可手里塞,皱着眉头说:"大可,你看你这是干什么!这不是让我犯错误吗?趁早给我拿走!"

崔大可又把东西推了回去:"嗨,这又不是公家的,我老家自己种的,捎来一口,非让我转交给厂长尝尝,给把把关,这还是让厂长帮忙费心提意见呢!谁叫厂长口味挑剔,吃饭细心,这是促进我们食堂以后丰富饭菜的种类呢……"他这么巧妙地把话题带到了自己需要的方向。

焦敏哼了一声:"他那是穷讲究!这辈子就活那张嘴了!你看,现在都几点了,根本不记得回来吃饭,一天到晚不知道在外头躲什么!"

崔大可心里一喜,总算是说到点子上了。他假装支支吾吾地说:"焦书记,有些话啊,本来我不该说,可不说吧,又,又觉得不合适……"

焦敏是个急性子,大声说:"有什么你就说!不管合适不合适,后果我替你担着!革命同志之间嘛,就应该知无不言,言无不尽!你说对不对?说!"

崔大可这才低声说:"您看啊,自从南易来了以后,是不是厂长就不怎么回家吃饭了?"

焦敏瞪大了眼睛,凑近崔大可:"对啊!你接着说!"

崔大可便把自己早就想好的台词一股脑儿地说给了焦敏听。一边说,他一边在心里暗想:南易,你就等着瞧吧!

这时正是吃饭的点儿,食堂里,职工们拿着饭盆儿在排队打饭。忽然,人群后面一阵乱哄哄的纷乱,只见焦敏怒气冲冲地进来,在众人惊奇的注视下直奔后厨,将正在炒菜的南易从后厨扯到饭厅,指着南易的鼻子训斥道:"南易同志,今天我以刘峰同志爱人的身份,向你提出我对你的几点意见!"

南易有些发蒙,盯着焦敏,一时没反应过来。

焦敏接着说:"第一,刘峰不但是一厂之长,同时也是一个丈夫,一个父亲!身为人夫、人父，他对家庭不管不问，只顾着自己在外面贪图享受，私开小灶。你作为食堂的一个厨师长，一个本应该保持清醒的群众，不但没有及时对他进行劝阻，反而利用你的手艺，变本加厉地为他创造不回家的机会……"

南易依旧一头雾水，想要辩解，却被口齿伶俐的焦敏打断："你有解释的权利，但请你不要打断我！第二，为了至少存在嫌疑的溜须拍马和讨好领导，你给他抓蛇、抓麻雀，还抓鱼，千方百计地迎合他的个人需要，浪费了公家的资源，抛弃了为群众做饭的时间，全部为刘峰一个人服务！这是什么道理？这是什么目的？"

南易结结巴巴地说："您听我说……"

焦敏又打断道："我为什么要听你说？难道我在家听不着刘峰跟我说话，我就得来这里听你说话？莫名其妙！我郑重告诉你，再这样下去，如果我的家庭出了任何问题，你就是不折不扣的帮凶！"

焦敏的语气抑扬顿挫，声音铿锵有力，说得煞有介事，不少人听了，也觉得是南易的所作所为不像话，纷纷议论起来。

刘峰闻讯赶来，看到妻子正指着南易的鼻子骂得起劲，脸上的表情都扭曲了。他一把拉过焦敏，低声说："有什么事情回家去说，你在这里闹个什么劲儿？"

焦敏一把甩开刘峰，大声说："回家说？那也要你肯回家才行啊！我在这里说怎么了？你怕你的职工知道，你这个当厂长的贪图享受吗？"

刘峰的脸上一阵青一阵红，场面十分尴尬。焦敏又骂骂咧咧了许久，见刘峰一直不吭声，这才拉着刘峰回家了。

第五章
什么也比不上粮票

这天,丁秋楠正在医务室里给人打针,崔大可突然火急火燎地跑进来,连呼带喘地一把拉住丁秋楠,说:"秋楠,快!快!"

丁秋楠被拉得差点摔倒,只好跟着崔大可往外跑,跑了一会儿,她有些喘不上气了,不耐烦地一甩手,问:"到底什么事儿啊?!"

崔大可说:"南易!有个姑娘来找南易!就刚才!供销社许主任的女儿!"

一听南易的名字,丁秋楠不吭声了,心里说不上什么滋味儿,跟着崔大可继续跑,一路来到了食堂外。

俩人从食堂的窗户往里瞅。丁秋楠跑得热了,脱掉了白大褂,丰满的胸部把衬衫顶出来一块。崔大可色迷迷地瞟着。

丁秋楠拼命地往窗子里瞅着,可什么都没发现,更没看见许春柳。她不住地问崔大可:"哪儿呢?那个找南易的姑娘呢?"

崔大可正盯着她的胸入神,没应声儿,丁秋楠回头,看见他在偷窥自己,顿时怒了,"啪"的一声打了崔大可一巴掌,骂道:"臭流氓!看什么看!往哪儿看呢?"

崔大可捂着脸支支吾吾地"我"了半天,才说:"我,我真不是故意的……"

丁秋楠生气地说:"我警告你崔大可!再给别人编造谣言传瞎话,我去厂里举报你!"说完转身就走。崔大可捂着脸,也探头往窗户里看,同样找不着许春柳,他看着丁秋楠的背影,低声嘀咕道:"就不能多等等!这算什么对爱情的态度!一点耐心都没有!"

其实崔大可并没造谣,许春柳——也就是虎子,是真的来找南易了,还被崔大可碰了个正着。只是南易故意躲着没见,崔大可带着丁秋楠"抓奸",自然也就什么也没"抓"到了。

许春柳满腔热情扑了个空,回到家就向许主任诉了苦。第二天一大早,许主任就带着复杂的心情到食堂找南易来了。可一进食堂,却正碰上了崔大可。

许主任四周看了看,问崔大可:"南易不在啊?"

崔大可立刻计上心来,意味深长地说:"您找南易呀……"他环视一下周围,对许主任小声耳语道,"还是为了您闺女的事吧?有些话,我不知道该不该说……"

许主任一听,忙说:"你一定要说,怎么?"

崔大可问道:"您没听过猪尾巴的事儿?"

许主任眉毛一挑,问:"猪尾巴?"

崔大可凑上前去,在许主任耳边低声把猪尾巴那件事说了一遍,重点把南易和梁拉娣之间的暧昧添油加醋地渲染了一番。

刚说完,南易进来了,崔大可吓了一跳,赶紧闪开。

许主任站起来,走向南易,叫了他一声。崔大可会意,对众人说:"外边那么些煤球还没搓呢,你们跟我把煤球弄进来。"众人都明白他的意思,一窝蜂出去了。

南易看了看众人的背影,想拦也拦不住,硬着头皮叫了声:"许……许主任。"

许主任冷哼一声,说:"上次还是叫叔叔,这次就改主任了?变得够快啊。"

南易有点尴尬,只好问:"您……找我?"

许主任话里有话:"不找你,难道我找梁拉娣啊?"

南易嘿嘿一笑,说:"哎,那我可猜不着。您要没事,我忙去了啊!"

许主任冷笑道:"你是不是太过分了?吃我的肉就有你的,吃完了就抹嘴不认人?你这不是过河拆桥吗?!"

南易忙摆摆手说:"我没吃您的肉啊,我吃的是猪啊。"

许主任气愤地吼道:"你!你还我猪肉!还有那些菜!你们拍领导马屁,凭什么搭我的东西!"

南易两手一摊,来了个死不认账:"对不起,那是我们厂长安排的,要饭找他要去。"

许主任骂道:"谁是要饭的?你怎么说话呢!一会儿我就去找他!"他指着南易,一脸的愤怒,"你以为这事就这么完啦?我问你,你跟梁拉娣不清不楚的,干吗还要去见小虎?你这是利用她的感情骗吃骗喝啊!"

南易一下子呆了,无言以对。他不知道,与此同时,许春柳正坐在梁拉娣家的床上,对梁拉娣兴师问罪。可梁拉娣对与南易有关系这件事否认得十分干脆,说得理直气壮,许春柳想了许久,说:"姨,我……我信你!"

既然要用这么点儿花边新闻把南易的名声搞臭掉,崔大可当然不会放过在丁秋楠面前继续造谣的机会。下了班,他守在丁秋楠下班的必经之路,给一帮人添油加醋地讲南易的花边事:"闺女和老婆全让南易骗了,换了你你干啊?"众人听得一片哗然。

这时,下了班的丁秋楠从旁边经过,崔大可眼尖看见了,马上停止了聊天,分开人群撵了上去:"下班啦,秋楠?"

丁秋楠懒得理他,"嗯"了一声。

崔大可继续讨好着:"一会儿我去食堂给你拿点肉送家去,今天我们过年了。"

丁秋楠侧过头诧异地问:"什么意思?厂里又发猪了?"

崔大可故作神秘地说:"没有,我们可都是托南易的福,拉回一车的东西,还没吃完呢……"

丁秋楠听到南易的名字,停下了脚步,问:"他在哪儿弄那么多吃的?"

崔大可笑道:"哎呀,你这消息也太不灵了……"说着,凑上去,和丁秋楠耳语。丁秋楠听着,脸色变了,转过身就撇下崔大可,径直往仓库宿舍的方向去了。崔大可看着丁秋楠的背影,哼哼冷笑。

远远地,丁秋楠就看见许春柳站在门口,显然是在等着南易。许春柳自从和南易相亲之后,开始注意打扮,已经稍稍显出一些女人味儿了。她也注意到了丁秋楠,狐疑地看着这个打扮新潮、曲线玲珑、青春逼人的女人向自己走近,心里不由得对她产生了莫名的敌意。

丁秋楠走近了,问许春柳:"南易不在?"

许春柳充满敌意地说:"你找他干啥?"

丁秋楠眼睛一挑,问:"你是?"

许春柳一梗脖子:"我……"她说不出来什么,便问,"你又是谁?"

听着许春柳敌意明显的一句反问,丁秋楠明白过来,脸上的表情由狐疑和警惕迅速变为笑容可掬,声音也变得温柔似水:"你是他对象?我怎么没听他说过呀。"

许春柳的语气越发充满了敌意:"你是干什么的?"

丁秋楠娇滴滴地笑道:"哦,我想起来了,他跟我提过,你就是许主任的闺女吧,谢谢你的猪腰子啊。"她故意把腔调拖得更加娇媚。

许春柳都要气炸了:"什么?猪腰子你也吃了?那是我专门给他的!你跟他什么关系?"

丁秋楠话里有话地说:"一会儿等他回来,你自己问他吧。"说完,嫣然一笑,转身就走,没有给许春柳留下任何反应的时间。

许春柳呆呆地怔在当地,一句话也说不出来。憋了好半天,终于一扭头,跑着离开了。

晚上，南易刚回来不久，门就被大力推开，丁秋楠怒气冲冲地进来，冲着南易吼道："南易，你什么意思？"

南易吓了一跳，站起来，说："怎么了？"

丁秋楠一屁股坐下："许春柳！"

南易叹了口气，解释道："嗨……全是误会。那事情根本就是……就是一个莫名其妙的事情，都是刘厂长，非让我去她家，否则影响了接待总厂的史副书记，罪过就全算我头上……"

丁秋楠生气地说："过夜也是刘厂长教你的？"

南易忙摆手："不是……我根本就没想在那住，当时我喝多了，什么都不知道就……"

丁秋楠不买账："喝多了？你自己想喝多，还是他们拿枪逼着你喝多的？自己嘴馋，怨谁？能怨到谁头上？自己喝醉了，住在一个刚刚见了一面的姑娘家里，这事说出去，谁会相信是你不愿意，还一点都不知道？"

南易急了："我向你发誓，我真没有那个心思啊！"

丁秋楠不理他，继续说："上一次的事情，我根本没往心里去。因为我知道你不可能跟有四个孩子的梁拉娣之间有什么事，只不过是同情拉娣一家孤儿寡母的，才照顾他们。这我心里明白。可你贪吃不记嘴，这没什么可说的吧？许主任的地位和许春柳的职业优势，再加上是刘厂长夫妻保的大媒，你要说你一点不动心思，我要信了我就成傻子了。"

南易急着解释："你听我说啊……"

丁秋楠打断他："对了，人家不是还给了你两个猪腰子吗？别藏着了，赶紧拿出来炖了补补吧！"

南易咬牙切齿地恨恨说道："崔大可这个孙子王八蛋……是他跟你说的吧？"

丁秋楠回答："谁说的都一样。这事已经发生了，也不是别人编的，对不对？你既然认定了许春柳，以后就别再找我了。"说完，她扭头就走。

南易赶紧拦住她："秋楠！你听我说！"

丁秋楠喊道："放手！你再不放手我喊人了！"她拉开南易，走出了门。南易见拉不住，也懒得拉，只好长叹了口气，由她去了。

可那之后，南易就坐立不安，提上一些吃的便往老班家去了，想哄哄丁秋楠。可丁秋楠毫不领情，南易只好冲着老班倒了大半夜的苦水。

第二天，梁拉娣刚从电焊车间里出来，一眼就看见了一脸严肃、正在不远处等她的许主任。梁拉娣立刻换上笑脸迎上去，热情地打了个招呼。

许主任没有马上说话，顿了顿，才表情不改地开口道："我要退婚。"

梁拉娣一下子愣住了，半晌才开口问道："为什么？"

许主任说："我就是来通知你一声，也不用麻烦介绍人了，咱们都痛快些，了了吧。我那彩礼，你方便退给我吧？"

梁拉娣问："你也是因为南易那事？"

许主任叹口气，想了想女儿，回答说："你们厂太乱，我就不掺和了。"

梁拉娣不死心："订了的事情，说退就退啊？你好歹得给我个说法吧？"

许主任说："我没说你和南易有问题，是我自己不愿意了，这总可以吧？你快进去收拾收拾，我跟你回家取彩礼去。"

梁拉娣盯了他半天，下定决心似的说："那你等会儿，我去换衣服。"说完，自己快步进了车间。许主任没挽留，待在原地等她。

过了许久，梁拉娣也没出来，许主任等不及了，走到车间门口往里看去，梁拉娣早就不在了。许主任甩了甩本已不多的头发，低声道："好啊，这是跟我玩抓特务啊！"

傍晚，一直蹲守在梁拉娣家门口的许主任终于把回家的梁拉娣逮了个正着，把梁拉娣吓了一跳。

许主任冲着梁拉娣伸手，说："还我彩礼。"

梁拉娣看着他，想赖账："老许，介绍人说，彩礼一般不用退。"

许主任的表情依旧严肃，重复道："还我彩礼。"

梁拉娣脸色有些变了，沉默着思索该怎么应付。许主任也不说话，就站在那儿堵着她。许久，梁拉娣才说："彩礼都吃了。你要能等就等着，我攒了工资慢慢还你。"

许主任摇头："那不行。"

梁拉娣问："那你说怎么办？"

许主任色迷迷地笑了，凑上去对着梁拉娣的耳朵低声说了一句，梁拉娣的脸色霎时变得很难看，犹豫了一会儿，只有点了点头。

这一天，南易在医务室又碰了丁秋楠的钉子，心里难受，一下了班就一个人回到了仓库宿舍喝闷酒，越喝越觉得不值，起身就要去找崔大可算账。

崔大可架个小炉子正在宿舍里煮面条，听到有人粗暴地踢着门，有些生气地把门打开，正要骂人，看见南易一身酒气站在门外，两眼直勾勾盯着他，吓了一跳，马上反应过来，换上笑容，赔着小心说："南易兄弟，这是，喝酒了？"

南易没理他，晃悠着走进去，自己大大咧咧坐在床上。

崔大可讨好着说："吃了吗……我煮面呢，一会儿在这吃一碗？"

南易斜着眼睛看他一眼，说："我有大腰子，你吃吗？"

崔大可没敢答碴，抽出一支烟，给南易点上。南易任他点上，不客气地抽了一口，说："烟不错啊，贪污的吧？"

崔大可忙说："哪儿能呢，自己的钱买的。"

南易说："我是不是说得有点过分了？你不生气啊？"

崔大可怕南易撒酒疯，讨好着说："不生气啊。有问题就得指出来！这才是好兄弟嘛！"

南易大喊道："为什么不生气啊？接待史书记，我迟到了，你不是还要批评我吗？我给了拉娣根猪尾巴，你不是要批评我吗？我他妈为了食堂，为了厂里去找肉，你批评啊！我就是来找你批评来了！"南易一边说，一边把床拍得啪啪作响，眼睛通红。

崔大可吓得脸都白了，赶紧解释："南易，你别多想，真的，你误会了，咱不说这个。"

南易打断他："不说这个，说什么？说别人的闲话儿？"他也懒得理崔大可一个劲说着的"没有"，接着说，"我问你，丁秋楠是怎么知道我和许春柳相亲的事情的？"

崔大可忙撇开关系："全厂知道的可不是我一个人啊，可真不是我说的啊……"

南易又问："那供销社那姓许的一家是怎么知道猪尾巴的事情的？"

崔大可继续抵赖："绝对不是我说的啊！那肯定是拉娣自己跟许主任说的啊！"

南易点点头："嗯，她说的。这好办。"他下了床，一把抄起崔大可的菜刀，拿在手里掂了掂。

崔大可吓得尿都快出来了，哆嗦着问："你，你干什么？"

南易大声叫道："走，咱们去找她，当面对质。"

南易拿着菜刀踢响梁拉娣的家门时，许主任正色迷迷地抱着梁拉娣，猴急地脱着衬衫。那一声踹门的响声把许主任吓得够呛。梁拉娣可不管那么多，大步过去就开门。门开了，南易手里拿着菜刀，眼睛直勾勾地瞅着梁拉娣。许主任瞅见南易和菜刀，吓得腿一软，一屁股坐到了地上。

梁拉娣倒是一点不惧，迎着上去，喊道："要杀人了？能耐了啊！"

南易盯着她，一下子不知道怎么开口问，被梁拉娣一下子把菜刀夺了下来。崔大可趁南易不注意，轻轻退后，溜了。许主任顺着墙慢慢走到门口，一下子大踏步也跟着逃走了。

南易的酒醒了一大半。一场闹剧就这样收了场。梁拉娣看着发愣的南易，暗暗吐出来一口气。

没过几天，刘峰骑着自行车，带着一份连夜写好的表扬南易、宣传食堂整改的宣传文件来到了总厂的报社投稿，却意外地遇到了老同学，已经离婚，目前当上了总厂报社主编的李秋燕。两人叙了旧情，以前就对李秋燕暗暗抱有好感，最近又和妻子感情越来越不好的刘峰，就像打了一针兴奋剂一样，一脸阳光地蹦着离开了。

在总厂门口，刘峰遇上了史副书记，赶紧跑过去打招呼。两人寒暄过后，史副书记说："对了，我一直纳闷呢，这几年供应这么紧张，你们厂里哪来这么些糖啊、烟啊、酒啊，还有那么多罐头？"

刘峰笑着回答："是食堂主任崔大可，他门路比较广。一般人搞不到的他都能搞到。"刘峰心情好，吹起了牛，"别说这些，就连自行车、缝纫机这些，托他都基本能搞到。"

史副书记一听，很感兴趣："哦，是吗？那可真是个人才啊。"

刘峰见状，赶紧跟上话儿："以后您家里有什么需要，我可以让他试试。"

史副书记看看刘峰，想了想，说："最近我还真有个事。我儿子，你见过，比你小儿岁。下个月就要结婚了，缝纫机、手表好不容易凑上，可人家女方还非要一辆凤凰女车，愁啊……"

刘峰一拍胸脯："史书记，交给我了！"

一回到厂里，刘峰就把崔大可找了去，把史副书记的要求说了一遍。崔大可听完，为难地说："这事……有点难办啊……"

刘峰说："你不是专办紧俏的吗？什么紧俏你办什么，能买自行车不是你说嘛，是不是你说的？"

崔大可支支吾吾道："那是副食呀，烟酒什么的，咱有点门路，自行车咱没路子呀……"

刘峰提高了声音："那不管，我反正在史副书记面前把你给夸下了，说你是奇才，没你办不到的事。"

崔大可哭丧着脸："厂长，您……"

"这可不是我托你的啊，是史副书记托你的，他儿子的终身大事，你好好掂量掂量，看着办吧。"刘峰这句话里就带了点儿威胁的意思了。

崔大可当然也听出了这点儿意思，哀求道："我的好厂长啊，你这不是要我的命吗……"

刘峰说："能不能别在这儿装可怜哭穷？又不是让你出钱，是让你找券！"

"这年头，券比钱还难啊！"崔大可愁得都快哭了。

刘峰不理他了，低头看报纸。崔大可只好出去想办法了。

为了哄回丁秋楠，南易到供销社里花了七块四买了一条漂亮的朝鲜维尼龙裤子，兴冲冲地去丁秋楠的宿舍，想送给她。谁知丁秋楠不领情，让南易拿回去。

南易愕然地看着丁秋楠问："这……你不是一直想要朝鲜的维尼龙裤子吗？"

丁秋楠冷冰冰地顶回去一句："我自己也能买。"

南易顿时颓了。片刻，他抓耳挠腮地还想说点什么，还没等张嘴，丁秋楠站了起来："我要休息了，请你回去。"

本来兴致勃勃的南易满脸不甘心地站了起来，但很快，他又一屁股坐了下去，下定了决心似的，看着丁秋楠，诚恳地说："丁护士，别说让我走，哪怕我再也不登你的门，也绝对没问题，但是你得告诉我为什么。"

丁秋楠听他这么一说，马上张嘴说道："为什么？你说为什……"

南易一伸手，做了一个停止的手势，打断了丁秋楠。他站起来，整整衣服，用极其严肃认真的口吻说："我知道你要说许春柳的事，能解释的我都解释了，今天我只说一句话——如果我对许春柳有你想象的一点儿意思，灯泡在上，我南易郑重发誓，让我从现在开始，一块肉吃不着，一口酒喝不到，天天顿顿窝头咸菜，吃屎都赶不上个热乎的，到死那天都见不着半滴油花儿！"

丁秋楠被他这话逗得实在忍不住，"扑哧"一声笑了出来："有你这么发誓的吗？"

南易走到丁秋楠面前，眉头紧锁，一本正经地说："如果你是我，你愿意找一个'李逵的妹妹'当对象吗？"

丁秋楠再也憋不住了，伸手推他一把，嗔道："讨厌！一句正经话没有！"

南易将右手放到胸口，大声说："天地良心。"

他说话间，丁秋楠拉开抽屉，从里面取出两张稿纸，扔到南易面前："得了吧你，你不招人家，谁会写这个？"

南易捡起稿子一看，上面写着三个大字：谈判书。

丁秋楠白他一眼，带着醋意地说："好好看看吧，人家对你可是一往情深呢！还专程跑来跟我进行了一番严肃认真的谈判。"原来，这封所谓的"谈判书"，是许春柳跑来找丁秋楠，开出的"放弃南易"的条件：

如果你愿意放弃对南易的感情，我愿出白糖二斤、饼干一盒、粮票二十斤、肉罐头一个……

丁秋楠讽刺道："没看出来，你这价格还挺高的嘛。"

南易两手一用劲，"刷"地把"谈判书"撕了，冲丁秋楠一笑："拜托你了，就算她出一口老母猪，你也别换啊。"

丁秋楠一扬脖子，嗔道："德性！"南易这才终于松了口气，知道丁秋楠算是原谅他了。

为了史副书记的自行车，崔大可到处找票，跑遍了全厂，粮票倒布票，布票换钱，钱再买工业券，加起来一共就二十二张。崔大可愁得猛抽烟，在食堂后厨里挨个找厨师问有没有工业券，大家都摇头。

刘明敢从崔大可身边经过，崔大可一把抓住他，也问他有没有工业券。刘明敢摇头。

崔大可说："明敢，平时我可最信任你，这事你得给我想想办法！"

晚上，刘明敢急匆匆地跑到崔大可家，说："主任！工业券有戏啦！"他喝了口水缓了缓气，："可还有点问题。"

崔大可高兴地说："只要找着就行！什么问题都能解决！"

刘明敢接着说："我托了我表哥找的他一个朋友，平时没事就倒票赚差价，好说歹说也不肯便宜点，除了钱，还得搭别的票儿。"他冲崔大可举起两根手指，"要平时的两倍……"

崔大可惊道："这么黑？他怎么不去抢劫啊？真他妈的！那我得搭多少钱啊！还得搭票！"

转眼到了厂里发半年粮票的日子。梁拉娣为了多争取一些补助，要求出厂去参加"大庆石油会战"，这天要出去一天，就早早叮嘱大毛和二毛，去行政科领完粮票就赶紧回家放在柜子上那个铁筒里，还反复叮嘱他们千万别弄丢了。

大毛和二毛排队领好粮票，装在兜里回家，路过一片放置废弃车床的地方，二毛突然指着野草喊："哥！兔子！"

大毛顺着二毛的手看去，见一只兔子蹲在草丛中。兄弟俩什么也不顾了，直扑过去，在草丛中围追堵截了老半天，终于逮到了野兔，欣喜若狂地提着兔子回到家。正高兴着，大毛想起了粮票的事来，可翻遍了兜也没找着。大毛顿时一慌，又让二毛找了半天，没找着，两个孩子傻眼了，疯了一样跑出门去。

可是两个孩子一直找到天黑，也没有找到粮票。因为大毛弄丢的粮票，被刚往老班那儿送了吃的出来的崔大可捡了个正着。崔大可大喜过望地自言自语："缺什么来什么，这真是天助我也啊……"他连夜骑上自行车，去找刘明敢介绍的那个朋友换齐了工业券。他哪里知道，刘明敢正等着分账呢！

晚上，梁拉娣加班回来，看见秀儿和老四在地上逗兔子玩儿，却不见了大毛和二毛。她打开空饼干铁筒，没有粮票。打开抽屉，发现粮本也没有，心里有些慌了，打着手电，到处找两个孩子，一直找到仓库附近的废弃机床放置处，才看见大毛二毛缩在那里，正瑟瑟发抖。

梁拉娣拿手电照着他们问："你们俩躲在这儿干吗？这都几点了还不回家？粮票呢？！"

两个孩子"哇"的一声哭了。二毛抽泣着说："粮票丢了……"

梁拉娣这一下惊吓不小："什么？！丢哪儿了？什么时候丢的？说话啊！"

两个孩子就知道哭，什么也说不出来。

梁拉娣生气地骂道："你们怎么没把自己给丢了？啊！半年的粮票都敢丢！你让咱家上下吃什么去！吃屎都没热乎的啊！你们怎么没把我也丢了！"骂着，她也哭了，一边哭一边把两个孩子往家里赶。

南易拿着一套需要改的衣服来找拉娣，进门就皱了眉头，问："怎么了这是？"

梁拉娣哭着说："半年的粮票啊！都被这两个死孩子丢了！以后的日子怎么过啊……"大毛和二毛哭得更厉害了。

南易一惊："全丢了？丢哪儿了？"

梁拉娣边哭边说："谁知道他们俩死哪儿玩去了，丢哪儿也不知道……天都塌了啊……"

南易叹了口气，给她倒了杯水，放到桌上，说："车到山前必有路，哭也哭不回粮票来。别哭了，要是实在不够，回头我借你。"

梁拉娣摇摇头："借了不得还啊……半年的票啊，我到哪儿去还啊……"

南易想了想，说："明天我帮你去找厂长说说，看能不能申请点补助。不早了，还没吃饭吧？赶紧吃了饭睡吧，明天再说……"说完，走到大毛二毛面前，塞给他们俩每人一块红虾酥糖。

这天夜里，刘峰收到消息，他发表的那篇表扬食堂的文章效果非凡，传到了军区。军区的姜司令要来厂里调研！

这是1964年春。

第六章
宣传队和领导调研

　　总厂宣传队的王指挥是一个瘦小枯干、留着长发的家伙。这天傍晚时分,他跑到分厂厂长刘峰的办公室里,向刘峰说出了他此次来的目的:挑选人才,成立宣传队。

　　刘峰当然只有好好配合的份儿:"这是好事,我们应该全力支持,我就一句话,你们不管看上谁,哪怕是技术能手,我也肯定不扣着!"

　　王指挥赶紧放下茶杯,双手抱拳拱手,感激地说:"太感谢刘厂长了!有您这话,宣传队肯定能顺利成立!"

　　刘峰点点头:"那就这样。我安排一下,下午就可以开始挑选。"

　　王指挥站起来和刘峰握手,一阵寒暄后,由张干事带着出门去广播室播放消息去了。

　　他们前脚刚走,崔大可后脚就闪了进来,气也忙不上喘一口,就说:"厂长,城里的车行我都跑遍了,一辆也没有,全脱销了!我问他们什么时候到货,他们也不清楚,我连经理都找出来了,还是没个准信儿。"

　　刘峰问:"你……那券弄够了没有啊?"

　　崔大可把券全掏出来:"厂长,别提了,就为了这些券,我自己都搭进去十五斤粮票了!自行车真是都卖光了!"

　　刘峰叹了口气:"你先收好,等回头车买回来,你贴的粮票我给你报销。那现在怎么办?就这么等着?"

　　崔大可说:"我明天再去问问,看什么时候能来新的。"又想了想,说,"要不您给我批点钱,我去邻市找找?"

　　刘峰皱眉道:"哪儿有那么多闲钱,你再想想别的办法。"

　　总厂宣传队要来挑人的消息一传开,就有同事跑到医务室去鼓励丁秋楠参加。丁秋楠本来想和南易商量一下,耐不住劝,还是去报了名,参加了选拔考试,并且顺利通过了。

瞅着两人约会吃饭的甜蜜时刻，丁秋楠吐吐舌头，兴奋地告诉南易："我通过宣传队的考试啦！我跟你说，那个……"

谁知南易的脸一下拉了下来，不冷不热地打断她："天大的事，也等吃完饭再说。"

看见他这样的态度，丁秋楠顿时一脸失落，不满地和南易吵了起来，吵到后来，丁秋楠气鼓鼓地一个人回去了。

刚坐下没多久，就等到敲门声。丁秋楠以为是南易追上来了，哼了一下，故意不说话，摆谱背对准了门口。

一个明显不是南易的声音喊道："秋楠……"

丁秋楠吓了一跳，猛地回头看去，来人是崔大可。他挂着满脸巴结的笑容，讨好地对丁秋楠说："厂长派我去一次市里，我估计能呆两天，你喜欢什么，我给你捎回来。"他是想利用刘峰派他去买自行车的机会来讨好心上人。

丁秋楠没好气地说："什么也不要。"

崔大可摸摸脑袋，说："要不，我给你买件衬衫吧？你喜欢碎花的，还是一色的？"

丁秋楠忍不住了，不耐烦地吼道："什么都不用！我自己会买！"

崔大可被吓了一跳，略带委屈地看着她，仿佛是自己犯了错。丁秋楠一看他还没走，有点儿急了："你耗这儿干什么啊？"她用手一指门，"没事回自己家呆着去！"

丁秋楠冲崔大可发脾气的当儿，南易正在食堂里。这时已经不早了，打饭的都走得差不多了，厨子们也准备关窗户了。南易一个人坐在餐厅里的大桌子前，皱着眉头抽烟。

餐厅门口传来脚步声，梁拉娣带着大毛和二毛进来了，走到南易面前，用一种不同平时正常对话的语调说："哎，打饭。"

南易抬头看她一眼，指指窗口，示意她打饭窗口在那里。梁拉娣回头看一眼，没过去，继续笑笑，轻轻捅了南易一下，带着故意暧昧的劲儿说："有盆里剩下的那些菜，你去给多打点吧？"

南易一下子被她捅烦了，大声吼道："哪儿有剩菜？就那么些东西，爱吃什么打什么去！"说完又一声不吭地抽烟。

梁拉娣死死地盯着南易，一拉大毛和二毛，饭也不打了，转身出门。

南易坐在原地，头也不回。

这几天，刘峰忙得焦头烂额，一会儿是许主任要的自行车，一会儿是王指挥来挑人，一会儿又是军区的姜副司令要来调研。这会儿，他又拉着南易在说调研的事情，一脸的兴奋："这可是机会啊。姜副司令是什么级别的领导？咱们厂小炒部的作用，能不能百尺竿头再上一步，就在此一顿了！"

南易小声嘀咕道："想吃就吃呗，还打着调研的旗子，虚伪。"

刘峰激动地走来走去，没听见南易的话，继续兴奋地说："你想啊，领导是看了我写你的报道才说来调研的，这明摆着冲你的手艺而来嘛！这一顿吃好了，咱俩都有面子，反过来说——"

南易抬头看着他。

刘峰一笑，继续说："——要是吃不好，不光咱俩，包括咱们厂的脸面可就全丢尽了。"

南易站了起来，皱着眉不满地说："厂长，你可别把账全算我一个人头上，材料要是齐全，满汉全席也没什么问题，做不好宰了我都行。可咱们食堂现如今的情况你也不是不知道，你让我拿什么招待？"

刘峰一摆手，打断了他："你先放开来想，不要管材料有没有，先想怎么能打动姜司令。实在不行，再换菜。困难总会有，不过，有条件要上，没有条件创造条件也要上，想办法！"

南易摇摇头说："有多长的梯子我上多高的楼，要是上不去，你可别怪我。"

刘峰看着南易，试探着问："要不，你再去找找许春柳？我听说她总到食堂找你啊！"

南易眼珠子一下子睁大了，断然否决："这个我绝对不干！就算把我的肉割下来招待姜司令，我也决不找她！"

刘峰乐了，可乐完，也跟着犯了愁。看了看时间，想着迟点有约会，就让南易先走了。然后他也兴冲冲地蹬着自行车向厂区外面驰去。

他约了李秋燕在公园门口等，两个人自从上次一见，就多了一种情愫，刘峰已经深陷其中。

第二天一大早，南易正在行政科里对着食堂的账，崔大可风风火火地进来开去市里的介绍信。南易讽刺地说："你又去拉猪啊？"

崔大可不屑地反驳："就知道拉猪，哪儿有那么多猪可拉的！出差，公事！"可其实整个厂都知道，他是去买自行车的。

崔大可坐下来点着一根烟，跷着二郎腿等着介绍信，南易坐在他斜对面，用眼角看他。

崔大可咳嗽了两声，对南易说："我这一走，又得好几天，你们可得自觉一点，把好安全关、质量关，更要严格要求自己啊。"

没等来南易的反应，崔大可清清嗓子，提高了声音，接着发着官腔："咳——不管怎么说你也是后厨负责人，是吧，就得替我担起领导的责任来啊！"

正说着，梁拉娣穿着短一截的裙子进来了，看了一眼南易，对工作人员说："我申请补助。"她这几天为了粮票的事情心力交瘁，一脸的憔悴，也没筹到多少，只好又来申请补助了。

工作人员抬了抬头，说："你先等一下，我把厨房的账对完。"

南易没好气地说："你先给她弄吧。我不急。"

崔大可见南易帮着梁拉娣，在一旁讥刺地说："哟，助人为乐啊！"

梁拉娣没理他们，对工作人员说："我家的粮票丢了，实在没办法我才来的，我想申请点生活补助。"

"丢了多少？"

"半年的，全丢了。"

"都丢了？"工作人员一惊，"怎么那么不小心啊？半年的粮票说丢就丢了？"

一句话戳中了梁拉娣，她一下没忍住，哭了。崔大可一听，暗暗吃了一惊，一只手下意识地偷偷捂住了放工业券的裤兜儿，瞬间就明白了自己捡的那一摞粮票是梁拉娣家的。

工作人员皱着眉头看着哭泣的梁拉娣说："按照规定，丢了粮票不能申请补助啊！"

梁拉娣边哭边说："我们家孩子多，你们也知道，要不是到了吃饭都不行的份上，我也不会找到这儿来，我知道这不合规矩，可这日子真是没法往下过了，你看能不能和领导说说……"

工作人员打断道："是，你家的情况我知道，可厂里有厂里的规定，要随便哪个人都丢了粮票丢了钱就来申请，那不是乱了套了吗？"

一直憋着火气的南易忍不住开口了："谁想丢啊？你再说那么多，她的粮票不也找不回来了吗？丢都丢了，说这个还有什么用？你就给她想想办法不行吗？你要是做不了主，就向上头反映啊，厂里的职工有问题，这不本身就应该是你们管的事吗？"

梁拉娣见南易帮她出头，感激地看着他。

崔大可在一旁说："南易你别瞎掺和，这又不是食堂。"

南易没理他。

工作人员觉得南易说得有理，只好退了一步："行，那我回头反映反映。"

南易不依不饶："你得说个准谱，她家里那几个孩子可都等着吃饭哪。"

南易一直没理会崔大可，这让崔大可感觉有点儿下不来台，声音也提高了："南易，这都几点了，你还做不做饭了？"

南易白了他一眼，没吭气，等着工作人员给答复。崔大可看他这个态度，更生气了："不是我说你，自己管好自己的事情就行了，你就这毛病，什么事你都掺和，那嘴也没个停的时候……"

崔大可正唠叨，一直没搭理他的南易突然翻脸，抄起桌上的算盘，"刷"地砸向了崔大可。还好崔大可躲得快，算盘"啪"的一声砸在墙上，算盘珠子劈里啪啦地散了一地，崔大可吓得脸都白了，屋里人全傻眼了。

南易指着崔大可的鼻子大吼："崔大可！我告诉你，你再跟我废话，我让你吃不了兜着走！"

崔大可吓得一句话也不敢说。工作人员过来，把崔大可推了出去。梁拉娣感激地拉了拉南易，柔声劝道："行了，别生气了。"

南易没搭话，一摆手，将梁拉娣的手挡开。

南易这么一闹，梁拉娣第二天一大早就顺利地拿到了厂长刘峰特批的补助。梁拉娣欢天喜地，脸上笑开了花儿。

南易正在郊外林子里的一棵大树下，看着树上的一个鸟窝发愁。他想抓住鸟窝里的鸟，为自己改善一下伙食。可是除了弄得一身伤，他一点进展也没有。

谁知大毛和二毛不知什么时候冒了出来，手脚轻盈地爬上树去掏了鸟窝，又手脚麻利地从树上下来，怀里揣着鸟，却不给南易。

南易眼巴巴地看着，说："拿来啊！"

大毛、二毛笑嘻嘻地向他伸出手，要他拿东西来换。

南易没好气地说："你们可真没义气，平时吃了我那么些东西，现在还跟我讲条件谈判？"

大毛说："南易叔叔，不是和你抠，粮票丢了以后，我俩的屁股都快被揍肿了，你要能给我点粮票，我妈就不用挨饿了。"

南易听了，拿出十斤粮票递过去，说："拿着。"

大毛没想到南易这么爽快，反倒有些不好意思要了。南易不耐烦地说："拿走，拿走。把鸟给我！"

大毛和二毛对望一眼，把两只鸟递给南易，接过粮票欢天喜地地跑远了。

南易揣着鸟兴奋地往回走，一个不小心，一只鸟飞走了，他慌忙追赶，可另一只鸟也从怀里飞走了。南易气得顿足捶胸。

大毛和二毛回到家里，得意地找梁拉娣邀功。可梁拉娣却脸色一黑，盯着他们，严肃地说："从现在起，你们俩给我记住，除了南易，谁给东西都能接着。"

二毛盯着那些粮票，不说话。梁拉娣把他拉过来，摸摸他的头，对他说："妈告诉你，咱们再穷，也要有点骨气，别让人瞧不起。"梁拉娣把粮票递给他，"去，还回去。"

二毛看看母亲，吸吸鼻子，点点头。

这时候，天已经黑了。由于南易一直刻意躲避，许春柳来找他好多次都没见到人，索性在南易的宿舍外面搭了一个抗震简易帐篷，准备死等下去。帐篷下甚至放着一些水壶、干粮、薄被子之类的东西，帐篷里，手电筒、干粮、蚊香也一应俱全。许春柳正在打盹儿，一双手撩开帐篷门口的布，无奈至极的南易出现在门口。

许春柳被惊醒，一看是南易，赶紧抹一把脸，打起精神。南易指指外头："出来聊聊吧。"

南易和许春柳坐在台阶上。许春柳两只手相互搓着，紧张地解释道："其实我也不是想怎么样，我知道你不喜欢我……可我，可我就是想让你知道，你知道吗，24小时，不是，是每一分，每一秒，我都……"

南易打断了她："坦白说，你对我很好，我也很感动。"他抽口烟，慢悠悠地吐出烟，"可是，你知道吗? 怎么说呢? 我打个比方，你平时最爱吃的菜是什么?"

许春柳毫不犹豫地说："都爱吃。"

"最爱吃的。就是一桌子菜，你第一筷子会夹什么?"

许春柳想了想，回答说："红烧肉。"

南易咽了口口水，似乎也在怀念红烧肉的味道，想了想才说："那你最不爱吃的是什么? 就是一想起来就觉得恶心的那种，或者，就是你宁肯喝稀饭，也不愿意吃什么?"

许春柳想也没想就说："苦瓜啊。"

南易一下子来了精神："对! 我问你，一盘红烧肉和一盘炒苦瓜放在你面前，你选哪个?"

许春柳眨眨眼，说："肯定是红烧肉啊!"

"要是有人放着肉不让你吃，非让你吃苦瓜，你怎么办?"

许春柳看看他皱了皱眉："凭什么啊?"

南易激动地站了起来："对啊! 凭什么啊!"

许春柳这才反应了过来，也站了起来，看着南易问："南易，我是不是苦瓜?"

南易站定，拍拍她的肩膀，认真地说："春柳同志，我不是说你是苦瓜，但我说的就是这个比喻，你明白我的意思吗?"

许春柳失望地看着他，不说话。

南易接着说："咱们做个朋友，好不好?"

许春柳不说话，一直盯着他，慢慢地，眼角流下了一行眼泪。

第七章
爱情的难题

一个戴着口罩和帽子的人从总厂大门外进来，鬼鬼祟祟地放下自行车，急匆匆往编辑部赶。进了门，摘了帽子口罩，那人竟是刘峰。

李秋燕笑着说："你也不怕热出疹子来啊？"

刘峰叹了口气，无奈地说："你不知道啊，史副书记一见我就催自行车，我不化装都没法儿来。"他坐了下来，把帽子口罩放到桌上，"唉，官大一级压扁人啊。"

李秋燕摇头，给他倒了杯水，说："那你就争取往大了当，压别人吧！"

刘峰接过毛巾来擦了擦汗，叹口气道："唉，眼下就快被别人压死了。"他又叹了口气，"姜司令要去我们厂调研，马上的事儿了。"

"哟，你领导的小炒部还真是名声在外啊。这不是好事吗？"

刘峰苦笑道："是好事，可佐料不好找啊，你说人家一个司令，大老远跑我那图什么？不就是平时吃不着的东西吗？关键现在原料紧缺，要什么什么没有，我都恨不得割南易的肉下锅了……为这事，愁死我了都。"

李秋燕摆摆手，说："别愁了，我给你介绍个人。宾馆大酒楼的陶厨师长！"

一个礼拜以后，宣传队的训练暂时结束，丁秋楠和一同入选的刘明敢都回来了。

食堂里，刘明敢正在给大家讲宣传队的八卦。一帮厨子一边忙手里的活儿，一边听他瞎扯，一个个都听得津津有味。

刘明敢说得唾沫横飞："宣传队就一个字，乱。就昨天，第一次彩排，轮上我拉边幕，边儿有好几层，我那天也不知怎么搞的，拉错了，有两人在幕布后正亲嘴呢，幕一拉开，两人当当正正出现在台上，自己还没发觉，还使劲啃呢……"

大家都听着乐，只有南易面无表情，明显是想到了进了宣传队的丁秋楠。他没好气地大骂道："你们这他妈哪是狗屁宣传队，就是流氓团伙！"

刘明敢乐了："嗨，南哥，还真让你说对了。你知道那王指挥之前是干什么的吗？"

南易斜着眉说："不是省歌舞团烧锅炉的吗？"

刘明敢说："烧锅炉的倒不是，他以前还真是省歌舞团的台柱子，因为耍流氓，给下放了，你说宣传队能有好的吗？"

一旁的人感慨地说："什么将带什么兵啊！"

南易实在忍不住了，打断道："都别扯淡了，姜司令说话就来了，都上点心，别到时候漏了叉子！"

大家都不吱声了。

南易决定找丁秋楠好好谈谈。

傍晚，南易在宿舍里准备好了饭菜，把自己也精心捯饬了一番，心不在焉地抽着烟走来走去，有些心神不宁。他托老班约了丁秋楠，也不知道她会不会来。

南易不时跑到窗户边往外看，又失望地折回来，如此几次，他有些沮丧地从桌子上端了杯水，刚喝了没几口，听见门口有人轻轻咳嗽。南易一跃而起，扑到门口"哗"地打开门，丁秋楠站在外面，两人都兴奋地看着对方。

南易的声音都变了："进来呀！"

丁秋楠微笑地咬着嘴唇，像少女一样向后背着手，带点儿矜持地走了进来。

桌上有一碟凉拌白菜和一盘饺子，丁秋楠咬了一口饺子，嚼着问南易："这是什么馅啊？"

南易抿一口酒，说："野菜馅。你不在的这一礼拜，我把早晨全搭出去，才挖着这么多。"

丁秋楠嘴里咬着饺子，差点被烫着，吸溜吸溜地说："真有你的，什么招儿都能琢磨出来。"

南易给她递了碗饺子汤，说："原汤化原食。说说，怎么报答我？"

丁秋楠夹起一个饺子，喂到他嘴里，撒娇着问："呶！够不够？"

南易摇头，嘴里咬着饺子含糊不清地说："不够。"

"那你说。"

南易咬了没几口，将饺子囫囵咽了下去，握住丁秋楠的手，很认真地注视着她，说："咱别去宣传队了，我替你请假。"

丁秋楠满不在乎地撇撇嘴，敷衍道："我就知道你没安好心，吃完再说。"

南易也看出来丁秋楠是在敷衍他，端起酒杯大喝了一口，辣得眼泪都出来了。这时候，他只有把自己的注意力又转到了刘峰的身上。刘峰下午找过他，让他一起出去弄点儿为迎接姜司令的物资。

最近真是事多，又烦。这么想着，南易又喝了一大口酒。

第二天一大早，刘峰就提着一个小包，骑着自行车往大门口而去，南易跟在旁边，一路来到了市里宾馆大酒楼门口。

刘峰说："这是市里最高级的宾馆了。以前苏联专家在的时候，都住这儿。现在市委领导们开会也在这儿。据说以前是日本人盖的。我今天也是头一次来。"

南易仰头看看气派的高楼，跟着刘峰往里走，来到了宽敞气派的后厨，对一个厨师说要找陶厨师长。

那厨师上下打量着南易和刘峰，说："陶厨师长？他在午睡。你们是……"

刘峰忙说："我们是报社的李秋燕介绍的。事先约好的，今天下午两点。陶厨师长知道。"

厨师不相信，问："是吗？陶厨师长知道？肯定？"

南易略有不满："不知道我们会来吗？"

刘峰圆场："知道，约好的。"

厨子点点头："我给你们去看看。"说完走了。

南易不屑地说："谱儿还不小。"

刘峰解释道："听说这位厨师长很牛的，也是厨师世家，虽然不是御厨，也伺候过不少达官显贵。在厨师界里头，提到陶厨师长，谁都给点面子。"

南易依然很不屑："面子太多了就成二皮脸了。"

刘峰没搭话，和南易一起在厨房里参观。南易东瞧瞧西看看，一会儿拿起这个，一会儿颠起那个，感叹道："厨房是真好。"

刘峰说："等着，以后我一定给你一个这样的厨房。"

南易冲他笑道："厂长，你又给我画饼。"

这时，厨房的一个门"吭"的一声开了。一个穿着主厨衣服、体积有三个南易那么大的大胖子出现在门口，山一样向南易和刘峰这边压过来，一脸不耐烦地说："谁找我？"

刘峰和南易赶紧迎上去，刘峰说："陶厨师长，我们是李秋燕介绍过来的，我叫……"

陶厨师长粗暴地打断他："什么事？"

南易耐着性子说："是这样，我们厂要来一位领导。我们要招待领导……"

陶厨师再次打断道："哦，拍领导的马屁。"

刘峰插话："不是不是，领导听说我们厂厨师南易是御厨的后代，所以……"

陶厨师长一听见"御厨"这两字，立刻把手放在耳朵边，假装耳背的样子，说："什么？"

刘峰大声说："我说我们厂的厨师是御厨的后代，就是他。"

陶厨师长把目光移向南易，上下打量道："你？御厨？满世界都是御厨！我见多了，御膳房里那些刷锅的，洗碗的，倒垃圾的，都敢说自己是御厨。"

南易不高兴地顶回去："那你祖上是倒垃圾的还是洗碗的？"

陶厨师长生气了："你说什么？"

南易冷哼一声："你不也是厨师世家吗？肯定也伺候过御厨吧。"

陶厨师长怒了："你他妈一个小炊事员，敢这么骂我？"

南易讽刺道："我敢骂你吗？我把我们食堂的泔水都倒肚子里，也长不出你这么一堆肉来啊，咱俩级别不一样，我尊重你还来不及呢！"

陶厨师长大怒，朝他扑过去："我他妈抽你！"说着抡拳就打，过道窄，南易躲开，刘峰拉着他就跑。两人仓皇逃窜。陶厨师长身体肥胖，跑不快，追到厨房门口就追不动了。

刘峰和南易一直跑到了酒店外，刘峰气呼呼地走在前面，南易嬉皮笑脸地跟在后边，凑上去问："厂长，生气了？"

刘峰憋着气答道："我敢生你的气吗？你不得拿话噎死我？"

南易依旧笑嘻嘻地说："我就知道你急了。"

刘峰一下子站定，喊道："我能不急吗？我不急，你给我把调料找出来！我又不是没给你打预防针，告诉你今天咱们是来求人家的，不是来当大爷！你就那么管不住你的嘴？"

南易伸手到兜里掏东西，说："行了，别生气了，我逗你呢。这趟没白来。"说着，从口袋里拿出一瓶辣椒来，"我刚才顺的。不用别的，有它就够了。"

刘峰愕然。

回到厂里，南易把这几天弄来的野味、鱼、麻雀之类的都切成丁，切出了一大盆。然后把这些肉丁用他顺来的辣椒腌制起来。

一转眼就到了姜司令调研的日子。司令一身正气，军装笔挺坐在食堂的椅子上，身后还站着两个兵。四个凉菜分别摆在桌子的四角。刘峰陪着姜司令坐在一边。

姜司令看看桌上四个青绿的小凉菜，没什么食欲，夹了菜吃了一点，显然不太满意："这就是你文章中提到的那位厨师做的？"

刘峰赶紧解释："是是。现在供应实在是太紧张，没什么好东西招待领导……"

姜司令打断了他："很清淡啊，不过倒是很精致。你们这里有没有辣子？搞一点来。我是湖南人，吃饭离不开辣子啊。半斤辣子，就一斤米饭。足够了！"

刘峰忙说："马上就来了……"吩咐一旁的刘明敢去厨房。

等了好一会儿，辣椒还没上来，姜司令把筷子都放下了。这时，两个厨子抬着一只硕大的盘子过来，盘子里的菜红红的，分明是辣子。刘峰大喜："辣子来了，辣子来了！"

只见大铁盘子里分了四个小铁盘子,每个盘子间留了小道。厨师把大盘子墩在桌子上。一个厨师点着了盘中间的酒精,盘子周围顿时火苗蹿起来。盘子里的肉丁在红油里嗞嗞啦啦地冒着气泡。姜司令看着食欲大振,大为惊喜,刷一下子站了起来,连袖子都撸了起来,高兴地说:"好啊!红火啊!我还没见过这样上菜的。"

刘峰也着实地惊奇,没想到南易搞这么一出。火灭了,刘峰拿起筷子,说:"姜司令,请尝尝吧。"

姜司令夹起一块,放进嘴里。刘峰也夹一块放进嘴里,嚼了两口,汗从额头渗出来,眼泪也涌了出来:"啊——太辣吧。"

姜司令左手一拍桌子边,赞道:"够辣!好!过瘾!来来来,你们也吃啊,不要光我吃啊!"

几个人赔着笑,用筷子捏一点,放进嘴里,辣得直翻白眼。只有姜司令虽也在喊辣,但已经放下筷子,改用勺了,只不时夹一筷子刚才上的凉菜,边吃边赞:"这会吃出这个凉菜的好啦!哈哈。有水平!"

刘峰含着辣出的眼泪,笑了。

姜司令一把抓住南易的手,狠狠地握着,久久不肯撒开,明显对他极其赞赏。他吃得满面红光,满头都是汗:"小鬼!谢谢你啊!"

刘峰在旁边看得心花怒放。南易被姜司令有力的大手握得点头哈腰,笑道:"过奖了,谢谢首长鼓励。"

一旁挎着海鸥120照相机的工作人员按下快门,拍下了这一时刻。

晚上,南易兴高采烈地坐在医务室里,任由丁秋楠用发蜡给他梳了个明光锃亮的发型,南易拿着一个小镜子横竖看了个够,潇洒地摆了一个姿势,扭头看着丁秋楠,说:"怎么样?"

丁秋楠憋不住,扑哧一声笑了:"不怎么样。"

南易板起脸,假装严肃地说:"秋楠同志,我代表厂党支部,食堂党员小组,以及我自己,对你进行严肃的批评,以后不要再搞这些小资产阶级情调,否则,哼哼。"

丁秋楠故意将一双大眼睛眨巴着问:"否则怎么样啊?"

"否则,取消你的小灶待遇!"

"好啊好啊,取消了更好,我还巴不得像电影明星那么瘦呢。瞧我这腰,都胖了。"说着,丁秋楠就摸自己的肚子。

南易一副哀其不幸怒其不争的口气说:"瞧瞧这话说的,让别人听见得进来掐你!人人都吃不饱,见半个白面馒头就恨不得比爹妈都亲,你可好……"

丁秋楠抬起头,把话接过去:"我可好,守着别人做梦都搭不上的头号厨子,天天近水楼台吃好的,还不知道感恩戴德!"

南易笑了:"你这词儿还一套一套的。"

丁秋楠得意地扬一下头,起身把用剩下的发蜡小心地扣好,说:"你以为我平时那些小说都白看了啊。宣传队里好些人都在传小说呢,我们都互相借着看……"

南易的眉头一下子又皱了起来,打断她:"你能不去宣传队吗?"

丁秋楠愕然:"怎么了啊?"

南易气呼呼地说:"那就是个流氓团伙!"

丁秋楠笑了:"小心眼,就知道乱吃醋,先看着你的好领导吧。"

南易纳闷:"什么意思?"

"还不是崔大可,没事老找我,烦死了!"丁秋楠无奈地叹口气。

南易怒了,把镜子往桌上一扔,站起来吼道:"这个王八蛋!"声音大得把丁秋楠吓了一跳。

说起崔大可,他总算把凤凰女式自行车买回来了,为了赶时间,他没等5天一趟的货车,而是自己骑了两天车骑回来的,半夜才刚刚回到厂里,累得半死。天刚亮,办公楼下的读报栏前就围着一些人,崔大可从后边过来,凑上去看。报栏里贴着新一期的厂报,头版报道的标题是:**干革命就是冲锋陷阵**。下面印着南易与姜副司令握手的相片,一旁是刘峰。

崔大可的表情就像是被泥鳅钻进屁股一样。他回到食堂,看到这张合影被挂到了食堂的墙上,脸色更是难看不已,忍了又忍,还是冲进了刘峰的办公室,一脸委屈地坐在了沙发上。

刘峰微笑着抽出一根烟,递给他,并给他点上,说:"革命分工不同,你也应该理解各个岗位的区别嘛。"

崔大可满脸的不高兴:"理解,不理解也没用啊!"

刘峰说:"至于吗?就为了那个相片吗?那也不是南易个人的事,那是咱们食堂的集体荣誉嘛。食堂主任还是你呀,对不对?"

崔大可使劲抽了一口烟,抱怨道:"我怎么就这么背呢,吃屎都赶不上口热乎的!"

刘峰拍了拍崔大可的肩膀,苦口婆心地说:"大可,你为史副书记这自行车费了这么大心思,吃苦受累搭人情不说,为了赶时间,还骑了两天的自行车从市里回来,要没点儿毫不利己专门利人的精神,也做不到啊,都够评劳模了。"

崔大可叹口气说:"唉,无名英雄,又上不了报纸。"

刘峰说:"说句实话,你这也是为了我,别看我嘴上不说什么,心里全记着呢。"

崔大可一听这话来劲了，马上站了起来，一拍胸脯，说："厂长，我可不是表忠心，这也就是你，换史副书记自己跟我说，我也真没这劲头，给他没日没夜地往回骑车！"

刘峰笑着说："我知道，我知道。"他看看时间，说，"马上又有一帮领导要来考察，我这得去接待了。你也快回食堂去主持工作吧！"

崔大可冷笑一声："这南易还真出名了啊？"

丁秋楠自从去过宣传队以后，变得越来越爱美讲究打扮。下了班，她在医务室门口的地上看见一个四四方方的盒子。丁秋楠好奇地捡起来，打开一看，里面是一双崭新的半高跟皮鞋。丁秋楠的眼睛马上亮了，迫不及待地穿在了脚上，走了出去。

这时正是傍晚，几个青年女工正在叽叽喳喳地聊天，见到丁秋楠脚上的皮鞋，都露出羡慕的表情，把她围在中间，欣赏她脚上的半高跟皮鞋。丁秋楠鹤立鸡群般站在中间，微笑着享受着众人的欣赏，一种叫做虚荣心的东西在心里逐渐膨胀起来。

刚回到宿舍，崔大可就狗皮膏药似的出现了，凑上去看着她脚上的鞋，嬉皮笑脸地问："新皮鞋硌脚不？我估摸着应该合适。"

丁秋楠一听这话，愣了："这鞋……"

崔大可得意洋洋地说："我在市里给你买的啊！"

丁秋楠意外地捂住嘴巴，"啊"了一声。

崔大可一点儿没看出丁秋楠意外的样子，兴奋地小声告诉她："厂里要分房子了，你知道吗？领导说了，有我的。等我的宿舍分下来，去我那儿玩啊！"

丁秋楠黑着脸，一言不发地盯着脚上的皮鞋，半响，忽然蹲下来，把皮鞋脱下塞回崔大可怀里，回房间关了门，也不管崔大可的脸色有多难看。

可是第二天丁秋楠就又穿上了一双小皮鞋，不过颜色不一样了。她在南易的宿舍里走来走去，高兴不已。南易笑眯眯地看着她。

丁秋楠口是心非地说："我又不是非得穿，这得多贵啊。"

南易满不在乎："你喜欢就行，崔大可能买的，我也能买。"丁秋楠穿新皮鞋的事情经由不少女青工们传来传去，传到了南易的耳朵里，南易也去给丁秋楠买了一双。

丁秋楠笑道："你几岁啊，这么较劲。"

南易晃晃脑袋："他的鞋还他了吗？"

丁秋楠坐下来，带着鄙视的口气说："早还了，你猜谁穿上了？焦书记！"

"厂长爱人？"

丁秋楠点点头："给领导送礼啊，崔大可多抠门，不能白买了那双鞋啊！"

在南易和丁秋楠如胶似漆的同时，刘峰和李秋燕也打得火热。他带着李秋燕来厂里参观，想顺便给她投一篇新稿。两人一路走到了单身宿舍边，李秋燕说："都到你们厂了，你也不邀请我去你们家坐坐？"

刘峰一慌，结结巴巴地掩饰道："家里又没什么好看的，又脏又乱的，还不如我办公室干净……"

李秋燕看出他心虚了，没再说什么，又跟着去食堂吃饭，刘峰特意让南易给开了小灶。刘峰殷勤地给李秋燕夹菜，李秋燕也不拒绝，享受着这一切。吃得差不多了，刘峰从包里掏出一叠稿纸，递给李秋燕："这是我的稿子。"

李秋燕打开看，却看到被撕过的痕迹，问："怎么还撕了？焦厂长撕的？"

刘峰叹口气："我撕的。呵呵，斗气。"

李秋燕也跟着叹气，话里有话地说："图什么啊这是……整天斗气，日子还怎么过得好呀？"

刘峰无奈道："嗯，逼的，苦中作乐……"

李秋燕不吱声了。一时间，俩人陷入了沉默的尴尬。忽然，李秋燕想起什么，拿过自己的包，从里面拿出一件衬衫，对刘峰说："我给你买了件衬衫，以前那件别穿了，怎么也是一厂之长，那么破，穿出去让人笑话。"

刘峰有点犯愣，接过衬衫，激动地摩挲着，说："你看你，还惦记着我……挺贵吧？"

李秋燕摇头："贵不贵的，又不问你要钱，穿着吧。哎，对了，焦厂长不会生气吧？"

刘峰说："哦……那倒没事，她注意不到，她整天除了盯着我的缺点之外，看不见别的。"

李秋燕笑道："你还有缺点？我怎么没发现啊？"

这句话让刘峰非常受用，暧昧地说："有你这话，晚上我肯定睡不着了！"

送走了李秋燕，刘峰回到家里，穿着李秋燕给他买的衬衫，在镜子前照来照去，喜爱不已。这时，门口传来女儿朵朵放学回家的声音。刘峰听见动静，赶紧把衬衫脱下来，塞进柜子。可朵朵已经看见了刘峰的动作，奇怪地问："爸，你干什么呢？"

刘峰掩饰道："哦，没事，我换件衣服。"然后换上了旧衬衫。

朵朵还是觉得有些奇怪，但没有追问。她的学校明天有活动，她找来一张小板凳，坐下，给自己的白球鞋打大白粉。刘峰心虚，又回厂里去了。

傍晚，焦敏下班回来了，坐在桌前看报纸。朵朵在大衣柜里去找红领巾，可找了半天没找到，只好向焦敏求助。

焦敏不耐烦地放下报纸，起身去大衣柜那边给女儿找红领巾。翻了一下，却从大衣柜里捏出一件陌生的衬衫来。

焦敏皱着眉头问:"这儿哪来件衬衫啊?"

朵朵看见刘峰脱下来的,便说:"爸爸的!"

焦敏气愤不已,气鼓鼓地回到房间,等着刘峰回来。

晚上,刘峰一回到家里,就发觉气氛不对。果然,焦敏脸色铁青地坐在房里,手里拿着李秋燕送给刘峰的那件新衬衫。刘峰心里咯噔了一下。

焦敏像审讯犯人一样问刘峰:"这衬衫谁的?"

刘峰坐了下来,假装若无其事地说:"我的啊,我刚买的。"

"什么时候买的?"

"就前几天。"

"在哪儿买的?多少钱?"

刘峰还在瞎编:"去城里的时候买的……好像是……"

焦敏不耐烦地吼道:"刘峰!买了衬衫都不知道多少钱?好像?你以为我是猪,那么好骗?你今天给我说清楚,这衬衫到底哪来的!"

刘峰结结巴巴地说:"是……是……"却不敢说实话。

焦敏把衬衫扔在刘峰的脸上,大吼道:"刘峰,你今天不说清楚,我跟你没完!"

刘峰顿了顿,横下一条心撒谎道:"是南易给的。"

焦敏一愣,答案似乎和自己预想的不一样,但她马上厉声问道:"为什么?"

刘峰在心里不住说对不起,嘴上却越扯越离谱:"他想上食堂主任的位子。哎我跟你说啊,我还没打算要,那天他送来我也不知道是什么,就随手放进去了,回头我就退给他……"

焦敏对南易本来就很不满,此时完全相信了刘峰的话,高声说道:"刘峰!这是行贿受贿!你当厂长当得不耐烦了?都学会这一套了!我告诉你,你离犯罪已经咫尺之遥了!"她毫不理会刘峰示意她小点儿声音的动作,继续说,"你现在就给他退回去!再给他个处分!要不然明天我就去食堂找南易!他这是拖领导干部下水!"

刘峰也急了,把烟头往地上一摔,大喊:"我他妈不去!崔大可给你鞋你也穿,你怎么不说那是受贿啊?"

话还没说完,勃然大怒的焦敏已经把鞋脱了下来,砸到了刘峰身上。

这个晚上,刘峰睡在了客厅。第二天天刚亮,他就示威似的换上了那件新衬衫,回到了厂里,让南易中午吃完饭以后去找他,有事跟他说。

饭后,南易跟着刘峰穿过厂区,来到一片宿舍区。宿舍区里有一间小平房。刘峰打开门。南易跟着进去，左右看看，不明白刘峰带他来这里干什么。

刘峰说："这房子不太大，但质量还不错，而且朝阳。"说着，他把钥匙递给南易，"这间房，厂里决定分给你了。"

南易惊喜地问："啊！真的？"

刘峰笑了："当然是真的。老住仓库也不是个办法，有了房，就有家的感觉了。过两年再娶个媳妇，生个胖小子，就彻底安家落户了。"

南易说不出的激动，上去给了刘峰一个熊抱，刘峰躲闪不及，还是被抱住了。南易激动地说："还是组织好。太谢谢啦，厂长！这次厂里分房，我估摸着根本没我的呢！"

刘峰一边推开南易一边叫道："放手放手，别把我这新衬衫给弄脏了！"

南易放开手，这才注意到了什么，问："厂长，你这脸怎么伤了？"

刘峰表情平静地说："没什么，猫抓的。"

南易憋着笑，没吱声。傻子都知道，厂长又和夫人闹了一场。

刘峰又说："对了，回头要是说起来，就说我这衬衫是你送的，记着点儿。"

南易愣了，问："刚分给我房就说这个，你这不是往自己身上扣屎盆子吗？"

刘峰急了："我都不嫌臭，你怕什么！"

南易也不含糊，下午就开始了搬家行动，丁秋楠还主动跑来帮忙。搬家的动静不小，住在旁边的崔大可也知道南易分了房子在搬家，崔大可拿着一个暖壶和一个杯子，探头探脑地进来，叫了丁秋楠一声。

丁秋楠回头，见是崔大可，不悦地说："你怎么来了？"

南易过去，想接崔大可手里的暖壶和水杯，嘴里还不忘揶揄道："哎哟，今天的太阳从南边出来啦？"

但崔大可没给他，直接把水杯递给丁秋楠，觍着脸说："这是橘子粉调的，可好喝了，你尝尝。"

丁秋楠正忙着铺床，没接，嘴里也没句好话："没看我忙着呢？搁一边去。"

南易看着直乐。但崔大可丝毫不觉得丢面子，郑而重之地将杯子放到窗台上。

丁秋楠懒得理他，自己忙活自己的。门口，青工们搬了一个桌子进来，南易赶紧过去招呼。趁着南易出去的空儿，崔大可凑到丁秋楠面前，带着讨好和求人的表情，小心翼翼地问："秋楠，明天我也搬家……"

丁秋楠头也没回，脆生生地说："没空！"

崔大可一副委屈的表情，眼泪都快掉下来了。

好不容易都整理好了,天已经黑了下来。丁秋楠和南易亲密地坐在床上聊着天。

丁秋楠说:"崔大可那么不要脸,你都没什么反应?是不是觉得我跟定你了,就不在乎了?"

南易假装叹口气,说:"你也知道,我这人脸皮子薄,不像崔大可,在这种事情上,心里想的,老说不出来。"

丁秋楠嘟着嘴说:"好汉出在嘴上,那你倒是说啊,一张嘴就会损人,别的你倒是什么都不会。"

南易觍着脸笑:"之前你不是没给我机会吗,我一找你就满脸的阶级斗争,我还以为你都死了心了。"

丁秋楠哼了一声,说:"就你要脸!你为了一个猪腰子,都去相亲了,我死个心算什么?"

南易忙表忠心:"说了一万多回了,我那是为人民服务,为革命牺牲,你也不看看,那个许春柳长得比长咱们厂长都爷们,我能喜欢她吗?全是误会。"

丁秋楠撒娇道:"那你也得道歉。要有实际行动啊?就知道耍嘴皮子,一点诚意都没有!"

南易忙说:"请首长指示!"

丁秋楠朝他一笑,说:"过来给我揉揉腿。"

南易过去给丁秋楠揉腿,揉完腿又揉背后、肩膀和脖子。丁秋楠顺势靠到南易身上。南易一下子呼吸急促了。

在丁秋楠主动、热情的引诱之下,南易大着胆子摸了丁秋楠的胸。丁秋楠满脸迷醉,把身子完全靠在南易身上,扬起脖子,似乎在等着南易亲她。呼吸急促的南易正要亲上去,丁秋楠的眼睛忽然睁开,说:"你要娶我。"

南易一下子支支吾吾,不肯回答。丁秋楠失望了,气氛顿时变得冷淡下来。看着曲线玲珑的丁秋楠,南易后悔了,过去一把抱住丁秋楠,喘着粗气,一边亲丁秋楠的脖子,一边嘟囔:"我会对你负责任的。"

丁秋楠挣脱开,看着他的眼睛,认真地说:"你发誓!"

南易全身发热,顾不上那么多,应付地说:"我发誓,我发誓……"

正在两人干柴烈火的时候,屋外传来崔大可的声音:"南易,有酒精吗?借点儿!煮面!"

南易和丁秋楠都吓了一跳。南易捶胸顿足地吼:"我他妈没有!"

丁秋楠用被子捂着嘴,笑得脚都一抽一抽的。被崔大可这么一掺和,南易的好事自然是办不成了。

这些日子以来，来南易食堂吃饭的各种人物越来越多，南易的名声也越来越大。

这天，一个电话让刘峰手舞足蹈，兴奋不已。稳定了情绪后，他便叫来了崔大可和南易，宣布了总厂下达的升职命令：崔大可升任行政科副科长，南易升任食堂主任，而刘峰则由代理厂长升任正式厂长。

刘峰意味深长地说："你们俩都是非常优秀的人才，也是咱们厂重点培养的年轻干部，以后更要好好合作，搞好团结，这次虽然是我提的议，但是厂里对你们的任命，也是经过反复研究的，你们俩好好干，可别砸了我的脸！"

崔大可无比激动地表决心："一定！一定！厂长，您放心，我一定把行政科当成我们家，岗位在，人在！啊不是，人在，岗位在！"

南易不忘挤对他："崔副科长，行政科要是你们家，那你不是想拿就拿，想吃就吃？"

崔大可忙说："胡扯什么！我是比喻！我是拿公家钱，吃公家饭的人吗？"

两人你一言我一语地争执起来。在刘峰的制止下，才勉强都住了口。

第二天，南易在食堂里绘声绘色地给一群厨师们讲解美食，大家都听得如痴如醉。正说得开心，"咣当"一声，食堂的门被大力推开了。丁秋楠满脸泪花地冲进来，当着一屋子人，抱着南易便哇哇大哭。

当着这么多人，南易不好意思地推开丁秋楠问："怎么了？"

丁秋楠抽泣着说："我的手表，呜呜，掉，掉茅房里了。"

又哭了一会儿，丁秋楠坐在椅子上，不哭了，眼睛已经肿了起来。众人围着安慰她："回头跟后勤处的说一声，让他们掏粪的时候给看着点，肯定能找着。"

南易却泼了冷水："那么小个东西，那么大的茅坑，潜艇下去都捞不起来。"

听他这么说，丁秋楠抬头白了他一眼，有人跟着打趣说："谁说风凉话，就让谁给你买一个。"

刘明敢也跟着起哄："就是就是！"

南易晃晃脑袋，一副"这有什么大不了"的样子。

丁秋楠说："明天我还得去宣传队呢。"

南易逗她："去宣传队是唱歌，又不是埋地雷，算那么准干吗，迟到了还能出人命啊？"

丁秋楠气笑了："迟到了我就要你的命！"

众人正说笑间，门口一阵脚步声乱响，有人跌跌撞撞地跑了进来。大家都往后看去，只见崔大可一身脏污，穿着雨衣，头发都变成一缕一缕的，裤脚上水珠滴答，脸上还挂着土，狼狈至极，像刚从茅坑里爬出来的一样。

众人都呆了，眼睁睁地看着崔大可走进来，喘着粗气，走到丁秋楠面前，将右手伸出来，摊开，手上是一个水淋淋的女式手表。崔大可用奄奄一息的口气慢慢说道："找着了。"

丁秋楠顿时捂住了鼻子，像看见鬼一样喊着："离我远点儿！"

崔大可一阵尴尬，众人唏嘘不已。南易更是被崔大可的举动震撼得有些说不出话来。他站起来，用两只手指夹起手表，对崔大可说："快回去洗洗吧！"

崔大可看了南易一眼，又看了丁秋楠一眼，后者一脸的嫌弃。崔大可也没说什么，转身出去，洗澡去了。

下了班，南易回到宿舍时，却发现崔大可正在门口等着他。两人互相沉默了一会儿，崔大可说："南易，现在是婚姻自由，恋爱自由，是不是？你和丁秋楠还没结婚，我也有追求的权利，对吧？"

南易耸耸肩，说："对啊，我没说这个不对啊。我没拿刀子威胁过你吧？但是人家不喜欢你，我总不能去劝她多跟你培养培养感觉吧？"

崔大可猛抽几口烟，说："不是一个意思！你别老用一种胜利者的姿态来看着我！我告诉你南易，你喜欢丁秋楠，我也喜欢！而且我比你喜欢得更多！我能为她付出生命，你能吗？"

南易毫不在意地说："这又不是战争年代，有事没事拿卖命说事儿，有意思吗？"

崔大可脖子上的青筋都暴出来了，大声说："反正，你们什么时候结婚了，我才肯退出！"

南易皱皱眉头，懒得再搭理崔大可，自己转头走了。崔大可气得呼哧呼哧的，看着南易走远了，啊啊直叫。

刘峰升了官，心里高兴，假借着来领稿费，又来编辑部呆着，和李秋燕聊天。李秋燕一改平时阳光灿烂的表情，显得忧心忡忡，情绪非常低落的样子。刘峰也有所感觉，说话也不那么肆无忌惮地开玩笑了。

李秋燕把稿费给刘峰，问："我送你那衬衫呢，怎么不穿？"

刘峰深情地说："穿多了会脏，舍不得。"说完，他大胆地看着李秋燕，李秋燕仿佛心事重重，和他对视一眼，马上将视线转移开。

"我请你吃饭吧！"刘峰殷勤地邀请。李秋燕没有多说什么，点点头答应了。

两人来到一家小餐馆，点了几个小菜。刘峰殷勤地给李秋燕夹菜、倒水。李秋燕没什么话,刘峰一个人热情个不停。

忽然,李秋燕开口了:"我要结婚了……"

刘峰的动作一下子定住了。

李秋燕微微地笑,直直地盯着刘峰,刘峰反而不敢迎接她的目光。李秋燕见他这种反应,也不打趣了,低头吃菜。

沉默了一会儿,刘峰问:"什么时候啊?"

李秋燕回答:"下个月吧。"也不看他。

"哦,也快了。"刘峰不自然地笑了笑,"新郎官一定……不错吧?哪个单位的?"

李秋燕很镇定地说:"你认识的,姜司令。"

刘峰脸上的表情复杂,失落地说:"啊,这,这得祝贺……"

李秋燕看着他,一字一句地说:"刘峰,你要是觉得不好,我就不结了。"

刘峰呆住了。

总厂宣传队的训练厅里,一群人化好了妆,正在打打闹闹。化好妆的丁秋楠正站在挂着的镜框前歪头看,突然,她在镜子里看到窗外边有一个人正探头往里看,是南易。

丁秋楠飞快地跑了出去,把南易拉进来,惊喜地说:"你怎么来了?"

南易一边四下乱看,一边一本正经地说:"路过,进来指导一下工作。"

丁秋楠笑道:"装什么蒜啊?你来参加市委会议啊,还能路过这儿?走,让我显摆显摆你去!"

丁秋楠拉着南易来到宣传队的人堆里。南易偷眼观瞧,满眼尽是化了妆的美女,都围过来顾盼流盈地看他,南易有点晕了。

丁秋楠向大家介绍:"给你们介绍一下,这就是我说的我们厂的御厨!叫南易!"

一个姑娘说:"哟,是吗?御厨,晚上给我们吃什么呀?满汉全席吧?"一句话引来姑娘们的一阵哄笑。

南易打趣道:"你怎么知道我会做一道凉菜就叫'满汉全席'啊?"

另一姑娘看出南易和丁秋楠的关系不一般,逗他们:"别这么小气啊,我们也跟着小丁沾点儿光呗……"

又一个姑娘也跟着说:"丁秋楠,他是你相好吗?"

"去!滚!"丁秋楠一边骂,一边拿眼瞟南易。

南易不太习惯这种打趣,有点儿脸红,一时搭不上话了。

这时,又传来熟悉的咳嗽声。众人一下安静下来,王指挥戴着一顶帽子,出现在人群的背后,打量着南易。

丁秋楠赶紧介绍："王指挥，这是我们厂的御厨南易。"

王指挥冷淡地说："工厂里都出御厨了？给土皇帝做饭吧。"

南易顶回去："那是以前，现在专给犯了错误、开除下放的土老帽做。"

王指挥急了："哎，你这小伙子说话老大问题啊！谁是土老帽啊？"

南易冷哼一声："问题不大，别戴就成。这天气戴个土老帽也够热的，本来你就该摘了。"

丁秋楠看情形不对，赶紧拉了拉南易，说："走，我给你弄点水去！"

王指挥把帽子摘下来，头发散了开来，显得越发狼狈了。王指挥将头发一甩，没甩好，遮住眼睛了，赶紧用手拨开。众人都憋着不敢笑，散开，各忙各的去了。

王指挥怒了："污言秽语！屁都不懂！这是艺术，一个狗屁厨子知道什么！"

训练厅外，南易哈哈乐。丁秋楠也捂着嘴笑，笑够了，也走得远了，丁秋楠打一下南易，说："以后别那么损！还想不想让我当女一号了？"

南易点着一根烟，抽了一口，说："给我当女一号就行了，那个耍流氓的，你稀罕啊？"

丁秋楠伸手夺下烟卷："别抽了，每天抽那么多！"

南易说："当不上明星急了？"

丁秋楠哼一声："也不知道谁急了，还大老远跑来看着。"

南易点点头，认真地说："嗯，以后是要常来。你们这种地方，我还真得好好看着你。走，我带你下馆子去。"

丁秋楠拉住他说："就食堂吃吧，省点儿是点儿。"

南易毫不在乎地说："除了好吃的，别的都是身外之物，该省省，不该省的别抠。"

吃完饭，丁秋楠蹦蹦跳跳，满面春风地回到训练厅。还没到训练的时间，一个女队员逗她："你那个厨子呢？"

丁秋楠甩甩头发："回去了。"

"不留着给你做饭啊？"

丁秋楠得意地说："做了全给你们抢了吃啊，想得美。"

女队员笑了笑，说："对了，王指挥让你去他办公室呢！"

丁秋楠有些忐忑地走到王指挥的办公室门口，敲了敲门，走了进去。王指挥用直勾勾的目光看着丁秋楠，看得丁秋楠有点慌乱，低声问："您找我？"

王指挥问："那个伟大的、精彩绝伦的剧本，你看了？"

丁秋楠点头。

王指挥用兰花指一指她，问："你，想演吗？"他一顿一顿地说，"剧里的女主角谁来演，还没有定，可是在我内心的最、最、最深处，其实，已经有人选了。我，不说，你也知道了吧？"

丁秋楠愕然看着王指挥，一副不相信的表情。

王指挥在原地手舞足蹈地说："你！对！就是你！不要后退，不要紧张，我可以肯定，你绝对能完成好这个角色，你都不知道你有多合适！你不要用这种崇拜的目光看着我，我告诉你，这个角色，不，这个剧，就是为你写的！《春风劲吹》，就是你给我的感受……"

丁秋楠捂着嘴，欣喜若狂。

随着右手用力地向上一挥舞，王指挥的动作刷地停止了："就这么着。时间紧任务重，我借了市文化宫的排练场，你回去把伴奏的小乐队叫上，一会出发，今晚通宵排练！"

丁秋楠用力点头："嗯！"

晚上，南易带着热乎乎的饭菜，骑着自行车去宣传队女宿舍给丁秋楠送饭。可他敲了许久的门也没人回应，屋里的灯也没开。

南易在门口等了许久，最后斜靠在门上睡着了。

清晨，天刚刚亮，丁秋楠的宿舍里挂着窗帘，黑蒙蒙的。丁秋楠唱着歌走进来，边唱边比划着舞蹈动作。

突然，一个男声把丁秋楠吓了一跳："回来了？"

丁秋楠吓了一跳，看了看房门，一脸不可思议的表情："南易？！你怎么进来的？"

南易没有回答她的问题，而是指指桌上的饭盒，说："给你带的包子，热热吃吧。"

南易一脸平静的样子，让丁秋楠有些发毛，急忙解释："我排练去了，不是马上就要演出了嘛，忙了一夜，刚刚结束。"说着笑着坐到南易身边，"生气啦？等我忙完这阵一定好好陪陪你。"

南易依旧平淡地说："没事就好，休息吧。"说着站起身。

丁秋楠拉住他，发现他的左手手背上划了一个长长的血道，忙问："你的手怎么了？我看看。"

南易把手抽出来，开门往外走。丁秋楠追上去，可门被南易撞上了。门锁应声耷拉下来，锁头边还有尚未完全干涸的血迹。

第八章
阴差阳错

黄昏时分,宣传队的排练室里,王指挥在给丁秋楠开小灶。丁秋楠边唱边跳,已经是香汗淋漓了。

王指挥拧着眉头,颇不满意:"你扮演的是无产阶级工人,腰弯背驼的哪有一点工人的气势啊,胳膊软得跟面条似的,把上衣脱掉,重新来。"

丁秋楠一听说要脱衣服,犹豫着不肯。

王指挥提高声音说:"搞艺术怎么能扭扭捏捏的,隔着衣服我没法指导你的形体。"

丁秋楠只好把衣服脱了下来,里面穿着一件女式背心,汗水将衣服紧贴在身体上。丁秋楠不好意思地捂着前胸。这时,王指挥把窗帘拉上,屋内的光线立刻暗了下来。丁秋楠惊讶地抬头看着王指挥,下意识地往后躲。

"现在就有一点儿舞台的感觉了,闭上眼睛想象一下,一束追光照在你的身上,所有人都看着你,社会主义的春风吹拂到你的脸上、身上……"王指挥边说边走到丁秋楠身后,丁秋楠想躲,王指挥拉住她,"闭上眼睛,脊背挺直,腰立起来,你作为新一代的工人阶级,向着康庄大道大踏步前进。"

丁秋楠跳起来,王指挥跟着她一起跳,看丁秋楠仍然不到位,搂住她的腰部,扳正动作。两个人越贴越紧。

房门突然打开,丁秋楠想回头看。王指挥制止道:"别走神,继续。"说着,继续贴着丁秋楠,按照舞蹈动作转过身。丁秋楠突然发现南易就站在门口盯着两人,马上触电般地弹开。

王指挥大声对南易说:"你怎么回事,没看见我们在排练吗?"

南易眼里都要喷出火来了,压着怒气找了个借口:"秋楠,外面有你电话。"

丁秋楠忙答应着往外跑,发现自己没穿衣服,赶紧跑回来边穿边往外走。王指挥跟过来,南易根本不看他,"哐"地撞上门,差点撞到王指挥的脸上。

丁秋楠被南易抓着快步走出来，丁秋楠甩开他，生气地说："你干什么呀？"

南易也停了下来，盯着丁秋楠说："我干什么？先问问你自己吧！"

"我们在排练呢，怎么啦？！"

"排练？排练还用得着关窗闭户，赤膊上阵的？"南易的声音越来越高。

丁秋楠解释道："根本不是你想的那样！王指挥说我跳得不到位，要给我纠正动作。"

南易冷哼一声："挺好啊，一夜一夜地给你开小灶，这回连衣服都脱了，看来他很器重你嘛。你们跳的什么？工人阶级进澡堂？站这儿跳一回，让大伙都看看。"

丁秋楠眼泪都快出来了："我没有！是他说穿着衣服看不清形体，我也不想脱。"

南易咄咄逼人："他拿刀子逼你了？还是用枪指着你了？！"

丁秋楠说不过南易，只好说："你爱信不信，反正我没做坏事。"

南易长叹一口气，说："要我相信你也成，马上辞职跟我回去。"

丁秋楠不愿意："我喜欢跳舞，好不容易有这个机会，你就不能支持支持我吗？"

南易恨恨地说："我再支持你，你就跳别人床上去了。"

丁秋楠的气也上来了："你今天到这来又算什么，跟踪监视？！"

南易冷冷地看着丁秋楠，从兜里拿出一个红色的信封，扔给她："小东结婚，请大伙一块看电影，不过你这么忙，我就不打扰了。"说完转身走了。

丁秋楠看着那个信封，久久不语。

晚上，丁秋楠坐在宿舍的床边，地上并排放着南易送给她的皮鞋，丁秋楠生气地一脚踹上去，门开了一条缝，皮鞋撞到门上，把门又撞了回去，外面传来"哎哟"一声。

丁秋楠问："谁？"

门打开缝，人没进来，一只手拎着一网兜苹果伸进来。

丁秋楠又好气又好笑，走过去一把抢过苹果，嘴里说："不是不想搭理我了吗？知道自己无聊啦！"她边说边笑着打开门。屋门口站着的却并不是南易，而是一脸笑意的崔大可。丁秋楠没想到是他，一时没有反应过来。

崔大可说："秋楠，我看你屋子亮着灯，就上来看看。"

丁秋楠把苹果还给崔大可，冷淡地说："我要睡了。"

崔大可说："就一会儿，五分钟，就呆两分钟……要不一分钟也行。"

丁秋楠不好拒绝，转身坐到床边，崔大可马上跟着走进来，脚踩到丁秋楠踢到门上的皮鞋，差点儿摔一跤。崔大可捡起皮鞋，丁秋楠抢过来，扔到床底下。

崔大可把苹果放到丁秋楠旁边，说："国光苹果，我特意给你买的。天天唱歌，多吃水果对嗓子好。"崔大可看丁秋楠也没有让座的意思，自己找了把椅子坐下，明知故问道："你刚才说谁不想搭理你呀？不是我吧？我天天就盼着你能搭理我一句，吃饭都多吃两碗。"

丁秋楠冷冷地打断道："你有事吗？"

崔大可说："就想看看你。你们宣传队忙，你又是台柱子，肯定累坏了吧。"

丁秋楠没说话。崔大可从兜里拿出一把水果刀，拿起苹果削皮。丁秋楠抬眼看他，突然问："要是你的女人跑出去唱歌跳舞，你会反对吗？"

崔大可心念一转，知道丁秋楠为什么这么问，忙说："我一百个支持，干艺术多好的事啊。"

丁秋楠一笑："你还挺大方。"

"女人也得有自己的事业，又不是私有财产。"说着，崔大可把苹果递给丁秋楠，丁秋楠接过来咬了一口。崔大可自己拿起一个，在衣服上蹭蹭，一口咬下半个，边吃边盯着丁秋楠穿的裙子，白底蓝花的连衣裙，扎了一条腰带，显出修长的曲线。丁秋楠发现崔大可眼睛不老实地上下瞄，侧身躲开。

崔大可色迷迷地说："你穿裙子真好看。"

丁秋楠不自在地说："你赶紧走吧，到五分钟了。"

崔大可依依不舍地站起来，说："那你好好休息。"说完走了出去。丁秋楠刚关上门，崔大可的脑袋又伸了进来，"明儿我再来。"

"我没时间。"丁秋楠关上了房门。

晚上，车间内灯火通明，焊花飞溅。车间墙上贴着参加劳模交流团人员名单，上面写着南易和梁拉娣的名字。

南易跑到车间内，故意当着大伙的面高声叫拉娣："梁师傅，找你有点儿事。"

梁拉娣停下手里的活儿，有些莫名其妙地出去，脱下工作服，抹着汗，问："什么事？"

南易说："厂部让我通知你，劳模交流团人员后天出发。"

梁拉娣问："就这个？你可真够闲的没事干的。"

对面，丁秋楠匆匆走来，看到两人，一脸冰霜地走到南易身边，说："南易，我有事找你。"

南易像没听见似的，对梁拉娣说："拉娣，我家里还有点儿肉皮，你跟我回去拿一趟吧。"

丁秋楠冷冷地瞅了一眼拉娣，对南易说："我在大院外面等你。"说完转身就走。南易想跟过去，又觉得脸上挂不住，踟蹰着没有迈腿。

"赶紧飞过去吧，你以为我是挡箭牌哪，有用就支起来，没用就扔一边，是个爷们吗？！"梁拉娣生气地走了。

南易磨蹭了几秒钟，走了出去。

丁秋楠站在暗影里，低着头抽泣。南易走到她面前，想安慰她，又忍住了，两手揣兜里。

丁秋楠平复了一下心情，说："我们能平静地谈谈吗？"

南易说："我很平静呀，心如止水了。"

丁秋楠有些急了："你到底希望我怎么样？"

"要不你辞职，要不就分开，你自己想清楚。"南易步步紧逼。

丁秋楠不高兴地说："宣传队多少人想进还进不去呢，我是你的私人财产吗？什么都得听你的？"

南易用讽刺的口气说："你可别这么说，我懂什么？一不会跳舞，二不会唱歌，脑袋又没留小辫。王指挥多厉害啊，每根头发都挂着艺术细胞，一甩直往下掉。"

丁秋楠不满地说："搞艺术的人都爱留长头发，怎么让你一说这么恶心呢！"

南易冷哼一声："甭老打着艺术的旗号蒙人。"

丁秋楠沉默了一会儿，认真地说："我发誓什么也没干过，就是排练。"

"呵，"南易一笑，"用不着跟我表决心，你想干什么是你的自由，我无权干涉。"

丁秋楠说："这是我的事业，就像你喜欢做饭一样，我也喜欢跳舞唱歌，如果失去这个机会，我这辈子都会遗憾的。"

南易的语气冷了起来："所以呢，跟你的事业比起来，我就可以放弃了。"

丁秋楠急了："我是什么人你不清楚？为什么就不能相信我？连崔大可都比你讲理。"

南易一听丁秋楠提起崔大可，脸上的表情恶狠狠的，丁秋楠知道自己说错了，有些害怕地解释道："南易，我不是那个意思。"

南易又是一声冷笑："你的意思我很清楚，不是崔大可都比我强吗？原来我在你心里就这个地位，那我就别耽误你了，你去找崔大可搞艺术吧。"说完不再理她，转身走了。

丁秋楠在他身后喊："反正我没做对不起你的事，你爱理不理，随便！"

早上，食堂门口，崔大可往宣传栏里贴着一张大字报。上面写着：

倡议书

为了响应党和国家的号召，一心一意搞生产，早日实现共产主义，解放全世界受苦受难的人民，本人崔大可建议所有青年职工发扬先公后私的革命精神，三年不恋爱，五年不结婚……

大字报下签着崔大可的名字。路过的行人都停下来看着，崔大可很满意地走进了食堂。

食堂厨房内，众人正忙着准备午饭。南易把白菜帮子切下来，扔到垃圾箱里。

崔大可看见了，指责道："浪费就是犯罪，南易，你可真是少爷当惯了，这么好的菜都扔啦，农民兄弟们辛辛苦苦种出来的菜，你就不知道珍惜，我看你忆苦思甜大会算是白开了。"说着，从垃圾箱里把菜帮子都捡了出来。

南易不耐烦地说："你说菜帮子就说菜帮子，甭跟我上纲上线。不说你净挑大堆撮的便宜菜买，你自己瞅瞅，连菜心都烂了。农民兄弟辛苦，工人兄弟身体就不重要啦，吃坏了身体耽误工作你负责？！"

崔大可一声冷笑，不屑地说："嘿，说你一句，你有十句跟着。不就是给领导做过两顿饭嘛，食堂放不下你了？领导说你两句怎么了？有错误就得改。"

南易把菜刀扔到砧板上，盯着崔大可吼："别拿领导吓唬我，这个食堂我做主！我还真想问一天到晚谁拿着公家的东西送人情去？"

崔大可也吼了起来："南易，别以为你有了靠山就敢目中无人。"

众人看越说越不像话了，忙劝着两人。

刘峰走了进来。众人看到他都不敢再说话。崔大可讪讪地低下头，南易还是一副死猪不怕开水烫的样子。

刘峰皱着眉喊："崔大可，南易，你们俩出来一下。"

两人跟着刘峰走出去。

刘峰恨铁不成钢地说："一个科长，一个主任，当着下面人的面跟街坊大妈似的吵架，丢不丢脸啊？"

南易斜了崔大可一眼，说："谁丢脸谁知道。"

崔大可对刘峰说："刘厂长，您看见了，他这是跟我杠上了。"

刘峰摆摆手说："好了，大家都是同事，少说两句吧。"

南易扭过头。刘峰从兜里拿出一份文件交给南易，说："我给你写了份发言稿，明天劳模交流团就要出发，你回去准备准备。"

南易接过文件，转身走了。

崔大可一脸委屈地说："刘厂长，再这么下去我没法儿干了。"

刘峰皱眉道:"说别人之前先检讨检讨自己,你说谁是南易的靠山啊?"

崔大可不吱声了。

刘峰继续说:"一个食堂拢共就那么十几个人,你都搞不好关系,南易吃软不吃硬,你顺着他点儿不就成了,这还用我教你啊。"

崔大可咕哝道:"一山不容二虎。"

刘峰不满地说:"这是革命工作!让你们在这儿占山为王哪?!我明确告诉你,南易不可能离开食堂,你也不舍得把科长拱手让人吧?"

崔大可听出了刘峰话里威胁的意思,忙说:"您放心,我一定跟南易搞好关系。"

"这不就得了。崔大可,我是很看好你的,南易就做饭是把好手,其他方面你比他强,你们俩正好互补,明白吗?"刘峰骂了崔大可一顿,临了又给了颗糖豆,崔大可笑出来:"厂长,我一定好好努力。"

刘峰笑着拍拍崔大可的肩膀,说:"对了,门口的倡议书是你写的?"

崔大可点头说:"是啊!现在生产工作这么紧张,谈恋爱既浪费精力又耽误时间,个人问题得给革命工作让路嘛。"

刘峰称赞道:"好,我跟广播站说了,好好宣传一下。"

崔大可高兴地答应着。

饭店内,坐着几桌客人。

梁拉娣和许主任坐在角落里的桌前。桌子上放着两盘简单的炒菜,许主任殷勤地给拉娣斟酒夹菜。拉娣却不动筷子,低声说:"许主任,您的彩礼我还没凑上呢。"

许主任说:"瞧你说的,彩礼的事再不提了。我上次就是一时着急,这几天我思来想去,还是觉得咱们俩最合适,连春柳都特别喜欢你,老催着我赶紧把证领了。"

梁拉娣说:"春柳是个好姑娘,人实在,性格也大方。"

听见拉娣夸自己的闺女,许主任哈哈笑着。拉娣趁热打铁:"许主任,听说你们那儿有计划外的糙米?"

许主任笑道:"那还不是一句话的事,我那儿有比糙米更好的东西,给你留着呢。"

梁拉娣说:"那怎么好意思,您按高价匀给我几斤就成。"

许主任点点头,说:"好说,好说,你看咱们哪天去办手续?"

梁拉娣犹豫了一会儿,推脱道:"咱们再互相了解了解吧。"

许主任喝了一口水,说:"对你我非常了解。你想知道我什么?我十八岁参加工作,到今年刚好三十年。每月工资三十二块两毛六分,我就一个女儿,父母已经去世了,家里有北房两间半。"

梁拉娣笑道:"您别跟报户口似的。我这样子还敢挑剔什么,要不我先把米钱给您,明儿一早我去拿。"说着从兜里拿出一个手绢,打开,里面整齐地放着几块钱。许主任推脱不要,顺势拉住拉娣的手,拉娣想抽出来,却被许主任紧紧抓住。

许主任说:"见外了啊。拉娣,我第一次见你就觉得特别投缘,这些年我也见了不少人了,就觉得你是个踏实过日子的。"

一盘菜放到了两人面前,梁拉娣和许主任吃惊地抬头,看到南易一脸坏笑地看着他们。

南易脸红红的,一看就知道已经喝得差不多了:"许主任,真是有缘啊。"

许主任脸上马上堆满了笑容,梁拉娣趁机把手抽了出来。许主任说:"南易?跟朋友来吃饭啦,真巧,你先忙吧,咱们找时间再聊。"

许主任是想把南易支走,南易却大咧咧地坐到两人旁边,说:"我单帮一个,正没劲呢,刚好瞅见你们二位了,相请不如偶遇,咱一块吧。"

许主任刚说到要紧处,被打断了,只好勉强敷衍。梁拉娣尴尬地躲着南易的目光。南易反客为主地说:"尝尝这个,我特意交代后厨加的菜,爆炒腰花!"

南易夹起一筷子吃了,一脸正经地看着许主任,给他夹菜,说:"许主任,别跟我客气。我告诉您这猪腰子不能洗太干净,就得带着那股子骚味。您说您白天忙到晚上,多辛苦呀,身体是革命的本钱。这玩意最适合您,补肾!"梁拉娣知道南易又在消遣许主任,忍着笑。

许主任勉强吃了一口,站起身,说:"你慢慢吃,我店里还有事,先走了。"他见梁拉娣没跟他一起起身,便说:"拉娣,你不是要买东西吗?"

梁拉娣忙答应着站起身跟许主任往外走去。南易在后面笑着,一脸醉意。

许主任带着梁拉娣来到了自己的办公室,弯腰从桌子底下拿出一个用布罩着的笼子。许主任把布掀开,笼子里有一只公鸡,通体雪白,红色的鸡冠。许主任对梁拉娣说:"我特意给你弄的,白天人多,不好拿。"

梁拉娣看着那只公鸡,高兴不已:"这么壮!还是您有办法。"

许主任说:"这是来航鸡,可名贵了,不是让你吃的,你们家老四身体不是一直都不好嘛,打鸡血去,特别管用。我打了一个多月了,现在每顿都得吃三碗饭,浑身都是劲,大补。"

梁拉娣弯腰看着鸡,满脸笑意。许主任趁机关上了房门。梁拉娣听见门闩响,马上警觉地站起身。许主任笑嘻嘻地拽着梁拉娣坐下。

梁拉娣有点着急地说:"孩子该等急了,我回去了。"

许主任笑嘻嘻地说："坐会儿，刚才都没顾上跟你说话。"他搂着梁拉娣的肩膀坐下来。梁拉娣边敷衍着，边寻找机会脱身。她用脚够鸡笼子，好不容易到自己手边了，伸手想把笼子上拴着的草绳解开。鸡咯咯叫着，许主任一脚把鸡踹开，吻着拉娣的手，越来越大胆，猛地抱住她。

梁拉娣用力推开，皱着眉头说："硌着我了。"说着指指椅子背。

许主任笨拙地跟梁拉娣换了个位置，在她的身上摩挲着，喘着粗气。梁拉娣假装重心不稳，跌下椅子，许主任的身子也压了上去。梁拉娣用力拽开拴笼子的草绳，狠狠地掐了一把鸡，鸡因为疼痛大声叫着，冲出鸡笼扑棱着翅膀四处飞。许主任怕让外面听见，忙起来抓，梁拉娣总算解了围。

两个人在屋子里追着鸡跑。一个哄，一个赶，闹翻了天。

许主任趔趔趄趄着总算把鸡抓住，又被啄了一口，疼得叫出来。梁拉娣忙抓住鸡，不等许主任反应过来，打开门冲了出去。许主任追到门口，梁拉娣早已经没影了。

许主任生气地说："喂不熟的玩意，属泥鳅的，跑吧，看你跑到天边去，早晚落我手里！"他嘬着手上的伤口，用力地撞上房门。

第二天是劳动模范出发的日子。厂门口，停着一辆大客车，工人们陆陆续续地上车，南易跟在后面。梁拉娣匆匆跑过来，手里抱着一个旅行包。看到南易，两人没有说话，梁拉娣故意往后站了站，跟南易隔开几个人。

路边的高音喇叭里，广播员正在广播："机械厂青年突击队员崔大可向全体青年职工发出倡议：为了响应党和国家的号召，一心一意搞生产，建议所有青年职工发扬先公后私的革命精神，三年不恋爱，五年不结婚。这个口号引起了同志们的强烈反响，展开了热烈的讨论，大家一致认为，这是一个值得倡导的口号……三年不恋爱，五年不结婚……"

南易一听，愣了。

大门口，丁秋楠走进来。远远看见南易，南易扭过头。丁秋楠没有动，仍然盯着他。南易站在车门口，突然热情地回身拿过梁拉娣的旅行包："我帮你。"然后让开车门，笑着对梁拉娣说："上车吧。"

丁秋楠怒气冲冲地走了。南易脸上的笑容马上消失了。梁拉娣看出南易和丁秋楠的异样，一把夺过南易手里的旅行包，白了一眼他，自己走上车。

南易看着丁秋楠的背影，暗暗叹口气。

车辆一路往前驶去，开到了交流大会的现场。

会议室内，南易、梁拉娣和众人围坐成一圈。轮到南易发言了，一位领导说："咱们欢迎南易同志讲话,估计咱们厂里的人都已经听说了,兄弟单位出了位名厨,可我们都是只闻其名,未见其人,连省委的领导同志们都说南易手里有绝活,同样的东西在他手里就能翻出花样来。"

南易被夸得有些挂不住了,连连摆手,从兜里拿出刘峰给他准备好的演讲稿,低头念着:"各位领导,各位同志,大家好。春回大地,东风浩荡。今天我们怀着满腔豪情和全市劳模一起共同庆祝五一劳动节。作为一名机械厂的普通职工,党和人民给了我莫大的荣誉。我既感到高兴又觉得责任重大。在共产党毛主席的号召下,全国人民都在一心一意奔向共产主义,我们厂的全体职工每天加班加点,我们食堂就更应该为同志们做好后勤工作……"

南易念着,自己都觉得脸红。周围的人却是一脸诚挚地听着。南易还没念完,解嘲似的笑了起来:"这把我说得太好了。"

众人跟着笑出来。

南易说:"说实话,我就是一名厨子,给大伙做饭就是我的本职工作,没什么值得炫耀的。反正我就觉得工人们干活都很辛苦,我们就是要让大伙吃饱吃好。只要同志们都满意,我就算没白干。要说有什么困难,我倒没觉得,因为我喜欢这一行,只要真喜欢,再难都能克服。"

南易的话让众人大声鼓掌。梁拉娣看着南易,脸上露出欣赏的笑容。

会后,南易借来一辆自行车,一路去找这里最出名的包子铺,渐渐远离了市区。

路边聚集着一小群人,在偷偷卖东西。南易突然看见梁拉娣抱着旅行包站在旁边,他慢慢停下来远远看着,见梁拉娣在偷偷卖自己做的假领子。

不知谁喊了一声:"抓人啦!"众人马上慌乱起来,四处乱跑。梁拉娣也吓得不知道该往哪个方向跑了,突然看到骑在车上的南易,飞奔过去,把包扔到南易怀里,跳上后座,喊道:"快走啊!"

南易手里抱着包,后面又坐了一个人,一下子根本骑不了车。正手忙脚乱的时候,稽查队员冲他跑了过来。南易看那人就要抓住他了,把包冲着对方扔过去,趁势蹬上车加速。

两人一路骑到了包子铺,走到桌前坐下。南易擦擦一头的汗说:"你胆子可真够大的,这要是让人抓住了,非开除不可。"

梁拉娣叹口气:"家里那么多张嘴,粮票根本就不够,只能买高价粮食,我那点儿工资连两袋面都买不来,不想点儿办法,孩子们都得饿肚子。"

南易问:"你怎么知道那儿有黑市,干这个不是一次两次了吧?"

梁拉娣说："这是第二回，真的，我就是上个月来过一趟，想着这里没人认识我，还安全一点儿。我以后不干了，你别说出去。"

南易笑道："行啊，今天的包子钱算你的，我就不说。"

梁拉娣眼睛一瞪："你打劫啊，书包都让你给扔了，我还没叫你赔呢。"

南易说："谁让你拽着我的，你自己跑得倒快，想让我给你顶包，我还没让你赔医药费呢。"

梁拉娣说："你是个男的，总比我办法多，再说刘峰那么离不开你，抓着了也没事。"

南易白了一眼拉娣。

两个人跑了一路，都是满身大汗，衬衣被汗湿得贴在身上露出浑圆的曲线，梁拉娣把胸口上的扣子解开，掏出手绢擦汗。南易看着梁拉娣的胸口，眼睛都快直了，想躲开，又忍不住偷眼瞅。梁拉娣看见南易的样子，故意在他面前拿着手绢扇风。南易抬头看到拉娣一脸笑容地盯着自己，脸腾地红了，一脸尴尬。

梁拉娣笑着问："南师傅，你也不小了，怎么还不结婚？"

南易一笑："自在惯了，非得找个人看着，再整一堆孩子，我不是自虐嘛。你们家那几个孩子，早晚得把你咯嚓光喽。"

梁拉娣苦笑了一下："可不就是活受罪嘛，我丈夫喜欢小孩，没想到孩子都生出来了，他倒走了。没爹的孩子可怜啊，咱们厂的人不也是看我是寡妇就觉得我好欺负嘛？我知道你也看不起我，过去我还老自己偷偷哭，现在也想通了，寡妇门前是非多，人家都已经把你划到不正经的那条道上了，你就是跟他们闹也没用，反正为了孩子，我什么都忍了。"

南易同情地看着梁拉娣。

梁拉娣说："你甭一副苦大仇深的样子，谁要真想占我的便宜也没那么容易，大毛二毛那两个小子也够让他们喝一壶的。"

这时，师傅端出两笼包子。梁拉娣忙说："同志，我们要一笼就够了。"

南易说："吃吧，我出钱！"

梁拉娣瞪了一眼南易，夹起一个包子，两人开心地吃了起来。

丁秋楠今晚又有排练，她匆匆赶去，就要迟到了。崔大可骑着车追上来，说："秋楠，上车，我带你。"

丁秋楠没有答应，跑得更快了。崔大可骑车跟着她跑到排练场外，丁秋楠刚推门进去，崔大可拉住她，递给她一个原来装罐头的玻璃瓶："快喝一口，我泡的胖大海。"

丁秋楠不耐烦地说："哎呀，你别烦了。"她推开崔大可，跑了进去。崔大可忙放好车，跟着走进去。

排练场内，几个人坐在下面审查节目。舞台上正表演诗朗诵。丁秋楠匆匆跑到舞台边，上气不接下气地对王指挥说："对不起，我不知道今天总排。"

王指挥没有理她。丁秋楠忙要进去换服装，却发现舞台上，另一位演员顶替了自己。丁秋楠吃惊地看着，问王指挥："王指挥，这是怎么回事？为什么不让我上？"

王指挥不耐烦得说："组织安排。"

丁秋楠又问："为什么？"

"哪有那么多为什么，这是领导决定，你不合适。"

丁秋楠不依不饶："哪个领导决定的？！"

王指挥烦了："我说的！"

崔大可走过来，一副打抱不平的样子，对着王指挥喊："你算哪门子领导啊？"他的喊声惊动了众人，丁秋楠怒气冲冲地跑了出去，崔大可忙跟上。

丁秋楠抹着眼泪快步往宿舍走。

崔大可在后面劝她："秋楠，别生气，什么破节目，不让咱们演，咱们还看不上呢。求咱们咱都不回去。"

丁秋楠走进宿舍，崔大可刚要跟进去，门"砰"地关上了。屋内传来丁秋楠的哭声。

崔大可拍着门叫着她的名字，丁秋楠在里面喊："你走！我的事不用你管。"

"什么指挥，狗屁！秋楠，只要你说一句话，我立马把他废了！"崔大可大喊大叫，丁秋楠猛地打开门，大喊："滚！"说完又摔上了门。

崔大可讪讪地走了。

第二天，丁秋楠脸色阴沉地走进医务室，迟到了。大夫不高兴地斥责了她几句，让她去贴打鸡血的宣传报贴。

丁秋楠默默抱起宣传海报走了出去。医务室里传来大夫和护士的说话声——

"什么态度？"

"丁护士就这样，眼睛长在脑门上，谁也看不起。"

"肯定是一听崔大可说三年不恋爱，五年不结婚，急了。"

几人笑起来。

丁秋楠眼里含着泪走了，在墙上刷着海报。崔大可骑车过来，看到丁秋楠忙跳下车，说："秋楠，我帮你，你怎么干这个，医务室也是欺负人。"

丁秋楠说："不用。"

崔大可跟在丁秋楠身后黏糊着，笑嘻嘻地看着她说："以后天天都能见着你了，我真高兴。"

丁秋楠不高兴地说:"我让人辞退了,你至于这么兴高采烈的吗?用不用我给你拿个大喇叭广播一下。"

崔大可忙说:"我是心疼你,宣传队那种地方,男男女女天天混在一起,衣服穿得都紧绷绷的,让外人看见影响不好。这些日子我都是提心吊胆的,怕你受委屈。"

丁秋楠斜了他一眼,说:"我做什么事影响不好了?就算真是影响不好,也跟你没关系。"说着就往前走。

老远看到南易走了过来,丁秋楠见到他,眼眶里溢出泪水,忍了回去。南易听说了丁秋楠被开除的事情,特意来找她想安慰她。

南易对崔大可说:"崔主任,我能跟丁护士单独说几句吗?"

崔大可假惺惺地说:"你们谈,你们谈。"却丝毫没有要走的意思。

南易拉着丁秋楠要走,丁秋楠甩开他,说:"有话就这儿说吧。"

崔大可背对着两人,忍住笑。

南易尴尬地放开手,关心地问:"你没事吧?"

丁秋楠冷笑道:"我好得很,怎么?你也是来向我祝贺的?我被开除大家都很开心嘛。"

南易摇头,皱着眉说:"我没那么无聊。"

丁秋楠讥讽地说:"就是啊,南师傅哪儿看得上我这种人,你又不是傻子。"

南易被她的话伤到了,语气也冷了下来:"你既然这么说,那算我多余了。"

丁秋楠看着南易,两个人谁都不肯让步,丁秋楠转头叫崔大可:"崔大可,你不是要帮我贴海报去吗?"

崔大可忙答应着走过来。丁秋楠坐到崔大可的自行车后座上。崔大可骑上车,一副打了胜仗的模样,走了。

丁秋楠望了望南易,转过了头。

晚上,老班躺在床上,一脸的病容。丁秋楠在旁边地上守着小炉子,炉子上熬着中药。

老班问:"南易有些日子没来了,你没见着他?"

丁秋楠冷冷地回答:"没有。"

老班感觉到不对味儿,看着丁秋楠问:"你们俩吵架了?过去一提起南易你话多着呢。"

丁秋楠赌气地说:"不过就是个普通同事,他忙什么我怎么知道!"

屋外,南易抱着一包东西走过来,听见里面的说话声,站在门口听着。

老班咳嗽了一声,说:"今儿崔大可来了。"

丁秋楠忙说:"您甭搭理他。"

老班问:"你也该拿个主意了,到底喜欢崔大可还是南易啊?崔大可呢,人机灵,来事快,可你跟他过日子我老觉得心里不踏实;南易人品不错,就是大手大脚惯了,不爱被人管,你要嫁给他也得吃点苦。"

丁秋楠冷冷地说:"我谁也不喜欢。我一个人过,谁也不嫁。我早看透了,崔大可和南易都是一路货。"

老班笑了出来。

屋门外,南易转身走了。

第二天吃过午饭,南易拎着饭盒往家走,忽然看到自己家门口围着一群人,闹哄哄的。

一人看见南易,大叫:"南师傅回来了,快看看吧。"

南易匆忙跑过去。人群里,只见大毛和二毛低着头站着,地上堆着玻璃球、洋画、烟纸、小木棍、铁丝,都是从大毛和二毛兜里搜出来的东西。保卫科的周干事半蹲在地上拨拉着,问大毛:"还有什么,都拿出来!"

大毛回答:"没了。"

二毛站得腿酸,不停换着脚。周干事吼道:"站好!"二毛不情愿地站直了。

南易看了看,问:"怎么回事啊?"

周干事对南易说:"这两个小崽子进你屋里偷东西了。先进屋点点东西,看丢了什么没有。"

南易忙打开屋门,刚要进去,被周干事拽住:"小心别破坏现场。"说着先行一步,走进去,四处查看,众人也都伸头往里面瞅。南易有点哭笑不得。周干事转一圈,走出去把大毛和二毛拉进来,吼道:"老实交代,都拿什么了?"

大毛说:"我们什么也没拿,什么也没干。"

周干事说:"人证物证都在,你还嘴硬,要不是看你妈是咱们厂职工,早给你们送派出所了。"

大毛顶回去:"你送哪儿我也没拿。"

梁拉娣匆匆跑进来,上去先搧了大毛和二毛两拳,转头问:"周干事,这是怎么了?"

周干事说:"你们家这俩魔王,翻进南师傅家里偷东西。"

大毛辩解道:"我们没偷!"

梁拉娣劈头打了大毛一下,转头向周干事赔笑道:"周干事,肯定是误会了。"

周干事说："他们俩从窗户往外翻，正好给抓住了，他们不偷东西，翻人家窗户干吗？！"

梁拉娣听了，气不打一处来，抄起一旁墙角的一把扫帚打孩子，两个孩子在屋里乱跑躲着。周干事拉住梁拉娣，说："要打回家打去，我们这儿正办公务呢。"

梁拉娣求救地看着南易，说："南师傅，孩子还小，丢什么了我赔！"

南易看着梁拉娣着急的样子，不忍心了，想了想，对周干事撒谎说："我想起来了，我屋里有个老鼠洞，昨儿我让他们过来帮我掏喽。"

周干事不信："那也用不着翻窗户呀？"

"就是啊，说的是呢。"南易边说边想着办法，对大毛使个眼色，说："大毛，你们抓着没有啊？溜窗户跑啦？"

大毛立马就看懂了，接口说："就是跑了，要不是他们抓着我，差点就追上了。"

南易假装惋惜地说："挺好的东西，全让你们俩给糟蹋了。那俩大肥耗子，扒了皮放火上一烤，全是肉，耗子肉你们都没吃过？可惜了，美味呀，跟鸡肉一样，特香。"

周围人听着，都快吐出来了。

南易笑着给周干事掏烟："小周，来，来，抽支烟。你们工作真负责，要不咱们工厂连个钉子都没丢过呢，这要在过去说夜不闭户都成了，辛苦，辛苦。"

周干事笑着接过烟，说："这是我们应该做的。"

南易说："说得容易做起来难，这么一个厂子上千号人呢，可是够累的。怪我，怪我，就俩耗子闹出这么个大误会。"

周干事也就顺竿往下爬了："没事就好，那我走了。"

南易笑着说："是，是，太谢谢了。哪天来玩，我请客。"把周干事送出了门。

南易又对围观的邻居们说："谢谢各位啊，要不怎么说远亲不如近邻呢。下回我再有耗子，一定请大家伙一块吃。"

邻居们笑着各自回家了。

南易这才回到屋里。梁拉娣左脚踹了大毛一下，右手啪地打到二毛脑袋上，对两个孩子说："说！"

大毛说："对不起。"二毛也跟着说："我们错了，以后不敢了。"

南易好奇地说："我这破家有什么好东西啊？"

大毛低声说："我们……还想来找俩烟盒。"

二毛也赶紧说："南叔，我们真的什么也没拿，就拿了两个空烟盒。"

南易笑道："以后想要东西直接跟我说，你妈又上班又照顾家里，多不容易呀，你们就不能替她省点儿心。"

大毛和二毛点头答应。梁拉娣的眼里溢出了眼泪。南易劝梁拉娣说:"男孩子就是淘气,没事。"

大毛这下笑了,问南易:"南叔,耗子肉真跟鸡肉一样呀?"

南易笑着打大毛:"还惦记吃呢,哪天我就把你们这俩大耗子扒皮烧喽。"

大毛二毛笑着跑了。

晚上,丁秋楠一个人在屋里喝着酒,默默地流泪,已经微醺了。屋门外传来敲门声,丁秋楠没有搭理。屋门打开一条缝,崔大可的脑袋露进来:"秋楠,在家哪?"丁秋楠扭过头,擦掉眼泪,没说话。

崔大可说:"我进来了啊!"说着走进房间,看到桌子上的酒瓶,笑着又从兜里拿出一包花生米来,"巧了,咱俩可真是想到一块去了。"崔大可拿起酒瓶,丁秋楠一把抢过来,咕咚咕咚灌了好几口。崔大可忙说:"慢点儿,哪有你这么喝的呀。"

丁秋楠有些醉了,一屁股坐下来。崔大可劝道:"别生气了,南易就那样,自己在外面寻花问柳,油嘴滑舌,什么时候都是先想自个,这就是自私。秋楠,你何必这么委屈自己呢,理解也得是双方的吧,你就算做得再好,他也不知道你的心。"说着坐到丁秋楠身边。

丁秋楠往旁边躲了躲,说:"你赶紧走吧,一个大男人跑我屋里坐着,不怕人说闲话。"

崔大可说:"怕什么,我又没干坏事。"

丁秋楠大声说:"我怕!"

崔大可不情愿地站起身。突然,屋内的灯灭了,黑暗一片。丁秋楠吓得叫起来。

崔大可忙说:"停电了,没事,没事,别害怕。"说着就势抱住了丁秋楠,趁机表白:"秋楠,我真的喜欢你,咱们结婚吧,我保证一辈子都对你好。"

丁秋楠又踢又踹,可崔大可就是不放手,不管不顾地把丁秋楠压到了床上……

第九章
错点鸳鸯谱

深秋时节,小雨淅淅沥沥地下着。

食堂后厨内,众人都忙碌着准备午饭。

杨小东走进来,笑眯眯地说:"真是一场秋雨一场寒哪,这天说冷就冷了。南师傅,外头有人找您。"

南易问:"谁啊?"

杨小东意味深长地笑道:"说是您的未婚妻。"所有人都停下手里的活,吃惊地看着他。

南易吃惊地抬起头,走到门口,撩开门帘的一角往外瞅,许春柳正闲庭信步地在大堂里转悠。众人都凑过来挤到门边往外看,差点把南易给顶出去。

一个厨子一看是许春柳,一点儿不顾忌地大声笑起来:"哟,这不是虎子嘛,南师傅,闹了半天您让她给包了粽子啦?!"

外面的许春柳听见里面的说话声,向后厨走来。南易在后厨里转磨,四处看看,哪儿也藏不住人,忙对杨小东说:"小东,赶紧出去拦着她,就说我不在。"

杨小东答应着走出去,对许春柳说:"许同志,南师傅刚好出去了。"

许春柳说:"不可能,我都听见他说话声了。"许春柳说着就要进后厨。南易想爬上窗户,一着急连腿都不好使了。那个刚才大笑的厨子从他身后一举,直接把南易扔了出去。南易摔倒在地,疼得龇牙咧嘴的。

南易揉着摔疼的腿,弯腰沿着墙边想溜出去,一双大脚突然站到他面前。南易抬头,许春柳一脸奇怪地瞪着他。南易尴尬地站起身,嘿嘿笑了。

许春柳问:"你不走门,怎么翻窗户呀?"

南易忽悠道:"我在外头晾菜干呢。"

"下雨呢,你晾菜干?"许春柳脸上的表情更奇怪了。

食堂众人都挤在窗户边伸头看着两人。南易拉着许春柳往外走到门口角落处，问："你跑这儿干吗来了？"

许春柳说："你不是忙嘛，我来看看你一天到晚忙什么呢。"

南易无奈地说："行了，看完了，走吧。"

"没完。"许春柳笑嘻嘻地拉住南易。

南易跟触电似的推开她："拉拉扯扯的让人家看见像什么话。"

"咱们光明正大地谈恋爱，我看谁敢管？！"许春柳越说越大声。

南易莫名其妙地说："我谈什么恋爱啊，咱不是说好了嘛，就是普通朋友，你怎么能胡说呢，还是我未婚妻？哪儿跟哪儿啊？"

许春柳争着："怎么不是，就是！"

南易急得跟没头苍蝇似的来回转，扭头看到了崔大可贴的大字报，走过去指着说："我们厂说了，三年不恋爱，五年不结婚，你看看，白纸黑字写着呢。"

"狗屁！别人我不管，你不成！"

"这可是刘厂长亲自抓的。"

许春柳大喊："那咱俩还是刘厂长介绍的呢。"

南易跟许春柳掰扯不清，掏出钢笔在崔大可和丁秋楠的后面也写上了自己的名字，转过头对许春柳说："看清楚了吧，我宣布响应号召了。"

许春柳瞪着南易，两手攥着发出嘎嘣的声音，冲着南易快步走过来。南易以为她要打人了，下意识地往旁边躲。可许春柳只是一把撕下了大字报。

南易喊道："许春柳，你破坏公物。"

许春柳把大字报撕成碎片，扔到南易脸上，转身走了。

南易一脸无奈。食堂里传来众人的笑声。

就快要过午饭点了，食堂里还有零零星星的几个人。

丁秋楠端着饭盒走进来，南易看到她，两个人像陌生人一样谁也不说话。崔大可走出来，见到丁秋楠，满脸堆笑："秋楠，怎么才来？我正要给你送去呢，吃什么我帮你打。"

丁秋楠冷冷地说："不用。"

崔大可看到不远处的南易，马上把饭盒从丁秋楠手上拿过来，说："不吃饭哪成，要不让他们给你炒个小菜。"

"我不饿！"丁秋楠说完往外走。

崔大可马上追上去，压低声音说："别生气了，我上次也是喝多了。反正咱们本来也是要结婚的嘛，没拜天地先入洞房也不算是多大的错啊。"

丁秋楠猛地转回身，崔大可差点撞到她身上。丁秋楠恨恨地说："我说要嫁你了吗？"

崔大可愣了一下，说："咱们俩都那个了，你不嫁我还嫁谁啊？"

丁秋楠狠狠瞪了他一样，说："你死了这条心吧，这辈子我谁也不嫁！"

崔大可笑了笑，说："别说气话了，明天，明天我就去找老班提亲去。"

丁秋楠冷哼一声："你敢去？！"

崔大可讨好着说："对，对，新社会新作风，咱们直接去登记。"

丁秋楠用余光看看南易，特意大声说："崔主任，你不是说三年不恋爱，五年不结婚吗？我照你说的做，这辈子谁也不嫁。"说完转身快步走了。

崔大可恨不得扇自己一巴掌。

食堂里众人都回头看南易。南易没听见似的，走进后厨。

晚上，南易走到宿舍门口，四处张望着，确定周围没人，这才放心地拿钥匙开门，身后突然有人叫他，南易吓得把钥匙都掉在了地上。回过头，见是刘峰走了过来。

南易拍拍胸脯，说："您吓死我了，不知道我胆小啊。"

刘峰笑道："你回自己家怎么跟小偷似的。"

南易叹口气说："那还不是得谢谢您嘛，就那虎子真跟老虎似的，动不动就蹿出来，我现在一到晚上就做噩梦，迟早得心脏病。"，他看着刘峰问，"有事啊？进去说。"

南易打开门，俩人走了进去。南易准备了一点简单的小菜，摆上酒，两人在桌前坐着。刘峰也不说话，端起酒杯干了，南易给他斟酒，一看已经没了，站起身又从柜子里拿出一瓶打开，斟上，开口问："厂长，您有事说吧，酝酿得差不多了。"

刘峰这才说："许春柳求我做做你的工作。"

南易顿了顿，问："您看我像二百五吗？"

刘峰也叹气说："那你直接跟她说清楚嘛。"

南易喝了一口酒，无奈地说："我就差登报纸了。还怎么说啊。当初您就是乱点鸳鸯谱，许春柳和崔大可才真是天生一对呢，一个母老虎，一头种猪，他们才真该关一个笼子里呢。"

刘峰笑道："你嘴也积点儿德，没少吃人家送给你的东西吧？"

南易不好意思地笑笑。

刘峰叹了口气，说："也是，人说女人就怕嫁错郎，其实男人也一样，一步错步步错，后悔都来不及呀。"

南易看刘峰脸色悲戚，问："厂长，您今天情绪不对头啊，有什么烦心事啦，说出来我给您分析分析。"

"我烦心的事多了,光你们食堂就够闹腾的。"刘峰站起身,"回去啦,有个任务,过两天姜市长结婚,想在家办两桌酒席,点名让你去帮厨。"

南易惊诧地说:"啊?他刚结婚哪?"

"二婚。"

南易笑道:"嘿,这当过兵打过仗的人就是勇敢啊,好不容易上岸了,一个猛子又扎进去了。"

刘峰皱了皱眉:"到时候嘴里有个把门的,别胡说八道。"

南易说:"崔大可才是那种愣头青呢。"

"这你还真说错了,崔大可才知道什么叫见人说人话,见鬼说鬼话呢。"说完,刘峰走了出去。

晚上,医务室内闹哄哄的,每个人怀里都抱着一只大公鸡,众人边排队边聊着,公鸡也跟着起哄,比着叫。梁拉娣抱着老四,拎着鸡笼排在门口处。

丁秋楠正忙着给人打鸡血。屋里弥漫着鸡血的腥气。丁秋楠觉得胃里翻江倒海的,努力忍着,终于受不了了,捂着嘴跑了出去。她跑到外面角落里,扶着墙吐了出来,她难受地捂着胃,好像把胃里的酸水都吐出来了。

老四不知道什么时候跑了过来,好奇地盯着她。梁拉娣走过来,抱起老四,看丁秋楠脸色煞白,低着头干呕。梁拉娣问:"丁护士,你没事吧?"

丁秋楠摆摆手说:"没事,可能吃坏肚子了。"她转身想走,一阵眩晕,急忙扶住墙。梁拉娣忙放下老四,扶着丁秋楠。

丁秋楠摆摆手,自己一个人慢慢走了。梁拉娣若有所思地看着她。

咬着牙想了一夜,丁秋楠无力地半靠着坐在床上,脸色苍白。她想过去把孩子打掉,可是一走进那个黑乎乎的小巷子,躺到那张脏兮兮的床上,她就吓得要死,逃也似的跑了出来。既然不敢堕胎,除了一条路可走,自己别无他法了。

这时屋门打开,崔大可满脸堆笑地伸进头来:"秋楠?你找我。"

丁秋楠看到崔大可的样子,有些厌恶地转过头。崔大可笑着走进来,见丁秋楠的脸色不好,关切地问:"病啦?哟,你的脸色真不太好,没上医院看看?对了,你就是医生。发烧啦,头疼?"说着就要摸丁秋楠的额头,丁秋楠躲开了。

"坐吧,我有话要跟你说。"丁秋楠有气无力地说。

"好,好。"崔大可坐在床头。

丁秋楠指指椅子，说："坐那边！"

崔大可只好站起身坐到旁边的椅子上。丁秋楠还没开口，眼泪先流了出来。

崔大可问："怎么啦，谁欺负你啦？你告诉我是谁，我给你出气！"

丁秋楠生气地说："你！"

崔大可一愣，知道丁秋楠说的气话，笑着哄她："我不都承认错误了嘛，你也得给我一个改正的机会呀。"

"我……怀孕了。"丁秋楠说话声音很小，崔大可一时没有反应过来。

丁秋楠瞪着他。崔大可忽然觉得不对，睁大眼睛看着丁秋楠，大声说："你说什么？怀孕？别开玩笑了。"

丁秋楠把身后的枕头扔到崔大可脑袋上，从床上爬起来劈头盖脸地打崔大可，一边打一边骂他是王八蛋。

"秋楠，秋楠，是，我王八蛋，你别生气，快坐下，别动着孩子。"崔大可把丁秋楠按到床上，"那你说怎么办？我全听你的还不成吗？"

丁秋楠低声说了两个字："结婚。"

崔大可兴奋地说："结婚！马上就结！"他站起身在屋子里来回走着，"我去开介绍信，现在就去。"说着要往外走。

丁秋楠忙叫住他："我还没说完呢。我有三个条件。"

崔大可赶忙跑回来："行，行，别说三个，三十个都成。"

"第一，我要办一场婚礼，堂堂正正进崔家门。"

崔大可直点头："那还用说嘛，我肯定办一个全厂都轰动的婚礼，保准让你有面子。"

"第二，以后家里的事情都是我说了算。"

崔大可也赶紧答应："那当然了，你是我媳妇，我不听你的听谁的。"

丁秋楠停了停，说："第三，我父母就我一个孩子，你得给我父母彩礼钱，给我妈买块手表，我爸一辆自行车，以后每个月给我家八块钱生活费。"

崔大可觉得丁秋楠有点儿狮子大开口了，犹豫起来："秋楠，我一个月工资就三十块钱，这么多彩礼啊？"

丁秋楠站了起来，说："那好，明儿我就把孩子做了。"

崔大可赶紧答应："行，行，我全答应，就按你说的办。"她扶着丁秋楠坐到床上，"你先好好歇着，想吃什么，我给你买。"

丁秋楠说："你走吧，结婚之前不许再过来。"

崔大可有些不情愿，可不敢再说什么，转身走了。

屋门关上,丁秋楠哇地哭了出来。

第二天,崔大可一脸心事地走进食堂。杨小东正在食堂里清扫卫生,见崔大可心事重重的样子,便问:"崔科长,太阳打西边出来,您今儿不视察工作了?怎么跟霜打的茄子似的。"

崔大可叹了口气:"小东,我跟你商量个事。能不能借我一百块钱?"

杨小东吓了一跳:"您当我是开银行的哪,一百,我兜里就没超过两块。两毛有,您要吗?"

"那五十也行。"

"我真的没有。咱食堂就您工资最高了,还管我借钱。"杨小东不再理崔大可,拿着拖把走了出去。

崔大可又想了半天,忽然想到了南易,把心一横,一脸笑地去了南易的宿舍。

南易见崔大可来找他,没好气地说:"你属耗子的?!怎么一天到晚满世界乱窜哪。"

崔大可笑着说:"我还不能来串个门,这两天心情不好?干吗跟谁都像炮筒子似的。"

南易一嘴的火药,哼了一声:"不说自己动机不纯,还关心我?"

崔大可看到桌上的电唱机,说:"听说你又有外事活动啦?"

南易点点头说:"姜市长结婚,厂长让我去帮忙。"

崔大可说:"你现在是红人啦,一招吃遍天下。南易,我真羡慕你,活得多自在啊,一个人吃饱全家不饿。每个月还能攒不少钱吧。"

南易不屑地说:"我才不攒钱呢,有多少花多少,绝对的无产阶级。"

崔大可盯着电唱机,来了主意,说:"对了,你瞧我这记性,咱们厂团委要排练节目,向七一党的生日献礼,想借你的电唱机用用,你一直没在家,跟我说了好几天了,我都给忘了。"见南易不舍得,又说,"放心,保证不弄坏,用完就还给你。"

南易说:"我要是说不行,你又该给我扣上不积极帮助同志的大帽子了吧。"

崔大可说:"我可给人家拍胸脯了,你是劳模呀,咱们人都是国家的,何况一个电唱机。"

南易点头答应:"行啊,弄坏了我可找你。"

崔大可忙搬起电唱机:"我这就给他们送去啊,顶多一个月就还。"说完抱着电唱机匆匆走了。

崔大可要这个电唱机,当然不是用来排练节目的,他把电唱机卖了,用得来的钱把家里粉刷一新,还新打了好些家具。

崔大可的家里,窗明几净,靠墙一溜都是新打的家具,双人床上铺着大红喜被。墙上贴着喜字。

崔大可拉着丁秋楠把每个柜门都打开,让她过目。又从抽屉里拿出一块手表交给丁秋楠,对她说:"我可都按你的吩咐做了,这块表是给你妈的,你爸的自行车现在不太好买,实在不行先把我的给他,以后买了新的再给他换过来。"

丁秋楠问:"还有呢?"

崔大可说:"钱我都用来装家具了,我想好了,从这个月开始,每月工资都给你,直到扣完彩礼为止,行了吧?"说着把丁秋楠拉到床边坐下,"别老站着了,你身体不好,躺下歇会儿。"

丁秋楠刚坐下来,崔大可就跟饿虎扑食似的压到她身上,边吻着边忙乱地解开她的衣服扣子。

丁秋楠大叫:"大白天的你疯啦?!"

崔大可说:"下个礼拜我们就结婚了,谁敢管?"

南易手里拿着做饭用的刀具沿着小路往家走,看到团委小林从对面急匆匆地走过来。

南易打着招呼:"谈恋爱去啊,脚底下跟按了风火轮似的。"

小林说:"胡说什么呀,排练节目去。"

南易忽然想起了自己的电唱机,说:"我那个电唱机小心着点儿用,别弄坏喽。"

小林奇怪地说:"什么电唱机?"

南易说:"不是你们让崔大可去我家拿的吗?"

"没有啊,我们自己有,还用得着你的。"小林说完匆匆跑了,南易觉得不对,转头匆匆往崔大可家里走去。

崔大可家门窗紧闭,拉着窗帘,大门上却没有挂锁。南易推推门,大力拍着:"崔大可,你给我出来!"

屋内传来窸窸窣窣的声音。南易等了一会儿,屋门打开,崔大可闪身走出来,马上又反手带上门:"怎么啦,急成这样?"

南易问:"我的电唱机呢?"

崔大可撒谎:"就这事啊,不跟你说了吗?我给团委了啊。"

南易说:"胡说八道!刚才小林跟我说了,你根本就没拿过去。"他看崔大可紧紧抓着门把手，一把推开他，就往里面冲，嘴里喊着："你藏哪儿啦？"

南易冲进屋子时，丁秋楠正站在床边手忙脚乱地穿衣服，南易一下子愣住了，好像一盆冷水兜头浇在身上，吃惊地看着她。

崔大可拉着南易往外走，说："不在这儿，你先出去。"

南易转头看着崔大可，眼里快要喷出火来。丁秋楠穿好衣服，快步往外走。崔大可拉住她："秋楠，你别走啊。"

丁秋楠甩开崔大可跑了。

南易气红了眼，冲着崔大可大骂："王八蛋！"一拳把崔大可打倒在地上，举起手里拿着的菜刀，冲着崔大可砍过去。

崔大可大声喊着救命，大院里的人看到南易拿着菜刀，都跑上来拉架。几个人合力，终于把南易按到了地上。

厂长办公室里，崔大可和南易站在屋子里，桌子上放着南易的菜刀。刘峰生气地来回踱步。崔大可说："厂长，我在家里好好待着呢，谁知道他跑进来二话不说就要砍人。"

刘峰拿起菜刀，对南易说："这是炒菜用的，让你拿来当凶器了？"

南易指指崔大可，手都在颤抖："你问问他干了什么？"

崔大可说："我干什么啦，我就跟秋楠在屋里呢。"

刘峰狠狠地瞪了一眼崔大可。

南易说："他偷了我的电唱机。"

崔大可忙辩解："我可是正经八百跟你借的，你答应了。"

南易又气得要跳起来："你说团委要用我才给的。"

刘峰问崔大可："现在在哪儿呢？"

崔大可低下头，说："在寄卖行呢……"

南易大喊："我的东西你凭什么给我卖了？"

刘峰责怪道："你卖人家的电唱机干什么？"

崔大可小声嘟囔着："秋楠家要彩礼，我一时拿不出那么多钱，就想暂时借用一下。"

刘峰皱着眉头说："有多少钱办多少事，还是个干部呢，我说你什么好！卖的钱呢？还给南易！"

"买手表了……"

刘峰已经是怒气冲天了："结婚，结婚！我看你这婚甭结了。"

崔大可急了："厂长，我都说出去了，南易的钱我肯定还！"

这时，屋门打开，丁秋楠走了进来，把手表放到桌子上，平静地说："东西在这儿，南师傅，对不起。"说完转身就走，崔大可急忙追了出去。

"一对冤家……"刘峰把手表塞进南易手里，"你也走吧。"

南易拿起桌上的刀，也走了出去。

晚上，南易一个人闷头坐在食堂里，屋门半掩着，梁拉娣走了进来，对南易说："你在哪，外面那筐菜叶子不要了吧？能不能给我，回去腌腌吃。"

南易没有答话。

梁拉娣说："我可拿走了啊。"她准备往外走，犹豫了一下，站住了，劝道，"你也别想不开，秋楠要不是实在没办法，也不会走这一步。"

南易奇怪地转头看着她。梁拉娣犹豫了一下，还是说了："按说我不应该背后嚼人舌头，看你这样就知道心里过不去。我已经生了四个孩子了，一看就明白，秋楠……她的肚子大了，要不赶紧结婚，你让她怎么有脸出去。"

南易腾地站起身就要往外冲，梁拉娣忙拦住他："你不能去，这件事你得当不知道，我告诉你就是想让你死了这条心。"

屋门突然被踢开，许春柳一脸怒气地瞪着南易和梁拉娣，梁拉娣忙放开南易。许春柳"啪"地扇了南易一个巴掌。

南易正在气头上，又杀出了这么一位，实在忍不住了，骂道："你有病吧？！"

许春柳气得满脸通红，把一对拳击手套咣地扔到桌子上。

许春柳愤怒地说："我好着呢，今儿就是来给你治治病的。陈世美！"说着狠狠地拍了拍桌子，桌上的茶碗都颠起来，"挺厉害啊，左边拐一个，右边抱一个，还有她，她是怎么回事？！"许春柳指着梁拉娣。"你不是爱用刀子吗？！拿出来！我倒要看看你的菜刀厉害，还是我的拳头厉害？！"说完就要戴拳套——她居然把在家里练拳的拳套都带来了。

南易愤怒地吼道："就算我是陈世美，你也别当自己是秦香莲。我答应你什么了？我拉过你的手了，还是亲了你的嘴了？咱俩的关系比清水还干净呢，知道什么叫自作多情，一厢情愿吗，就是说你呢！"

许春柳哇地哭出来，坐到桌边，边哭边诉苦："我一心一意地想着你，多少人求着我我都没动心。我也是女人，你凭什么看不起我？！我不就是没人家好看嘛！"

南易脑袋都大了，看着许春柳，语气软了下来："小许，咱俩不适合，跟你长相没关系。"

许春柳抬头瞪着南易，说："南易，我明白告诉你，是我许春柳看不上你，不要你了，就算你求我，我也不嫁！"说完哭着跑了。

地上放着许春柳的拳击手套，梁拉娣捡起来，递给南易，说："留个纪念吧。"

南易不耐烦地一把推开，梁拉娣生气地把拳击手套摔在南易身上，骂道："你威风什么？！你以为世上的女人都非得嫁给你不可啊？！还当自己是个金刚钻呢，要我看狗屁都不是，甭弄得好像全世界都对不起你，要我是丁秋楠也找崔大可！"说完拎起菜筐就往外走，身后屋里传出南易踢桌子摔椅子的声音。

第二天，丁秋楠到食堂后厨里找南易，南易一脸怒气，看也不看她。丁秋楠低声说："南师傅，能出来说句话吗？"

南易把菜盆哐当扔到桌子上，怒气冲冲地说："对不起，工作时间不会客。"

丁秋楠的眼泪快要下来了，她强忍着，说："我知道你看不起我，我也不是来解释的，其实也用不着解释，我的事情跟任何人都无关。"

南易冷笑着讥讽道："我哪儿敢看不起您啊，您现在已经是崔大科长的夫人啦。"

丁秋楠回嘴道："你用不着这么酸不拉叽的，我不是没去找过你，今天的一切你也有责任，算了，说这些废话没用。我舅舅不行了，想见你一面。"说完转身跑了。

南易呆呆地站着，愣了许久，才想起换了衣服，往医院去了。

病房里亮着昏暗的灯光。老班躺在床上，丁秋楠坐在旁边照顾着。南易进来，走到老班病床边。丁秋楠附在老班的耳边说："舅舅？"

老班没有睁眼。

南易在边上叫了一声："老班，我是南易。"

老班睁开眼，看到南易，脸上挤出一丝笑容："来啦。"

南易坐到床边，丁秋楠想出去，被老班叫了回来，跟南易隔着床坐着。

老班看看两人，叹了口气："怪我当初乱点鸳鸯谱了，闹成今天这个局面。缘分天注定，南易你也别怪秋楠。秋楠虽说不上娇生惯养，也是我姐姐家的一根独苗。这以后恐怕要吃苦头了。"

南易叹了口气，丁秋楠的眼泪流了下来，不想让老班看到，转身跑到门口。

老班接着说："秋楠这孩子好虚荣，看着挺聪明可心里没主意。崔大可偏偏心眼太多，不可靠。你们俩虽然姻缘不成，看在咱们多年的情分上，你多照顾着她点儿。就算我临死前把秋楠托付给你了。"

老班盯着南易，南易点点头，老班这才闭上了眼睛。

丁秋楠号啕大哭。

老班的后事办完以后，丁秋楠边抹着眼泪，边把老班的衣服打包放好。

　　南易走进来，看着已经没了主人的房间，叹了口气。墙边斜靠着老班的那杆老猎枪，南易拿起来，对丁秋楠说："这个给我吧，算个念想。"

　　丁秋楠点点头。

　　南易又叹了口气，说："以后有什么事需要帮忙的，就去找我。我答应老班了，我也没有什么亲人，以后你就是我妹妹。"

　　丁秋楠抬眼看看他，眼泪又流了下来："对不起。"

　　南易苦笑道："你有什么对不起我的。"

　　崔大可推着自行车走到屋门口："秋楠，走吧。"

　　南易帮着丁秋楠把东西拿出去，放到自行车后座上，举着老班的猎枪，枪口冲着崔大可，瞄准。崔大可吓得大叫："你把枪放下，走火了可不是闹着玩的！"他看南易就要扣动扳机似的，吓得声音都带了哭腔，"南易，祖宗！我错啦，错啦还不行。"

　　南易的枪依旧没有放下："哪儿错啦？"

　　崔大可忙说："明儿，明儿我就把你的电唱机给赎回来！"

　　"还有呢？"

　　崔大可急得要死："还有？我一定好好对秋楠，什么都听她的。"

　　"做不到怎么办？"

　　崔大可抬起右手："我向毛主席保证！"

　　南易扣动了扳机，枪里根本没有子弹。崔大可吓出了一身冷汗。南易从兜里拿出那块手表，扔给崔大可："电唱机我不要了，算是给你们的贺礼了。"

　　崔大可笑着装进兜里，说："南易，后天婚礼还得请你当主厨，你可别不答应我。东西都预备齐了，就等你点头了。"

　　南易心一软，鼻子一酸，点头答应了。

　　后天一转眼就到了。

　　崔大可的家里一片喜庆，门上和墙上贴着大红喜字。

　　门楣两边贴着一副春联"两个革命同志，一对团结夫妻"，横批是"相亲相爱"。屋里屋外都是人，热闹异常。婚礼在一片喜庆的气氛中进行着。

　　南易的屋里静悄悄的，跟外面热闹的气氛好像两个世界。桌子上摆放着一排刀具，南易一个个擦着，刀面亮得能照出人影了。

　　外面热闹的声音传了进来，南易擦刀的手势越来越快，手划过刀尖，血流了出来。

　　婚礼过后，大家都集中到食堂去吃喜酒。一群人一边灌崔大可喝酒，一边逼问他和丁秋楠的恋爱经过。崔大可满脸通红,兴奋不已,丁秋楠觉得无聊,偷偷躲开了。

厨房里,南易一个人还在灶台前忙碌着。丁秋楠走了进来,因为喝了酒,有些醉了,脸红红的。丁秋楠有些不好意思地摸摸脸,对南易说:"有点儿喝多了。"

南易递给丁秋楠一杯水,丁秋楠接过来,说:"就忙活你一个人,累坏了吧。"

南易勉强地笑了笑,说:"厨子不就是干这个的嘛。"

丁秋楠说:"结婚就是这样啊,挺没意思的。"

南易一耸肩:"咱们厂的人就爱瞎闹。"

丁秋楠说:"那等你结婚的时候,我也这么闹你。"

南易没有说话,丁秋楠发觉自己说错了,有点儿尴尬。南易自嘲着解围:"我结婚?早着呢,我打算等全世界人民都解放了再说。"

丁秋楠认真地看着南易,说:"你是个好人,一定会有好报的。"

南易低着头没有回答,崔大可举着酒瓶兴冲冲地跑进来:"秋楠,到处找你。厂长来了,正等你敬酒呢。"说着拉了丁秋楠要走,看南易忙活得一头汗,大着嗓门对他说:"南易,没的说,够朋友!来,来,我跟秋楠敬你一杯。"

崔大可从桌上拿过一个茶杯,斟满酒:"我跟秋楠真得好好谢谢你,你就算我们的大媒人了。要是没你帮忙,秋楠也不可能成了我的媳妇。"他喝多了,说话语无伦次的。

南易端起酒杯一饮而尽。

吃完饭,天也擦黑了,篮球场上早早地支起两根竹竿,扯上雪白的荧幕。一只喇叭高挂在竹竿上,咧着嘴笑。为了庆祝,崔大可请大家看电影。这样的新鲜活动,最兴奋的莫过于一帮孩子们了。不等荧幕安毕,便搬来长长的板凳占座。

梁拉娣抱着老四走过来,大毛和二毛看到母亲,大声叫着,给她占的座。梁拉娣边走边四处看,没有见到南易。

放映机的两个大轮子转起来了,梁拉娣忙坐了下来。"白布"上有了黑黑白白的亮点。有人举起手挡住放映机发出的光线,屏幕上出现了一双手的形状,篮球场上就发出了欢快的笑声。

大喇叭刺刺啦啦响起,放映员的声音传来:"同志们注意了啊,在放映之前我们先祝崔大可和丁秋楠同志白头偕老!"

崔大可和丁秋楠向看电影的人发喜糖,这时音乐响起,荧幕上显示出电影《阿诗玛》。篮球场上渐渐安静下来。

崔大可和丁秋楠坐在第一排。崔大可看了一会儿,也坐不住了,转头问丁秋楠:"这有什么可好看的,还不如《铁道游击队》呢!"

丁秋楠眼睛眨都不眨地盯着荧幕。

操场上充斥着阿诗玛的歌声。在歌声中，南易一个人在食堂后厨的灯下忙活着，身上的衣服已经湿透了，汗水顺着脸颊流下来，南易也不擦，看上去不知是汗水还是泪水。他做了一桌子丰盛的饭菜，对面放着老班的那杆猎枪。

南易给两个酒杯斟满酒，把一个酒杯放到猎枪前，自己端起另一杯喝了："老班，吃吧。折腾了半天就剩下咱们俩了。"

窗户外，一轮圆月挂着半空。

婚礼转眼就过去了，厂里的一切又都恢复了平静。

这天，崔大可正坐在办公桌前，两个人一脸严肃地走进来。其中一人问："崔大可同志？"见崔大可点头，那人拿出一封介绍信在他眼前晃了晃，说："我们是市革委会的。"

崔大可一听，忙站起来，忙着拿椅子，斟茶："快请坐，找我有事吗？"

"不用了，请你跟我们走一趟吧。"

崔大可愣住了："出……什么事了？"

"有人揭发你在厂里放《阿诗玛》。"

崔大可说："我结婚嘛，让大家高兴高兴。"

那人问："你也是党员吧？"

崔大可的语气马上自豪起来："那没错，我入党五年了，老党员。"

那人皱眉问："你平时也不看报纸？《阿诗玛》是大毒草，早就批判了！"

崔大可的身子已经僵硬了，吓得说不出话来，旁边的同事都傻愣愣地看着他被带走。

这是1965年年初，全国形势开始逐渐紧张了起来。

第十章
形势紧张

傍晚,在刘峰的办公室里,崔大可灰溜溜地站在办公桌前。刘峰生气地把手上的文件扔到桌子上,吼道:"我一天没在你就捅了这么大的娄子!你不是跟我说放《铁道游击队》的吗?"

崔大可低着头不敢看他,叹口气说:"是,本来是说放这个的,后来秋楠说想看……"

刘峰打断道:"秋楠,秋楠!娘们儿不懂事,你一个国家干部也不懂?《阿诗玛》是宣扬恋爱至上的大毒草,报纸广播早就批判了,你还大咧咧地在厂里放,这是政治错误!不单你出问题,整个厂领导班子都得跟着你挨批评。"

崔大可的头越来越低。

刘峰接着说:"回去好好写一篇检查,明天在全厂大会上深刻检讨。崔大可,这是你的唯一机会,否则我也保不住你。"

崔大可忙答应着走了。

晚上,崔大可坐在桌子前冥思苦想。桌子上摆着信纸,旁边翻着一本新华字典,地上已经扔了一地的纸团。崔大可写了几个字,不满意,又揉成一团扔到地上。

丁秋楠靠着床沿坐着,站起身倒了一杯水,递给崔大可。崔大可头也没抬,推开水,不耐烦地说:"不要!"

水洒了出来,崔大可烫得跳起来,桌上的信纸也被水打湿了。两个人手忙脚乱地收拾。崔大可骂道:"我这还没写完呢,你还嫌我不够乱的!消停会儿行不行啊!"

丁秋楠也急了:"好心当驴肝肺,你不就刚写了检讨两个字嘛!"

"要不是你我用得着检讨吗?!当初就不该听你的,成事不足败事有余!"崔大可狠狠地骂道。

丁秋楠委屈地说:"是你让我随便挑的,我怎么知道那个是毒草?!"

崔大可哼了一声:"傻子都知道!"

丁秋楠自嘲地笑了一声,愤怒地说:"你说我傻?对,我可不傻嘛,我要不是傻也不会嫁给你!"

他俩的争吵被回家的南易听到了。南易叹了口气,开门走进自己家里。

第二天,全厂在礼堂内开大会。刘峰和厂领导坐在主席台上,崔大可站在话筒旁,一脸沉痛地低头念着自己的检讨:"作为一名共产动员,一名国家干部,我却没有时时抓紧阶级斗争这根弦,没有带领广大群众走无产阶级道路,为党分忧,却鬼迷心窍地在婚礼上放《阿诗玛》这样的大毒草,我犯了不可饶恕的错误!"

崔大可边念着边涕泪横流,越说越激动,有些语无伦次了:"打倒《阿诗玛》!打倒狗屁爱情!"他举着拳头高呼。

刘峰摆摆手,皱着眉说:"好了,崔大可,下去休息一下。"

崔大可这才走了下去,坐到第一排,脊背挺得笔直,认真地看着台上。

刘峰整理了一下情绪,对这件事总结道:"同志们,这件事也给我们敲响了警钟,我们在座每一个人都要时时刻刻严格要求自己,有一点儿思想松懈就会犯大错误。崔大可同志的检讨很好,深刻地认清了自己的问题,虽然他的出发点是好的,希望给大伙提供一个休息娱乐的机会。"

崔大可拼命地点头。

刘峰接着说:"但错误也是严重的。从今天开始各班组对《阿诗玛》的大讨论,这个会就算给大家起个头。鉴于崔大可同志认识错误及时,检讨深刻,这位同志平时也一贯积极向上,党组决定让崔大可维持原工作不变。"

崔大可激动地站起来:"谢谢领导,谢谢同志们,我一定戴罪立功!"

刘峰冲他点点头,宣布散会。众人都站起身陆陆续续往外走。崔大可仍然无法按捺激动的心情,见人就握手。

所有参加劳模交流会的同志在市里的宾馆酒楼聚餐,正是南易偷辣椒酱的那家饭店,南易硬着头皮走了进去。

一餐饭吃得盘干碗净。服务员端上一盘蛋炒饭,大家筷子和勺子都伸了进去抢着。南易吃了一小口,放下筷子,说:"差点儿劲。"

一个工人说:"挺香的,比我老婆手艺强。"

南易摇摇头,口若悬河地说着蛋炒饭的各种讲究,吸引了一群人过来听,上次的那位陶厨师长还带着一帮厨房里的工人叉腰瞪着他，冲他一拱手，说："南师傅，有日子没见了。"

南易站起身，忙笑着没话找话："哎哟，陶厨师长，刚说要进去跟您打声招呼呢，可巧您就来了。各位好啊。"南易笑着跟众位师傅点头致意，众人都黑着脸看着他。

陶厨师长说："我那瓶辣椒酱您吃着还顺口吧？"

劳模们互相看看。南易脸上有些尴尬，转头想让刘峰替他解围，刘峰却低着头不说话。

南易只好硬着头皮说："真对不住，上次实在是有急用，下回我赔您一缸。"

陶厨师长哼了一声，说："您就直接说不好吃就得了，我那个秘方你一做就是一缸，寒碜谁呢。"

南易忙退了一步："好吃，确实好吃。我做的肯定比不上您的。"

陶厨师长说："这事咱们就不说了。南师傅，我可早就听说您的大名了，连市里的领导都竖大拇指，今儿难得有机会，咱们比试比试？"

南易有些骑虎难下。劳模们听说有热闹看，都鼓动南易。南易想了一下，说："这么着吧，我出道菜，您要是做出来，我立马认您当师傅。要是您做不上来……"南易瞅瞅旁边坐着的梁拉娣，"我就再带全家来吃一顿，您请客。"

陶厨师长来了兴趣："行，一言既出。"

南易接道："驷马难追。"

陶厨师长说："您说吧。"

南易说："就做一道炒鸡蛋。"陶厨师长身后的厨子们都乐了出来。南易接着说，"我还没说完呢，不能用油、不能用盐，也不能拿锅炒。"

陶厨师长被难住了，蹙眉想着，南易等着他。厨子们和劳模们都互相小声议论着，谁都不知道南易打算怎么弄。

陶厨师长想了许久，放弃了，对南易说："南师傅，您来吧。"

南易拱拱手说："那我就献丑了，您给我拿块金华火腿来。"

众人一番忙碌，在饭店中间空地上放上了一个煤油炉子。南易站在桌前用刀把火腿上的肉皮切下一个整块，绷直，两边插上木棍。众人都围在他身旁看着。

南易说："一边一个人，帮着拿着放火上烤。"两个厨子拿着火腿肉皮，站在炉子两旁，火烤得肉皮嗞嗞作响，慢慢出了一层猪油，南易往上面打了一个鸡蛋，来回翻炒，把炒熟的鸡蛋盛到盘子里，递给陶厨师长。

陶厨师长尝了一口，满脸吃惊地称赞道："厉害，南师傅，这一招确实高。"

旁边的厨子不解地问："还真有咸味啊？这怎么回事。"

陶厨师长白了他一眼,解释道:"这还不明白,火腿本来就是咸的,南师傅用火腿皮烤出油,鸡蛋就吃进去了肉皮本来的味道,当然是咸的了。"

南易谦虚道:"雕虫小技,上不了档次,不过是让大伙高兴高兴。"劳模们都高兴地夸奖,南易也有些沾沾自喜。

陶厨师长跟南易不打不相识,态度马上一百八十度大转弯:"南师傅,您什么时候来我都欢迎。"

南易笑道:"行,就算交个朋友了。"

晚上,崔大可躺在床上举着本小人书《三国演义》看着。丁秋楠坐在灯下缝着孩子用的小被子,抱怨着:"都多大人了,还看小人书。"

崔大可笑道:"这叫图文并茂,看完了还能给我儿子留着。"

丁秋楠白了他一眼,说:"怎么就是儿子,我还说是闺女呢!"

崔大可说:"肯定是儿子,将来我得好好培养培养他,上大学,当大干部,年年是劳模,顿顿都有人请。"他看丁秋楠在用拆了的旧被面给孩子缝小被子,问,"你怎么给孩子用这个破布缝啊?"

丁秋楠说:"一个月就那么点儿布票,我还想做几件小衣服呢,不得省着使。"

崔大可说:"敞开用,我给你弄。"

丁秋楠斜他一眼:"吹牛吧。"

崔大可放下书,一拍胸脯说:"说,要多少,保证拿回来。我好歹也是管厂里票据发放的科长呢!"

丁秋楠说:"越多越好。把商店都搬回来我才高兴呢。"

崔大可点点头说:"等着吧。"他想,等到了每个月发票据的日子,我弄回票据,秋楠肯定会高兴死的。这么想着,他悄悄笑了。

时间过得很快,崔大可盼着发票据的日子到来。白天,他发放完了厂里的票据,晚上便坐在桌前算计着。

丁秋楠已经睡着了。崔大可的面前摆放着一份票证发放明细表,他拿着笔想着该虚构什么名字。想来想去都不好,他烦躁得直挠头,从旁边拿起一本《杨家将》的小人书胡乱翻着,看到里面的名字:杨继业。他大喜,一边翻着小人书,一边把上面的人名都抄到了票证发放明细表上。

没过几天,崔大可忽然拿出一本毛主席语录啪地放到丁秋楠面前:"给你!"

丁秋楠看了一眼,没拿:"咱家一摞呢,给我这个干吗?"

崔大可打开毛主席语录，只见扉页里夹着一叠布票。他得意地递给丁秋楠。丁秋楠吃惊地接过来，问："哟，这么多？你哪儿弄的？"

崔大可得意地说："够不够？不够还有。"

丁秋楠高兴地说："够了够了。哦，我还忘了，今儿我们医务室的徐护士还让我求你弄点儿全国粮票呢，说是旅行结婚用。"

崔大可嘿嘿一笑："这可是紧俏东西。"

丁秋楠说："不行就算了，我也跟她说了不好弄。"

崔大可一副财大气粗的样子，坐到桌子边，端起饭碗，说："明天让她去找我吧，多了没有，一二十斤还没问题。"

丁秋楠认真地看着崔大可，问："你不是上黑市弄的吧，怎么要什么有什么？"

"你也太小看你丈夫了，我大小也是个科长，一点粮票不在话下。"崔大可得意地说。

第二天，刘峰正坐在办公室里看文件，总厂行政科李科长就找上了门。李科长也没跟刘峰多说废话，直奔主题了："我来看看你们这儿没改地方吧？"

刘峰听得莫名其妙："没有啊？改什么地方？"

李科长笑了笑，意味深长地说："我还以为你们厂该改成天波杨府了呢？"

刘峰一头雾水："天波杨府？什么呀？"

"杨家将啊！"李科长从包里拿出一些票证发放明细单递给刘峰，"你看，这是你们厂刚交上来的，我们会计一看，里面杨继业、杨延昭，反正杨家兄弟七个全齐了，都在你们这里领了布票和粮票，我还琢磨着，没听说杨家将都归顺咱们厂了呀？"

刘峰打开票证发放明细单仔细看了看，鼻子都快气歪了："这个崔大可！李科长，我确实不知道，我去把他叫来。"

李科长说："还是咱们俩走一趟吧，把保卫科的同志也叫上。"

刘峰答应着，跟李科长走了出去。

崔大可的行政科长办公室里，徐护士正站在崔大可桌前，崔大可从抽屉里拿出二十斤全国粮票递给她。徐护士高兴地接过来："谢谢崔科长。"她从兜里拿出一包喜糖放到崔大可面前，"等我回来再请您跟丁大夫吃饭。"

崔大可豪爽地说："小意思。"

办公室的门在这时打开了，刘峰领着李科长走进来，身后跟着保卫干事。徐护士和崔大可都吓了一跳。徐护士手里拿着的全国粮票还没来得及收起来，就被保卫干事一把抢了过来。崔大可脸上的笑容僵住了，站起身看着他们，问："厂长，李科长，出什么事了？"

刘峰生气地把票证发放单拍到崔大可面前，吼道："这是你写的？"

崔大可低头看一眼，点点头说："是呀。"

刘峰指着单子上的名字，厉声问："那你告诉我，杨继业，杨七郎在咱们厂哪个车间呢？我倒还真想见识见识。"

崔大可知道不好，脸色惨白。

保卫干事押着崔大可从行政科办公室里走出来，里面有几个人把崔大可办公桌抽屉里的东西全部拿出来，然后贴上封条。

众人站在各自的办公室门口看着。刘峰和李科长跟在后面走出。刘峰问李科长："李科长，您看怎么办？"

李科长说："先关起来，让他交代问题，怎么办还得请示领导。"

刘峰点点头，说："带走吧。"

保卫干事转身要带崔大可走。崔大可一脸委屈地看着刘峰，还想让他能帮自己说句话："厂长，我不是故意的。"

刘峰说："是不是故意组织一定会查清楚，先跟他们去吧。"

崔大可不肯走，保卫干事推了他一下，崔大可被两个保卫干事押着走了。

梁拉娣正抱着老四在医务室里，让大夫给他打鸡血。才刚刚两岁的老四哭了起来。一位女职工匆匆跑进来，对梁拉娣说："崔大可被抓起来了！"

梁拉娣和大夫吃惊地看着她，梁拉娣问："崔科长？因为什么啊？"

"听说偷了厂里的钱，总厂保卫科的都来了，正抓人呢。见钱眼开啊！"女职工转头看了看老四，说，"拉娣，你还给老四打鸡血哪？"

梁拉娣点头说："是啊，挺管用的，晚上睡得特香。"

女职工摇摇头说："我劝你算了吧，我听医院的朋友说，有人因为打鸡血死啦。"

梁拉娣吃惊地看着女职工："真的？！打鸡血死的？"她紧紧地抱着老四，赶忙让大夫别打了。老四哭得更响了。

医务室的徐护士气喘吁吁地向崔大可家跑过来，一边跑一边大叫着："秋楠，秋楠，崔科长被抓走了！"她的喊声把宿舍里各家人都吸引了出来。南易也走出房门，奇怪地看着。

丁秋楠顶着大肚子匆匆从房间里跑出来。徐护士说："快，崔科长让被保卫干事带走了!"

丁秋楠大惊失色:"为什么?!"

徐护士拉着丁秋楠往外走,说:"说崔科长贪污了粮票,要带走审查。"

南易一看不对,急忙跟了出去。

丁秋楠快步走着,气喘吁吁的,一个不小心摔倒在地,捂着肚子直喊疼。徐护士忙跑上来,问她怎么样了,丁秋楠疼得大叫:"我要生了!"

南易跟了上来,束手无措地不知道该怎么办好。徐护士忙说:"别急,别急。快送医院!"

南易忙把丁秋楠背到身上,匆忙往外跑去。

医院产房外,南易和徐护士焦急地等着。产房里传来撕心裂肺般的哭喊声。南易着急地问:"没事吧,怎么听着跟杀人了似的,怪瘆得慌的。"

徐护士笑起来:"生孩子都这样,你以为上趟厕所那么简单哪。"

又过了好一会儿,产房门打开了,一位医生走出来,问:"谁是丁秋楠的家属?"

南易急忙跑上去,徐护士也跟着过来。

医生以为南易是丁秋楠的丈夫,对他说:"你爱人难产,需要做剖腹手术。赶紧签字吧。"说着递给南易手术同意书。

南易说:"我不是……"徐护士打断他:"南师傅,您就签吧,没时间了。"

南易硬着头皮签上了自己的名字,担心地问:"大夫,危险吗?"

医生说:"做手术哪有不危险的。"

南易手足无措地问:"那怎么办?"

医生看着南易的样子笑了出来:"放心吧。"说完转身进了产房。南易心有余悸地转头看徐护士:"没事吧,我怎么看她跟割个痔疮似的,还乐呢。"

徐护士咯咯乐:"瞧您说的,没事,人家一天做多少例呢,不会有问题的。"

手术很顺利。到了晚上,丁秋楠躺在病床上,已经醒了过来,南易在一边照顾她。护士抱着孩子走进来,笑着说:"来,让爸爸看看宝贝儿子吧。"

南易接过孩子,襁褓里的小婴儿冲着南易咧嘴笑,咿咿呀呀的。南易觉得自己好像当了父亲似的,乐开了花,把孩子抱给丁秋楠。

丁秋楠看着自己的儿子,眼泪流了下来:"宝贝,以后妈妈只有你了。"

南易有些心酸地看着。

一直陪了丁秋楠一夜,清晨天已微亮,南易才一脸疲惫地走出医院。

在医院门口,却碰上梁拉娣抱着老四快步跑过来,差点撞到南易身上。

南易忙问:"怎么了?"

梁拉娣已经跑不动了,看到南易,着急地说:"老四……老四……大夫,大夫在哪儿呢?"

南易抱过老四,转身跑进去。

急诊室里,老四躺在床上,烧得满脸通红,紧闭着眼睛。医生在给他检查:"三十九度二。"他抬起头问梁拉娣,"烧了多长时间了?"

梁拉娣回答:"昨晚上就有点儿烫,给他喂了感冒药,可越来越严重了。"

"吃什么了?"

"什么也没吃,吃什么吐什么,大夫,我给他打鸡血了,会不会因为这个呀。"

医生摇摇头说:"先退烧吧,那种东西根本没有科学依据,鸡血跟人血能混一块儿吗?"

梁拉娣一听,哭了出来。南易劝道:"没事,没事,别紧张。"

医生说:"先回家观察观察,还是不行就得住院了。鸡血可不能再打了,你们当大人的别听风就是雨,这世上哪儿有偏方治百病一说啊!"

梁拉娣抱起老四。南易接过药方,一个劲儿地说:"好,好,谢谢您,回去我就把鸡杀了。"

一间不足十平米的小房间,靠墙放着一张行军床,床边放着一张桌子,桌子上摆着信纸和钢笔。对面墙上只有一扇小窗户,焊着铁条。屋内光线昏暗,崔大可坐在床边,趴在桌子上写着交代材料,地上到处都是揉成一团的信纸。崔大可烦躁地把笔扔到桌子上,站起身来回踱步,走到门口,用力砸门:"来人哪!我要见刘厂长!"

屋门打开。保卫干事站在门口,问:"嚷什么?"

崔大可说:"麻烦您,我想见厂长。"

"厂长已经下班了,你以为你现在是贵宾啊,想什么时候见什么时候见,明天再说!"

屋门砰地关上。崔大可靠在门上,哭了出来。他并不知道,这一刻,他已经当爸爸了。

第二天,南易来看崔大可,崔大可已经是山穷水尽,可当着南易的面还死要面子,半靠在床上,说:"你来干什么?厂长说了,只要我交代完事情还能回去。多长时间没好好休息过来,总算能踏踏实实地睡觉了。"

南易笑着哼了一声:"你可真是死猪不怕开水烫,都这样了你撑给谁看啊?我要真想看你笑话,就让你一个人在这儿关着十天半个月的,憋死你!"

崔大可翻身冲着墙，不理南易。

南易叹了口气，说："秋楠生了，是个儿子。"

崔大可一骨碌爬起来，高兴地说："真的？孩子怎么样？健康吗？"

南易点点头。

崔大可兴奋地在房子里来回走着："我有儿子了，哈，儿子！"

南易不满地说："你就不问问秋楠怎么样？"

崔大可这才想起来，说："啊，对，怎么样？"

南易白了崔大可一眼："难产，差点死了。"

崔大可拉着南易，请求道："南易，你跟领导熟，看在秋楠和孩子的面上，替我说说话，我其实是第一次，秋楠说想给孩子做几件新衣服，我也是鬼迷心窍了，我保证以后再也不敢了。"

南易说："你自己干的事甭赖在别人头上，秋楠让你去贪污了？我说你有中学毕业吗，估计小学都没上完吧，你倒是挺聪明，知道自己认字不多就往上抄，你倒找一本别人没看过的呀，只要是中国人有几个不知道杨延昭、杨继业的？"

崔大可眼泪都下来了，扇了自己一巴掌："南易，我悔得肠子都青了，只要能让我出去，我一定好好改造重新做人。"说着跪在了南易面前，"南易，只有你能救我了，算我求求你！"

南易把他拽起来，说："现在都在气头上呢，刘峰就是想放你一马，现在也不好说话，你老实待着吧，我看看机会。"

崔大可感激而期待地说："南易，我就看你的啦！"

傍晚，南易坐在桌子边，桌子上摆着粮票和钱，南易数完，想了想，又放回去一小半，把剩下的揣进兜里。

屋门口，大毛和二毛走过来，大毛把一块布头放到桌子上，推到南易面前，说："我妈想跟你换点大米，给弟弟熬粥喝。"

南易问："你弟弟好点儿了吗？"

二毛摇头说："烧得跟火炭似的，我妈急得都哭了。"

南易从柜子里拿出袋子，舀出一碗米，想了想，又倒回去，把米袋子递给大毛，说："都拿走吧。"

二毛担心地问："南叔，我弟弟不会死吧。"

南易骂道："胡说八道什么？"

二毛还是很担心："可他连眼睛都不会睁了，叫他也没声。"

南易把布头扔给二毛,说:"赶紧回去吧,告诉你妈别着急,我想想办法。"

当天夜里,南易提心吊胆地跑到黑市去花高价买了田鸡,第二天用冬瓜皮炖田鸡汤,送到了梁拉娣家里,拿着小勺一口一口地喂老四喝汤。梁拉娣在一旁看着,高兴地说:"哟,他真不吐了。"

南易笑道:"行,看来老四还是个吃家呢,知道我做的汤好喝,不舍得糟蹋。"

梁拉娣笑着看南易,问:"哪儿弄的?"

南易说:"跟你学的。治病要紧。老四平时身体就虚,哪儿禁得住热鸡血往里打呀,你别小看这东西,这可是清热解毒的秘方,既开胃又补益。"

梁拉娣发现南易衬衣胳膊撕了一个大口子,忙把老四放到床上,站起身就要帮着南易脱衣服:"把衣服脱了,我给你缝缝。"

南易忙躲开。梁拉娣死活把南易的衬衣给脱了下来,从柜子里拿出一件已经半旧但洗得很干净的中山装扔给南易,说:"先凑合穿,是我丈夫的,你别嫌弃,我洗干净了。"

南易也顾不上了,忙穿上。梁拉娣看着南易,眼光忽然变得温柔起来:"你穿着还真合适。这还是我们结婚时候我给他做的呢。"

南易有些尴尬,说了句"我先走了",匆忙跑了出去。

刚出门,南易就看见崔大可的家门开着,急忙走过去。

屋内,丁秋楠靠在床上,徐护士抱着孩子在喂牛奶:"瞧这小模样,长得跟妈一样漂亮。"丁秋楠苦涩地笑笑。

南易快步走进来,问:"你怎么出院啦?"

丁秋楠笑了笑,说:"我没事了。"

徐护士接话道:"丈夫还不知道在哪儿呢,秋楠能在医院踏实躺着嘛。"

南易说:"我去看过了,他挺好的。"

丁秋楠从枕头底下拿出一沓粮票和布票,以及一叠钱,对南易说:"他一共偷拿了多少,我全给补上。你帮我交给厂长吧。"

徐护士忙说:"你把家里都拿光了,孩子怎么办?你又没奶,总得给孩子留点儿吧。"

丁秋楠叹气说:"总得先把人弄出来,其他再想办法。"

南易接过来,数了数,把钱还给丁秋楠,说:"这些就够了,你好好休息,崔大可的事有我呢。"然后转身走了。

南易回到自己家里,从柜子里拿出自己所有的钱揣进兜里,又从床底下拉出一个小箱子,从里面掏出一个玉镯,拿起走了出去,往典当行去了。

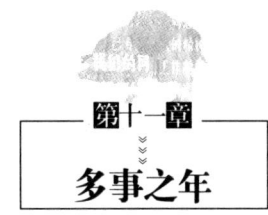

第十一章
多事之年

1966年,中国进入了多事的一年。

丁秋楠的儿子已经稍微长大些了,取名叫小南。丁秋楠已经能下地了,头发胡乱扎着,透着邋遢的劲儿,手忙脚乱地做饭,屋子里乱得一塌糊涂。

丁秋楠正手忙脚乱间,梁拉娣拿着一个包袱走进来。她把包袱放到一边,过去把挂面捡起来,吹吹土,放在一边,给锅里添了水,将柜子上剩余的挂面煮到锅里,极为利落,一边干活,一边还不忘吩咐丁秋楠:"孩子抱起来再喂,小心呛着。老哭也不一定是饿了,看看是不是拉尿了。"

丁秋楠感激地看着梁拉娣帮她继续收拾屋子。

一眨眼,屋子就被梁拉娣收拾得改头换面。梁拉娣坐到丁秋楠旁边,从包袱里取出一些碎布头,说:"这些都是做衣服剩的,我挑的全是软和的,开水烫过了,你直接用就行。"

丁秋楠把尿布接过来,无比感激地说:"拉娣,每回你一来,我这心里就踏实了。"

梁拉娣说:"头一回当妈都着急,一急脑子就乱,没事,慢慢来。"

丁秋楠连连点头,不好意思地说:"就是老麻烦你了……"

梁拉娣给她叠着孩子的衣服,说:"都是抬手的事儿,大事归妇联管,这些小事情,你随时言语就是了,别跟我客气。"她笑着转移了话题,"大可怎么样了?"

一句话提醒了丁秋楠,她赶紧从柜子里取出一个饭盒,对梁拉娣说:"拉娣,还得麻烦你替我看看孩子,我得给他送饭去。"

天色已经差不多全黑了。南易正斜躺在床上看书,突然听到有人敲门。南易应了一声,从床上蹦起来,过去开门。门开了。门口站的是丁秋楠。她明显把自己好好捯饬了一番,完全没有了白天的憔悴。

南易愣了一下,站在门口,让也不是,不让也不是,异常紧张和局促。

丁秋楠也看出他的尴尬,打趣地说:"不让我进去啊?"

"啊,没有没有。"南易说着,赶紧把丁秋楠让了进去。丁秋楠进来,扫了一眼整个乱糟糟的屋子,还没等南易把门闭好,自己先动手替他收拾起了东西。南易一回头,赶紧手忙脚乱地一边劝阻,一边自己动手收拾:"嗨,你别……我这儿太乱了……你别忙活了……"

丁秋楠笑道:"你跟我还客气什么?"

南易说:"你别忙活了,这些东西一动我就找不着了。"

本来是句调侃自己的玩笑话,丁秋楠还是停止了手里的动作。南易赶紧招呼她坐下,倒了一杯水。丁秋楠坐到了床边,接过水,放在桌子上。南易坐到了床对面的椅子上,两个人沉默起来。

终于,丁秋楠开口了:"我今天去厂办了。他们告诉我……你替大可垫钱了?"

南易有些不好意思起来:"谁说的啊?"

丁秋楠直视着他:"多少钱?"

南易没回答,起身拉开桌子的抽屉,从里面取出几颗奶糖,直接递了过去。丁秋楠接过来,放到桌子上,没吃。丁秋楠神情黯然地说:"南易,我们家对不起你……"

南易从兜里掏出一根烟,打着火柴点燃,打断她:"姓崔的怎么样了?"

丁秋楠小声地说:"他的病一天比一天厉害,这次你不帮他,他就真疯了……"说着说着,眼泪都流出来了。

南易知道她哭了,但忍住没看,问:"他还能病啊?不至于。就是撤职了心里不舒坦,闹情绪,过几天就好了。你跟崔大可没几天,这个人我了解,脑子活泛,就是爱闹点小脾气,这病看上去挺像那么回事的,要是真把他抓起来一吓唬,用不了半天,他就能好起来。"

丁秋楠用力地抹了把泪,将他打断:"南易!"她紧紧地盯着南易,"你喜欢我吗?"

南易越发紧张了,伸手就去摸烟,但被丁秋楠抢先把烟拿到一边,他想够也够不着了。丁秋楠不再追问,只是紧紧地盯着他。

这时候,梁拉娣拿上刚刚做好的自行车座套儿,来到了南易家门口,想把座套送给南易,表达对他的感激。她正要推门进去,就听见里面传来对话的声音。她停了下来,侧耳仔细听着里面的动静。

屋里,南易被丁秋楠盯得异常尴尬,一副抓耳挠腮的样子,起身走来走去。

丁秋楠开口说:"崔大可最早跟我说,你和梁拉娣之间有事儿,我不信,不信我也难受,听着我就不舒服。后来,你又跑到许春柳家,平时吃几个猪腰子没什么,都知道你管不住自己的嘴,可去人家家里,没人用枪逼着你去吧……"

南易低头解释:"是刘厂长非得……"

"刘厂长?你自己要是不愿意,刘主席逼你你也不去!这是和平时期,要是换到革命年代,都像你这么怂,那得出多少叛徒?"

南易说:"你就别恶心我了……"

丁秋楠意识到可能说过了,叹口气,调整了一下语气,接着说:"从宣传队回来,谁我都不想找,就想找你说说委屈,你还是那么个态度,我也没什么再说的,有什么我一个人受着就行。其实这些话都不该说。都是命,你有你的问题,我也有我的问题,事情到了今天,说什么都迟了,你过你的日子,我也得过我的日子。崔大可的毛病是多,人又小气,脸皮也厚,跟你一直没处好,可他现在是我的丈夫,他要疯了,我也没法过……"

南易被她说得既后悔又内疚,不由得看着她,打断道:"你别说了,我这就找厂长去。"说着走向柜子,伸手拿外套。

丁秋楠也站了起来,走到南易面前,忽然伸手拉住了他的胳膊,把他的外套扔到了床上,又将他拉到床边,两人挨着坐下。

南易的呼吸马上变得急促起来。

丁秋楠说:"招待所那天,你也跟现在一样,也不敢看我的眼睛。"南易越发紧张了,不住地用手挠头、搓后脖子。

丁秋楠拉住南易的手,将他的手慢慢放到自己的胸部上。南易像中了电一样哆嗦了一下,他紧张地看着另一侧,咽下一口唾沫。

刷啦一声,丁秋楠拉上了窗帘。

屋外的梁拉娣听到这里,再也听不下去了,一转身,大步离去。

屋里,南易喉头耸动,胸脯不停地起伏,呼吸越来越粗,终于,他再也坚持不住,一把抱住了丁秋楠。两个人紧紧抱在了一起。

突然,"啪"的一声,把两个人都吓了一跳,抱着的手也松开了。丁秋楠将手伸进兜里,拿出来一看,是她随身携带的小镜子碎了。

因为这个小细节,两个人都不好意思起来,气氛顿时变得有些僵。南易没有继续刚才的动作,他走到桌子前拿起烟盒,哆嗦着手抽出一根,点上,再回头,顿时呆了。只见丁秋楠把外套脱了,里面的毛衣勾勒出了她丰满的胸部轮廓。丁秋楠慢慢坐到床上,看着南易,眼神里有种说不出来的味道。

南易狠抽了一口烟，用手撸了撸头发，下定决心地说："你走吧。"

丁秋楠没说话，继续望着他。

南易低声说："我是喜欢你……可现在那不成乘人之危了吗？我嘴馋，心眼儿也不大，可也不能是个混蛋。崔大可的事情我今天晚上就去找厂长，得了信儿我就告诉你。"

丁秋楠咬着嘴唇，顿了顿，利落起身，将外套穿上，直奔门口，站住了。几秒钟之后，她还是拉开门走了。南易目送着丁秋楠离开，不甘心地又跑到窗户边继续观望，等实在看不见了，回到屋子中间，攥紧拳头，自言自语道："南易，你连多抱一会儿都不敢？多抱一会儿都不敢？"

他一拳砸到门上，劲儿使大了，疼得他龇牙咧嘴。

这个晚上，南易去找了刘峰，毕竟崔大可已经写过那么多检讨材料了，欠款也都补上了，南易一求情，刘峰也就答应了。

第二天，南易去隔离审查室看崔大可。崔大可正坐在桌子前继续写交代材料。南易走进来时，他也没有抬头，自言自语地、一个字一个字地念着："我对不起组织，对不起领导……"

南易咳嗽了一声。崔大可抬头看见南易，迅速起身，抓住南易的胳膊，眼神呆滞，虚弱地说："南易，我病了。病得特别厉害，好不了了，再也好不了了。这辈子就这样了。"

南易说："哪儿有病啊，我看你跟以前一样。你别装了啊。"

崔大可自顾自地说："你不用安慰我，我自己的病自己知道。脑子里的东西说多也多，说少也少，就是一些字，来来去去都不走。晚上睡觉也在，白天醒了也在，想撵也撵不走……"

南易瞪大眼睛看着他，拽了拽他胳膊，半信半疑地说："哎！你真疯了？"

崔大可忽然流下了眼泪："南易，我特对不起你……我把你从食堂撵走，一直欺负你，嫉妒你，还利用手里的职权给你穿小鞋，戴小帽儿，在厂面前告你的状，背后给你传瞎话，还偷偷卖了你的电唱机……不管我做了什么对不起你的事儿，你都不跟我计较，我太不是东西了，到今天完全是报应，我是畜生！我他妈混蛋！"说着，崔大可吸了吸鼻子，抽泣了几声，伸手向自己脸上打去，啪的一声，右脸上挨了一下。

南易看着他一改平日做派，一把抓住他的手，说："你干吗呢？！"

崔大可带着哭腔继续说："南易，我是不行了，以后秋楠就交给你了，都是命啊，是你的就是你的，我是想抢也抢不走……我在这厂里也没几个朋友，以前我把你当敌人，当对手，从今天起，你就是我崔大可最好的兄弟……你答应我，等我不行了，疯了，你可替我照顾好秋楠……"

南易皱着眉头，凑到崔大可面前说："哎，我跟你说个好事儿。"

崔大可抬起泪眼朦胧的脸，瞧着他。

南易说："你可以回家了。一会儿就能走，不用再交代了。"

崔大可带着哭腔，不敢相信地问："谁说的？"

"厂长说的。"

"那怎么没人告诉我？"

"我这不是来告诉你了吗？"

"那厂长呢？"

"厂长忙着呢，你赶紧的，收拾一下东西，走吧。"

哇的一声，崔大可抱住了南易，将头埋在他胸前，号啕大哭。南易被他死死抱住，挣脱不开，一脸尴尬。

回到家里，崔大可理了头发，看上去精神了许多。他的脸上抹了很多的肥皂泡沫，正在刮脸。丁秋楠正在忙着下面条。崔大可说："多搁点猪油，里面什么都吃不着，肠子都变成素的了。"

丁秋楠说："你倒是吃饱了什么都不用管。"

崔大可刮完脸，转身过去抱住丁秋楠，喘着粗气，腻腻歪歪地想亲热。丁秋楠手上还满是水，不耐烦地推开他，说："干什么你！"

崔大可不理，继续腻歪："你说干什么……"

丁秋楠急了："你不是脑子不清楚吗？没事了啊？"

崔大可嬉皮笑脸地说："我要是不那样，他们能放我出来吗？"

丁秋楠被他气得哭笑不得："先吃面！"

崔大可也确实饿了，放开丁秋楠坐在桌子前，呼噜呼噜地吃着面条，就着里面的汤一饮而尽。丁秋楠坐在旁边，端着一个小碗，慢条斯理地吃着。崔大可一伸手，从柜子上拿过烟，抽出一根正要点，丁秋楠把筷子啪地一摔，满面怒容，指着孩子问："你是呛我还是呛他？"

崔大可恍然大悟地把烟放回去，做了一个拱手道歉的手势，过去就想抱孩子，又被丁秋楠压低声音喝住："你从回来就抱着他不撒手，好容易睡着，你让他多睡会儿行不行？"

崔大可忙收回手说："行行行，你说啥我听啥！"

丁秋楠懒得和他斗嘴，继续吃饭。崔大可趴在床边，笑嘻嘻地盯着孩子，忽然回头没头没脑地说了一句："南易对你还真是挺好的。"

丁秋楠把碗一放，提高了声音："你什么意思？"

崔大可做了个"嘘"的手势："小点儿声，别吵醒我儿子。"

南易接到了陶厨师长打来的电话，上次赌菜输了，要请南易"一家"去吃饭。南易推脱不过，与他约好后天中午去吃饭。

挂了电话，南易来到了电焊车间找梁拉娣。

梁拉娣戴着面罩，正一手拿着焊条聚精会神地干着活，一回头，被站在她身后的南易吓了一跳："吓死我了，怎么不出声啊？"

南易冲她一笑："你专注的时候挺好看的。"

梁拉娣的脸顿时拉了下来，冷冷地说："有事吗？"

南易一愣，说："没事就不能来找你啊。"他不明白梁拉娣对他的态度为什么突然变了。

梁拉娣不高兴地说："没看我忙着呢，有事说事。"

南易撇撇嘴，兴奋地说："还记得那次我跟市宾馆的陶厨师长打赌那事吗？愿赌服输，苦主要兑现赌注了，后天中午，我带你们娘几个去！"

梁拉娣想了想，又想去又不想去，面露踌躇之色。南易大感意外，奇怪地看着她，问："怎么了这是？"见梁拉娣还不说话，又跟了一句，"这年头谁还跟吃饭过不去啊？"

这句话打动了梁拉娣，她终于点点头，同意了。

傍晚，南易躺在宿舍的单人床上，穿着鞋的脚搭在床沿外头，双眼微微闭着，心不在焉地听着不请自来的崔大可唠叨。

桌子上放着一个杯子，冒着热气儿。

崔大可坐在一个马扎上，自顾自唠叨着："白天倒是好多了，就是一到晚上，这脑子里头还是乱，像梦，可又不是梦。你说它不是梦吧，又特别清楚，像刚发生过一样。哎，你说，要不要吃点药什么的？"

南易没睁眼，说："那得问丁秋楠啊，她是护士，她懂。"

崔大可晃晃脑袋说："她懂什么呀，她要懂我早好了。"

南易说："是啊，谁都不如你精。"

"骂我。"

南易睁开眼，瞧着他，拖着阴阳怪气的腔调说："崔大可同志，你就别谦虚了，分猪肉没的说，粮票儿也能白捡着，自行车都能给弄回来，这厂子上上下下全算上，把厂长也算在内，除了你，还有第二个人吗？"

崔大可摆摆手说:"行了行了……你那嘴挖苦起人就没个把门儿的。"

南易从床上坐了起来,说:"刚结完婚,不说好好享受你的小日子,事情都过去了,一天到晚瞎琢磨什么呀你?"

崔大可一听这个,来精神了,一拍南易的大腿,故作神秘地说:"哎,我说,晚上睡不着的时候,是不是瞎琢磨了?"

南易把他的手打开,皱着眉问:"琢磨什么?"

崔大可啧啧道:"胡子都快比头发长了,还装什么少先队员哪?跟我你还装什么装?"他神秘兮兮地说,"我问你,晚上睡不着的时候,干什么?"

南易说:"看书啊。"

"什么书?"

"《青春之歌》,《艳阳天》……哎,你知道这些书吗?"

崔大可一笑:"什么之歌我不知道,我就知道你把眼睛看瞎了也没用,该睡不着还睡不着。"

"上班一天累得半死,脑袋一沾枕头就过去了,哪儿有那么多睡不着的时候。"

崔大可又嘿嘿一笑,问:"你就不想女人?"

南易瞪了他一眼:"你不想啊?!你不想你干吗结婚?"

崔大可大笑道:"我就知道。这没什么可丢人的,不想就不正常了。谁打单身那会儿不想啊?"

两人就女人的话题聊开了。崔大可的流氓招式一二三,听得南易目瞪口呆。

到了去市宾馆餐厅吃饭的日子,南易穿戴一新,在车站等着。远远地,梁拉娣拖家带口地走了过来。从衣服到鞋子,她和孩子们都做了精心的准备,可和南易一比,依旧显得寒酸。

南易看着,暗暗皱了皱眉,对大毛说:"早晨肯定没吃吧?"

大毛和二毛都使劲点头。

梁拉娣假装生气地说:"这俩孩子,说什么都要空着肚子,说一会跟着他南叔叔吃好吃的,这俩没羞没臊的!"

大毛和二毛看着南易笑起来。

到了地方,南易带着梁拉娣一家坐在桌前,大毛和二毛咽着口水,陶厨师长招呼徒弟给梁拉娣倒水:"先喝点水,饭菜马上就好。"

梁拉娣客气地说:"真是麻烦您了。"

陶厨师长笑道:"嗨,愿赌服输,应该的!毛主席都说了,虚心使人进步,骄傲使人落后!"他看看南易,"别人会的我不会,就得承认!哈哈!"

南易自嘲地说:"雕虫小技。"话音刚落,大毛的肚子里传来一阵响亮的咕噜声,南易顿时一脸尴尬。

陶厨师长冲徒弟一挥手,说:"上菜!热菜没好就先上凉的!"

徒弟们答应一声,直奔后厨。孩子们一下子来精神了,抢椅子。梁拉娣拽住乱抢椅子的二毛,低声地训斥他。南易尴尬得说不出话来,点燃一根烟。

陶厨师长凑上来,低声对南易说:"兄弟,我比你大,做菜得你教我,但今天我想说你一句别的。做人不要那么自私,孩子们小,无所谓,好歹给孩儿他妈弄件差不多点的衣服!你这也太不地道了!"

梁拉娣在旁边也听到了,但不知道怎么接,就继续假装训斥孩子,没搭茬。

南易也懒得解释,自嘲地说:"唉,一家之主也不容易,连大带小全靠我一个,他们就忍着点儿吧。"

陶厨师长站起来说:"不说了!今天就是好好吃,我到后头好好露一手,咱们把话说到前头,哪个菜不好,你得告诉我,咱可不许技术封锁,有意见不提,搁肚子里憋着!"

南易说:"你放心,有话绝不藏着。"

陶厨师长说:"就这么定了!"说完转身进了后厨。

看着桌子上的凉菜,大毛二毛的眼睛都直了,秀儿嘬着手指头,口水都快出来了。

陶厨师长在后厨里忙活,徒弟们不断把菜往外端,几个孩子的吃相很不雅,尤其是二毛,像是好几天没吃过饭的样子,筷子抄起什么都往嘴里狂塞。

南易低声说:"饭吃七分饱,别吃超了,闹坏肚子。"

大毛和二毛嘴里塞着米饭和菜,含糊不清地点头答应,手却不停,继续夹了东西往嘴里送。秀儿和老四吃得慢,也没个停止的意思。南易皱皱眉头,懒得说了,起身去倒水。趁着南易倒水的空,梁拉娣飞快地把桌子上的两个馒头揣进了包里。

一顿饭吃得干干净净,南易带着梁拉娣一家和陶厨师长告别。在他们身后的桌子上,碗碟空空如也,每个盘子都像被牛舔过一样干净。

陶厨师长说:"你答应过我,有问题的菜,你得说。"

南易说:"每样儿菜我都下了不止三筷子,真心话,都不错。你今天破费得也不少,我要不说实话,就没意思了。"

陶厨师长乐了:"得。"他俯身问大毛,"孩子,吃饱了吗?"

大毛打了个饱嗝:"呃,饱了。"

梁拉娣接过话去:"吃饱了,也吃好了,谢谢啊。"

陶厨师长说:"不用谢我!要谢就谢你家男人,这是他赢的!下次来就得掏钱了!"

陶厨师长把他们送了出来。孩子们吃得太多了,走路的姿势都变形了。南易没好意思回头,匆匆向前走去。

孩子们捧着肚子,步伐沉重,速度也越走越慢。梁拉娣一边看着孩子们,一边不好意思地看着南易。

二毛艰难地向前走着,没走了几步,哇地一下吐了。梁拉娣赶紧过去给二毛捶背,心疼地说:"让你少吃点,非不听!别憋着,该吐的就得吐出来!"

二毛不舍得吐,强忍着,憋得直翻白眼儿,实在没忍住,哇地又吐了。大毛心疼地哭了。二毛不知道是吐的,还是心疼的,也在哭。秀儿一看两个哥哥都哭了,也跟着哭起来。

南易说:"行了,都别哭了。浪费了也比吃出毛病来强。有时候,吃东西不只是填肚子,也为嘴。肚子里的东西没了,好歹嘴上也过了瘾,对不对?"

大毛和二毛纷纷摇头。梁拉娣满脸尴尬地看着南易,不知道该说什么好。

大家有些沉默地坐车回了家。在车上,二毛偷偷对梁拉娣说:"妈,你跟南易叔叔结婚吧!结婚了我们就天天都有肉丸子吃了!"梁拉娣轻轻打了二毛一拳,转头悄悄看了南易一眼。刚转过头,南易也转过头来,看了她一眼。

从那天开始,南易就常在宿舍里想着崔大可跟他说的"一二三"出神儿,越想越心痒难耐。这天,南易夹着一个小包,敲响了梁拉娣的家门。

梁拉娣坐在床边做针线活儿。南易走了进来,说:"也不知道怎么穿的,衣服又破了。一破了就得找你。"

梁拉娣笑道:"我还怕你不来呢。"

南易好像受了话里的鼓励,看看里外,问:"孩子们呢?"

"又疯玩儿去了。"她忙完手里的活儿,看了看南易,说,"哎,我说,你这裤裆可快磨破了啊。"

南易无所谓地说:"破就破了呗,我一个男人,还怕人看啊。"

"没羞没臊的,平时没看出来啊。里头给你做个衬布,别嫌厚啊。"梁拉娣说着就去小板凳上的篮子里找做补丁的边角布料,背对着南易,身子伏下,臀部的曲线一览无余。南易看得走神儿了。

梁拉娣有所察觉,一回头,问:"你看什么呢?"

南易忍不住了,过去一把抓住了梁拉娣的手。

拉娣一愣:"……你干什么?"

南易动作僵硬地搂住拉娣的肩膀,梁拉娣愣了一下,使劲推他,两个人拉扯到了床边。梁拉娣没南易力气大，倒在了床上。南易趁机亲了她一下，接着又将手伸向了她的胸部。

梁拉娣使劲地掐了南易的手一把，南易疼得一缩手，梁拉娣趁机一把推开他，骂道："南易！你这是跟谁学的？耍流氓啊你这是！"

南易说："小点声……你听我说……"

梁拉娣捡起一把扫帚，骂道："说个屁！我可是一点儿没看出来啊，你也有这花花肠子，啊！"也不听南易说什么，劈头打了上去。

南易狼狈而逃。

第二天，又一个市领导慕名而来品尝南易的手艺，自然十分满意，送了一袋糯米粉和一袋元宵馅给他。南易推脱不过，便收下了。自从被拉娣推出门后，他一直有些焦躁不安，想向梁拉娣道歉，又找不到办法。看着手里的糯米粉，他想到了办法，在路上堵住了在疯玩的二毛："二毛！想不想吃元宵？"

二毛两眼发亮："想！"

南易掏出一个纸条，递给二毛："回去给你妈，下了班就让她带你们过来。"

二毛高兴地点头答应，回到家就把纸条给梁拉娣看。梁拉娣不肯去。几个孩子不能去吃好吃的，都哭了起来。梁拉娣心一软，还是答应了。

南易为了梁拉娣一家的到来，精心准备了几样菜。大毛和二毛埋头苦吃，秀儿眨巴着眼睛瞅着肉片伸筷子。南易笑着说："腾点儿肚子，一会儿还有元宵。"

二毛频频点头，但筷子还是不停地夹菜。

南易拿起酒杯，看着梁拉娣："拉娣，当着孩子们，别的都不说了，给你道个歉。我先干了。"说完一口喝完了一杯酒。

梁拉娣说："元宵可是稀罕东西，又给领导做饭去了吧，你什么时候当副厂长啊？"

南易说："嗨，我就是一个厨子……"

"嗯，你还知道你自己是谁啊。"梁拉娣也把酒干了，"这桌子菜，得花你小半个月的工资了吧？"

南易说："没多少钱。赶紧吃，别让菜凉了。"

二毛百忙之中还记着问："南易叔叔，什么时候吃元宵啊？"

梁拉娣笑骂道："这么烫的菜都堵不住你的嘴！"

"是得煮了，再不煮你们都吃撑了。等着啊！"南易起身去煮元宵。

不一会儿，元宵就上桌了。孩子们都好奇地盯着碗里的元宵。那汤圆刚起锅，又白又软，又滑又亮，肥肥胖胖。

南易拿着碗，给大家分。

二毛噙着口水等到自己的那份，端着碗，拿起筷子迫不及待地往嘴里塞，咕咚一下，一颗元宵掉进了肚子里。

南易还在给秀儿吹碗里汤圆的热气儿，见状忙说："慢点吃，烫！"

话音刚落，二毛忽然大喊一声，捂住胸口，在地上打起滚来。梁拉娣急得眼泪都下来了，抱着他连声地喊，手忙脚乱给他抚摸肚子。南易给他端了碗凉水过来，喂他喝下去。

二毛带着眼泪，咕咚咕咚地喝了下去，好转了一些。梁拉娣领着大毛二毛回家，嘱咐他们好好睡觉，自己又去南易家道谢。

拉娣和南易面对面坐着，就着剩下的菜对饮，渐渐有些微醺了。梁拉娣脸颊微红，端着酒杯抿了一口，说："我还真没想到，你没有乘人之危。"他们刚刚说到了上次丁秋楠投怀送抱的事情上，拉娣已经知道那晚南易和丁秋楠没有发生什么。

南易晃晃脑袋说："原则问题，微不足道。"

梁拉娣又端起酒杯，和他碰了一下，说："哎，你那么喜欢丁秋楠，当时就能忍住？"

南易连连摆手："不说这个，不说这个。"

梁拉娣乐了："还不好意思了。"

南易说："我觉得你才是特不容易，真的。这厂子里上上下下几百口子人，让我佩服的没几个。你算一个。来……"他举起杯子，自己又喝了一口。

梁拉娣说："鱼有鱼路，虾有虾路。一个人，两个人，日子都一样过。都得认命。"

南易说："封建迷信咱们不搞。好日子会来的。"

梁拉娣笑道："厂里的人怎么说我，我心里都明白。别人说我是破鞋，男人这么说，女人也这么看。但是我告诉你，南易，我梁拉娣，从来没有和男人乱搞过男女关系。"说着，又喝了一口酒。

南易忙说："嗯，嗯，我知道。"

梁拉娣苦笑道："你不知道。你不是也以为我很随便才去找我的吗？"

南易有些不好意思了："不是这么回事……"

梁拉娣打断道："我没文化，但也不是傻子。我知道你一直关照我们一家，我和孩子们也都沾了你不少光。这些我心里都有数。"

南易举起酒杯，说："别说这个，喝酒，来。"

梁拉娣摇摇头，接着说："我是过来人，你的心思我能不明白吗？其实，你能看上我，也是抬举我。但要是真的跟你随便睡了，我就真成破鞋了。"

南易忙解释道："拉娣，我真没那么想。"

"南易,"梁拉娣认真地看着南易,"你要是不想和我结婚,只想干那事儿……"梁拉娣摇摇头,"我不是那样的人。"

南易结结巴巴地说:"我……老实说……我还没有认真想过结婚这个问题……不是别的……是我就没想过自己要结婚这事……"

"那你好好想想。想好了,告诉我就行。来……"梁拉娣拿起酒杯。

南易也举起酒杯。

两个人都喝得差不多了,梁拉娣脸颊通红,格外显得妩媚。南易看着她,心神激荡的样子,镇定了一下,说:"我给你再煮点元宵吧……还有几颗呢。"

"不吃了,一晚上吃多少了这都……你看……肚子都鼓起来了。"梁拉娣掀起上衣,搁着秋衣摸自己的肚子。

南易看呆了,倒了杯水,坐到梁拉娣身边,把水递过去。

梁拉娣看着水杯,轻轻地咬着自己的嘴唇,更显得妩媚动人。面对这个致命的诱惑,南易控制不住了,情不自禁过去拥抱梁拉娣。

梁拉娣没有拒绝,双手也搭在了南易的肩膀上。两个人紧紧地抱在了一起,顺势躺倒在床上……

第十二章
"文革"风波

厂区高音喇叭里,伴随着《大海航行靠舵手》和《无产阶级文化大革命就是好》的歌声,一个铿锵有力、抑扬顿挫的尖厉女高音在广播着"文革"的消息。

刘明敢穿着一身绿军装,手拿纸卷,提着一小桶糨糊,往墙上刷了一张大字报:**坚决铲除、打倒厂内外的一切敌人!**

贴完大字报,他又赶着去开会,主题是"打击内部牛鬼蛇神"。

轰轰烈烈的文化大革命开始了。

这天晚上,刘峰和女儿坐在桌子前吃饭。刘峰问朵朵:"今天下学怎么这么早放学?"朵朵摇摇头说:"不知道。"

刘峰又问:"你妈呢?怎么还没回来?"朵朵不耐烦起来:"什么都问我,我怎么知道。"

刘峰看看她,说:"吃饭吧。"说完进去盛饭。这时,焦敏一身军装军帽,胳膊底下夹着一摞文件,风风火火地走进来。朵朵起身跑了过去,叫道:"妈妈!我也要穿军装!"

焦敏把军帽递给她,问:"你爸呢?"

刘峰从里屋端着饭出来,问道:"怎么才回来啊?"焦敏没回答,拉着脸坐到椅子上。朵朵回头看焦敏一眼,对父母两人的状态早已司空见惯。

刘峰说:"赶紧吃饭吧,我今天也回来得晚,食堂里打的饭。"

焦敏突然骂道:"吃吃吃,就知道吃!看看你自己!每天就想着怎么被动偷懒、怎么贪图享受,没事就往食堂里跑。"

刘峰反问道:"这怎么就叫贪污享受了?谁不得吃饭啊?"

焦敏一听这话就急了:"我问你,是你的嘴和舌头重要,还是贯彻党的伟大思想重要?这简直是长资产阶级的威风,灭无产阶级的志气!"

刘峰莫名其妙："我什么时候灭过无产阶级的志气？"

焦敏提高了声音："什么时候？每时每刻！你的志气呢？在哪儿？全国上下都在搞文化大革命，每个思想进步的人都忙得热火朝天，没有一个人偷懒，没有一个人落后，你呢？我代表你们全厂职工问问你，你今天一天都干了些什么？"

刘峰放下碗看着妻子："我去参加总厂的会议啊。"

焦敏逼问："开完以后呢？会议精神呢？"

刘峰说："那不得明天白天再传达吗，都这么晚了……"

焦敏不满地说："明天再传达？明天再传达？毛主席说过什么？"

刘峰问："什么？"

焦敏站起来，声嘶力竭地喊道："只争朝夕！榜样的力量是无穷的！你身为一厂之长，自己不以身作则，反而偷奸耍滑，你以为你是谁？一个没有文化的地主老财？还是一个没有政治觉悟的资产阶级？现在连小学生的积极性都空前高涨，你呢？你连传达会议精神这么重要的事情都弃之不顾？"

刘峰摆摆手皱眉道："你小点声行不行？"

焦敏继续吼道："我大声说话怎么了？革命就是暴动，是一个阶级推翻一个阶级的暴烈的行动！我们需要的就是要热血澎湃！就是要革命烈火，燃遍五洲！"

刘峰摇摇头，扔下一句"莫名其妙"，再不搭茬了，自己点着一根烟，坐到椅子上，麻木地看着焦敏的表演。朵朵毫无反应，往嘴里扒拉饭菜。

焦敏咬牙切齿道："刘峰！你根本不配当这一厂之长！不配！"

而这时，南易和梁拉娣正在南易的床上打情骂俏。自从那晚开始，他俩就私下好上了。两人正干柴烈火，忽然听见一阵慌乱的敲门声，丁秋楠焦急的声音随后传来："南易！"

南易和拉娣慌忙分开，南易穿着衣服，大叫道："来了，来了。"

过了好一会儿，南易才打开门走了出去，马上顺手把门带上了，看着面前一脸焦急的丁秋楠，问："怎么了？"

丁秋楠急得快哭了："崔大可又让带走了！你上次不是跟厂长说了，这事不是完了吗？"

南易疑惑地说："是完了啊，钱都缴齐了。被谁带走了？"

"造反派！"

南易问："为什么啊？"

丁秋楠急哭了，一屁股坐到了地上："还是贪污号票儿那事！"

南易赶紧过去扶她:"你先起来,那我明天去问问!"

丁秋楠说:"你现在能不能就去啊?这次和上次不一样!直接给架走的……"

南易不自觉地回头看一眼,犹豫了一会儿,说:"我……好,你先回去,我这就去。"

丁秋楠哭得满脸泪水:"这日子还怎么过啊……"

造反派办公室里,刘明敢一只手夹着烟,一副领导的模样,正在给几个青工训话:"现在是最能表现自己,也是组织上考验你们的时候,知不知道?一定要向最熟悉的内部罪犯下手,杀一儆百!"

青工们频频点头,满脸亢奋。

而总厂革命委员会大院里,原来挂在门口的木头牌子,现在已经变成了"钢厂革命造反联合委员会"。

焦敏从远处大步而来。门口戴着红箍站岗的红卫兵拦住她问:"干什么的?"

焦敏说:"同志你好!我是某厂革委会主任、共产党员焦敏,我来揭发你们钢厂分厂的问题!"

红卫兵说:"分厂的事情,去找他们的领导,内部解决。"

焦敏说:"我揭发的就是他们的厂长——刘峰!"

红卫兵问:"你怎么知道他的事情?"

焦敏一脸正义地说:"我是他的妻子!"

红卫兵一下子被打动了,上去热情地和焦敏敬礼、握手:"同志!你是毛主席真正的革命战士!"

第二天清晨,一面贴满了大字报的墙上,新贴上一张偌大的通知,通知上写着对刘峰的处分公告:

"本厂代理厂长刘峰同志,在全国上下掀起文化大革命高潮期间,消极懈怠,思想麻痹,屡次没有及时向全厂职工通报最重要的革命会议精神,影响极坏……给予该同志党内严重警告处分……"

南易也凑过去看了看,眼睛一下子睁大了。他从人群中挤出来,匆匆回了食堂。他正心不在焉地抽烟,门口进来一个红卫兵,问:"有人吗?"

一看是红卫兵,南易赶紧出来。

红卫兵对南易说:"南主任,来通知你们一下,从今天起,你们派个人,到点儿了去给牛棚的人送饭。"

南易说:"没问题,我去。"

红卫兵说:"你派个人去就行了,你去了谁给职工们炒菜啊?"

南易谦虚地说:"革命不分职位高低,以身作则,应该的。"

被关在牛棚里的,正是刘峰。他神情萎靡,胡子老长,头发凌乱,和以前判若两人。破桌子上摆着好几本《毛主席语录》。前来送饭的南易坐在他对面,看见刘峰现在的处境和欲哭无泪的样子,心里很不是滋味,表情复杂。

南易把饭盒打开,说:"我给你单独做的。"

刘峰点点头,好意提醒:"你也小心点,以后别让人看见,再揭发出来。"

南易摇摇头:"不碍事儿。"

刘峰说:"听说刘明敢也成造反派头头了?想象不出来,我记得他是个胆小怕事的人啊。"

南易说:"开始我也不信,谁知道隔了一天就变了个人。"

刘峰叹道:"小人得志,都可怕。"想了想,又问,"崔大可呢?还关着呢?"

南易点点头:"关着呢,一两天是出不来了,估计快发疯了……"他递给刘峰一杯水。

刘峰接过水杯,喝了一口,说:"这世道,怪事一件接着一件,刘明敢造反,崔大可发疯,跟谁说,谁信哪?"

这句话说出来,两个人都乐了。

刘峰把最后一口饭吃完。南易把饭盒接过来,问:"以后你想吃什么,我给你做。"

刘峰说:"现在不比以前了,有什么吃什么。我也不搞特殊化,省得再落人口舌,到头来受罪的还是我。"

南易长叹了一口气。

从牛棚回来,南易刚到宿舍区门口,丁秋楠就迎了上来,说:"等你半天了……"

南易看看她问:"有事?"

丁秋楠看看左右,压低声音告诉他:"这几天我听见有人在议论,说你是领导们的御厨,是四旧,是什么伺候封建皇帝的奴才,反动派的走狗。"

南易顿时变得有些紧张:"谁说的?"

丁秋楠说:"光我听见的就好几耳朵。反正你多长个心眼把,最近别到外头给人做饭了,风凉话也少说。"

南易感激地笑笑,看着她憔悴的样子,顿觉不忍,从网兜里拿出饭盒,递给丁秋楠,说:"我从食堂带的,原本就打算晚点给你送过去,拿回去热热吃吧。"

丁秋楠感激地看他一眼,接了过去。

第二天，南易又给刘峰送饭来了。两个人坐在一起，小声地聊着天。南易带着遗憾的口气打开饭盒，里面只是一些玉米面馒头和一些白菜，告诉刘峰："现在进来要查饭盒了，不让做太好的，你将就一下吧……"

刘峰有些怒了："真他妈的荒唐透顶！"

南易叹了口气说："……今天又交代什么了？"

刘峰没好气地说："前年拿了厂里两个灯泡没给钱；去年夏天，借了公家的一件军用雨衣，忘了还。这也是拍着脑袋想出来的。再让交代，我就只能现编了。"

南易骂道："我就不信那帮造反派的屁股上就没屎。"

刘峰叹道："都有，只不过他们拉得快，擦得也快。"

南易说："嗯，他们擦完起来，穿上裤子出去，知道你还蹲着，就往茅坑里扔砖头了。"

这句话把刘峰逗笑了，他问："你怎么样最近？生活问题还没解决啊？"

南易摇摇头："没呢，不着急。对了，厂长……你觉得找老婆，什么最重要？"

刘峰说："你觉得合适就行。现在时兴找什么劳模，什么先进工作者，站在台上发言，胸戴大红花，你是不是也是这么个心思，才拖到现在？"

"不不，我觉得男女在一起，谁进步都一样。"

刘峰边吃边说："男女男女，七画是'男'，三画是'女'。男人'七'，女人'三'；七三开才是最合适的。别学一些小青年，老想着找条件高的，其实家庭情况再好，人不好也白搭。焦敏倒是不止三分，十分她也有了，结果怎么样，我现在可是成彻底的零分了……"

南易听着，若有所思。

后勤仓库里，仓库管理员喊着："食堂的人来了没有？"

杨小东忙喊："来了，在这儿呢！"

仓库管理员官腔十足道："我可告诉你，这次领的可不是一般的瓷碗，不小心摔掉一个，就够你蹲十年的大牢，懂不懂？"

杨小东说："知道，知道……临来的时候南主任都仔细交代过了，坚决以百倍的热情和认真，不折不扣地执行这项重大任务！"

仓库管理员问："南易？他自己怎么不来？"

杨小东说："他还得给牛棚的人做饭呢。"

仓库管理员皱眉道："牛棚的那帮反革命、小爬虫，不武斗他们就够仁慈了，还用给他们专门做饭？"

杨小东忙唯唯诺诺道："是，是……"说着跟大李一起进了仓库。

仓库管理员斜着眼看他们进去，自言自语地说："这个南易，一天到晚就知道得瑟，除了做饭还是做饭，风凉话不少，一点革命性也没有！"

厨子们从仓库里搬出一些瓷盘、瓷碗，有的上边画着背阔膀粗的工农兵，持着镰刀和铁锤做"怒目金刚"战斗状，有的画着毛主席头像，底下写着"抓革命，促生产"的语录。

刚搬到食堂门口，哗嚓一声，一个印有怒目金刚画像和毛主席语录的瓷碗掉在了地上，碎成好几瓣儿。大李站在一旁，目瞪口呆地看着，吓傻了。

杨小东哆嗦着问南易："主任……怎么办？"

一个声音从门口冒出来："你说怎么办？"

大家一回头，竟然是刘明敢，身后还站着两个红卫兵。大李立刻傻了，腿一软，靠在了柜子边上。

晚上，梁拉娣又去了南易家，两人一番温存，南易才恋恋不舍地放拉娣回家。梁拉娣从南易家出来，左右看看，疾步离去。

离她不远的拐角处，一个模糊的背影注意到了她，转身就往革命委员会跑去。

革命委员会办公室里，一桌人围在一起连夜开会，刘明敢抽着烟急道："这都几天了？厂里上上下下上千号人，连一个有问题的都揪不出来？这都什么革命警惕性？照这样下去，毛主席革命路线的伟大胜利什么时候才能彻底全面实现？啊？"有人正要插话，刘明敢继续说，"我们这个小分队什么时候才能出头？"

这时，咣的一声，一个红卫兵气喘吁吁地跑进来，大喊："报告！有人搞破鞋！"

南易家里，梁拉娣和南易正在亲热，窗外突然传来红卫兵的喊声："南易！大白天关什么门！开门！"

南易和梁拉娣一下子慌了。两个人迅速找自己的上衣，手忙脚乱地穿上。南易往外一看，窗户外头已经站了好几个红卫兵。

南易压低声音骂道："这他妈谁报的信儿？"

梁拉娣着急地问："现在怎么办啊？！"

南易说："赶紧地，你去跳窗户！快啊！"

梁拉娣马上跑向后面的窗户，找了个板凳踩着上去。门外的红卫兵又喊了起来："南易！我以分厂革委会红小将的名义，命令你马上打开门！否则，让你吃不了兜着走！"

南易敷衍道："来了，催什么催，拉肚子呢！"

梁拉娣忽然停住了，从板凳上下来。南易凑到窗口一看，也呆了。

刘明敢带着几个人，正堵在窗户后面。他点着一根烟，一只脚蹬在墙上，一脸瓮中捉鳖的满足："南主任，我从你进食堂的那一天起，就特别地崇拜你，不但崇拜你的厨艺，还特别佩服你的为人……可惜啊……一个每天鼓吹'做好饭，先做人'的好同志，我们厂公认的大名厨，实际上却是一个不折不扣的伪君子、假好人，表面上一套，背后又是另外一套，竟然在光天化日之下搞破鞋，真让我寒心哪……"

红卫兵在前门喊道："南易！滚出来！"

刘明敢一点也不着急："不用着急，南主任不愿意出来就算了，破鞋还没有搞够嘛！没关系，今天记得搞个够啊，明天一早，游街示众！"

第二天清晨，大喇叭里依然是文革时期的革命歌曲。

南易把梁拉娣送给他的那双布鞋用一根绳子串起来，挂在了自己的脖子上，从容地在厂区里大踏步地走着。在他身后，不少人都跟着，指指点点，议论纷纷。南易对此毫不理会，继续向前走去。

电焊车间里，梁拉娣心事重重地干着活，动作僵硬而机械，眼神也黯淡无光。这时，门口出现了喧哗的声音，几个电焊工人都回头望去。喧哗声越来越大，梁拉娣直起腰，把手套摘下来，放在一边，动手扎头发，表情郑重。她以为是刘明敢带着红卫兵来抓她了，却意外地听到南易叫她："拉娣。"

梁拉娣一回头，看见脖子上挂着布鞋、表情自如的南易，愣住了。南易向她伸出手来。梁拉娣不明白他的意思，呆在那里。

在他们身后，众人都在静静地看着他们，好奇地期待着他们的下一个动作。南易拉起梁拉娣的手，引着她向外大步走去。

梁拉娣小声地说："你疯了？"

南易没有回答，向门口走去。人群分开，给他们留出了一个出口。

南易拉着梁拉娣一路走到了厂长办公室，南易掏出了户口本，放在桌上，对厂办干事说："我和梁拉娣同志来自五湖四海，为了一个共同的革命目标，走到一起来了。请你按照规定和程序，给我们俩办理结婚介绍信。"

梁拉娣一脸惊讶，呆呆地看着南易。

厂办干事也惊讶地说："你们……真的假的……这可不是开玩笑的！"

南易严肃地说："这是我的户口本。你觉得我像是开玩笑吗？"

"考虑清楚了？"

南易举起右手："我向毛主席保证！"

梁拉娣已经傻了。

这时，刘明敢领着一队红卫兵，带着写好的牌子和批斗工具去找南易，却扑了个空。听说他们去了厂办，刘明敢又带着人往厂办去了。

厂办门口围了将近百十来号看热闹人。南易举着结婚介绍信，拉着梁拉娣的手，从厂办里走了出来。不知道谁带的头，由少到多，哗，几乎所有人都给南易和拉娣鼓起了掌。掌声热烈而持久。

南易微笑着向人群点头，在他身旁的梁拉娣，早已经感动得流下了眼泪。丁秋楠也在人群里，表情复杂。

远处，刘明敢带着人跑了过来。看到这一切，他们都傻了。

没有整到南易，刘明敢无精打采、萎靡不振地去肉店买肉，正好是许春柳当班，她拿着一把大号儿的切肉刀，问："要什么？"

刘明敢没好气地说："要什么？要白菜你这儿有吗？当然是要肉啊！"

许春柳有点气："你会不会说人话？我的意思是问你要什么肉？"

刘明敢说："猪肉，肥的。"

"多少？"

刘明敢扔过去几张肉票："自己看。"

许春柳理都不理，把肉票拨到一边，高喊："下一个！"

刘明敢皱着眉说："你什么意思？"见许春柳仍不理他，急了，啪地一拍案板，大声吼道："卖肉的！我看你是反动透顶！你怎么跟人民说话的？你什么态度？我告诉你，你最好老老实实给我切肉，要不然我把你打入十八层地狱，永世不得翻身……"

嘣！大号儿菜刀扎到切肉的墩子上。

啪！刘明敢头上挨了许春柳一巴掌。

刘明敢被打得晕头转向，还没等他反应过来，许春柳从肉店里跳出来，一拳打到他胸口，刘明敢噌噌噌后退几步，一屁股坐到了地上。他爬起来就跑，许春柳在后面紧追不舍，大喊着："我让你翻身！我让你翻身！"

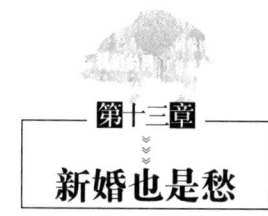

第十三章
新婚也是愁

1967年春天。

南易家的门大开着,门上贴着一个大大的"囍"字。窗户上贴着一些红色剪纸,门里门外都有人进出着,非常热闹,整个小院都喜气洋洋,气氛浓郁。

南易家被布置成了婚房。婚房虽小,装扮得却很有气氛。墙上正中间贴着一张伟人的大幅画像,画像下方是一条小横幅状的红纸,上面用毛笔写着:"祝贺南易、梁拉娣同志新婚"。

南易拿着一包恒大烟,把盒口拆得很大,轮流给人发烟。梁拉娣拿着用纸袋装的硬糖,笑脸盈盈地招呼大家。屋子里纷乱而热闹,一派喜庆。

一旁的大毛突然高喊了一句:"丁阿姨!"

人们有听见的,有没听见的,离他很近的南易听得清清楚楚,下意识顺着他的目光往门口一看,精心打扮过的丁秋楠抱着孩子,俏生生地站在那里,微笑地看着他们。南易的笑容凝固了,僵在那里。梁拉娣神色如常地招呼丁秋楠,脸上仍然是堆满笑容:"秋楠,过来吃糖!"

丁秋楠冲她笑笑,往进走了一点,站定,继续看。南易的表情明显不自然起来,梁拉娣不动声色,继续招呼大家。

南易和梁拉娣的婚礼结束后,人们渐渐散了。南易和梁拉娣一起动手,将三只单人床合并在一起,使之变成一个通铺。这样,一进门几乎就是床,地上只留下很小的空间,来回都能撞到一起。孩子们兴奋至极,到处乱跑,不时撞在一块。

床弄好了,南易拍拍手,点了根烟,看着这个房间,语气有些不快:"这哪儿还像个家啊。"

梁拉娣一边铺床单,一边给他宽心:"早晨起来再分开,来个客人也不影响。"

南易没搭茬，端着脸盆出去洗脸。回来时，看着梁拉娣正在整理床铺的曲线玲珑的身体，有些走神儿了。

梁拉娣扭头看他："早点睡吧。"梁拉娣先睡了上去，给他留出一个空来。孩子们依次睡在里面，梁拉娣靠外面，最外头是南易的位置。南易脱了衣服，关了灯，上床。

灯灭了，屋子里只有窗外洒进来的月光。

南易悄悄凑过去，抱住了梁拉娣。两个人发出窸窸窣窣的声音。南易正想下一步动作，梁拉娣转了过来，压低了声音说："等会儿，小孩儿都睡得快。"

南易的动作停止了，无奈地躺回原位，躺好。旁边，孩子们还没有睡着的意思，不知道是大毛还是二毛，在偷偷笑。

南易翻来覆去地辗转反侧，过了许久，孩子们好像睡着了，他谨慎地凑到梁拉娣面前，附在她耳朵边小声问："哎，他们睡着了没有？"

梁拉娣轻轻地"嘘"了一声。

南易凑了过去，亲梁拉娣。床板发出间断的咯吱声。两个人一边亲热，一边低声对话。二毛忽然尖声高喊："妈！"

南易赶紧躺好，梁拉娣起身查看："怎么了？"

孩子们都醒了。秀儿在揉眼睛，老四哭了。一团乱。原来二毛做了噩梦。南易皱着眉头看着这帮孩子，一脸绝望……

晚上，丁秋楠在家做家务，孩子不知道是饿了还是困了，一个劲地哭。丁秋楠的脸上也流满了泪水。她抱起孩子，强忍住悲伤的情绪，略带哽咽地自言自语："别哭了，好不好？你吃得饱，水够喝，衣服也不缺，为什么还哭啊？不哭了，你别哭了……"

门吱呀一声开了。丁秋楠一回头，看见胡子拉碴的崔大可进来了。打碎了碗的大李进去替代了他。本来满脸喜悦的崔大可一看娘儿俩竟在抱头痛哭，吓了一跳："出什么事了？"

丁秋楠没说话，把头埋在孩子身上，小声地哭起来。崔大可把手里的东西扔到地上，过去接过孩子，哄丁秋楠："别哭了，我这不是回来了嘛。有啥事过不去的？这个家还有我呢……"

正劝着，丁秋楠再也憋不住了，趴到他身上，彻底地放开声音，号啕大哭起来。崔大可刚要哄她，孩子也加大嗓门开哭了。崔大可喘口气，皱着眉头："能不能一个哭完再一个啊。"

第二天，南易和梁拉娣去市里一家不大的照相馆拍合影。

南易和梁拉娣坐在靠墙的凳子上,坐得笔直。两个人的衣服都是新料子,南易的衬衫很新,像他一贯的风范,上兜里还插着一支钢笔。但梁拉娣的衣服不太合身,是借来的。在他们对面,老师傅在准备着照相机和器材,一通忙活。

孩子们聚在门口的一条长凳边上,也都特意换上了新衣服。靠在门框上的二毛站没站相,坐没坐相,这摸摸那看看,没一刻消停。

好不容易拍好照,孩子们唧唧喳喳地从里面都涌了出来。南易和梁拉娣跟在后面,一行人走下台阶。南易看看几个孩子,问大伙儿:"你们饿了吗?"

梁拉娣说:"你饿了?我带着干粮呢。"

南易说:"我不饿,看孩子们。饿了就先吃饭。"

孩子们一齐摇头。

南易一挥手说:"好,那咱就先去划船!"

嗷嗷嗷,孩子们高兴地直叫唤,兴高采烈地乱跳。

梁拉娣说:"就知道自己好玩!还不谢谢南易叔叔!"

南易一翻白眼儿:"还叫叔叔啊?"

梁拉娣哈哈大笑:"说顺嘴了,对,对,以后都叫爸啊。"

孩子们都笑。大毛和二毛高兴地喊:"爸!"

南易被逗得直乐:"行,一结婚就有人叫爸爸,我这回可赚大发了。以后你们好好听话,我给你们弄好吃的。"

从公园回到家,南易见家门口坐着一个人,两个包放在身边,自己靠在门上,竟然睡着了,嘴角还挂着口水,样子十分不堪。南易警惕地盯着那人,问:"这谁啊?"

梁拉娣凑过去,睁大了双眼,叫道:"守业?"

那人醒了过来,正是梁拉娣的弟弟梁守业,一个农村青年。说是青年,长得比南易还老相,却很有农村干部的派头。

把梁守业请进屋,南易又去张罗晚饭。风尘仆仆的梁守业坐在椅子上,穿着南易的拖鞋,一只手不停地搓脚,搓完了还闻,把自己也给熏着了。南易装没看见,面无表情地把筷子放下。一转脸,五官顿时拧在一起。

梁守业看着南易端出来的菜,伸筷子夹了一大口,放嘴里,含糊不清地问南易:"有酒吗,姐夫?"

南易没好气地说:"没了,刚喝完。"

梁拉娣说:"明天再喝吧!"

梁守业却不依了:"姐,我可是坐了好几天的车啊,这腰都快断了,不喝点酒怎么解乏啊?"他吃着菜,又抠鼻子,抠完了用手搓,搓完还往地上弹,差点弹到南易身上。

南易赶紧跳着闪开,直皱眉头,哼了一声说:"说道倒不少,行了,我买去吧。"

酒很快买了回来,饭桌上的饭菜也很快被席卷一空。碟子和盘子都空了。梁守业毫不客气地把南易面前的烟盒拿过来,抽出一根点着,喷出长长一口烟,含糊不清地和南易说:"当厨子挺好,起码我姐跟着你能吃饱饭,我嘛,也就放心了……"

南易抽着烟,应付着敷衍道:"是。"

梁守业将馒头咽下去,将手伸到嘴里,抠牙缝里的食物残渣,南易看得直犯恶心,赶紧起身借着收拾饭碗的当儿,离开这里,但被梁守业制止住了:"让我姐姐收拾,我还没跟你说完呢。"

南易郁闷至极,只好坐下。

梁守业继续教训南易:"我姐说了,你脾气还不错,这还行,不过你也别嫌我这个当小舅子的话多,现在你是我姐夫了,我得提醒你一句,好脾气不一定就能爬上去,你别看我只负责公社的一部分领导工作,这个道理我还是比你懂得多……"

梁拉娣把二毛拉到一边,小声地说:"赶紧和你舅舅去睡觉吧,不早了!"

二毛过去拉梁守业:"舅舅,咱们去那头睡觉吧!走吧!"

梁守业点点头,咳嗽一声,清了清嗓子,徐徐站起来,中山装还披在身上,架子十足:"两个房子,不错,我还担心来了住不开呢,以后再来也方便多了。"

南易眉头都快皱到额头上边去了。

梁守业伸手摸自己的衣服兜,摸了几下没摸着烟,叫南易:"姐夫,还有烟吗?"

南易把剩下的半盒烟掏出来,递给他。梁守业接过来,抽出一支点着,把烟抓得紧紧的,也不递回去,只在嘴上假装客套:"姐夫,给。"

南易摆摆手:"你拿着抽吧。"

梁守业一点也没客气,把烟揣起来,抽了一口:"不是我说你啊,姐夫,孩子这么多,你该省还是要省着点,烟就别抽这么好的了嘛!"

南易的鼻子都快气歪了。

清晨,一对小鹌鹑在桌子上走来走去。四个孩子围着桌子好奇地看。二毛用一根小棍儿捅它们,被大毛摁下。梁拉娣在扫地,忙活着。饭桌上摆着一盆稀饭、一碟咸菜,还有一些馒头。南易气鼓鼓地坐在那儿,不吭气。

梁拉娣过来,给南易舀了稀饭,放到他面前,一边问:"二毛,你舅舅怎么还没来?"

二毛的注意力都在鹌鹑上,头也不回地说:"他说还要多睡会儿。"

南易恨不得都跳起来骂了,借着这句话唠叨起来:"就这么一个懒到家的懒汉,还是什么公社干部?这公社的人都是老花眼啊?"

梁拉娣说:"行了,你就忍一忍,他又住不了几天。"

南易一副快崩溃的表情说:"忍不了!他要再住下去,我走!"

梁拉娣把手里刚舀好的饭碗放下,笑着逗他:"再怎么说他也是我亲弟弟,让人听见这么说,得笑话你……"

南易不高兴地说:"怎么,说说也不行了?弟弟是亲的,丈夫是后的嘛。"

梁拉娣一下子不舀饭了,正色道:"南易!"

南易也觉得有些过了,端起碗开始喝稀饭,不搭话了。梁拉娣坐下来,看着他喊:"南易!"

南易有点儿心虚:"吃饭吧。"

梁拉娣说:"有的话哪怕你心里琢磨,也别说出来,没意思。你要是觉得丁秋楠好,你去跟她说,她只要点个头,我可以马上带着我的孩子们走。"

南易嬉皮笑脸地劝她:"嗨,我瞎说的……我这嘴你还不知道吗?别跟我一般见识!"

梁拉娣正要说话,门开了,梁守业打着哈欠走了进来,肩膀上还披着中山装,一副吊儿郎当的样子。梁拉娣看他一眼,没好气地说:"你可终于醒了!"

梁守业转着一双小眼睛四处乱看,说:"饿醒了。姐夫,有吃的没有?"

南易正愁没台阶下,赶紧站起来说:"你先吃着,我再去给你买点油条。"

梁守业一听,来精神了:"多买点,姐夫!"

新婚之后,南易头一天上班,特意把自己拾掇了一番,一身上下都精干利落,只是额头上红了一小块,看上去特别滑稽。厨子们围在他周围,七嘴八舌地跟他聊天。南易拿着拆开的烟,在给大家发烟。

钱姐瞅瞅烟的牌子:"哟,主任,一结婚连烟都换了,改恒大了!"

南易晃晃脑袋:"不结婚的时候,该抽好的咱也抽。哎,对了,大李还没出来?"

钱姐叹了口气:"听说快了,谁也犯不上和他耗着,连字都不认识,他能交代出什么来啊。"

南易点点头,杨小东问:"听说你小舅子来了?"

南易一下子颓了:"别跟我提这个。"

钱姐说:"亲戚来了是好事啊,把你愁成这样?"

南易猛抽了一口烟,发狠地说:"嗯,亲戚,越亲越气。"

这个时候，南易的亲戚梁守业正大大咧咧地躺在床上，架着双腿，丝毫没有客人的拘束，仿佛躺在自己家床上一样，正摇头晃脑地摆弄着南易的半导体收音机，很享受地听着。桌子上，一个马蹄表"嘎哒嘎哒"地走着，正在指向上午十点的时刻。

崔大可来找南易，在门口喊："南易。"

梁守业跷着二郎腿，起都懒得起身，喊了一声："不在。"

门开了，崔大可拎着一盒东西，探头探脑走了进来，见只有一个陌生人在家，愣了一下，随即解释："拉娣也上班去啦？你是？"

梁守业看看他，说："我是他弟弟。"

崔大可马上热情地招呼道："嗨，是大兄弟啊！我听拉娣和南易经常念叨你呢！"

梁守业被他的热情感染，下了床招呼他："你是……"

崔大可挺挺胸说："我是南易的领导。"

梁守业一下子来精神了，赶紧招呼崔大可坐下，到处找暖壶，给他倒水："来，领导，喝水。"

崔大可点点头，一副领导的派头和语气："嗯，小梁，家里的收成好吗？"

梁守业赔着笑："还行，还行。"说完了，不忘补上一句，"我是公社干部。"

食堂里，南易和厨子们坐在一块儿，在给几个人讲做饭的技巧。正说着，崔大可来了，可他明显没了以前的劲头，说话也相对谦逊起来："同志们……好。"

南易一下子来劲头了："哟，这不是大可同志吗？怎么，是重新回来工作了吗？"

崔大可凑过来："嗨，我过来看看大家……"

南易说："小东，赶紧给大可同志搬个椅子啊。"

崔大可自己搬了把椅子坐下："不用，不用，我自己来。"

南易一抖手，潇洒地从烟盒里弹出一根烟："来根烟。"

崔大可接过来，放到鼻子上闻闻："好烟，好烟。"

南易拿出打火机，啪地打着，给他点上："这话说的，大可同志什么好烟没抽过啊，恒大算什么啊，将就吧，不嫌弃就行。"

大家都想笑，憋着。

崔大可抽了几口烟，说："……刚才我去你家了……刚知道你结婚，去看看你……"

听到这儿，南易有点儿不落忍了，给大家使个眼神，众人都分头去忙了。沉默了一会儿，南易开口："出来就没事了，跟老婆孩子好好过日子吧。"

崔大可叹口气："唉，刘邦皇帝韩信鬼，全是命。放几年前，谁能想我现在混成这样，都劳动改造了。"

南易看看他，也不知道该说什么，又沉默了。

又坐了一会儿，崔大可回家了，闷头坐在桌子前抽烟，一脸的苦大仇深。一碗热气腾腾的面条端了上来。丁秋楠转身又去盛饭："吃吧。"

崔大可端起碗呼噜呼噜地往嘴里塞了几筷子面条。丁秋楠问："给南易的东西送了？"

崔大可没好气地说："送了！"

丁秋楠问："见着他了？"

崔大可不耐烦地说："不见着难道我把东西喂了狗了？你是不是也想见见他啊？念叨几遍了这都？"

丁秋楠坐下来吃饭，没理他。

崔大可气呼呼地说："一个臭做饭的，成天得里得瑟的，穿个新褂子就忘记他爹姓什么了，以为自己是电影明星呢？瞧他那样儿！我玩打火机的时候他还不知道在哪儿玩尿泥呢！"

丁秋楠说："他又招你了？"

崔大可说："不招我也烦他！一个大老爷们儿，嘴里碎碎叨叨的，不挖苦讽刺人，不说风凉话就没法活似的！"

丁秋楠吃自己的，没搭茬。

崔大可接着说："我以前得意的时候，就话里话外地挤对我，一天到晚就知道打比方，说暗语，自我感觉良好，说到底他还是个厨子……哎你说，那时候你怎么就看上他了呢？比女人都馋的男人，吃点东西还挑三拣四，这还是个男人吗？还有个男人样儿吗？"

丁秋楠继续埋头吃饭，没说话。

崔大可不耐烦了："丁秋楠！你什么意思？"

"我怎么了？"

"你为什么不说话？"

"我听你说啊。"

崔大可把筷子一放，吼道："哦，我骂南易那小子，你不乐意了是吧？"

丁秋楠白眼一翻，骂道："毛病。"

"你看清楚点，他才有毛病。你说说，他比我强在哪儿？哪儿哪儿都不如我！"

丁秋楠讽刺道："对啊，不然我为什么嫁给你，不嫁给他啊。"

崔大可把碗一摔："怎么，你是觉得没嫁给南易后悔了？"

丁秋楠白他一眼，没理他。

"说话！"崔大可的嗓门巨大，把丁秋楠吓得差点掉了筷子。

丁秋楠喊道："干什么你？吓死我了！"

崔大可哼道："心虚吧？"

丁秋楠提高了声音："崔大可，你神经病吧！"

"不心虚你哆嗦什么？我是神经病，谁不神经？南易不神经？你去找他啊！我告诉你，现在还来得及，他跟梁拉娣可还没孩子呢，等人家有孩子了，到时候你再后悔可就真晚了……"

丁秋楠扭头，摔门而去。

崔大可赶紧起身，手忙脚乱地穿鞋子："丁秋楠！你傻了你？还真去啊？！你回来！"

丁秋楠蹲在门口一边，无声地哭。崔大可追出来，没看见她，向前跑去。丁秋楠见他跑走，转身回了屋，咣当，关上了门。

南易家里，一家人围在饭桌前吃饭。梁守业坐在正中间，喝得已经微醺。一旁的南易看也不看他一眼，自己端个小酒盅，边吃边喝。

梁守业放下酒杯，大着舌头说："姐夫，你那个领导，对你挺好的。"

南易愕然："我领导？"

梁守业说："是啊，就今天给你送东西那个啊，就住咱们斜对面，还说哪天要请我喝酒哪。"

南易听得气不打一处来："谁跟你说他是我的领导？他现在是劳动改造的贪污犯，什么狗屁领导！他那么说，你还真信啊？"

梁守业不高兴了，把筷子放下，教育南易："我说姐夫啊，道理可不能这么说，他现在再怎么样，以前也是你的领导，对不对？你别看我只是个公社干部，在这个问题上，我可是你的姐夫！"

正说着，梁拉娣塞了一个馒头到他嘴里，说："快吃！喝点酒就知道叨叨！有完没完！"

南易的脸色已经相当难看了。梁拉娣为了平衡情绪，赶紧在二毛身上找事儿："吃慢点儿，又少不了你的。"

二毛高声喊："舅舅吃得快，我要不吃就没了！"

梁守业咽下一大口馒头，笑着对二毛说："小毛孩子，还跟舅舅抢上食儿了。你放心，舅舅最亲你了，好吃的少不了你的，今天的咸鸭蛋我没分你啊？"

一听这话，二毛不吱声了。大毛急了，揪着二毛的脖领子："什么咸鸭蛋？说啊你！哪儿呢！"俩孩子乱成一团。

南易放下筷子起身，到柜子后边用手钩出一个小坛子来。打开坛子一看，傻眼了，里面空空如也。南易慢慢抬起头，看向梁守业。梁守业睁着朦胧的双眼，毫不在乎地说："姐夫，别那么小气，不就是几颗咸鸭蛋吗？早晨没吃饱，我垫了垫肚子。"

南易呼哧呼哧地直喘气，仿佛随时都要爆发，但终究没爆发出来，一甩手，摔门而去。

"文革"时期的歌声，飘荡在厂区上空。南易拿着一个饭盒，往刘峰家的方向而去。刘峰已经从牛棚放出来了，南易还没有去看过他。

在南易身后，几个人还在贴大字报。

焦敏和朵朵不在家，南易用饭盒给刘峰带了点好吃的，刘峰很久没有吃到这么好吃的东西了，吃得满头大汗，不亦乐乎。南易的心情也大为好转，刘峰一边吃，他一边讲述自己的道理："衣食住行，穿再好的衣服，也是给别人看，对不对？住得再大再好再怎么舒服，睡着了你什么都不知道。行就更不用说了，不管是火车汽车拖拉机，能到了地方就行，什么都不如吃，只有吃，才是实实在在自己能体会到的感觉。是这么个道理吧，厂长？"

大快朵颐的刘峰吃完了，擦把汗，笑着看他："我太同意了。"

南易哈哈直乐。

刘峰给他点了根烟，问他："结了婚的感觉怎么样？"

南易晃晃脑袋："就那样呗。有好有坏吧。男女的事就不说了……别的，起码衣服我不用自己洗了，家也有人收拾，下了班回去，一家人也热闹。"

"坏处呢？"

南易叹道："坏处就是太热闹了。你不知道啊，没在一起过日子还感受不到，真住到一块儿了，麻烦就多了。有时候我看着一屋子的孩子，真是说不出的愁啊。"

刘峰说："你呀，就是不满足的心理在作祟，谁家过日子不是这么过啊？你还想怎么着？只要人好，别的都不是问题！"

南易笑了笑，说："倒也不是什么大问题。其实我也挺喜欢那几个孩子的。"

刘峰拍了拍南易的肩膀，笑道："那不就行了！过些日子，让拉娣再给你生一个，你们就更团结了。"

一听这个，南易赶紧连连摆手："你们可饶了我吧！"

第二天一大早，一个邮递员给梁拉娣送来了一份电报，是发给梁守业的：**见信速回，村委会。**

梁守业只好提前走了。

南易心情大为改观，摇头晃脑地哼着小曲儿，说不出来的惬意。梁拉娣一边做裁缝活儿，一边数落他："你也真够可以的，都当了爹的人了，还和不懂事的小孩似的，发假电报，亏你能想出来！"

南易一点都不觉得是在损他，得意洋洋地说："那也得是我，换个人都想不出这招儿来。"

梁拉娣哼道："瞧那个得意劲儿！"

南易心情大好，哼了一首歌，点了一根烟，对拉娣说："我跟你说，拉娣，往后啊，乡下缺什么就捎个信过来，用不着你弟弟什么的这么远再跑一趟，就算是你妈想你了，咱么也可以回去嘛，再说了，我还没见过我丈母娘呢，是吧，咱家又小，本来就住不开……"

啪！南易刚抽了两口，一声脆响，烟头炸了，烟里面夹了个小鞭炮。一股黑烟过去，烟头炸开了，南易的脸上出现了一撇黑。

梁拉娣呆了，看着南易。

南易嘴唇哆嗦着大喊："梁守业！！！"

南易和梁拉娣一起从院子里走出来一起上班。另一侧，丁秋楠也走了出来，三个人相遇了，双方都有些说不出来的尴尬，倒是梁拉娣主动和丁秋楠打起了招呼："秋楠，上班啊。"

丁秋楠应着，故意热情地招呼梁拉娣："是啊，最近车间里忙不？"

两个女人说着往前走去，故意把南易落在了后面。南易也拖拉着故意和她们拉开距离，没想后边崔大可穿着一身劳动装，也出来了，看到南易，喊他："南易？"

南易一回头："呦，崔科长。"

崔大可看看前面的梁拉娣，凑到南易面前，小声地说："哎，现在结婚了，搞起那些事情来，方便多了吧……"

南易白他一眼："和你俩一样。"

这时，丁秋楠借着转弯的时候，有意无意地回头望了一眼南易，正好被崔大可看在眼里，故意气南易："我们家秋楠啊，白天看着一本正经的，一到晚上就变个人，啧啧，一宿一宿的不让我睡觉啊，搞得我一天都没精神……"

南易明显被刺激了，损他："没看出来，您老人家倒是个正经人啊。"

崔大可得意了："哈哈，至少我没被人抓过现行。"

南易站定，说："既然你这么正经，干脆去一趟兽医院吧。"

崔大可问："干什么？"

南易说:"做个阉割手术啊,一了百了。"

崔大可气得白眼儿都快翻出来了。南易不再理他,扬长而去。

夜里,崔大可对着镜子,郑重地将一个大号的毛主席像章戴在胸前,无比认真地确定着位置。丁秋楠坐在床上,正在打毛衣。

崔大可对着镜子里的丁秋楠说:"哎,怎么样?我戴着像章,比一般人要威风吧?"

丁秋楠看了一眼,说:"还行。"

崔大可不满地说:"什么叫还行啊?南易没让你看,你今天见了他倒是瞅着不放,眼珠子都快掉出来了吧?"

丁秋楠懒得理他,不搭茬。

崔大可继续嚷嚷:"怎么,看着他比我好看?比我威风?是不是?我还告诉你……"

丁秋楠把打半截的毛衣和毛线针往床上一放,喊道:"崔大可,又来了是不是?诚心吵架是不是?"

崔大可不吱声了。半天,没忍住,嘟囔一句:"要是不心虚,急什么?!"

南易家,梁拉娣正在用大毛的旧衣服给老四改新的。做好了,她将衣服拿起来,把几处线头剪掉。南易看着老四的新衣服,跟梁拉娣没话找话:"不错,合身。哎对了,你快过生日了吧?"

梁拉娣说:"还有一个多月呢。"

南易算算时间,说:"差不多。到时候咱们庆祝一下。"

梁拉娣撇撇嘴:"庆祝什么呀,我又不是什么高级干部。"

南易说:"一年才一次,庆祝不分工人干部。到时候,我给你们做顿好吃的。"

孩子们欢呼起来,可梁拉娣毫不买账,给他们泼凉水:"得了吧,这个月的肉票和糖票早就用完了,以后再说。"

南易接着话:"不要紧,这次不用肉票,我给你们做个南方的特色小菜。"

梁拉娣和孩子们一齐看向他,问:"什么?"

南易说:"鹌鹑啊!家里不是养了几只鹌鹑吗?先小煮,再油炸……"

话还没说完,大毛和二毛顿时都急了:"不吃,不能吃!"二毛过去抱着他的大腿:"别吃了鹌鹑!"

南易大感意外:"哟,我可是头一次听见你们俩说不吃,那我做好了你们俩别吃啊。"

二毛急道:"不能吃……爸,咱们养着吧!"

南易和梁拉娣对视一眼,梁拉娣烦了,说:"又不是小猫小狗,还养出感情来啦?好,不吃不吃,瞧把你们俩给急的。"

南易叹了口气。

第十四章
继父难当

日子就这么一天天安静地过去，南易和梁拉娣转眼结婚就快一年了，可南易好吃、爱讲究、乱花钱的习惯一点儿没变，一发工资就胡吃海塞，过了今天没明天的。梁拉娣抱怨过好几次，也没什么改变，她只好自己在院子里开了几片小菜地，种点儿菜补贴家里吃的。

南易对这还不满意，觉得种菜掉了厨子的身价。

这天，拉娣正拿着一个小碟子分菜籽，南易坐到桌边，叼着烟，拿出指甲刀剪手指甲。指甲剪完了，南易懒得用指甲刀的小锉子打磨指甲尖儿，将手张开，呈爪状，随手就在裤子上刷刷刷来回磨起来。

梁拉娣顿时急了，飞快地抓住他的手，喊道："裤子是干这个啊？磨坏了穿什么啊！你怎么这么懒啊！"

南易被她吓了一跳，皱皱眉头说："吓死我了。你烦不烦啊。"

梁拉娣说："我说的是对的，你就得听，我这总不是无理取闹吧，你出去给大伙儿讲讲，谁家用裤子磨手指甲？"

南易明显不愿意再听这些唠叨，摆摆手，打断她："还有几天发工资啊？"

梁拉娣撕了一张报纸，将菜籽一个个包起来，说："还得半个月呢。怎么，钱又花没了？身上剩多少钱了？"

南易敷衍道："没数。"

梁拉娣不包了，抬头看着他说："那你现在数数。"

南易心虚地提高嗓门说："你吃饱了撑的啊？没事儿我数它干什么。"

梁拉娣盯着他，口气反而温和下来，耐心地说："南易啊，我知道你以前单身惯了，工资花超了将就将就，忍到月底也一样能过，但咱现在是一起过日子，不能这么没计划地乱花……"

南易打断她说:"我也没乱花啊,厂里那些小年轻,成天地不是逛公园就是下馆子,自打结了婚,我可再没跟他们去过。我现在无非就是抽点烟,喝点酒,你说我一个大男人,总不能什么都不能好,有点瘾的全给戒了吧?"

梁拉娣也不反驳,从桌子上拿起南易刚买回来的烟,抽出一根,给他点上,好声好气地说:"抽烟嘛,好赖都是鼻孔里冒烟,没什么区别。别人抽好的就让他们抽去,咱不和他们比这个。别看崔大可平时老喜欢装盒好的显摆,指不定回去就卷烟叶子了。你抽盒便宜的,别人还敢小看了你啊?"

南易哼了一声。

梁拉娣依然耐心地劝他:"不是不让你享受,家家都计划着过日子,你说,一个月三十天,头一个礼拜咱家就把钱全花干净了,后半个月怎么活啊?对吧?"

南易说:"车到山前必有路,前几年自然灾害那么饿都挺过来了,半个月无非才十几天,好熬。"

梁拉娣被噎得说不出话来,不理他了,转身拿菜籽和小铲子,往门外走。

南易一点没注意梁拉娣的情绪,继续喋喋不休地嘟囔:"我这还是赚着钱呢,我花我那份儿,不行啊?"

梁拉娣猛地站定了,语气陡然严肃起来:"南易,你什么意思?"

南易头也不抬地说:"没什么意思。"

梁拉娣看了他一会儿,没说话,转身到院子里去了。

过了一会儿,南易也觉得自己说得有点过分,晃晃悠悠出来,伸伸懒腰,做了几个活动筋骨、揉脖子的动作。梁拉娣蹲在小菜地里,用小铲子铲开土,正在撒菜籽。

南易溜达过去,道歉道:"我就是那么一说,该省的我都省着呢。"

梁拉娣没理他,继续低头忙活着。

南易蹲下来问:"要不要帮忙?"

梁拉娣讽刺道:"别,弄脏你这大厨的鞋,我可赔不起。"

南易有点不高兴了:"长脾气了你还。"

梁拉娣认真地说:"我还真不是跟你怄气。这活儿啊,你看着就行。可别哪天想表现自己,给我把不该锄的锄了,不该踩的踩了。"

南易不屑地说:"不就是种菜吗,一瓜连三藤,不动手我也会一半儿。哎,多撒点儿茄子籽,就那么几颗,够谁吃啊?"

梁拉娣说:"炒菜你是南师傅,一切你说了算。开垦种菜,还得听我的。去,把门口那个桶给我提过来。"

南易撇撇嘴,走到院儿门口,拿起地上搁着的小桶一看,里头全是屎尿,熏得差点背过气去,带着一副即将窒息的表情,急道:"你这是干什么?!"

梁拉娣喊:"干什么?施肥!你以为你搁锅里的那些菜都是天上掉下来的?想吃,都得这么伺候。"

南易气得呼哧呼哧地说:"那也用不着这么一桶一桶的吧?这是院子,不是茅房!"

梁拉娣懒得和他废话,自己过去,将桶提到小菜地边,开始浇粪。

南易捏着鼻子往家里跑,瓮声瓮气地喊:"这简直是谋杀!"

梁拉娣动作利索地浇着粪:"浇勺粪就是杀人?那解放战争也不用牺牲那么多人了。"

革委会门口,七八个工宣队员们在手忙脚乱的悬挂标语,收拾屋子。刘明敢从屋子里出来,指挥着他们将标语悬正,标语是贴在大红色横幅上的一行白纸黑字,上面写着:热烈欢迎敬爱的领导指挥红色革命路线。

一个工宣队员凑过来,指着横幅问刘明敢:"这么写,行吗?"

刘明敢趾高气扬地问:"你是觉得我写得不对,是吗?"

工宣队员赔着笑,摸出一支烟来,殷勤地给刘明敢点上:"不不不,挺好的,谁都想不出来这么好的词儿。"

忽然,刘明敢从干活的人群里发现了一个熟悉的身影,他问身边的工宣队员:"那不是崔大可吗?谁叫他来的?"

工宣队员疑惑地看看,说:"没人叫他啊……自己来的吧。"

刘明敢皱起眉头:"把他轰走。革命队伍不要有过问题的人。你们怎么一点儿革命警惕性都没有!"

工宣队员马上点点头,梗着脖子,直奔崔大可而去。

总厂的工宣队领导前来训话。

刘明敢坐在第一排,一副领导的样子,绷着脸,挺严肃,一旦目光和领导对接,就马上笑容可掬,满脸谄媚,手上还拿着一个小本,用心地记着,不时地点头。

领导说:"……有一些精神,上面要求我挨个分厂地传达,你们厂是第一个。既然排在第一个,你们就给我做好表率,谁出了问题,拿谁是问!"

刘明敢插话,嗓门巨大:"一定按照领导的指示贯彻到底!"

领导顿了顿,接着说:"嗯,态度要好,行动上也要到位。今天有两个事情。第一,前不久组织上发现,在查抄黑五类的时候,有人大饱私囊,也就是把别人的东西,装进自己的口袋里。这种行为,一旦发现,要严厉处罚!一查到底!绝不姑息!"

领导情绪激动,越说越有劲头,将桌子拍得山响,吓得整个会场寂静无声。刘明敢表情严肃认真,频频点头。

领导继续说:"不是自己的东西,坚决不能拿!我们不能坏了党的形象,知道不知道?不好的东西、封建迷信的东西、资产阶级的东西,必须要砸烂、要毁灭,但是不能借这个机会捞油水!第二个,还是开展清理阶级队伍的运动。我说完了。"

大家一愣,刘明敢马上带头鼓掌。

领导端起杯子喝水:"说说吧,你们厂的阶级队伍,清理得怎么样了?"

刘明敢从屁股底下抽出极厚的一叠材料:"报告,我们厂自从开展这项运动以来……"

领导瞥见他手里的资料,急了:"怎么这么多?你想累死我啊?拣重要的说!简单点!"

刘明敢连连点头,擦汗,一副费力不讨好的尴尬样。

刘峰家,焦敏坐在写字台前,正在奋笔疾书写着稿子。屋子里窗户都关着,略显憋闷,焦敏不时抬手,擦擦额头的微汗。刚刚午睡醒来的刘峰从另一个屋里出来,睡眼蒙眬地走到窗户前,把窗户打开,一阵风吹进来,刘峰的头发被微微吹起。

这边,写字台上的稿纸也随着微风起起落落。焦敏放下笔,慢慢将头转向刘峰,顿了顿,带着明显的不满开口,一字一句地说:"你没看见我在写东西吗?"

刘峰正拿着杯子喝水。听到此话,愣了,喝水的动作定格在那里,抬头看焦敏。

见他不明白什么意思,焦敏再也忍不住,爆发了:"风这么大,外头这么吵,我还怎么写啊?"说完,也写不下去了,站了起来,烦躁地走来走去。

刘峰愣了愣,没有反驳,也没有辩解,默默放下杯子,走到窗户前面,慢慢关上窗户。慢慢地,他转过身,却看见焦敏正站在他身后,望着丈夫沧桑的面容,眼里意外地充满了一个妻子所应该满含的深情,但仍然一句话也不说,只是伸手替他把因风而乱的头发拨好。

刘峰的表情说不出来的复杂,有麻木,也有感动。

为了恢复工作的事情,刘峰去总厂编辑部看李秋燕,请她帮忙。俩人还像以前一样,面对面坐在桌子两旁,只是气氛略显生疏。胡子拉碴的刘峰和以前相比,明显老了很多。李秋燕则还跟以前一样,除了气质更加出众,几乎毫无变化。

李秋燕问:"你自己有什么想法吗?"

刘峰说："我没什么要求，只要能工作就行，现在每天这么闲着，和退休了一样，没意思。"

李秋燕说："我晚上回去就和老姜说，尽量让他安排，你放心。"

刘峰感激地看她一眼，语气里满是潦倒的自我安慰："你也别为难，能就能，不能就拉倒，其实当不当厂长我倒真是无所谓，不用那么操心，也挺好的。"

李秋燕看不下去了，起身过去，走到他身后，把手放到他肩膀上，刘峰微微一震。李秋燕的手慢慢抚摸着他的肩膀，心疼地安慰他："别担心，会好起来的。"

刘峰慢慢抬起手，拍拍李秋燕放在自己左肩上的手，站起来，笑一笑说："没事，你好好的就行。我没问题。"

李秋燕看着刘峰，默默地注视着他。这时走廊里传来有人说话的声音，刘峰故作轻松地告别："行了，你忙着吧，我先走了，有时间我再来看你。"

李秋燕故意和他开玩笑，笑着给他宽心："那你还是多来吧——反正你现在时间多的是。"

刘峰哈哈大笑。

离开编辑部，刘峰独自骑着自行车，满怀心事地慢慢悠悠地在马路上骑着。

不一会儿，他将自行车慢慢停下来，支好，自己坐到了马路边，从兜里摸出烟，拿出一根，因为有风，他不得不佝偻着身子，用胳膊挡着风，划着火柴把烟点着。

抽着抽着，刘峰抱着脸，无声地哭了。

食堂里。

嚓！

一根火柴点燃了。

崔大可给南易嘴里的香烟点上了火，又给自己的点上。

南易坐在椅子上，仍穿着雪白的工作服，深深地吸了一口烟，很享受的样子。崔大可坐在他旁边的一个木头箱子上，脸上带着点诌媚的笑意，把火柴收起来。脚边还放着一个小网兜，看样子是来要东西的。

崔大可压低了声音说："不用多少，有点就行。"

南易声音的高度仍然很正常，一点也不配合他的悄悄话，顿了顿，回答他："科长，有几句话，我也没想好该怎么说。"

崔大可说："你说，你说，随便说。"

南易说："我现在的位子，是当初你留下来的。我记得你在食堂教我的第一个事情，就是别拿公家的东西送人情,是吧。"

崔大可脸上有些挂不住了,但还是赔着笑:"这次算借的,我都进过学习班了,原则我是知道的。你放心,等我下月发了粮票就还。"

南易来精神了:"那行,这就好办了,那你先打个借条吧。"

崔大可尴尬地说:"借条就不用了吧?"

南易摇头道:"那怎么行啊?既然是借,就得按规矩办事嘛。这个规矩还是你立的呢,你忘啦?"

崔大可压低声音,皮笑肉不笑地说:"不就是些小菜吗,打饭的时候给工人们少舀几勺全匀出来了。别这么上纲上线的。咱俩共事也这么多年了……"

南易起身,给他倒了杯水,特别诚恳地说:"大可,我是真为了你好。你想啊,万一将来再查起来,有人说你不思悔改,出了调查组,还琢磨着占公家的便宜,要是再弄进去关个一年半载,我怎么能对得起你?"

崔大可死死盯着他,气坏了。南易把水杯递过去给他,被崔大可喘着粗气拒绝了:"我他妈不渴!"

下午刚刚上班,医务室的人都还没来,只剩下丁秋楠一个人,她正收拾治疗床旁边的医疗污物桶,把里面用过的纱布等东西倒进一个大袋子里,放到一边,穿好白大褂,在水池子旁边抹了肥皂,仔细地洗了手,又用酒精棉球擦手。

门口,南易提着网兜进来,丁秋楠看见他,一愣,随即笑了,不过是带着矜持和客套地笑道:"南易啊。"

南易进来,把网兜放在桌子上,从里面的两个饭盒里,拿出其中一个饭盒,那是他自己的饭盒:"中午打饭时给你留了点菜,晚上拿回去热热吃吧。"

丁秋楠惊喜地过去打开饭盒,里面是一些土豆片和青椒丝。丁秋楠把饭盒凑到鼻子底下闻闻,一脸陶醉地说:"真香!"

南易笑了:"这份是我做的。"

丁秋楠赞许和感激地冲他笑笑,动手要腾饭盒,来回地找盛放的容器。打开几个放酒精的饭盒,都满着,便说:"你坐下等会儿啊,我找个饭盒。"

南易把网兜收好,说:"不用了,回头我过来拿就行了,饭盒你先留着用吧。"

丁秋楠解释道:"这饭盒是放酒精的,干净。"

南易一本正经地说:"这是炒青椒,可不是酒腌青椒,串了味儿还能吃吗?"

听他这么一说,丁秋楠不找了:"嗯,也是。"

南易点了根烟,说:"你忙着吧,我先走了。"

送走了南易,丁秋楠马上回到家里。崔大可和儿子小南父子俩一个横着,一个斜着躺在床上,呼呼睡觉。

门被猛地推开,丁秋楠着着急急地进来,吓了崔大可一跳,醒了,坐起来看她。丁秋楠带着兴奋的神情把一个布包放在桌上。

崔大可问:"怎么了这是?出什么事啦?"

丁秋楠说:"乌鸦嘴,就盼着出事吧你。儿子中午不是没吃饱吗,把他叫醒。"

崔大可一听就明白有吃的了,光着脚跳到地下,抢着把布包和饭盒打开,一看,乐了:"哪儿来的啊?"

丁秋楠顿一顿,撒谎道:"一个病人给的。"

崔大可大乐,一边取筷子,一边高着嗓门喊小南:"儿子!起来吃饭!"

南易家里,桌子上放着一些吃剩的东西,饭盒基本已经空了,只剩了些汤汤水水。酒瓶也空了,但俩人都没喝多,显然瓶子里本来也没多少酒。刘峰和南易坐着,俩人聊天。南易给刘峰点上烟。刘峰深吸了一口:"还是这烟好抽啊。"

南易把剩下的半包烟硬塞进刘峰兜里:"你先拿着抽,我还有。"

刘峰没拒绝:"哎,我进来的时候看见院子里那块菜地,你弄的?"

南易抱怨道:"拉娣弄的,我哪儿有那个耐心。整天价挑水浇粪的,都快熏死我了!"

"这么说就不对了,劳动最光荣嘛。不挑水不浇粪,你吃什么?"刘峰吃得有些意犹未尽,又问,"还有酒吗?"

南易说:"没有咱能去买啊,你等会儿啊。"

刘峰一点没推辞:"行,下次我请你。"

南易一边出门,一边笑:"咱俩就别这么客套啦。"

梁拉娣穿着工作服正在车间里做事,有人说南易在外面找。她停下手里的活儿,走出来。南易见她出来,走过去说:"给我拿点钱。"

梁拉娣问:"你的钱呢?不是还有吗?"

南易吧嗒吧嗒嘴:"你给我先拿点儿。"

梁拉娣从兜里掏出一个小手绢叠成的小包,一层层揭开,露出一些零钱,不多。取出来递给他,闻着了他身上的酒味儿,问:"喝酒去了?"

南易接过钱,随手揣到兜里,回答:"刘峰到咱家看我,中午就让他在家吃了,酒不够了，我再买一瓶去。"

梁拉娣说："少喝点儿，别喝醉了。"

南易拿钱买了酒和一小包干花生回来。院子里，刘峰正弯着腰，看那两只被大毛和二毛宝贝得不得了的鹌鹑。南易提着酒，也凑了过去，说："这就是我结婚时候人家送的那俩，还下蛋呢，孩子们都吃了不少了。"

刘峰说："长得挺快的啊……这么肥了都。"

南易看刘峰，刘峰的眼睛已经挪不开了，便说："要不，咱俩拿它们打打牙祭？"

刘峰忙摇头："这可不行，孩子们还指着它下蛋呢。"

南易豪爽地说："没事，鹌鹑顶多下一年蛋，任务也快完成了。完璧归赵，也算它们死得其所了。"

刘峰直起身来，连连摆手，态度异常坚决："坚决不行！"

南易又劝了老半天，刘峰也确实很久没吃到好东西了，犹豫了半天，终于答应了。南易笑笑，立刻就抓着鹌鹑去厨房了。

不久，一盘做好的鹌鹑就端了上来。刘峰提了一下鼻子，眼睛盯着菜不动了。

南易坐下，说："尝尝。"

刘峰拿筷子夹了一块肉，嚼着，连声赞叹："绝了，这手艺真是绝了！"

南易自己也夹了一块，举杯说："来，喝。"

不一会儿，大毛和二毛放学回来，去看鹌鹑，发现鹌鹑窝里空了，两个孩子傻眼了，随即跑进屋，对南易喊："爸！鹌鹑丢了！"

南易不耐烦道："吵吵什么！快去洗手，洗完了过来吃饭。"

二毛大声说："鹌鹑不见了！"

南易有些心虚："再不吃就没了啊，赶紧地。"

刘峰对南易说："你看看，我说你别煮鹌鹑吧，孩子们跟你急了。"

听刘峰一说破，南易反而坦然了："没事，他俩沾了那么多鹌鹑蛋的光。"

大毛和二毛都冲了过来，看盘子里吃剩下的鹌鹑。二毛顿时哇哇大哭起来。大毛冲着南易大喊："爸！你把鹌鹑杀了！"

南易皱眉道："怎么说话呢？什么叫杀了？"

刘峰赶紧招呼俩孩子："来，坐这儿一起吃。"

大毛哽咽地说："你为啥把它们杀了！我们每天都给它捉虫子……"二毛也哭了。

南易的脸上有些挂不住了，提高了声音："你们干什么呢这是？当着刘叔叔又哭又闹的，丢不丢人？"

二毛突然冲过来,抓着南易的胳膊,又哭又叫:"你赔我鹌鹑!你赔我鹌鹑!"大毛也大哭起来。

南易怒了:"别闹了!"

刘峰也劝道:"孩子们别哭,改天我给你们再找两只鹌鹑……"

大毛和二毛这下改为针对刘峰了,抓着让他赔鹌鹑。南易一下子急了,上去揪着两个孩子拖到床上,照着屁股就是一顿打。孩子们哭得越厉害了。刘峰站也不是,坐也不是,一个劲儿地劝,到后来越发尴尬,就要告辞。南易只好丢下两个孩子,去送刘峰。

南易的衬衫被孩子们抓得有些凌乱,和刘峰两个人在厂区的一条小道上边散步,边聊天。南易唏嘘:"我这人心软,就这一条就害死我了。"

刘峰问:"怎么,后悔结婚了?"

南易点点头。

刘峰一下子跟他急了:"你这叫什么话?我可告诉你,这种念头以后要坚决杜绝!绝对不能再有!"

南易伸出四个指头,说:"四个孩子,个个比我都能吃,每个月的粮票糖票油票,什么什么都不够花,房子里平白无故多了五口人,少了谁的嘴也不能少你自己的,烟抽得越来越次,酒喝得越来越差,换了你,你就不后悔?"

刘峰站定,问他:"当初勾引人家上床的时候,你怎么不说这个?"

南易有点颓,嘴还是够硬:"本来是想吃红烧肉,谁知道上来的是四喜丸子啊。"

刘峰说:"饿了的时候你不挑,吃饱了你倒有意见了。我看你就是欠批评!"

南易沮丧地说:"抱怨几句也不行啊。"

晚上,大毛和二毛眼睛通红,坐在一边赌气。南易坐在一边抽烟,秀儿和老四在写作业。梁拉娣给俩孩子杯子,让他们喝水,都不要。梁拉娣不管他们了,自己坐到柜子前,做缝纫活儿。

见此情景,南易把烟头按灭,凑过去,从兜里摸出两块水果糖,还不让秀儿和老四看见,悄悄塞给大毛和二毛。大毛不要,一摆手,水果糖掉地上了。秀儿和老四看见了,马上抢了。

二毛的小拳头也攥得紧紧的,但眼睛不停地往秀儿手里的水果糖上瞅。大毛捅了他一下,二毛立刻不看了。

南易蹲下来,和俩孩子说话,套近乎:"饿吗?我给你们做碗面条。"大毛摇头。二毛也不吃。南易苦笑着看看梁拉娣,梁拉娣冲他一撇嘴,示意他自己解决。南易站起来,挠头，无可奈何。

想了一夜，第二天，南易提着一个笼子去了集市，蹲在一个卖兔子的摊子前，和摊主砍了老半天价，买回四只小兔子。摊主说是两公两母，南易想着能配小兔子，便买了。

回到家里，南易给小兔子垒窝，秀儿和老四都在看小兔子，兴奋地直叫唤。梁拉娣在锄菜地，不时回头，笑着看他们折腾。大毛和二毛还是不肯出来，却趴在窗户上偷偷看。梁拉娣锄完地，走过去对南易说："你把窝底下垫点东西，兔子会打洞，看不住就跑了。"

南易满头大汗地说："这我知道。"

梁拉娣过去看小兔子，忽然发现了什么，盯着看了半天，喊南易："御厨，你这又是买来了养大吃的吧？"

南易说："什么啊，买了让它们下崽儿的。以后我的酒钱就指着它们了。"

梁拉娣说："这四只全是公的啊！你让它们给我下半窝崽看看！"

南易傻眼了。

傍晚，南易做了一个新奇的菜，一家人围在一起。大毛和二毛还在赌气，埋头吃饭，不说话。梁拉娣好奇地看看新做的菜，尝了尝，劝孩子们："大毛二毛，这可是你们爸专门给你们做的，快，尝尝。"

大毛和二毛只喝稀饭，吃粗面馒头，就是不吃菜。

南易说："还生我气哪？我向毛主席保证，绝不吃那四只小兔子！"

秀儿和老四欢呼，可大毛和二毛无论怎么劝，就是不肯吃。

南易无奈。

吃完饭，南易和梁拉娣在院子里坐着乘凉聊天。

梁拉娣说："我种的这些菜都快上来了，它们一上来，暂时就好办了，虽说当饭吃不经饱，好歹也能挺几天。"

南易撇撇嘴说："瞧你说的，就跟快过不下去似的。"

梁拉娣说："就你心宽！我看到真过不下去的时候你怎么办！两个小孩子，小气劲儿过去就完了，非得花钱给他们买兔子，这个月本来钱就不够用，你不知道啊！"

"我是个继父，后爹。他们要是我生的，哭死我也懒得理他们。"南易叹口气说，"今天也是赖我，面儿上说是招待刘峰，其实我也馋，管不住嘴。"

梁拉娣说："肉谁都想吃，也没什么错。前两天我老家的一个亲戚给我弄到一只猪崽儿，今天才把话捎到这儿。我打算明天回趟乡下，把它抱回来。平时多搁两把料，以后就不愁肉不够了。"

南易皱着眉头问:"什么?猪?"

梁拉娣点头,说:"怎么了?"

南易急了:"你还要往回弄口猪?咱们家还过不过了?一窝孩子就够闹了,四只兔子,还有你那块每天都能熏死人的宝地,再养头猪,咱家是畜牧场啊?"

梁拉娣说:"你发烧啦?有肉吃还这么大意见?"

南易刷地站起来,四下奔走,手舞足蹈地喊:"你闻闻,这地里的'肥水'就够人呛的了吧?还养猪?养猪还得弄泔水,你去哪儿弄那么多泔水?人还不够吃,再添一口,这日子还怎么过?"

梁拉娣说:"该怎么过就怎么过。我小的时候家里又有牛又有羊,还有两头大母猪,照样过得好好的!你就是懒!"

南易站起来,回屋,撂下一句话:"你勤快,弄回来你自己喂。"

夜里,大毛和二毛饿了,又受不了炖菜的诱惑,半夜起来偷吃。俩人蹑手蹑脚地走到桌前,小心翼翼地拿起饭碗,大口大口地吃。

啪,打火机着了。

南易坐起来了。大毛和二毛愣了一下,停止了吃的动作。南易下床,给他们倒了点水,摸了摸大毛的头:"慢点吃,小心噎着。"

大毛顿了顿,又嚼起来。二毛一看哥哥不赌气了,也跟着继续吃起来。

吃完饭,两个孩子睡不着了,南易带他们到院子里,给两个孩子吹口琴。大毛和二毛围在他身边,抱着胳膊听他吹。

父子们不时相视一笑。

第二天,崔大可终于发现了丁秋楠昨天带回来的饭是南易送的,两人大吵起来。家里一片狼藉,扫帚歪倒在一旁,没人扶,崔大可的两只鞋也横七竖八歪在一旁。丁秋楠坐在椅子上,头发凌乱,表情平静。小南坐在床上号啕大哭。穿着拖鞋的崔大可气呼呼地抓着南易的饭盒,和丁秋楠叫喊着:"南易的饭盒我能不认识?他什么时候成你的病人了?"

丁秋楠平静地说:"这是我说的第四遍,我这么说,是怕你乱想,你爱信不信。"

崔大可更加恼怒:"怕我乱想?怕我往哪儿乱想?我去食堂想弄点菜叶子,那个臭厨子横挑鼻子竖挑眼,还跟我上纲上线摆臭脸,我一走他就给你送过去,还是炒好的!你说这是什么意思?"

丁秋楠不理他了,过去哄孩子。崔大可气得呼哧带喘,见没人理他,越发气急败坏,看着手上拿着的南易的饭盒,突然用力一扬,啪,摔到了地上。

想了又想，他又走过去捡起饭盒，拿小布包一包，出了门。

宿舍区外面，崔大可蹲在通往南易家的路边抽着烟，不时探头看厂区的方向。不远处，下了班的梁拉娣走了过来。

崔大可等梁拉娣走过来，赶紧起身，笑眯眯迎上去："拉娣，下班啦。"

梁拉娣一愣，随即笑道："大可啊，这是晒太阳呢？"

崔大可带着特别不好意思的表情说："我是等着向你道歉的。"

梁拉娣奇怪地看着他问："好好的道什么歉？"

崔大可不怀好意地把布包打开，从里面掏出南易那个已经被摔变形的饭盒，递了过去。梁拉娣接过饭盒，脸色迅速僵了。崔大可暗暗得意。

回到家，梁拉娣一改院子里的满面笑容，脸色铁青，坐在床上，眼睛直直地盯着南易，一动不动。南易坐在椅子上，闷头不停抽烟。已经被摔变形的饭盒放在桌上，异常醒目。沉默许久之后，梁拉娣见南易不吭声，起身把饭盒拿起来，一下塞到南易怀里。饭盒此时仿佛成了一块被烧红的烙铁，南易一颤，把它又快速放回了桌上。梁拉娣执着地再次拿起来，放到他腿上，说："坏了怪可惜的，修修。"

南易小声地说："嗨，坏就坏了，修什么……"

梁拉娣说："不修好，以后怎么给丁秋楠送饭？"

南易不吱声了。

梁拉娣情绪有些激动，声音也有些颤抖起来："咱家的东西还不够吃呢，你可倒好，巴巴地给人家送过去，你怎么没把她接回来，晚上也住这儿啊？"

南易闷头抽烟，头越发低下去了。

梁拉娣接着说："这饭盒不是你的心肝吗，平时孩子们碰都不让碰，上回我给你洗的时候不小心划了个道儿，你都恨不得跳起来吃了我，现在好了，摔烂了你也没句话，南易，我问你，我在你眼里和姓丁的就那么不一样？"

南易沮丧着脸："你这么说就没意思了，我就是去送了半份土豆片，除此之外我们俩之间什么事没有，要有半点隐瞒你的，让我炒菜的时候掉油锅里炸死！"

梁拉娣已然哽咽了："半份土豆片，我是心疼那半份土豆片吗？自打结婚那天起，我把心都掏给你了，你是怎么对我的？你不能受苦，嘴刁心细，我什么都让着你，你想抽好烟我不拦着，你把鹌鹑煮了，我也没说什么，一扭脸你就去找丁秋楠，换了你你乐意啊……"说着说着，梁拉娣哭了，泪流满面，再也无法说下去。

南易内疚了，过去安抚拉娣，刚碰到拉娣的胳膊，就被甩走了。南易站在一边，沮丧极了，几次三番过去拉她，都被梁拉娣拒绝。南易没招了，忽然猛地抱住梁拉娣，任凭她死命挣脱都不松手,梁拉娣捶打了他几下,没忍住,抱着他大哭起来。

南易嘴里低声安慰着:"别哭了,我发誓,我再也不跟她单独见面了,再有一次,我就不是人……"

下午,梁拉娣背着一大包东西,上火车回到了农村老家。

梁拉娣和一圈女人坐在一起,掰苞米,聊天。地上的一个纸箱子里,一头小猪哼哼唧唧地呆在里面。

一个中年妇女坐在拉娣对面,语重心长地劝她:"不是表姐话多,妹夫和你都在城里,又是工人,还炒得一手好菜,结了婚也不定有多少人惦记呢。你也得多留个心眼,别光顾着孩子,城里和咱乡下不一样,多点心少不了错。"

梁拉娣故作轻松地说:"他嘴又馋,人又懒,谁瞧得上他呀。"

这表姐又说:"这话是你说的,别人也不这么想。再说了,四个孩子全是你的,没一个是他的种。哪天说走就走,你拿什么拴他?"

梁拉娣正吃着,听了这话,心里一动,动作也愣了半晌。

表姐继续说:"虽说现在还是不够吃,可勒勒腰带,四个五个一样养。你和他生一个自己的孩子,他也就踏实了。男人嘛,总得有个自己亲生的娃啊。你说是不是?"

梁拉娣点点头,若有所思。

第十五章
不是一家人，不进一家门

刘明敢当上了工宣队的头头，这时，他正在工宣队的办公室里看着一份材料研究，眉头紧皱。

门帘一挑，崔大可进来了，满脸堆笑地喊："刘队长！"

刘明敢对他没好气，轰他出去。崔大可觍着脸说："刘队长，我要举报南易。"

这正合刘明敢心意，他一脸严肃地对崔大可说："崔大可同志，最近厂里在大力开展'清理阶级队伍'的运动，你知道吧。"

崔大可忙一个劲点头说："知道，我知道，学习材料一天不落，时刻都看着呢！"

刘明敢满意地说："知道就好，现在这个形势啊，说简单也简单，说复杂也复杂，我们的力量再强大，也还是需要群众的配合，是吧。我呢，开展工作的时间没有你长，所以今天特意把你请过来，向你取取经。"

崔大可忙摆手，点头哈腰道："可别这么说，现在是革命为先，工作热情火焰高，全凭你们这些年轻人来给我们做榜样……"

刘明敢打断他："我问问你啊，你以前当主任的时候，有没有发现，工作中存在什么问题？"

崔大可想了想，说："……噢，确实也有的职工在对待工作和公事的态度，和对待自己私事的态度截然不同……"

刘明敢意味深长地问："别的呢？"

崔大可不明白了："别的？什么……"

刘明敢提示道："比如，个人成分方面。"他自然是想把问题往南易身上引的。

崔大可想了半天，说："据我的了解，好像没有吧……"

刘明敢说："那我怎么听说咱们厂里有的人成分有问题，担任的工作岗位却很重要，背景还很深哪？你以前不知道吗？"

南易家的院子里挨着窗户的砖墙下方，搭了一个简易的猪圈，猪圈的四周用的都是一些废弃的烂砖头，多数还都是半截的，颜色有红有灰，错落开来。原先在农村地上哼唧的小猪崽被梁拉娣带回来了，正在猪圈里呼噜呼噜地吃着泔水。猪圈四周，一家人兴奋地围着看。

梁拉娣将老四的手扯回来，哄他："猪会咬人，没事别摸它！"一回头，看见站在外围、小心翼翼往里瞅的南易，梁拉娣撇撇嘴，跟大毛损他："去给你爸取个口罩去，别熏倒了他。"

孩子们兴高采烈地注意着小猪崽，根本顾不上搭理两个大人。

夜里，闹了一天的孩子们很容易地都睡着了，一个个睡得极沉。靠墙由俩单人床并成的双人床上，南易和梁拉娣正在小心翼翼地亲热，正投入中，梁拉娣突然压低了声音，悄悄对南易说："哎，我给你生个孩子吧。"

话音刚落，南易的动作就马上停止了。他呆在那儿了。许久，才用一种变了调的声音开口："你疯了吧……"

梁拉娣久久无言。

正是中午时分，妇联办公室的几个人刚吃完饭，个个哈欠连天，也没什么工作要做，一个妇女在打盹，俩妇女在小声聊着家长里短的事情，一张陈旧的办公桌后头，一个妇女一边打毛衣，一边无精打采、有一搭没一搭地和坐在对面的南易说话。

南易明显有些拘谨，说话时还下意识地左右看看，略带羞涩地问："那，我要是申请领几个用，有什么手续吗？"

妇女手里继续打着毛衣，用眼神示意一个放在桌上右上角的本子，说："在上边写自己的名字、数量、日期，再签个字。"

南易把本子拿过来。本子的正上方，夹着一个带眼儿的铁夹子，眼儿里还穿着一根细绳儿，细绳的末端是一支圆珠笔。南易在本子上写完，递过去，妇女看也没看，放到一边，懒散地起身，到墙边的柜子里取出一包东西，转身回来递给南易。

那是一包避孕套。

晚上，南易回到家，把衬衫脱下挂到墙上的衣服钩上，饶有兴趣地看梁拉娣做饭，看了没一会儿，他转身坐到床上，说："今天发工资啦。"说着掏出钱来，放到桌上，按零整分开，"上交你三十，我拿七块零花。"

梁拉娣过来瞧瞧他的表情，逗他："嘴撅得蛤蟆似的，不乐意啦？"

见拉娣数钱,南易掏出一包劣制烟,抽出一根,用打火机啪地点着,说:"乐意,有什么不乐意的。以前喝酒,赖也是大曲,现在呢,二锅头都快喝不起了。烟就别说了,连崔大可这号人,都能把我比下去……"

梁拉娣把钱收起来,走到床边,从衣服兜里掏出一盒恒大,扔给南易:"瞧那个酸劲!给你买的!"

南易眼前一亮:"干吗给我买这么贵的烟?"

梁拉娣说:"这不是烟,这是药。专门治小气劲的。"

南易因这盒意外的恒大而大为振作,也来精神了,到门口看看,孩子们还没回来,转身从裤兜里掏出一串避孕套,过去蹭蹭梁拉娣,带着满脸的坏笑,用胳膊捅捅她,示意她悄悄看。

梁拉娣看看避孕套,再看看他,脸上露出奇怪的表情,有质疑,也有失望。南易本来兴奋的脸因此而慢慢僵硬。

革委会里,刘明敢一脸严肃,坐在椅子上,俩手搭在胸前,领导派头十足。崔大可站在一边,卑躬屈膝地给他点烟,烟点着了,崔大可赔着小心,把火柴甩灭。刘明敢抽了口烟,转头问:"一个小小的南易,做个调查这么难吗?"

崔大可面露难色:"这几天问了不下十个人,有的不配合,有的表示不知道,还有的压根就……"

刘明敢不耐烦地打断了他:"没结果,你问一百个也没戏。我要的是证据,懂吗?"

崔大可连连点头:"懂,我懂。"

崔大可蹑手蹑脚地回到家,见丁秋楠闭眼靠在床上,以为她睡着了,便轻轻走到柜子前倒水。

丁秋楠突然冷冷地说:"回来得这么早啊。"

崔大可被吓了一跳,猛地转身,说:"妈呀,吓我一跳,我以为你睡着了呢。"

丁秋楠坐起来,冷冷地问他:"你怎么不明天早晨再回来?"

崔大可端着水坐到椅子上说:"唉,你以为我想这么忙啊,去总厂走了一天,累死我了。"

丁秋楠讽刺他:"你可别累死,你要死了,这么多的总厂分厂,谁来管理啊?还不得全塌了?"

崔大可说:"又来了。我这也是为了咱们家啊,等我再当上后勤处的……"

丁秋楠学着崔大可的腔调说:"后勤处处长!"她恢复语气,白了崔大可一眼,"你怎么不说你当总厂厂长？你这个饼是不是给我画得太大了点？我问你，你从早忙活到晚，神神秘秘的，我们娘俩吃饭你也不管了，班儿也不上，革委会又没有你的编制，你到底在干什么？"

崔大可支支吾吾半天，见丁秋楠要发火，才神秘地说："这事儿你可得保密，不然我就是犯错误，回头还得进去……我跟你说，我现在在调查南易。"

丁秋楠一下子愣了："什么？"

崔大可说："南易有问题，大问题。"

顿了顿，丁秋楠问："什么问题？贪污？腐败？"

崔大可说："比那可严重多了。据可靠消息，他是官僚资本家家庭出身，反动贵族后裔，清朝皇室的奴才！"

丁秋楠"啊"地一惊，问："他得罪谁了这是？"

崔大可说："得罪谁？就他那张损嘴，别人不爱听什么他专说什么，哪儿疼往哪捅刀子，阴一句阳一句的，平时仗着给领导们坐几顿饭就得得瑟瑟地没个人样，一天到晚地油头粉面，见了谁都瞧不上，不整他整谁？我告诉你，厂里烦他的人多了去了！"

丁秋楠说："……那，他真是官僚资本家家庭，清朝皇室的奴才？"

崔大可点头："这不是正在调查呢吗，对了，过几天我可能要去一趟南易老家。"

丁秋楠问："去他老家干什么？这……这要株连九族？"

崔大可说："什么株连九族，这叫外调。对付南易这种嫌疑人，得多管齐下，找他的同学、同乡、二姨、三舅妈什么的，只要是跟他沾边的亲戚朋友，全是我们突破的对象！"

丁秋楠说："怎么听着这么邪乎啊？"

崔大可有些兴奋地说："对这种混进革命队伍中的资产阶级分子，就得这么查他，一查到底！"

丁秋楠说："你怎么这么兴奋？你可别忘了，头一次你被隔离审查的时候，是他找刘峰说情捞的你！"

崔大可说："是他捞的我不假，欠他的情我全还清了啊！以前是以前，现在是现在，两码事儿。"

丁秋楠说："崔大可，咱可不能恩将仇报啊。"

崔大可阴阳怪气地说："哟，心疼了？"

丁秋楠骂道："放狗屁！"

崔大可不高兴地冷哼道："这还没怎么着呢，就护上了？上次那事我还嘀咕呢，他一个鼻子翻上天、骄傲自大的东西，平时见了我理都懒得理，怎么就去找刘峰求情捞我了呢？我觉得这里头没有那么简单吧……"

丁秋楠急了:"崔大可!你说这话要遭报应啊!狼心狗肺啊你?怎么,你说被隔离就被隔离,什么时候出来也不知道,我去求人往外捞你,还捞出错儿来了?啊,我在家每天吃了睡睡了吃,你爱死爱活都跟我没关系,这你才觉得正常?啊?!"她越说越气,哭了。

崔大可说:"哎呀,你这么激动干什么?那不是话赶话嘛!我也没有那个意思……"

丁秋楠猛地站起来骂道:"没什么意思你满嘴喷粪胡编乱造!我告诉你,今天你不说清楚,咱就别过了!"

声音一大,儿子小南被吓哭了。

南易不在家,孩子们上学的上学,出去玩的玩,只剩了梁拉娣一个人在做缝纫活儿。活儿干完了,梁拉娣叠好裤子,无意看到穿着线的缝衣针,想起了什么似的,起身到抽屉里找来找去,终于找到了南易藏在一本《林海雪原》书里的避孕套。她拿起细针,照着最上面的避孕套扎了上去。

晚上,全家人下班的下班,放学的放学,都回来了。一家人坐在桌前吃饭。桌子上除了一盘白菜和一小盘咸菜丝,还放着一大碗粥,里面有枣、黄米、小米、南瓜块,还有一些黑豆和红豆。

南易面前摆着一碗米饭,等梁拉娣。梁拉娣在地上动手盛饭,盛好了,端过去挨个给孩子,大毛和二毛一拿到碗就飞速地往嘴里扒拉饭,眼睛还在八宝粥里瞅着。梁拉娣一边嘱咐他们,转身又给自己盛:"别瞧了,先吃饭,吃完了再喝粥。"

南易在旁边逗二毛:"饭都吃鼻子眼儿里啦。"

一边说着,南易端起来吃了几口,抬头看见梁拉娣碗里的米饭不如自己碗里的多,趁梁拉娣起身给孩子倒水的空,换了过来。吃了没几口,南易发现,拉娣的饭是黑黑的红薯米,而他自己和孩子们吃的,都是白米饭多,只有少许的红薯米。南易一下子吃不下去了。

梁拉娣忙乎完手里的活,坐到桌前,一看,碗被换了。再一看南易,明白了。南易认真地说:"梁拉娣同志,我郑重地告诉你……"

梁拉娣打断道:"要开批斗会啊?我就是顺手盛的,也没故意专门要给谁多分白米,少分红薯米的。"

南易说:"这话要是拿去骗崔大可那个猪头,他信。我是南易,我是个厨子,我能不知道这个?红薯米轻,白米沉,饭一煮熟,轻的肯定在最上头,你老抢着盛饭,不是为这个?"

梁拉娣说:"怎么,有人伺候你还不乐意了?"

南易正色道:"你要是这样,这日子咱可就没法儿过了。我是管不住嘴,老喜欢享受,可你对我,对这个家什么样,我比谁都清楚。往后,有好的你先吃,我要是再跟你争,我叫你姥姥！"

梁拉娣不说话，低头吃饭。

南易接着说："不进一家门，不是一家人。以前各过各的，谁也管不着谁，你吃了多少苦，我也不明白。以后，咱只吃甜的，再不吃苦了。"

梁拉娣眼圈一红，一颗眼泪掉进了碗里。

食堂里，工人们基本上都打完饭了，后厨已经过了忙碌的高峰期。门口，丁秋楠拿着一个小饭盒，走进来，透过窗口往里面来回地看。

钱姐眼尖，看到这一切，故意走到正背对窗口、拿着材料本细看的南易身边："主任，我去解个手，你帮我盯一会儿吧。"

南易头也没回："让杨小东替你吧，我忙着呢。"

钱姐坚持着："还是你去吧，他也走不开。"

南易有些奇怪，回头看她，再一看窗口，丁秋楠正站在外面，盯着他，心里明白了，没再坚持，放下手里的本子，走过去微笑着问："吃点什么？"

丁秋楠把饭盒递进来："随便。"

南易拿起饭勺，看看剩余的菜，嘴里嘟囔着："吃饭哪能随便啊，再没有比这个大的事儿了……"

丁秋楠看看后边的厨子们，大家都在各忙各的，故意不打扰他们，丁秋楠忽然压低声音，凑到窗口："晚上七点，篮球场，我有话对你说。"

南易一下子愣了，端着饭勺呆在那里。

丁秋楠神情严肃地补充了一句："不见不散。"

丁秋楠敢约南易，是因为崔大可今天就要出发去南易的老家了，她想把这个事情告诉南易。可她站在篮球场边上等到天色擦黑，南易还是没有来。丁秋楠不时看看路口，焦急地在原地直转圈。

南易却在家里心不在焉地坐着抽烟，犹豫再三，还是没有去。

第二天，丁秋楠又去食堂找南易，也没遇着，钱姐怕影响南易和梁拉娣的婚姻，也压着没告诉南易。

丁秋楠左等右等也没等到南易，只好鼓起勇气找到了他家里，可这会儿南易却不在家，而是陪着忽然呕吐腹痛的梁拉娣去了医院。

医院里一番检查过后，确定梁拉娣是营养不良导致的月经不调，而不是怀孕，南易这才松了口气。

离开医院,南易拎着药,陪着梁拉娣往家走。俩人一边走一边聊天。身边不时有工人走过。梁拉娣有点沮丧,南易不明所以,逗她:"听说现在能给男的做手术。"

梁拉娣问:"什么手术?"

南易说:"结扎啊。粗俗点叫骟了,文雅点叫摘桃,古代叫净身,给太监做叫阉割,给大臣做呢,叫宫刑,医学上,就叫结扎。我没问过,不过估计就是一个意思。"

梁拉娣急了,问:"做完就成太监了?不让生孩子就得骟掉?"

南易笑道:"哈哈,你还真信。别的不影响,就是不能怀孕了。"

梁拉娣摇头:"那可不行,我怎么的也得给你生一个。要做也等生完再做。"

南易急了:"吃的喝的老是不够,你都营养不良了,还要?孩子我可不缺,这都四个了,你想生多少啊?"

梁拉娣坚持道:"废话,我不给你生一个,再来一个丁秋楠,你以为你能管住自己的腿?到时候跟谁跑了我都不知道!"

南易仿佛一下子被戳中了软肋,语气也颓了:"你老说这些干吗?有意思吗?"

晚上,南易哼哼着小曲儿,摆弄着小收音机,可大多都是革命口号和新闻。南易顿感无聊,去抽屉里乱翻,找出一本《林海雪原》来,翻了几页,忽然发现有什么不对劲,抖落了几下,发现避孕套没了。南易一惊,赶紧在抽屉里乱翻,还是没有。南易想了想,喊:"大毛二毛,你们谁动这个抽屉了?"

梁拉娣在一旁做活,嘴上问:"怎么了?"

大毛二毛对视一眼,不吭声。看见二毛有些心虚,南易问:"二毛,你把东西藏哪儿去了?"

二毛摇摇头说:"我没拿。"

南易想了想,说:"你拿了也没关系,告诉我在哪儿就行。我向你保证,我绝不骂你。"

二毛转转眼睛,擦擦鼻子,想了半天,从床底下拉出一个鞋盒子来,从中取出一个避孕套,已经皱巴巴的了。南易一看,差点气昏过去。二毛拿过来,辩解:"这个气球是破的,根本吹不起来,你瞧!"

二毛放到嘴上使劲一吹,避孕套随即大了起来,但很快又瘪了下去。避孕套上的一个小洞赫然在目。南易拿过来看了半天,顿了顿,反应过来。

是梁拉娣用针扎过小孔了⋯⋯

崔大可第三天就从南易的老家回来了。连家都没回,就直接跑到了革委会。看见崔大可进来,刘明敢一下子站起来,急切地问:"怎么样?调查出什么结果来了没有?"

崔大可呼呼喘气,脸上挂着兴奋的表情:"有结果了!南易这小子就是有问题!"

南易就这样被刘明敢带着红卫兵,抓到了隔离室。

南易垂头丧气地坐在隔离室里。刘明敢得意洋洋地在外面走来走去。崔大可更兴奋,抽着烟看南易的笑话。

刘明敢说:"说吧,早说晚说,都得说。你要是憋着不张嘴,受罪的还是你自己,没人替你。要想早点儿回家,最好老老实实把你隐藏了这么久的秘密都说出来。说吧。"

南易说:"你们不是都调查清楚了吗?还要我说什么?"

刘明敢说:"我们调查是我们的事,你自己该坦白还得坦白,对不对?南大厨,都这时候了,就不要再摆谱了,喜欢吃你做的饭的领导再多,现在也救不了你,搞清楚啊,你的问题可不是一般地严重,装傻是解决不了问题的……"

崔大可插嘴:"南易,你就说吧,说出来我们也省得在这儿陪你耗着。"

南易抬头,盯着崔大可。崔大可被他盯毛了,浑身都不自在起来,对刘明敢说:"明敢……我这几天一直在外头跑,晚上也睡不好,要不,我先回家躺会儿?"

刘明敢说:"革命工作人人有责,喊什么累!你在这儿问着,我去盯一下牛棚那边儿。"

崔大可问:"……问到几点?"

刘明敢看看南易:"我看,得通宵了。"说完,也不理会崔大可一脸的不乐意,起身走了,还不忘盯着南易冷笑了几声。

崔大可看了看刘明敢的背影,叹口气说:"你就说了吧,早说出来早回家,孩子们还等着你呢。"

南易厌恶地看着他问:"崔科长,你到底想知道些什么?"

崔大可说:"南易,我告诉你,这是匿名举报揭发,不是我想出来的点子要整你,你别话里话外地老针对我!"

南易说:"我没针对你啊。现在是你审我,你的问题有我不明白的地方,我就提出来,这也不行?"

崔大可说:"少来这套虚的。我没空跟你在这儿玩嘴皮子,咱们共事一场,我就跟你直说了吧。前几天我不在单位,去外调了,还有收获。"

南易看着他。崔大可点了一根烟,显摆似的继续说:"一个官僚资本家家庭出身的孩子,解放前夕,继父去了台湾,母亲因为与丈夫感情不和,自己带着孩子留在大陆。解放以后,1956年公私合营,这个孩子的妈妈呢,就把自己的饭馆交给政府,还算表现良好。后来,因为有对社会主义不满的言论,被开除公职,在街道打临工……"

南易听着，表情越来越严肃，打断道："够了。"

崔大可说："南易，你也知道，时下因为言论不当挨处分的人多了，你呢，嘴皮子向来不给别人留情面，这也是个危险信号，作为你以前的领导，我还是有必要提醒你，是不是？虽然你遗传了你妈妈喜欢到处发表言论的坏习惯，但是……"

南易大怒："我说够了！"

崔大可被吓了一跳，反应过来之后，也怒不可遏地一拍桌子："你什么态度？现在你和我是什么关系？一个混进革命队伍中的社会闲散分子，敢跟我拍桌子瞪眼睛！南易！你最好搞清楚状况！还把你自己当领导们的红人哪？"

这时，门被推开，梁拉娣进来了。她刚才听见了里面的咆哮，但她的表情却令人意外地非常平静。梁拉娣递给南易一个饭盒，在崔大可面前坐了下来，说："大可，一路上，挺辛苦的吧？"

崔大可反而有些不自在了："不辛苦……革命工作嘛，得上心……"

梁拉娣说："为了我们家南易的事，老婆孩子都顾不上照料，还让你费劲跑那么远，我们全家都挺过意不去的。真的。"

崔大可表情一下子就僵硬了："拉娣，这话说的……"

梁拉娣平静地说："你也知道，我们家孩子多，支出大，没什么能拿得出手的东西。"说着掏出一块工厂发的毛巾来，"这是我们全家的一点点心意，你一定要收下。"

崔大可懵了，赶紧推辞。梁拉娣把毛巾硬塞到他手里。崔大可尴尬地无奈接下："拉娣，你别这样，这事不是你想的那样，我没针对南易……"

梁拉娣说："这话可不能这么说。我们家南易有问题，就是要帮他发现，帮他改正，这是对他好。我真是从心里头感激你。"

崔大可语无伦次地说："拉娣同志，你这是骂我呢……咱不能这么来啊……"

梁拉娣淡淡一笑道："我说的全是真心话。行了，我就是过来看看他。你们继续审着，该问什么就问什么，该怎么处置就怎么处置，千万别有什么顾忌。"说着转向南易："有事就说事，没有的，咱也不编造。把心放宽，天塌下来，我和你一起顶着。"

南易冲她点点头，欣慰和感动溢于言表。

不等崔大可开口，梁拉娣已经转身出门："我先走了，不影响你们。"

崔大可有些过意不去地叫她，梁拉娣回头，郑重地说："大可，临走前，我还要提醒你一句，你是正派人，也是党的好干部，在大是大非面前，一定要有自己的立场和原则。可别像我们家南易，一到关键时刻就犯傻，为了哥们义气什么都不顾了，还找厂长求情捞人，太幼稚了。"说完就出了门。

崔大可干瞪眼，什么都说不出来。

从隔离室出来，梁拉娣去了崔大可家，坐在床边上，冲着丁秋楠直抹眼泪儿。和刚才在崔大可面前镇静无比的自己相比，简直判若两人。

丁秋楠不安地安慰道："拉娣，别哭了……你一哭我也跟着难受……"

梁拉娣渐渐停止了抽泣。

丁秋楠忙递上毛巾，说："没事的，你别着急……那时候大可被关进去的时候，我也起急，一宿一宿睡不着觉，你放心，这事等大可回来，我一定跟他好好说……"

梁拉娣说："秋楠，我今天把话都说开了，我知道你和南易以前有过那么一段儿，你也是女人，换了你，肯定和我一样心里多少有些小疙瘩，所以平时说话，难免有时候刺头针鼻的，是我嘴欠，我给你道歉。"

丁秋楠说："哪有，你可别多想，我不是个小心眼的人……"

梁拉娣说："是我的错，就该道歉。该求你的，我也得说清楚。南易现在被关起来了，我没什么文化，也不懂什么运动，以后他会怎么样，我心里一点底也没有，秋楠，你帮帮他，就当姐姐在这儿求你了。"

丁秋楠说："姐，你放心，我一定尽力，大可是混了点，也不是一点良心没有，上次是南易去找刘峰把他捞出来的，这个他心里清楚……"

梁拉娣说："上次的事情已经过去了，不提。这次只要大可能帮我们，一辈子我都念你的好。"

丁秋楠忙说："你别这么说，太言重了。"

"不严重我能来找你吗？"梁拉娣说着，又哭了，"不严重能被连夜关起来不让回家吗？秋楠，你说南易要有个三长两短的，我们娘五个可怎么过啊……"说着呜呜地哭了起来。

丁秋楠手足无措地照顾着，一边安慰。

第二天，刘明敢大大咧咧地坐在革委会的长椅子上，一边眯着眼抽烟，一边听站在一边对他谄媚而笑的崔大可汇报情况："他认错态度挺好的，也愿意坦白，说的基本上和咱们了解到的东西差不多。"

刘明敢从鼻子里哼哼一声："他南易也有认怂的时候啊。看来文化大革命搞得确实有道理，不为别的，哪怕就是消灭敌人的嚣张气焰，我看也值得大搞特搞！"

崔大可说："说得太对了，树不修不成材，人不打不成器，对付阶级敌人，就得这么修理！"

刘明敢一下子坐起来："你打他了？"

崔大可忙说:"没有……没有。我就是打个比方,没真动手。"

刘明敢放松了:"他毕竟以前上头有人,现在是个什么情况,咱们也摸不清。所以别动手,到时候真出了事,咱俩谁都兜不住。"一看桌子上放着的饭勺,问,"这是什么东西?"

崔大可说:"炒勺,南易他们家祖传的,他以前有事没事就喜欢拿出来显摆。"

刘明敢将炒勺拿起来:"那这是象征反动贵族的毒瘤啊!"

崔大可一拍大腿:"说的是呀!"

正说着,梁拉娣走了进来,往刘明敢对面一坐,说:"刘明敢同志,我有些问题想要问你。"

刘明敢揉着太阳穴:"我头疼,头疼得厉害,得去趟医务室,那什么,大可,你过来听听梁拉娣同志的意见。"

崔大可一副苦瓜脸,又不敢拒绝,也不想热情招呼,尴尬无比。

梁拉娣一下子站起来,怒目而视:"你这是什么态度!你就是这样对待革命群众的?我的问题解决不了,你不许走!"

刘明敢烦躁不堪地说:"昨天你堵着我问了三个钟头,怎么没完没了了你?你到底要问什么啊?"

"问南易的事情!"

刘明敢一屁股坐到椅子上,头往椅子背上一搭:"什么人啊……"

对南易的批斗会,规模不大,没有人山人海,只是在一个小型的车间里,由一些厂里的群众代表参加。三个反革命蹲在台前,头上戴着尖帽子,满脸的苦大仇深。南易位列陪斗席,身上挂着一块牌子,上边写着"纸老虎"三个字。

崔大可站在刘明敢后边,一副志得意满的样子。

刘明敢在发言:"……总厂发了通知,咱们厂的表现,目前是十几个分厂里最好的!但是大家一定要明白,这么点成就是说明不了问题的。你们看看,台底下,还有陪斗席上,没有全心全意忠于党和国家的人还是不少,我们一定要提高警惕,不能让他们钻了空子!"

每有一个停顿,崔大可就带头鼓掌。

刘明敢接着说:"今天就到这儿,各车间的同志,回去都传达好精神,组织好学习,干好工作的同时,也不要松懈斗争。谁还有别的问题?"

一个代表站起来说:"我有个建议。南易那个祖传的炒勺,应该发给掏粪工人!"

刘明敢来精神了,示意他继续说。

"这只在旧社会侍候过封建地主、伺候过资产阶级的炒勺,在新社会,只配捞劳动人民的大粪、无产阶级的大粪！"

南易实在听不下去了，闭上了眼睛。

梁拉娣在人群里，捂着嘴，哭了。

批斗会结束后，南易又回到了隔离室，有一搭没一搭地和崔大可对话。

崔大可说："我和明敢商量过了，你的问题不算小，但也不太大，既然都说清楚了，以后就不用呆在这儿了，白天参加劳动，晚上呢，你就能回家了。这也算我还你个人情儿，往后别说我崔大可不仁不义啊。"

南易说："那当然，我死了也忘不了你的恩情。"

崔大可皱着眉头说："你看你这个人，好好的一句话，到你嘴里全变味！我就是看不惯你这个态度！"

南易耐心地说："崔大可同志，你随便找任何一个人过来听听，我这句话有问题吗？还是我的态度有问题？没有吧。"

"耍嘴皮子不算英雄，我不跟你一般见识。"崔大可被南易气得站起来，"你呢，这个损人的劲是改不了了，我也从来没指望你能改过来，你天生就是这个德性！"

崔大可回到家，一进门就愣了。梁拉娣带着四个孩子坐在床上，梁拉娣平静地看着崔大可，不说话。丁秋楠站在一边，也不知道该说什么。

孩子们跑了过来，一拥而上，抢走了崔大可手里刚打好的饭菜。梁拉娣说："大可，南易被关进去好几天，家里没饭吃了，先来你家应应急。你放心，吃了多少，你先记着，欠下的饭钱，让南易出来一起给你。"见他要开口，梁拉娣打断他，"南易跟我说了，他大可兄弟是个好人，不会看着我们这些孤儿寡母不管的，你说对吧？"

崔大可气得一句话也说不出来，噎得直翻白眼儿。

第十六章
风水轮流转

由一个车间临时改成的训练室里,新组建的宣传队队员们在积极训练着,人人脸上都洋溢着激动的表情。特意认真打扮过的丁秋楠独舞着,步伐轻盈而飘逸。

刘明敢居然也在,正拉着一个二胡,坐在乐队席上,也不管拉没拉到点儿上,自己一副摇头晃脑的样子,颇为陶醉,不时抬头瞧瞧丁秋楠,仿佛是戏台子上龙套对主角习惯般地讨好和尊重一般。

晚上回到家,丁秋楠坐在写字台前,拿着一份手抄的剧本,自己对词儿。崔大可盘着腿坐在床上,面前摆了个小算盘,劈里啪啦地算着什么,但老打不对,每打几下就得重打。丁秋楠嘴里念念有词,正到了高潮处,声音陡然升高。

崔大可正扒拉算盘珠子,被她一干扰,一下子打错一个,崔大可急了,把算盘珠子上下一撸:"没看同志们正忙着呢!看什么看!"

丁秋楠被吓了一跳:"又抽哪门子筋哪?"

崔大可把算盘一推,起身下床找烟:"就知道唱戏、唱戏,那能唱出个什么好来?一天到晚呆在个流氓窝,好的也被带坏了!"

丁秋楠喊道:"崔大可,你说话要负责任!你再说一个流氓窝试试?你这是攻击展示人民群众精神面貌的宣传队伍啊,不怕我揭发你?"

崔大可哆嗦了一下:"我没有啊——哎,你跟谁学的这一套?"

丁秋楠眼睛一斜:"你的好战友刘明敢呗。"

崔大可警惕地问:"什么意思?"

丁秋楠说:"他也参加宣传队了,拉完二胡还老给我们上课,不够烦的。"

崔大可一下子来精神了,手里拿着烟也忘了点,凑过去说:"真的?哎!那你回头在他面前好好说说我,就说我崔大可对革命工作,那绝对是抛头颅洒热血,没的说啊!"

丁秋楠转头反感地看着他:"你不是不让我去那个流氓窝吗?"

崔大可顿了顿，讨好道："我，我哪拧得过你呀。"

丁秋楠骂道："出息！"

训练到了最后的彩排阶段，地点也挪到了小礼堂。小型礼堂里的桌子和凳子被搬到四周，中间空出来一片空地。周围还放着一些灯笼、标语，和宣传队使用的一些小道具。他们排练的是一出革命样板戏。几个男队员在练习跳舞。

空地的另一边，丁秋楠在盯着两个男演员对台词，刘明敢从一边凑过来看，好奇地探头看剧本。丁秋楠看看他，想了想，拽了拽他的衣服，然后走到一边，示意有话跟他说，刘明敢跟了过去。

丁秋楠低声说："出于对厂里的接待工作，和很多职工对食堂饭菜意见的反映，向你提出一个建议：让南易重新回到食堂做饭。你看，行吗？"

刘明敢斜眼看看她，摆起了架子："这个我说了不算啊，再说了，南易不是一般的问题，你想想，谁放心让一个黑五类给全厂职工做饭？万一下毒怎么办？"

丁秋楠说："他下不下毒，你心里清楚。你们好歹也共事了好几年，他的为人，你还不知道吗？"

刘明敢问："是他让你来求我的？"

丁秋楠想了想，开口嗯了一声。

刘明敢呵呵一乐："行啊，南易也有认怂的时候啊。"

丁秋楠不耐烦了，催问他："能让他恢复食堂工作吗？"

刘明敢眨巴眨巴眼，憋了半天，憋出一句来："那，你能不能帮我争取一下，让我也当个演员？"

丁秋楠不吭声了，许久，说："让我想想办法。"

这一幕，被在礼堂外玩耍的大毛和二毛看在了眼里。两人嘀咕了一会儿，笑呵呵地跑开了。

不大一会儿，刘明敢吹着口哨，晃晃悠悠地从小礼堂里出来，来到礼堂前面自己的、也是唯一一辆自行车前，推着走了几步，刚一蹁腿骑上去，马上跳了起来，双手条件反射般将车把一推，整个人从后方飞了出去，痛得吱哇乱叫。自行车也摔到了一边。

他捂着屁股过去扶起自行车仔细一看，原来车座儿的下面被人放了一枚图钉，图钉由下而上地埋着，刚刚露了个小钉子头儿。

刘明敢趴在车座上看清楚是图钉，气得都快哭了。

夜已深，丁秋楠披星戴月地回到家，一推门，就看见崔大可阴着一张脸，一个人坐在椅子上抽烟。丁秋楠故意打趣："怎么了这是？脸拉得跟茄子似的？"

崔大可没好气地白她一眼："你怎么没通宵啊？"

丁秋楠说："下个月就要去总厂汇报演出了，上头要求得紧，人就那么几个……"

崔大可站起来，将烟头往地上一丢，打断她："少来这套！你以为我没有看过你们排练？男的女的凑一块儿说说笑笑，打打闹闹的，什么汇报演出，我看是搂抱演出！"

丁秋楠将烟头捡起来，扔到簸箕里："行啦，我以后注意啊。"

崔大可跑到窗户边，往外头看看，回头问："谁送你回来的？"

"小张啊。"

崔大可问："她人呢？"

"回家了啊。"

崔大可坐回到椅子上，一副审讯的口气："她一个小姑娘，黑天半夜的反过来送你回家，你信吗？"

丁秋楠正在看熟睡的小南，听了这话，回头问："你什么意思？"

崔大可哼了一声，提高声音说："什么意思？我看是宣传队的男骚包把你送回来的吧？"

丁秋楠冷冷地回答："你可真有出息啊，怎么，有人竞争了就急？早干什么去了？"

崔大可真急了："什么叫有竞争？真有人追你了？"

丁秋楠骂道："猪头啊你！连句人话也听不懂，我的意思是你平时都干什么了，这时候了莫名其妙瞎吃醋。再说了，人家要追也是追小张，我一个已婚妇女，谁要啊。"

崔大可说："谁说没人要？少拿结了婚没人要来迷惑我，就你这样的，说外头有十个男的对你动心思我也信！"

丁秋楠笑道："哈，这话我爱听！"转身去接水洗脸。

崔大可看着丁秋楠曲线玲珑的背影，情不自禁地过去抱住她，略带撒娇地说："我就不许别人碰你。"

丁秋楠笑了。

第二天，文艺宣传队的队员们还在小礼堂紧急排练着。刘明敢已经获得了他希望的演员身份，正在和一个女青工对词，自己还加了很多动作，但怎么看怎么滑稽。周围有人看着他，直乐。丁秋楠站在一边，皱着眉头看着他。

窗外，忽然露出了崔大可的脑袋。他在监视里面的情况。一个宣传队员向放道具的方向走了过去，那里正对着窗户。崔大可赶紧撤了。

这天训练完，天不早了，一个男宣传队员手里拿着手电筒，送丁秋楠回来。到家门口了,丁秋楠和男宣传队员道了再见,目送着他离开,正要往家门口走,刚刚走到门口的台阶上,黑暗中一个声音响起:"不用想了,明天就能再见了。"是崔大可。

丁秋楠吓得一声尖叫:"你吓死我了!"

进了屋子,崔大可阴阳怪气地说:"可以啊丁秋楠,孩子不管、丈夫不顾地排练到半夜都那么愿意,合着是有人能送你回家啊。"

丁秋楠说:"这么说就是抬杠了,天黑了我一个人不敢走路,找个人送送我怎么了?"

崔大可说:"你昨天不是说小张送你吗?人呢?"

丁秋楠坐到椅子上,端起杯子来喝水,发现杯子是空的,起身去倒水:"她今天病了,就没去。"

崔大可紧跟其后,丁秋楠走到哪他就跟到哪:"你说病了就病了?怎么那么巧啊?谁让她随便生病的?你们不是人手紧张、时间紧急吗?这时候还能请假?"

丁秋楠不高兴地说:"你别这么咄咄逼人的,事情就是这样,你要是觉得是我编造的,我也没办法。"

崔大可恨恨地说:"我早就知道那个流氓团体就没什么好东西,一个个成天描眉化眼、涂脂抹粉的,就知道聚在一块儿搞这些不清不楚的事情,你还非得去!谁勾着你呢?"

丁秋楠烦了,索性说:"有人勾着我呢。"

崔大可急了:"你说什么?"

丁秋楠翻了翻白眼:"你不是想让我这么说吗?"

崔大可喊道:"你再说一遍!"

丁秋楠说:"我为什么要再说一遍!"这时,小南被吵醒了,揉着眼睛看他们。丁秋楠想过去哄孩子,被崔大可拉住:"从明天起,不许再他妈去那个地方!"

丁秋楠大喊:"你放开我!"

崔大可吼道:"怎么,连我都不能碰了?让谁碰啊?"

"我让你放开我!"丁秋楠使劲一甩,挣脱了崔大可,差点把他拽到一边儿。

崔大可顿时大怒:"反了你了还!"啪,崔大可打了丁秋楠一个耳光。丁秋楠被打愣了,呆呆地看着崔大可。

天刚刚亮,丁秋楠就跑去找南易诉苦,坐在椅子上哭。南易抽着烟,气得够呛:"这个王八羔子,这他妈也太不是东西了!还老说我心眼儿小呢。乌鸦嫌猪长得黑!"

丁秋楠带着哭腔说:"他就这毛病,我只要和别的男人多说两句,他就吃醋生气。我当时怎么就看上他了!"

南易一下子乐了,生生憋着:"这是气话,当时也没人拦着你。"见丁秋楠有点不开心,赶紧调和,"不说这个,不说这个。那你还去宣传队吗?"

丁秋楠说:"去啊,我为什么不去?不去不就证明我真有事儿了!"

南易点头:"去是该去,但要是他回来再打你,怎么办?"

丁秋楠摇摇头说:"我也不知道。"

南易认真地说:"他要再打你,你喊我。我去抽那个混球。"

丁秋楠说:"算了吧,我要真喊你替我出头,梁拉娣还不得怀疑咱们俩。"

南易梗着脖子:"怀疑就怀疑,我还怕这个啊?你说咱俩招谁惹谁了?要真有事儿也算啊。"

两个人说了这句暧昧的话,互相对视,又赶紧把视线挪开。

厂里派给了南易一个紧急任务:一个国家大型工程,厂里要去一半的人。南易被派去做饭,至少要走三个月。

晚上,梁拉娣给南易准备东西,说了好些贴心的话。梁拉娣问:"崔大可这次去吗?"

南易:"这孙子一有困难就后撤,精着呢,他不去,说是后勤保障,管他呢。"

梁拉娣又说:"你听说了吗,厂后头的筒子楼快交工了。听我们车间说,好多人都活动关系去了,都想分个好房子。"

南易说:"咱们是双职工,谁管分配都说得过去,你放宽心吧。"

梁拉娣说:"话是这么说,该找还是得找。这次出去要是有机会,你也和领导们多亲近亲近。上点心。"

清晨,南易背着大包小包的东西,站在门口。梁拉娣领着四个孩子送他,孩子们都眼瞅着南易,依依不舍。

三个月一眨眼就过去了。崔大可家已经4岁多的小南赖上了南易家的秀儿,每天都跟在屁股后面做跟屁虫。

这天,厂区门口,大客车拉着支援三线的工人们回来了。一群人夹道欢迎。客车停住,人们陆陆续续下来,大包小包的。

人群中,崔大可分开众人,费劲地追着一个工人,把他拉到一边儿,看看左右没人悄悄和他咬耳朵:"哎,我听说刘明敢出事了?闯什么祸了?"

工人左右看看,附到他耳朵边,说了几句。崔大可不相信地问:"真的假的?"

工人说:"我骗你这个干什么?吃饱了撑的?"

"那怎么处理啊?这样?"崔大可用手比划,大拇指伸出来,往下一戳。

工人摇头:"我又不是厂长,我哪儿知道啊。"说完,提包往前走去。

一回到家,南易就下了厨,给梁拉娣和几个孩子做了一桌好吃的,个个色香俱全。

"你出去是做大锅饭还是给领导开小灶啊?又研究了这么多新东西?"梁拉娣边看饭菜边喊。

南易说:"哪儿是我研究出来的,都是学了当地的!"

菜全端上来了,孩子们都开心地吃起来。南易笑道:"你们馋坏了吧?你妈肯定没给你们吃点好的!"

梁拉娣说:"是,我是后妈,净虐待他们了,今天可算盼回做主的亲爹来了。"

南易笑着给拉娣夹菜:"你尝尝这菜,这可是我送了两包烟人家才肯教我的。"

梁拉娣尝了尝,刚想表扬菜好吃,忽然意识过来,问:"送了人家两包烟去学这菜?你是出去干活啊,还是学艺去了?"

南易说:"工人们一天才三顿饭,我又不用时时刻刻呆在工程上,没事的时候出去转转,学几道当地的特色菜,多难得的机会啊这是。"

梁拉娣停住不吃了,盯着南易:"你带回来多少钱?"

南易不说,梁拉娣坚持。南易揪了揪耳朵,不吭气儿,脸上带着尴尬,见实在挨不过去了,只好承认:"钱没了。"

梁拉娣一下子急了,她还指望着南易能多少赚点回来补贴家里。这三个月,她也没少想心思弄钱,这会儿眼睛都红了:"没了?怎么没的?丢了?被人偷了?"

南易说:"孩子们都吃饭呢,吃完再说,行不行?"

梁拉娣喊道:"不行!你给我说清楚!我告诉你,我可就等着你这钱过日子呢!咱家这个月连买大米的钱都不够了,我问人借了才能供着你的儿子们吃饭!你把钱哪儿去了!说啊!"

孩子们都吓坏了,闷头吃饭。南易一副死猪不怕开水烫的模样说:"考查各地美食了。"

梁拉娣说:"行啊南易,你可真行啊!你以为现在还是单身哪,啊?家里有五个人等你回来养活你知不知道?你是不打算跟我们娘儿几个不过了是不是?行!既然你都想通了,不过就别过了!"啪,把筷子摔地上了。

南易皱着眉头说:"你把孩子们吓着。"

梁拉娣继续喊:"吓死了拉倒!你都不为他们考虑,我还在意什么?哦,我一个人在家里精打细算,连日子都快过不下去了,东家补西家凑地借了钱,本以为你回来就一准儿能还了,你给我带什么回来了?外债啊?"

南易虽说不服软，但明显理亏了："照你这么说，缺了这点钱天就塌啦？"

梁拉娣讽刺道："塌不了！你个子多高啊！塌下来你顶着嘛！现在粮食定量根本不够吃，大毛二毛正是长身体的时候，两个胃跟没底洞似的，你知道他们一天得吃多少粮食才够吗？除了那些狗屁美食，你还关心过什么？秀儿倒是不能吃，三天两头闹病，你管过吗？你再看看你那个宝贝老四，成天学着你挑三拣四，以后不吃饿死了算！"

南易也没心情吃饭了，伸手去摸烟。

梁拉娣一把将烟抄起来，扔床底下了："饭都快吃不起了，还抽什么烟？抽西北风去吧！"

南易也憋不住了："你干什么？！"站了起来，躲到了院子里。拉娣的气还没消，能听见屋里用力蹾茶杯的声音。

门开了，二毛偷偷跑了出来，来到南易面前，看看后边拉娣没跟出来，从裤兜里一摸，把床底下那半盒烟掏了出来。

南易乐了，冲他竖大拇指，一副没心没肺的劲头。

后勤处，崔大可在忙活一堆票据和单子，忙得焦头烂额。刘明敢走了进来，动作很轻地敲门。崔大可一抬头，赶紧放下手里活，过去迎接："呀，明敢！快坐。"

刘明敢身手敏捷地自己搬凳子："自己来，自己来。"

崔大可觉得不对劲儿，试探地问："这是……今天这么有空？到我这儿玩来了？"

刘明敢说："……大可，我，我是来报到的。"

崔大可莫名其妙道："报到？你可别开玩笑了，你来我这儿报什么到啊。"

"这是厂里发的通知。你看看。"刘明敢从书包里抽出来，递过去，又给崔大可递烟。崔大可正看通知，没理他，刘明敢就把烟轻轻放到桌上。

崔大可看完通知，用手摸着鼻唇间的胡子来回捋，眼睛不停地转来转去，表情犹豫而疑惑，看来，刘明敢犯事的事情是真的了。这么想着，崔大可的口气马上变得冷酷而居高临下，和之前完全判若两人："犯什么事儿了？"

刘明敢也角色转换得很快，倒是不觉得有何不妥的样子，瞬间恢复了以前那个拍马屁的刘明敢了："疏忽，完全是疏忽。工程快到尾声了，我以为都差不多了，就安排咱厂的人去……"

崔大可打断他："这个问题得详细说说，回头你写个东西给我。咱们先把活儿安排一下。"

刘明敢说："是，是，全靠主任照顾了……"

"都是革命工作，没什么照顾不照顾的。"崔大可指指通知书，"这上头说啊，让'后勤处酌情安排刘明敢同志的具体工作',是吧,所以我呢,得好好考虑考虑让你干点什么适合你的活儿……"说着拿起茶杯喝水,可水杯是空的。"你先给我倒杯水去。天儿热,渴死我了都。"崔大可说着,边拽衬衫的脖领子,脚也伸到了桌子上。

刘明敢愣住了,可马上接过水杯,讨好地出去了。

第十七章
痛失幼子

厂里的公告栏里贴着告示,大标题是:**关于新宿舍楼的具体分配方案——**
本次分房采用打分制,即工龄、职务、人口、荣誉为评分标准,生产标兵、劳动模范加3分,双职工加2分,工龄超过10年加1分……

大毛和二毛放学回来了,满脸春风。饿了,进门就直奔饭桌,坐下吃饭。

南易摸着秀儿的头发,说:"这俩小子就知道饱,不知道挑,注定干不了厨子。老话儿都说'传男不传女',咱家可倒是反了,将来接我这手艺的,也就是秀儿啦。"

梁拉娣骂道:"我告诉你,大毛二毛,你想教哪个教哪个,他们爱杀猪、爱炒菜随便你们折腾,我这闺女你少碰!"

南易皱了皱眉,说:"多大点事儿啊,这通大惊小怪的。"

梁拉娣说:"这事不大,分房子算大了吧。我跟你说啊,这次分房子,咱家可是理所应当,双职工,孩子又多,怎么着也得分个好的,你别一天到晚就知道吃吃喝喝,平时那些厂领导谁吃了你做的饭,都白吃啦?找他们去呀!这时候不找什么时候找?等房子分完了,他们都退休了再找啊?"

南易敷衍地说:"我心里有数,你别唠叨了。"

梁拉娣说:"我唠叨?我不唠叨咱家就住马路上了。"

南易说:"行了,没完了还。这事还用惦记吗?不是秃子头上长包,明摆着吗?就咱家这条件,谁不给分个好的,我拿刀切了他炖肉!"

梁拉娣"哼"了一声,说:"什么时候都忘不了个吃,我看啥事都指不上你。"

第二天,厂区的墙上又贴出了一张大告示。告示上是新房分配的具体名单和位置。一圈人围着看,议论纷纷。

南易也从人堆后头出现，挤到前面看。他分到了两间是意料之中的事情，可他一看崔大可的名字后面是两间，越看越生气，扭头走了，暗地里决定写匿名信举报崔大可。

丁秋楠坐在床边，满面愁容。崔大可在地上来回不停地乱走，烦躁不堪。小南一个人坐在桌子边吃饭，吸溜吸溜地喝稀饭。丁秋楠看崔大可没有停的意思，开口了："你这么走来走去的，匿名信就能走没了？"

崔大可没搭茬，不过也继续乱走了，一屁股坐到椅子上，端起大碗来，将稀饭一饮而尽，伸手一擦嘴："妈的，肯定是南易这个王八蛋写的。"

丁秋楠说："事情都要讲证据，没把握的话别乱说。"

崔大可一拍桌子："狗屁证据！我对他的了解就是证据！"

小南喝完了，从椅子上下来，抱着他的小坦克车正要溜出门，被崔大可喝住："你去哪儿？"

小南站定，不看崔大可，看着丁秋楠说："我想找秀儿姐玩……"

崔大可怒了："不许去！"

小南嘴撇了撇，马上就快哭出来了。

林阴路上，三三两两的工人们拿着饭盒，去食堂吃饭。南易提着他的网兜儿，里面装着几个馒头，往家的方向走，迎面遇上了拿着白大褂、正要去上班的丁秋楠。南易假装没看见。丁秋楠故意喊他："南易！"

南易装模作样地抬起头来，假装发现了丁秋楠，赶紧换上一副惊喜的偶遇表情，带着点夸张和虚假的成分，打招呼："哎，秋楠啊，这么早就上班啦？"

丁秋楠走过来，站定，也不说话，就那么看着他。很快南易就被看得发毛了，心虚地问："怎，怎么了？"

丁秋楠什么也没说，忽然扑哧一下乐了，冲他笑了笑："举报和抗议我们家多分了一间房子的匿名信，是你写的吧。"

一听这话，南易马上换上一副严肃的表情，郑重其事地绝口否认："什么匿名信？我没写啊，真的。不信我可以发毒誓！"他举起手，无比认真地说，"我，南易，绝对没有写举报丁秋楠同志的匿名信，如果我说谎，就让我不得……"

丁秋楠打断他："别说那些没用的，你就说，如果匿名信是你写的，你就一辈子吃不着好吃的，一辈子做不了饭、炒不了菜，进不了厨房。"

南易一下子退缩了："你这也太……太狠了吧……"

丁秋楠笑了："你啊，狗改不了吃屎。"

见南易还要巴巴解释，丁秋楠干脆挑明了，挖苦他："小心眼，就知道自己痛快，你也不管我是不是跟着倒霉，我和孩子住大马路你就高兴啊。"

话都说到这份上了，南易也明显不好意思了，既动情，又惭愧地说："秋楠……那个……上次那事啊，说真的，我从心里头感激你。你成了你们家的叛徒，都是为了我……是我多想、乱想了……"

丁秋楠赶紧打断他，皱着眉头："赶紧打住——这都什么词啊。"

马上就要搬家了，梁拉娣和南易一家子都在忙着收拾东西，屋子里大包小包地堆了一地。大毛和二毛在打包着他们的弹弓子、小人书一类的东西，秀儿在帮着梁拉娣弄衣服，南易则在无比细心地整理他的厨具。

筒子楼外，崔大可带头，几个青工各蹬着一辆三轮车，车上是大小家具，一些帮忙搬家的工友在后边帮忙扶着。其中有刘明敢，满头大汗的。一行人冲筒子楼而来。

筒子楼前，放着一个三轮车，还有一堆水泥。三轮车放着的位置正好挡了一半的路。

崔大可看看，四处喊："这谁的三轮儿？"

众人都左右看，没人。崔大可喊："刘明敢，把这俩三轮儿，挪边上去！"

南易提着一个小桶，从里面出来，打水泥。崔大可指挥众人从车上搬东西下来，往里面走。南易从楼里出来，发现三轮车没了，扭头一看，正好看见刘明敢动手搬三轮儿，笑了，故意损他："哟，知道我搬家，不请自来，够意思！"

刘明敢尴尬地说："……是……是崔科长搬家，我来帮个忙。"

南易说："哦，这样啊。你们这崔大科长也真是的，哪儿能让刘先锋亲自动手帮忙啊，这不是大材小用吗。"

刘明敢说："南主任，可别这么说……"

有人搬着东西过来。崔大可也跟上来了，手里还抱着一堆东西："南易，别堵着门口说话啊？让让啊！"

南易和他就没好脸了："这不能过去吗？你有那么胖吗？这么宽的地方都进不去。"

"我这不是搬着柜子吗？赶紧地！"崔大可说着，还是搬不动了，放下柜子，"累死我了！"

刘明敢赶紧搬起柜子，赔着笑，从边上进了楼。

南易讽刺道："你这大干部，就别自己动手了吧，回头再闪着腰。"说完走了。

崔大可白他一眼，气得骂："你奶奶个熊！"

南易和梁拉娣大包小包地搬运着东西。

大毛和二毛跟在后头，抱着比自己都大的包袱，跟进来。一家人忙活着。

老四拿着小南的坦克，欢天喜地地蹲在地上玩，嘴里还发出炮火隆隆的声音，双手抓着坦克车来回地跑，从一边跑到另一边，一个人玩得不亦乐乎。秀儿和小南站在旁边，看着他。小南不舍得让别人玩，但又不能不听秀儿的话，只好死死地盯着老四手里的小坦克，心疼得直咬嘴唇。

老四抓着坦克车，从远处"开"过来，速度很快。由于跑得太快，身体一下子失去了平衡，一不小心，坦克从坡上直直滚了下去，跟在后边的小南和秀儿，以及老四眼睁睁地看着坦克撞到一块石头上，啪，炮筒折了。

小南哇的一声大哭起来，眼泪鼻涕横飞地向坦克冲去。

夜里，南易和梁拉娣刚坐下来，有人敲门。门一打开，崔大可板着脸，带着小南进来，大剌剌走到椅子边上，坐下。小南看着大毛和二毛正瞪着他，马上缩到崔大可身后。

啪，小南的坦克车被崔大可放到桌子上。炮筒折了。

南易从厨房出来，和梁拉娣过去看小坦克。老四跑进了里屋，藏起来了。崔大可看着南易，端着架子，可嘴里还故意找便宜："南易，这可不是我要来，实在是孩子逼得我没活路了快，非得给他修好了才行……"

南易打断他："谁弄坏的？"

秀儿马上低下头。梁拉娣看看，心里都明白了，赶紧过去摸着小南的头，说合："嗨，小事，小事，明天我拿到车间去焊一下就好了，修好了给你送过去好不好？"

秀儿不住地用眼睛盯着小南看，小南明显情非得已，小脸儿涨得通红，想解释又不敢说。丁秋楠也跟了过来，嘴里和梁拉娣说着客套话，不停地拉崔大可回家："多大个事啊，走，先回家，这不挺好的吗，怎么不能玩啊……"

崔大可坐着不动，得意地吩咐南易："有烟吗？"

南易拉着脸，给他点烟。

丁秋楠和梁拉娣还在互相礼让，说着客套话。

小南缩在后头，伸脑袋找秀儿，二毛从后边过来，趁人不注意，在他脑袋上扇了一个耳刮子。小南回头，却找不着人，疼得直揉脑袋。

又说了一会儿，梁拉娣把崔大可一家子送了出来，还在不停地向小南做大人对孩子那种夸张的赔礼道歉。丁秋楠和梁拉娣互相说着客套话。

关上门，梁拉娣和南易蹲在地上，把门口不太平的一块地抹上水泥。南易有一搭没一搭地讽刺崔大可："折了根小屁炮筒子就嚣张成这样，这要是哪天腿折了，还不得把楼房给点了？"

老四脸上淌着两行泪,坐在床边上哭。

秀儿也被挨了训,俩人同病相怜,挨着坐在一起,看大人和哥哥帮忙抹地。秀儿看看泪眼婆娑的弟弟,安抚他:"别哭了,明天带你去抓鱼。"

老四鼻子一抽一抽的,努力止住哭泣。

第二天,秀儿带着老四去小河塘边上玩儿。老四兴奋地到处看,喊着要抓青蛙。可秀儿正忙着烤红薯,没理他。老四只好一个人玩水。

等该烤的都烤完了,大家分而吃之,秀儿这才想起老四了,左右找。没有。她这才着急起来。

到了吃晚饭的时间,秀儿和老四还没有回来,梁拉娣和南易挨家挨户地问,都没有找到。

丁秋楠也从家里出来了,小南跟在屁股后头,好奇地看楼道里乱哄哄的人们。南易走了过来,丁秋楠正要问他,南易顾不上和她说话,直接拉着小南:"见你三姐了吗?"

小南摇摇头。丁秋楠插了一句:"还没回来啊?"

南易着急地说:"是啊!"说完,赶紧又到别的邻居家去找。

南易和梁拉娣在楼道里碰头,梁拉娣有些急了。南易给她宽心:"别急,可能在谁家吃饭了。"

梁拉娣愁眉紧锁:"她还带着老四呢!"她把大毛二毛叫了出来,一家人四处寻找。南易见情况不好,去保卫科找人帮忙。一人问:"知道白天在哪儿吗?"

南易着急得满头大汗:"有个孩子说看见和几个林场的小孩出去了,去哪儿不知道啊!"

找了很久,梁拉娣和大毛先回家休息,南易和二毛还在外头找。梁拉娣趴在床上,头发散乱着,眼圈都红了,硬生生憋着,没哭出来。

大毛给她递过去一杯水,梁拉娣接过去,没心思喝,放到一边。

随着脚步声,南易和二毛回来了。梁拉娣刷地站起来,一句话也说不出来,问不出来,快哽咽了。看着南易无奈的表情,她就知道还没找着。索性也不问了,还憋着不哭,慢慢坐回到床上,嘴唇哆嗦着,牙齿也随之轻轻碰撞,担心到了极点。

南易看不下去了,过去搂住她,梁拉娣嘴唇还紧紧咬着,但眼泪已经控制不住,大颗大颗地掉下来了。

崔大可在家里也听到了南易家传出的哭声。他把耳朵贴到门上,入神地听着南易家的动静,脸上一副好奇的神情。坐在床上的丁秋楠盯了他老半天,实在忍不住了,从后面一把将崔大可拽到一边:"崔大可,你有意思没意思?有这精神头,出去帮人家找找行不行？"

崔大可被她拉了个趔趄，顺势倒在床上，急了："秀儿老四又不是你生的，你跟着着什么急？心疼你出去找去呀！"

丁秋楠骂道："你就是个纯种的神经病！"

崔大可说："瞅把你给着急的，南易一有事你就跟着上火，我哪天丢了你都不一定这么起急……"

啪！丁秋楠抄起一只拖鞋，砸到崔大可头上，"你再说一句试试？！"

屋子里一团乱，谁也顾不上收拾。大毛和二毛坐在床上，看着拉娣，谁也不敢吱声。在他们对面，梁拉娣面无表情地坐在椅子上，还在无声地哭泣，眼睛通红。南易站在椅子的后边，抱着她的头，轻轻摸着他的头发，故意说些轻松的话调节气氛，语气也颇为夸张："这些兔崽子，还没长大就这么淘，一天一天地不粘家，等他们回来了，谁也不许吃饭，嗯，看着俩哥哥吃！"

梁拉娣听着他这么胡扯，开始还咬着牙齿憋着情绪，到最后终于忍耐不住，"哇"的一声，回头伏在南易胳膊上哭了出来。南易将她搂在怀里轻轻安慰。二毛看着看着，嘴角直往下撇，也快哭了。

忽然，大毛眼睛看着门口，嘴里大声叫道："妈！"

秀儿灰头土脸地站在外面，小脸儿惨白，浑身打着哆嗦。顿了顿，"哇"的一声，哭了出来。

大毛扑过去，踢了她一脚："跑哪儿去了你！让我们一晚上找你！"

梁拉娣跑出门看，没有人，又跑回来，问秀儿："老四呢？"

秀儿还是个哭。

梁拉娣疯了一样摇她："老四呢？说话！说话！你给我说话！"一边问，脸上刷地流下泪来。

南易也过来问："秀儿，你说话呀！"

秀儿哭得更厉害了。

才刚刚六岁半的老四掉到了河里，就这么没了。

第十八章
闹离婚分分合合

时间如流水,转眼到了1973年。大毛二毛都长成了18岁的小伙子了。

厂里的大喇叭正播放着:"……我国政府发表声明,支持越南、柬埔寨、老挝三国四方最高级领导人会议。声明指出:中国政府和中国人民一贯坚决支持三国人民反对美帝国主义侵略的斗争……"

南易家的柜子上、饭桌上、地上,比以前多了不少大大小小的盆盆罐罐,还有一个小坛子。搁菜板的桌子上方,新贴了一张纸,上边密密麻麻地写了很多菜谱、各种菜式的用量、注意事项等等。调料盒也比以前多了几个,整个家仿佛变成了一个后厨一样。

门开着,门口的小炉子上方架着一个搪瓷的瓦罐,盖子和罐身之间还加着一块白毛巾,火候差不多了,南易戴着一双一看就是梁拉娣从车间拿回来的线手套,将瓦罐端了回来,一掀盖,热气从上方腾腾而起,香味扑鼻。大毛二毛不在,秀儿眼巴巴地看着,馋的。

因老四溺水去世而深受打击的梁拉娣躺在床上,虽然时间过去了好一阵子,已经到了恢复期,可看上去还是无精打采,面色憔悴。此刻,她也闻着汤的味道,出声了:"闻着倒是不错。"

南易端着碗过来,坐到床边,给她喂饭,自己拿一个小勺,尝了尝汤的味道:"能不好吗,熬了好几个钟头了,给你弄个食疗,不容易啊。来,尝尝。"

梁拉娣接过去,刚拿起小勺舀了一口,南易忽然叫了一声:"停!这个汤以前我没做过,万一没搭兑好,补过头了再有危险,咱不喝了。"

梁拉娣一脸的舍不得:"多可惜啊。"

南易自言自语地说:"得找个人试试。"

秀儿咽了口口水:"试什么?"

南易说:"好闺女,别看了,这活儿不适合你。爸爸找个神农,试试百草。"

晚上，秀儿坐在椅子上吃饭。小南戴着一顶时下最流行的军帽毫无怨言地等在一边，等着秀儿吃饭出去玩，活像个小跟班儿，嘴也不闲着："姐，一会儿去我们家玩吧。我爸给我买了一套《燕子李三》的小人书，特好看。你看吗？"

秀儿不理他，自己吃饭。

梁拉娣端着稀饭从门外进来，给小南也舀稀饭："小南，喝碗稀饭吧？"

小南喜出望外，飞快地拉了个椅子，坐了上去。梁拉娣转身去盛饭，秀儿白了小南一眼。

这时，放了学的大毛二毛回来了。二毛一眼瞅见小南的军帽，书包也来不及摘，跑过去看他头上的帽子："你这军帽哪儿来的？"

小南老实回答："我爸给我要的。"

二毛说："我戴戴吧？"

小南犹豫了一下，看了秀儿一眼，答应了。二毛高兴地拿过去，戴着照镜子。小南眼巴巴瞅着。

大毛妒忌了："赶紧吃饭吧，别显摆了，显摆也不是你的！"

梁拉娣盛饭回来："吃饭！帽子给人家！"

二毛不乐意地还给小南。小南马上戴好，怕二毛还借，喝稀饭时都一只手摁着帽子。秀儿看不下去了，讽刺他："小气德性！"

小南悄悄地说："姐，我借你戴。"

"我才不稀罕呢。"秀儿吃完了，起身，"妈，我出去了，跳绳，一会儿就回来。"

小南看见秀儿吃完了，要走，顾不上稀饭烫嘴，加快速度喝稀饭，烫得直皱眉头，见秀儿走了，摁着帽子追出，稀饭都没喝完。在小南身后，大毛二毛不停地瞅小南的帽子。

秀儿刚走，南易回来了，大毛二毛赶紧给南易拿碗筷，争先恐后抢着讨好。南易狐疑地看他俩，问梁拉娣："这俩小子又惹什么祸了？"

梁拉娣给他舀稀饭："不知道。你自己问。"

南易说："你们俩这么殷勤，什么事？"

二毛犹豫了一会儿，说："爸，我们想要顶军帽。"

南易没明白过来，问："军帽？"

大毛赶紧解释道："就是解放军戴的帽子！"

二毛说："我们同学都有！人手一个！就我们俩没有！"

大毛补充了一句："连小南都有！"

南易把手在桌子上一拍："别人有就算了，不惯你们，要是和崔大可的儿子比，我说什么也给你们俩弄一个！"

大毛二毛欢呼。

梁拉娣端着自己的稀饭过来，南易阻止她："你别喝这个，没营养。一会我给你开小灶。"

为了大毛二毛想要的军帽，也为了找人给梁拉娣试药，南易找了一个做军代表的老乡登门拜访，南易顺利地弄到了两顶崭新的军帽。可那军代表老乡喝了他的秘制老汤，补得直流鼻血，还要去医务室止血。

南易家的地上摆着几个瓶瓶罐罐。南易在做腌肉，配调料。崔大可推门进来，南易看他一眼，连招呼都懒得打。崔大可走到地上的罐子前，蹲下来，问："这是又鼓捣什么呢？哟，腌肉啊。我尝尝。"说着捡起一块欲吃。

南易忙说："嗨嗨嗨，我让你吃了吗你就吃？"

崔大可放下腌肉："这小气劲儿。"

南易说："你不小气？这是药膳，我搭了多少柴火才熬出来的。放下钱，想吃多少吃多少。"

崔大可被他噎得说不出话来。南易不理他，继续忙活。崔大可皱皱眉头："南易，你是不是以前玩过相机？"

南易瞥了他一眼，说："是啊，怎么，要送我台相机？"

崔大可说："厂里啊买了台相机，让我先拿着熟悉熟悉性能，你不是懂这个吗？教教我。"他到处看了看，问，"你这儿有笔吗，我记着点儿！"

南易斜了他一眼说："你以为这是背乘法口诀啊？我说个零件和部位，你知道是哪儿吗？"南易又看崔大可一眼，"我正忙着呢，能等你就等着。"

夜里，改良过后的药膳汤新鲜出炉，梁拉娣精神头明显好多了，坐在饭桌旁，大口大口地喝汤。南易坐在她对面，带着得意的劲儿："这不比吃药强啊，又好喝，又补身子，这叫家有厨子，身体健康。"

梁拉娣笑笑："那以后把医院全改成食堂算了。"

等她喝得差不多了，南易给她续了一碗。还没等舀好，梁拉娣突然一阵恶心，跑到门口的脸盆边上，一个劲儿地干呕。南易赶紧给她倒了杯水，递过去。梁拉娣摆摆手，示意不用了，自己调整了一下呼吸，捂着肚子坐回到椅子上，不一会儿，又跑到脸盆那去吐。南易疑惑地过去帮她捶背："你……不会是怀上了吧？"

梁拉娣经验丰富，估计了个差不离："像。唉，十有八九，又得遭次罪了。"

南易大喜过望："老婆，你比老母猪都好使啊！"

梁拉娣忍不住，乐喷了："我踢死你！"

食堂里，打饭的时间还没到，厨子们都闲着，围坐在南易周围，听他讲食疗。南易坐在一个小桌子后面，面前摆了几张纸，手里拿着笔，给大伙儿开药膳方，架势和口气都活像个行医多年的大夫。一个厨子刚刚问他有没有办法降低自己老婆的性欲，被南易一阵嘲笑。

几个人正说着，后厨的帘子一挑，崔大可拿着相机又进来了。南易带着笑挤对崔大可："摄影师怎么到食堂创作来了？"

崔大可带着笑说："又遇着一个小难题，还得问问南老师。"

南易忽然想起了什么，看了看刚才那个厨子，对崔大可说："别急，有什么问题都得吃完了饭再说。正好，我新琢磨了一个菜，要不，你给把把关？"

崔大可大喜过望，激动地说："把！我把！等着，我这就买酒去！"

食堂小餐厅里，崔大可坐在饭桌上，喝得两眼通红，酒瓶里只剩半瓶了。俩人面前放着一个凉菜、一个热菜，热菜放在崔大可的面前，很显然，这就是南易新做的菜。南易的筷子只在凉菜里，不怎么吃那个热的。崔大可吃得不亦乐乎，一筷子又一筷子地夹着，还劝南易："哎，你也吃啊！别就我一人吃。"

南易给他的小酒盅里倒满酒，带着点不怀好意的表情说："让你把关，就是让你一个人吃，我回头还能做。你吃你的。"

崔大可也不客气，哇哇大吃。

南易凑过去问："怎么样，这菜？"

崔大可用舌头舔了一圈嘴唇，拍拍他的肩膀，赞道："不愧是御厨！"

南易带着坏笑说："你要是想吃，一会我把菜单子告诉你，回头自己也可以做。"

崔大可又夹了满满一筷子："好吃！我以后天、天、吃！"

夜里，南易坐在小桌子前，手边放着一摞纸，上面密密麻麻地记载了他对于食疗和药膳的心得。桌子的另一边是一些肉桂、黑豆、绿豆之类的东西，南易一边将它们分门别类，一边在纸上记着，嘴里还哼哼着小曲儿，还在琢磨食疗的事情。刚刚怀孕的梁拉娣躺在床上，手也不闲着，在打毛衣。

记完了，南易起身，伸了个懒腰，将那些纸小心地叠好，用一个小夹子夹起来，放好，走到墙边，将围裙解下来，正要往身上套，梁拉娣出声了："这月的工资，还剩多少钱了?"

南易一愣,含糊地说:"跟上个月差不多吧。"

梁拉娣放下手里的毛衣,说:"不管是吃白面,还是吃窝头,我都能给你把孩子生出来。我没那么金贵,顿顿都得药膳养着。咱们还得过日子,你研究的那些东西又费钱,停几天吧。"

南易被她说得一点兴趣也没有了,把围裙解下来,也没还嘴,夸张地叹了口气,把围裙又挂了上去,坐到椅子上,不做药膳了。梁拉娣看着他,从床上下来,过去给他揉肩膀,哄他:"反正我都怀上了,你的药膳也起作用了,咱就歇一阵儿吧。"

梁拉娣这么劝他,南易也没了脾气:"算了,我不跟孕妇一般见识。"

梁拉娣乐了,捶了他一拳。

连续好几天,小南都被丁秋楠早早地哄睡着了。这天晚上,这边的屋里只有丁秋楠和崔大可两个人。俩人分坐在桌子的两头,崔大可抽着烟,不明所以地看着丁秋楠像审犯人一样地问他:"你说,是不是外头有女人了。"

崔大可疑惑不解:"没有啊。"

丁秋楠正色道:"不说实话,是不是?"

崔大可急了,义正词严地指着照相机说:"没有就是没有,没有我总不能给你编一个吧!你也能看见,我每天除了上班就是鼓捣这玩意儿,要是我真有,我还顾得上研究它?"

丁秋楠顿了顿,开口说:"那你为什么最近老躲着上床?"

崔大可一下子没说的了,支支吾吾地说:"我,我没有啊……"

丁秋楠大怒:"崔大可!"她一下子哭了,"你连个理由都说不出来!你什么意思?"

崔大可急得快哭了,委屈地解释:"我真他妈不知道啊,我也不知道怎么了!"

丁秋楠大吵:"这是理由吗?这是原因吗?我辛辛苦苦带孩子上班,你倒好,每天摆弄着个破相机,还在厂里弄个暗房,给谁照相见不得人啊?说啊你!"

里屋的门开了,小南迷迷瞪瞪地揉着眼睛,看着他俩。

崔大可烦得头都大了,一甩手,出门了。屋内传来丁秋楠的哭声。

南易和梁拉娣都听见对门崔大可夫妇吵架了,南易凑到梁拉娣面前,小声地说:"知道他俩为啥吵架吗?"

梁拉娣摇头:"我哪儿知道。"

南易说:"前几天我给崔大可配了个性欲减退的药膳,本来我就是试试,没想还真灵。今天吵架，十有八九就因为这个。你听你听，怀疑他外头有人了……"说完，自己抱着肚子哈哈直乐。

梁拉娣看着他："姓南的，你也太损了吧！"

南易在楼廊里架着小锅，刷刷炒菜。正熄火间，崔大可一脸沮丧地走过来。南易憋着笑，说："大可，我刚弄了一个新菜，你尝尝？刚出锅，你瞧——"

面对着一盆喷香扑鼻的菜肴，崔大可本来一肚子沮丧，想拒绝，但鼻子底下的香味又让他拒绝不了，想了想，终于粗声粗气地开口了："有酒吗？"

南易家里，崔大可尝菜，一大口一大口地吃。南易站边上，手里还拿个小本儿，准备时刻记载别人的意见："怎么样？"

崔大可点头说："好吃！"

南易问："除了好吃呢？有没有觉得有点酸？或者缺点什么味？"

崔大可摇头："什么都不缺啊，挺好的。"

南易叹口气："我让你白吃啊！什么意见都给不了！"

崔大可说："那怎么办啊？我真就觉得挺好的。"

躺在床上打毛衣的梁拉娣插嘴："他就这么怪，非得让人说不好才满意。"

南易对崔大可说："你以后再别吃了。"

崔大可着急了："别啊，我把丁秋楠喊过来也尝尝，给你提意见。"说着出门喊："秋楠！来！"

不一会儿，丁秋楠走了进来，问："叫我干吗？"

南易说："叫你吃饭。"

丁秋楠走到拉娣床前，摸她肚子："怎么样了？没什么难受吧？"

梁拉娣坐起来说："没事儿，我这都第五个了，早习惯了。"

南易说："一会儿再检查。来，尝尝我炒的新菜，给点儿意见。"

梁拉娣说："去吧，我们家这个就喜欢请人吃饭提意见，你要不挑点意见，比不让他吃饭都难受。"

崔大可搭话："我以后能常来提意见吗？"

丁秋楠尝了一口。

南易对崔大可说："你就算了，我做多少都白搭。"然后问丁秋楠，"怎么样？"

丁秋楠说："鲜，好吃。就是蘑菇好像放得有点多，味道也偏涩了一点。我可不懂啊，我瞎说的。"

南易一拍手，高兴地说："什么瞎说！全在点子上啊！有一手。"

丁秋楠说："小南就喜欢吃南易做的饭,以后让他尝吧,尝出不好的就不每天哭着来了,惯坏他了都。我做的饭现在根本不吃!"

梁拉娣笑道："那可对了他的脾气了。自打这生活稍微有点改善,他是天天叫人来挑刺。"说着掰手指头数,"刘峰、杨小东,还有钱姐,连我们车间主任都来过!"

崔大可偷偷伸筷子,夹菜吃。

这一眨眼,又过了半年。

这天饭点已经过了,众人也忙活完了,在准备给厨子们自己吃的东西。铁锅前,杨小东在炒菜。南易溜达过来看,众人一起哄,要买料去南易家尝尝他的手艺。南易一挥手:"去就去!"

众人欢呼。

楼道里一片热闹,人来人往,简直变成了工厂食堂。厨子们带来一些蔬菜,在忙活着。楼道里,几个邻居都打开门看。

南易依旧是大厨,穿着围裙,忙活着。

忙完了,大家坐到了饭桌上,热闹无比。厨子们吃得兴高采烈,纷纷拍马屁。大家正高兴着,一个陌生而洪亮的声音传来:"南易师傅是住这儿吗?"

杨小东开门,门外是个不认识的人,光头,长得很壮。南易站起来说:"我就是南易,你是?"

男人走进门,放下一堆菜,说:"我是化肥厂食堂的,叫梁勇,听好多同行说你们这有个南易特别出名,炒菜一绝,还够哥们,谁来了都能吃,就是你呀!"

南易下意识地看了一眼梁拉娣,说:"咱们好像不认识吧……"

梁勇不管那么多,一屁股坐到椅子上,说:"给我挪个地儿!天下厨子是一家嘛!吃一顿就熟啦!对了,我带了点我们那自己做的豆腐,我先喝几盅,一会我给你们做豆腐丸子!哎,别愣着,都吃啊!这是嫂子吧?这是要生啦?回头我给你弄只老母鸡,补补!"说着,自己哗啦哗啦吃开了。

厨子们偷偷互相看一眼,低头吃饭。南易咬紧嘴唇,不敢看梁拉娣。梁拉娣早就气得鼻子都歪了。

没多久,菜已经吃得差不多了,南易两眼微红,抽着烟,给众人乱侃。梁拉娣躺在床上运气,不时白他一眼。已经喝到微醺的南易已顾不上顾及她的感受了,只顾自己侃个高兴。众厨子围着他,面呈崇拜状,听得入神。

楼下,崔大可遇见个来找南易的厨子,给他指了路。不久,咣当一声,有人把门推开了。门口是一个提着两条小黄鱼的男人,戴着眼镜,文质彬彬的模样,操着一口南方口音的上海普通话问:"我是县医院的厨师小刘,南易……是住这里的哇?"正是崔大可指路的那个人。

饭桌上又换了一批人,互相聊得热闹。南易把秀儿喊过去,偷偷给她钱,让她出去买点调料。秀儿进里屋拿凉帽,被梁拉娣拽住:"不许去。钱给我。你爸要问,就说我不让去!"

南易炒完一个菜。回头看秀儿,没动。再一看旁边,梁拉娣冷着脸。明白了。屋子里烟雾缭绕,有人喝多了,吐了。众人一片忙乱。梁拉娣站起来了,冷着脸说:"大家都不用弄,你们先走,我收拾就行了。"

众人一愣,识趣地溜了。

南易给自己倒酒,说:"人都是我请来的,有你这么办事的吗?这以后谁还敢来?"

梁拉娣看着他,不吱声。

南易越说越起劲儿:"关起门来,说什么都行,当么多人面儿,你这不是让我下不来台吗?"

"关起门来怎么都行是吧?"梁拉娣说着抄起一杯酒,啪地扔地上了。酒杯碎了。

过了没几天,这群人像是约好了一样,又跑到南易家里吃饭。南易虽然奇怪,可面子上过不去,只好又请大家吃了一大桌。

他哪里知道,这又是崔大可暗地里捣的鬼,他假冒南易的名,把这些人又约了来,就是希望看到南易跟梁拉娣吵架。

这天折腾到了很晚,饭桌还没收拾,一地狼藉。梁拉娣和南易又大吵了一架。梁拉娣一看就是哭过,红着两只眼睛说:"你自己说,就因为你那张嘴,你跟我吵了多少回了?"

南易不耐烦地说:"是我跟你吵吗?"

梁拉娣喊了起来:"那是我想跟你吵啊?你要好好的,我疯了,要跟你吵?就你这么过日子,谁能跟你有口好气?你自己去打听打听,可着这厂子找,还能找出第二个你这样的来吗?"

南易反驳道:"我这样的怎么了?没我这样的,你能住上筒子楼?我做么多饭,我才吃了多少?剩下的都给谁吃了?"

梁拉娣骂道:"你这是说的什么混账话?依着你的意思,我就该忍着耐着,让你一直这么折腾?一直折腾到把这家也吃垮了?"

南易反驳:"我请人吃几顿,就把这家都吃垮了?我以后是不是想花一分五厘的,还得跟你打个报告等着审批?"

梁拉娣气不打一处来,大喊道:"你现在是光棍单身汉啊?你要不要这个家了?这是你的家吗？是你的家，你就别给我这么败！"

南易冷笑道："笑话，钱是我赚来的，凭什么你说了算？"

梁拉娣气得发抖："你说这话什么意思？嫌我们碍你的事，不想跟我们娘儿几个过了？"

"什么意思？我赚的钱我自己花，怎么就不行了？"南易冷哼一声，"你少给我下套。"

梁拉娣骂道："你！你简直是无可救药！这日子没法过了！"

南易一脸无所谓："能过就过，不能过就别过呗。"

梁拉娣气极，吼道："行，咱们明天就去离婚！"

南易一下子站起来："离就离，我怕啊？"

第二天清晨，南易从筒子楼里出来去上班，和梁拉娣吵了一晚上，萎靡不振的。身后，丁秋楠随后出来，喊他："哎，没事啦？"

南易勉强笑笑，说："没事，能有多大事啊。"

丁秋楠说："跟我还装上了？昨天晚上我可是半宿没睡啊，净听对口相声了。"见南易没吭声，接着说道，"南易，我告诉你啊，该收敛的时候就收一收，你要真这么犯混，弄不好拉娣真得跟你离婚。"

南易不在乎地说："离就离呗，我还巴不得摆脱婚姻的枷锁，再过独自一人的逍遥日子呢。"

丁秋楠不满地说："你这不是耍混蛋吗？话能这么说吗？多伤人啊！"

南易说："那你说我哪儿错了？我真不知道我哪儿错了。我打记事起就喜欢炒菜，这也不行？这不比那些赌博的强啊？"

丁秋楠说："你这是借口。"

南易叹口气说："困难时期过得好好的，日子好了，反而要闹离婚了。"

丁秋楠劝道："听我的，回去跟拉娣认个错，少不了你几块肉。"

南易不肯："凭什么呀？又不是我的错。"

丁秋楠皱眉道："你这什么态度啊？"

晚上，一家人围着吃饭。南易不吃，坐在一边儿抽闷烟。梁拉娣端起饭碗，问他："你吃不吃？"

南易赌气说："不吃。"

梁拉娣骂道："不吃拉倒！你每天往家里招揽那么多人，你问没问过我什么时候就要生了？"

"我又不是大夫，我问了管用吗？我是接生的啊？"

梁拉娣不想吵了，顿了顿，语气平缓地说："南易，咱俩刚认识的时候，你可不是这么说话的。"

南易依旧是那个态度："现在后悔也来得及，厂子里有多少人惦记着你呢。"

梁拉娣提高了音调："你什么意思？"

南易是真的烦了："什么意思？不是后悔当初看上我了吗？当时比我有钱有权的那么多，你高攀得上吗？倒也能，不就是被人撵到家里抓回脸吗？也值。"

南易揭伤疤，梁拉娣急了，抄起暖壶就砸了过去。南易一躲，暖壶摔炸了，一声巨响。南易吓了一大跳："干什么你？"

"你说的什么屁话！"梁拉娣哭喊着扑过去，俩人扭在一起。

秀儿大哭，赶紧叫来崔大可和丁秋楠，把两个人拉开。南易的样子颇为狼狈，头发凌乱。丁秋楠把梁拉娣拉到一边："干什么呀？至于吗？"

梁拉娣哭了："你问他！他说的是不是人话？"

南易一字一句地说："泼、妇。"

梁拉娣哭喊着："我就是泼妇！你娶我的时候我就是泼妇！怎么着！想找个温柔贤惠的当初干吗跟我腻歪？提上裤子不认人啦？"

南易骂道："什么素质！"

"我就这素质！谁素质高你找谁去呀！去呀！"

崔大可说："南易，不是我说你啊，夫妻俩过日子，有的话该说，有的……"被南易狠狠剜一眼，剩下的不敢说了。

梁拉娣哭喊道："怎么？看我老了，不顺你的眼了，烦了？"说着又抄东西要砸，被崔大可拦下。

丁秋楠赶紧把秀儿带走，出了门。

南易恶狠狠地说："梁拉娣，你今天要有种，把这房子点了！烧完了算！谁都别过了！"

梁拉娣不说话，找来打火机，把床单点着了，看着南易。崔大可大惊，用南易的褂子扑打火焰。南易也一动不动，说："别拦着！让她烧！"

崔大可继续灭火，狼狈至极。

梁拉娣喊道："南易！我要和你离婚！"

南易也坚决地说："好！谁不离谁是崔大可养的！"说完摔门而去。

崔大可眉头立刻皱起来了。这时，大毛二毛放学回来，听见这句话，看见满地狼藉，都傻了。

南易家一团乱,梁拉娣把东西翻得乱七八糟,打包行李。丁秋楠在旁边拉她,梁拉娣执意打包。秀儿在一边哭,大毛二毛也在一边劝。丁秋楠说:"两口子谁没吵过架?一吵架就闹离婚,那中国人民不都解散了?"

梁拉娣说:"他不是人民,我跟他过不到一块就。谁劝也不好使。"

丁秋楠皱眉说:"行了,赌气也得有个够啊,过了头就收不了了!你瞧你挺着这么大个肚子,去哪儿啊?"

梁拉娣说:"我就没打算收!我梁拉娣什么委屈没受过?我是赌气的人吗?我回老家去!谁离开谁活不了?!"

丁秋楠说:"别说气话了就……"

梁拉娣认真地说:"我要是气话,我跟你姓。"说着看向大毛二毛,"你们俩麻利地收拾东西,认我这个妈就跟我走!"

丁秋楠说:"哎呀,你就别为难这俩孩子了。"

梁拉娣冷笑道:"为难?行,你们俩要不想走就留下,跟着你那混蛋后爹要饭去。"

南易和梁拉娣要离婚的事情闹大了,妇联、厂领导、车间主任都来劝。一群人坐在南易家里对南易进行批斗,南易极其萎靡,接近崩溃,最后不得不认错:"这事是我不对,我不该大吃大喝,不顾家庭。"叹了口气,接着说,"我以后好好过日子,不折腾了。"

梁拉娣见南易已经道歉了,也不再坚持。

南易精疲力竭地送领导们出门。领导们刚走,梁拉娣忽然抱住肚子,疼得直冒冷汗,表情极其痛苦。

南易说:"人都走了,别装了,让人家以为我动手了还。"

梁拉娣疼得蹲了下去,满头大汗。南易觉得不对劲,过去一看,梁拉娣的下身出血了。南易疯了一样冲向门外,大叫:"秋楠!快来!丁秋楠!来人!"

第十九章
"孙悟空"制伏外宾的胃

市医院的楼道里,南易双手捂着脑袋坐在椅子上,不时抬头看手术室的门。丁秋楠站在椅子旁边,焦急地等着。

楼道尽头传来一阵狂奔的脚步声,崔大可满头大汗地跑到南易身边,将手里捏得卷成一个小卷的钱递给南易。因为跑得太急,站定半天也说不出话来,仍在气喘吁吁。南易接过钱,感激地看着崔大可点点头。崔大可歇了半天,终于喘匀了气,一个深呼吸,叹道:"累死大爷了!"

这时,一个女医生走出手术室,左右看看,问:"谁是梁拉娣的家属?"

南易忙站起来说:"我。"

女医生说:"情况很危险,血压现在非常低,手术马上就要开始了,我得问你,如果出现意外,你们保大人还是保孩子?"

南易嘴唇哆嗦着,一句话也说不出来。二毛顿时哭了,秀儿也跟着哭。丁秋楠过去安慰他们。

南易哆嗦着说:"大人,肯定是保大人。"

女医生干脆利落地说:"好,在这儿签字。"

南易拿起笔,手直哆嗦,签的字歪歪扭扭的。

女医生皱着眉头说:"你这签的什么啊?在底下再签一个,写清楚点。"

南易深呼吸,手还哆嗦着,签不了。

丁秋楠急道:"你倒是签啊!"

崔大可一把抢过笔:"怂样!我来!"

南易摇摇头,坚持自己签。连续做了两个深呼吸,甩了甩手,终于签了。女医生拿着单子,转身回到手术室。众人都在外头等着。

又过了许久,手术室的门才被慢慢推开,一个护士把门固定好,梁拉娣脸色惨白地躺在一个担架活动床上被推着慢慢出来。丁秋楠探身往后边瞥,没见着孩子,眼圈也红了。

南易一看见梁拉娣,扑了过去,抱着梁拉娣放声大哭:"拉娣……咱们再也不离婚了,我也不惹你生气了……你可别吓唬我,我这人胆儿小……你要有个三长两短的,我带着这么多孩子,可怎么过啊……你可得好好的……"

梁拉娣虚弱地说:"行啦……我没事,你别嚎了,快看看你女儿去吧……"

南易一时没反应过来:"啊?我女儿?"

一个护士抱着一个小小的婴儿襁褓出来,笑嘻嘻地走到众人面前,递给南易。南易手忙脚乱地接过来,看着看着,又哭了。

旁边,崔大可悄悄拉拉丁秋楠,将她拉到一边,小声地嘱咐:"哎,大人孩子都没事……一会儿记得把钱要回来。"

丁秋楠的眼睛顿时瞪大了。

出了院回到家里,梁拉娣坐在床上,笑眯眯地哄着孩子——这个新生的婴儿叫小雨。

南易想抽烟了,可在家里四处找了一遍都没有。南易纳闷了。这时,大毛和二毛回来了,俩人一回家就特别乖,低眉顺眼的。南易忽然看着他俩,像猎犬一样围着俩人转了一圈,又闻了闻,很肯定地说:"你俩偷我的烟抽了。"

大毛二毛齐声否认:"没有,真没有。"

南易说:"以为我是抽烟的就闻不出来啊?我告诉你们俩,我一天都没抽,鼻子比狗都灵。"

梁拉娣怀里的小雨哭了,南易赶紧过去查看。大毛二毛互相看一眼,赶紧溜出门外。

梁拉娣边哄孩子边抱怨:"他们俩这一毕业,什么事没有,成天在街上混,迟早得惹事。你也不管管。"

南易笑着逗婴儿:"你这一生四五个,我管得过来吗?"

学校门口周围,聚集着不少穿军装、流里流气的小痞子。

小南放学早,在学校门口等秀儿,他胆小,离那些小痞子很远处站着,不断地向学校里张望。

小痞子中有一个外号叫西瓜的,十六七岁,格外猥琐。他迈着吊儿郎当的步子,晃悠着走向学校门口,正好看见秀儿走了出来。西瓜眼前一亮,过去拦住。秀儿往左,他也往左,秀儿往右,他也往右。秀儿急了,冲他一瞪眼:"你干吗呢?"

西瓜猥琐地笑："你说干吗呢？"

小南从一侧悄悄过去，胆战心惊地拉着秀儿，企图从边上溜走，被西瓜截住了。小南看了西瓜一眼，顿时吓得把目光转移到了别处，但手还是拽着秀儿，往前走。西瓜凑得更近了，盯着小南，忽然扇了他一巴掌："小屁孩儿，英雄救美啊！"

小南哇一声哭了。

秀儿急了，上去推了西瓜一把，又吐了西瓜一脸唾沫，拉起小南就跑。

回到家，秀儿给两个哥哥告状，已经19岁长得人高马大的大毛和二毛立马去找西瓜，要给秀儿报仇，把西瓜痛打了一顿。

西瓜不服气，回去就又找了一伙人帮忙，其中还有一两个19、20岁样子的青年。一群人把大毛二毛堵到了死胡同里。

崔大可从后面骑着自行车从此处经过。他减慢了车速，向这边眺望，一眼认出了大毛和二毛。但大毛二毛并没有注意到他，还是打得一团乱。

崔大可紧张地看着混战的孩子们，犹豫是否搭把手帮忙，忽然，一块砖头飞了出来，落到了崔大可面前不远处。他终于想清楚了，猛地蹬了一脚自行车，飞也似的跑回了家。

系着围裙的南易在楼道里架了一个小炉子，给梁拉娣熬汤。崔大可人未到，声已到，呼喊的声音满楼道都是回音："南易——不好了——南易——"

伴随着咚咚咚的脚步声，崔大可远远地跑来。

南易皱着眉头说："你那嘴能说点人话吗？谁不好了？"

崔大可顾不上还嘴，过来一把揪住他，气喘吁吁地说："快，你那俩儿子被人打了！"

南易急了："哪儿呢？"

崔大可向外一指："厂外头！"

南易往外狂奔，跑了几步发现围裙没解，解下来塞到崔大可手里，反应过来了，骂他："他们挨打，你怎么回来了？帮把手会死啊！"说完大步流星地跑了。

崔大可呆呆站在当地，手里捧着南易的围裙，眼睛眨巴着，不知道该说什么。顿了顿，崔大可也追上去，边跑边喊："等等我！"

晚上，大毛二毛站在地上，耷拉着头，做认错状。俩人都被揍得鼻青脸肿，梁拉娣躺在床上，靠着枕头，头上盖着湿毛巾，发烧了。南易给拉娣倒好水，连着药一起端了过去。

梁拉娣呼哧呼哧喘气："不省心的东西……是要气死我是不是？"

南易把梁拉娣扶起来，慢慢喂她吃药："先吃药吧。"

梁拉娣吃完药，南易扶着她躺下。

大毛二毛有点儿松懈了，吊儿郎当的，姿势也不像之前那么严谨了。二毛腿疼，不小心牵动了一下伤口，龇牙咧嘴的。

南易大声喊："站好！"

俩人立正。

南易非常严肃地说："晚上谁都别吃饭，饿着。"他也有些急了，少有地认真严肃起来，"从我见你们第一眼起，到现在高中毕业，你们让我省过一回心没有？你爹我在厂里厂外，谁见了不得打个招呼问个好？就唯独在你们俩面前，我得求这个，哄那个，搭着这两张脸到处给你们赔礼道歉！玻璃被你们砸碎了，我去安，把人家车胎扎了，我得扛着气管子去修，你们俩怎么没把这厂子给炸了？把我枪毙了倒轻松了！"

大毛二毛听着，不吭声。

南易喘了口气，接着训："行了，以后我也不管了，你们爱闹事就闹事，想打架就打架，等你们让公安局关进去了，别说南易是你们的爹，也别说梁拉娣是你们的妈，我们就当没你们这俩儿子，20年白养活了。"

二毛忍不住哭了。

南易板着脸吼道："哭什么哭？委屈了？在外头打了架还有脸哭？"

大毛带着哭腔，非常委屈，没头没脑地说："别人挨打都有人管，我们连哭哭都不行……"

南易愣了："什么意思？"

大毛说："我们同学都说，我们俩有个后爹！什么都不管！"秀儿听着，也哇地哭了，接茬道："都怪我，打我哥的那孩子前几天欺负我，我哥替我报仇来着。"

南易和梁拉娣对视一眼，都没说话。

南易走过去，抱住大毛和二毛，眼圈也有点儿红："以后，告诉你们同学，你爹管你们。"

第二天，南易去了大毛二毛挨打的那条街上，找到了带着西瓜打大毛二毛的那俩19、20岁的小痞子。南易走到他们面前，站定，烟头掐灭，问："为什么打我儿子？"

小痞子们站起来，其中一个想跑，被南易截住了。南易走近其中一个，问："你们的父母都是干什么的？"

被他质问的小痞子没吭气，旁边另一个插嘴，弱弱地还带着点威胁的意思说："我们是部队大院的！"

刚说完，被南易质问的那个忽然动手，踹了南易一脚，飞快地跑了。南易没追，抓着另一个，向他头上扇了一巴掌："跟我动手？反了你们了！小兔崽子！"追着打了起来。

小痞子都被打跑了，南易心情大好，点了一根烟，美美地吸了几口，拍拍身上的土，吹着口哨，晃晃悠悠地向前走去。一拐弯，南易傻了。在他前面，站着一排当兵的，足有20多人。刚才逃跑的小痞子站在最中间。

南易想退已经来不及了，看着这些人，喉头不自觉地咽下一口唾沫，腿打起了哆嗦。

逃跑的小痞子出列，向他逼近。

猛地，南易一个急转身，向后跑去，追在后边的小痞子手里拿着半截砖头，嗖一下向他扔了过去，啪！正中南易脖子。

南易"哎呀"一声，向前栽倒。

受了伤的南易半躺在床上，脖子上被裹了一圈包扎好的绷带。丁秋楠拿着一小捆新绷带，给他做包扎。崔大可也在一旁看着。

梁拉娣看着南易，气呼呼地说："太过分了！哪儿有这么欺负人的？我跟他们没完。"

崔大可接茬，火上浇油："就是，这事怎么忍？忍不了。给谁也没法忍！当兵的怎么了？当兵的就能随便打人啊！"

丁秋楠皱着眉头对崔大可说："你少说几句行不行？"

崔大可说："本来就是啊，他们这也太欺负人了！"

梁拉娣看看他问："大可，你是不是南易的好兄弟？"

崔大可狐疑地回答："是啊……怎么？"

梁拉娣说："我要是你，我就去替南易出这口气，出这个头。"

崔大可一下子语塞了，支支吾吾不知道该说什么。梁拉娣白了他一眼，回头看见南易慢慢抬起嘴唇，看着崔大可，面无表情地蹦出俩字来："滚、蛋。"

守卫森严的部队大院门口两侧，各站着一个卫兵，站得笔直。

戴着头巾、穿戴得很严实的梁拉娣径直就要往里闯，卫兵赶紧拦下："同志，你找谁？"

梁拉娣一摆手："我找你们这的小流氓！"

卫兵说："对不起，我们这没有流氓。"

梁拉娣不依，喊道："让开！"

见梁拉娣要往里闯，另一个卫兵也过来了，拦着她，不让进。梁拉娣急了，和他们推搡起来，还争执着："让我进去！怎么？人民子弟兵要拦人民啊？你们的人把我男人打了，我进去理论也不行？让开！"

此时，一辆汽车从大院里面开出，看见争执着的梁拉娣和卫兵，车停下了。车门打开，一个人走了下来，神情冷峻，俩卫兵一看，赶紧立正，啪，敬礼。

下来的人是姜司令，他看了看梁拉娣，问："怎么回事？"

梁拉娣往前一步，说："首长！你们这儿的人把我男人打了！"

姜司令眉头皱了起来，随即热情地接待梁拉娣："你不要急，有话跟我说，我给你交代。怎么回事？"

梁拉娣看看小汽车，问："你是管事儿的？"

姜司令点点头，问："你男人是哪个单位的？"

梁拉娣说："钢厂分厂食堂的厨子，叫南易！"

姜司令一挑眉毛："是他？"

南易脖子上围着一圈固定的托，靠着墙，斜躺在床上，半闭着眼睛。梁拉娣坐在一旁，照料着他。那个飞黑砖的小痞子给南易深深地鞠着躬，脸上也是一块青一块肿的，哆嗦着声音道歉："叔叔，对不起……"

他的父亲是个军人，一身正气，身着军装，皱着眉头站在后边，见小痞子声音太低，一巴掌扇到他头上，啪地一下，吼道："大声点儿！"

小痞子声音大了点："对不起！"

小痞子的父亲走近，给床边放下一些钱，惭愧地说："南师傅，这是医药费，您说什么也得收着。临来的时候司令说了，您今天要是不原谅，他就让我就地免职。这事是我的错，教子无方，我给您鞠躬了。"他这次来，当然是姜司令授意的。

南易慢慢抬起眼皮，用非常微弱的声音慢条斯理地说："回吧，给姜司令带个好。"

小痞子跟着父亲走了出去，在楼道里，他的父亲用穿着皮鞋的脚一脚踢到他的屁股上，骂道："混球！老子的脸全让你丢光了！"

楼道里，邻居们纷纷站在门口，无不侧目。

傍晚，一家人在吃饭。南易已经把脖子上的托摘下来了，转动也很灵活，根本不像白天装得那么严重。他拿着筷子，对梁拉娣做的菜挑剔了一番。梁拉娣说："姜司令早晨跟我说事的时候，还忘不了提你给他做过的菜，这惦记多久了啊？要不是人家，你的打不是白挨了？要不去感谢感谢，给他再做几个菜吃吃？"

南易得意地说："是得去，老夫这辈子还没今天这么威风过，当师长的给鞠躬敬礼。"

梁拉娣忽然想起重要的事来："对了，去了别闷着不说话，找个机会看看能不能和司令说说，让大毛和二毛去当兵？"

南易为难地说："这，合适吗？"

梁拉娣说："这有什么不合适的？提提又不会少块肉。"

大毛和二毛热切地看着南易，饭吃一半都忘记嚼了。

吃完饭，南易去找刘峰，两人在刘峰家楼下，把姜司令这事儿说了一遍。刘峰想了想，摇头道："你一个人去吧，我去不合适。"

南易说："我说合适就合适，再说了，你不愿意见她啊？"

刘峰没正面回答，顿了顿，问："你准备给人家做道什么菜？"

南易一摊手："我也不知道。"

刘峰无言地看着他。

第二天，南易和刘峰都穿戴一新，提着一些东西，来到了姜司令家门口。刘峰问南易："想好了做什么菜吗？"

南易一摊手："没有。真想不出来。"

刘峰直皱眉头："我的那个天哪……那你干什么来了？"

南易说："车到山前必有路，走着看呗。反正时间也定了，不来又不行，不然你说怎么办？"

刘峰颓了，一个劲儿地拿手指头点他。这时，门开了，李秋燕出来热情地招呼他俩，刘峰和南易马上换上一副笑容。

李秋燕和刘峰对视一眼，很快挪开了视线。

见南易进来了，姜司令从沙发上站起来，过去和南易握手，声音洪亮："小鬼，好久不见呀！"

南易恭敬地说："首长，是我，南小鬼。"

姜司令哈哈笑道："我到现在还记得你做的那顿辣子菜啊！可惜再没吃着那么过瘾的！够劲！"

刘峰说："今天您想吃什么，就点什么，他是专程来服务来啦。"

姜司令笑道："随便一点，让他自己发挥嘛！坐！"

一番端茶送水的客套寒暄后，南易注意到书架上有一张照片，是个老妇人。

姜司令问南易："怎么样小鬼，脖子没事了吧？"

南易故意调侃："有事也能给您炒菜。"

姜司令哈哈大笑："今天打算做点什么绝活菜？"

南易老实回答："还没想好呢。"

刘峰赶紧打圆场："不是，他是太多了，一下子说不出来……"

姜司令心情很好，拍拍南易的肩膀，说："绝活儿很多嘛！今天大家都没事，你尽管做，有多少就露多少！"

南易想了想，问："姜司令，书架上那照片，是您母亲吧？"

姜司令叹了口气，像是陷入了回忆里："是啊，自打四十年前从家乡参军之后，就再没见过，唉，一晃多少年了……"

南易点点头，想到了点子，套着围裙就径直去了厨房。李秋燕帮着打下手，刘峰也进来帮忙。趁李秋燕出去的空儿，南易逗刘峰："打冷枪也要注意战壕在哪儿，司令员可在外头呢。"

刘峰紧张地说："胡说什么！没轻没重，这儿可不是咱厂食堂！专心做你的菜！"

南易一点也不着急地说："这不是做着呢嘛，不急。"

刘峰却急死了："你到底琢磨出做什么菜来没有？可别撒了岔！"他压低了声音，"到时候还怎么跟人家说你儿子当兵的事？"

南易不置可否，继续做菜。刘峰眉头紧锁，看他备料。

忙活了老半天，饭终于做好了。大家围坐在饭桌上。桌上摆了一些十分精致的江南菜。李秋燕和刘峰都吃得高兴，但姜司令颇不尽兴地说："口味很清淡嘛。"

刘峰忙说："是，南易是专门给您炒了几个清淡的，他说您平时吃肉肯定也不少，调和一下。"

姜司令说："我是个带兵的，不喜欢吃没劲儿的软菜。你们多吃点啊。"刘峰看了看李秋燕，李秋燕不动声色。

姜司令又吃了几口，把筷子放下了。刘峰都不敢嚼了，绝望了。

这时，南易从后厨出来，问："怎么样？一会儿还有个菜呢。"

姜司令顿时来了兴致："哦？这回又和上次一样？好东西留在最后？"

南易笑道："您稍等。"说完，转身回去端菜。不一会儿，南易端着一碗面出来，递给姜司令，说："姜司令，您尝尝。"

刘峰小声问："怎么就一碗？"南易没有回答。

姜司令看着面条，怔了怔，捧着碗，认真地吃起来。吃了几筷子，突然低头不语了。再抬头，眼里竟有了泪光。刘峰和李秋燕都惊奇不已地看着他，不知道发生了什么情况。顿了顿，姜司令开口道："南小鬼，很有心啊！"

南易说："以前见过一次湖南辣子面的做法，也不知道跟您家乡的味道是不是一样。"

姜司令感叹道："一模一样啊。四十年了，想不到今天又尝着这个味了。以前，每天早上我一起床，我妈妈就会给我下一碗这样的面。你怎么想出来的？"

南易说:"我知道湖南有一种特别的面,是别的地方没有的,听李主编说,您的老家就是那个镇子,所以,就试着做了。"

姜司令说:"上次你拿下我的嘴,这次你可是拿下了我的心!你是个好厨子!"说完继续大口吃面,喝汤。

南易笑着坐下。刘峰冲南易暗示、挤眼,南易只当没听懂、没看见。

姜司令吃完了,起身,在地上转圈,拍拍肚子,说:"舒坦!舒坦!我可要欢迎你们常来啊!"

大家都乐了。刘峰冲南易做手势,让他开口。南易却是一副不好意思张嘴的样子。

姜司令说:"好了,我习惯吃完了午睡一下,你们喝杯茶,别着急走。秋燕,你洗点水果。"

刘峰一边应着,一边示意南易说话。忽然,李秋燕开口了:"老姜,南易他有点事情想找你帮忙。"

姜司令停了下来,点点头:"说。"

晚上,小雨睡熟了,南易和拉娣一个坐在床边,一个坐在椅子上。俩人都不说话,气氛很凝重,似有大事发生。拉娣也不和南易说话,只顾自己哭,满脸的眼泪。南易自己抽根烟,拍拍梁拉娣的肩膀,以示安慰。俩人陷入许久的沉默。

门开了,大毛和二毛戴着军帽,说说笑笑、叽叽喳喳地走进来。俩人一抬头,看见家里是这样的气氛,一怔。大毛赶紧跑过去,小心地问梁拉娣:"妈,怎么啦?"

南易在一旁黑着脸看着他们,也不说话。

二毛心虚地问:"你们怎么啦?"

梁拉娣流着泪,呆呆地望着他们俩,忽然上去抱住他俩,哭声更大了。大毛二毛急了,连声地问:"妈,你怎么了?妈……"

南易也不说话,站起身来到饭桌上,掀开盖着的饭,又去自己的柜子里,取出一瓶珍藏的酒,慢慢坐下,打开酒瓶子,拿出几个酒盅,逐一倒上。

梁拉娣推俩人,一边抹泪儿,说:"去,跟你爸喝一杯。"

南易倒好酒,抬头招呼他们过去。大毛二毛迟疑着过去。南易给他俩倒上酒,举杯说:"混小子们,我要跟你们宣布一件事情。来,举杯。"他忽然转变了声调,一改刚才装着沉重的表情,激动而兴奋地说,"这个月底,你们就是光荣的中国人民解放军了!"

大毛二毛面面相觑,不敢相信。

南易哈哈大笑:"愣着干什么?来,跟我喝一个!"

梁拉娣笑着看着他们,脸上带着泪,还在抽泣。

大毛不敢相信地问:"真的?!"

南易自己干了一杯酒,说:"赶紧过去哄哄你妈,瞧她那个没出息劲。"

大毛二毛过去。梁拉娣抱着他俩,又哭。南易喝一口酒,往嘴里扔颗花生米,连连摇头感慨,自己跟没事人似的:"在的时候恨不得烦死,真要走了又哭个没完。"

梁拉娣哭得更厉害了。二毛也哭了,一边哭,也忘不了嚼着吃嘴里的东西。

月底一眨眼就到了。大毛和二毛胸前戴着红花,在父母含着泪光的笑意中,踏上了去军营的路。

让南易头疼不已的亲戚梁守业又来了。和上次嚣张跋扈的气势相比,梁守业这次显得很拘谨,也很小心翼翼——因为他已经不是村干部了。

南易坐在他对面,眉头皱得快立起来了,烦躁不堪,又不好意思明说。梁拉娣从里屋出来,给他端来一碗刚煮好的面条。梁守业接过来,用搓完脚的那只手剥开几瓣大蒜,呼噜呼噜地吃起来,声音极大。秀儿坐在一边看小人书,满脸厌恶。

梁拉娣给他倒水,问:"好好的,怎么就不让你当干部了?"

梁守业含糊不清地回答:"此处不留爷,爷也懒得留,我还落个清闲……"

梁拉娣等他咽下嘴里的面条,问:"妈最近身体怎么样?"

梁守业喝了一大口水,说:"还那样啊,能怎么样,你上次买的药也吃完了,天气一凉胃就老疼。"

梁拉娣不高兴了:"那你就不能给买点儿啊?"

梁守业说:"我没钱啊,要不你给我钱,我回去就买。"

梁拉娣骂道:"我给你俩耳刮子!"

梁守业吃完了,把碗一推,笑着坐到床边,从南易身边捡起烟盒,抽出一根,自己点着,带着讪笑大口地抽起来。

南易身子往后一倒,差点气晕过去,气呼呼地出门,边走边胡噜自己的头发,大口抽着烟。

一出楼道的拐角,迎面碰上崔大可回来,俩人差点撞在一起。崔大可赶紧躲开,狐疑地看着气不打一处来的南易问:"这是怎么了?"

南易往前走,不耐烦地说:"能怎么着,小舅子祖宗来了,非得喝酒!我给人家买去。"

崔大可拉住他:"我有啊!别买了,拿我家的!"

南易看他一眼,不相信地说:"雷锋啊?你是想吃我炒的菜吧。"

崔大可用手指着他骂道："你这人吧，就是这点太混蛋，老用阴暗心理……猜测……揣测别人的想法！"

南易说："你是不是想说小人之心度君子之腹啊？"

崔大可说："你烦不烦啊，走吧，跟我拿酒去。"

拿了酒，崔大可理所当然地跟着南易去他家蹭饭。崔大可和梁守业挨着坐在一起，大着舌头互相吹牛，聊得火热。南易坐他们对面，满脸的不耐烦，碍着脸面，还不能表现出来，强忍着。

边喝边聊，崔大可和梁守业都喝醉了，酒也没了。崔大可梗着脖子充仗义："你姐夫没酒，我有啊！等着！"

南易赶紧给他使眼神制止，崔大可没看见，摇摇晃晃出门。南易皱着眉头，马上起身，跟着崔大可出去。

走道里，南易一把拉住崔大可，骂他："你诚心的啊？他都喝成那样了，你还嫌不够乱啊？"

崔大可说："喝酒嘛！喝醉才能喝，喝好啊，你又不是没醉过，装什么啊？"

"我告诉你……"南易想跟崔大可说句悄悄话，可刚凑过去，崔大可正好打了个饱嗝，把南易熏得差点闭过气去，一下子闪开了。

南易压低声音说："我告诉你，你要再给他拿酒，我跟你没完！"

崔大可说："不就是瓶酒吗？他是你小舅子啊，我都舍得，你抠什么门？"

南易骂道："你懂个屁！三害你没听过啊？蚊子苍蝇小舅子！小舅子不能招惹！尤其是没文化的小舅子！"

崔大可说："什么就三害啊？小舅子喝你瓶酒，至于吗你南易？"

崔大可大声嚷嚷，吓得南易赶紧把他推走。

梁守业就这么在南易家蹭吃蹭喝好吃懒做的，还跑到供销社赊账。南易气不过，又没别的办法。

市主要领导在宾馆会议室里开会，就外国友人来参观的事情进行讨论。到最后讨论到了伙食，市招待所餐厅那几个知名的厨师对外国人喜欢吃什么，心里都没底。姜司令乐了，站了起来说："这个好办，我有人选！"他想到的，自然就是南易。

南易自然高兴地接受了这一任务，第一次下厨，就让市招待所餐厅里的几个外国人吃得神魂颠倒，赞不绝口。

一个外宾用英文对翻译说了一通表扬的话，又提出了一个要求，翻译一听，有些愣了，过去耳语着告诉姜司令："他说他小时候跟父亲在中国抗日时，吃过一道菜叫'孙悟空大闹天空'，问咱的厨师会不会做。"

姜司令正得意着，此时喝得微醺，大手一挥："孙悟空大闹天宫？告诉他们，没问题！"

姜司令的一句承诺，可愁坏了南易。他心事重重地回到家里，屋子里坐了一大帮人，七嘴八舌地议论着外国人到底啥样。

南易拉着脸说："都走吧。"

众人疑惑地看着南易，见他一脸郁闷的样子，估计出问题了，赶紧都出去了。

饭桌上，梁拉娣把热好的饭端上来，南易也不吃，坐在椅子上抽烟。梁守业一条腿搭在椅子腿上，问："姐夫，怎么样啊？外国人吃没吃你做的饭？"

南易没心情搭理他，不吭气。梁拉娣过来，把倒好的水递给他，问："菜做砸了？"

南易不无埋怨地说："今天倒没有。可外国人还要吃什么'孙悟空大闹天宫'，姜司令又不是如来佛，可张嘴就答应，问题是我不会做啊，听都没听过。"

梁拉娣说："不会做就跟领导说说呗，那还怎么样。"

南易点了根烟，说："外事无小事，不能不会。这事弄不好，得受处分，搞不好得关起来。"

梁拉娣安慰他："不至于吧？大不了回去种地，你也别着急上火的。"

南易苦笑："种地倒好了，这回闹不好，怕是得去监狱农场种地了。"

梁拉娣吓坏了，梁守业一听这话，也害怕了。南易还要说话，忽然流出了鼻血，急的。梁拉娣赶紧给他取毛巾。梁守业越看越害怕，表情也变了，跑进了里屋。

南易和梁拉娣手忙脚乱地止血。终于，鼻血止住了。再回头，见梁守业已经整理好了东西，背着自己的包，站在门口说："姐，姐夫，那啥，妈不能没人照顾，我先回家了。"

半夜，南易被噩梦吓醒了，躺在床上再也睡不着，突然想到了陶厨师长，轻轻下床，穿鞋，悄悄出了门，连夜去找。

陶厨师长睡得正香，见南易来找，莫名其妙地问："干什么你？大半夜的！"

南易也不绕弯，径直问："孙悟空大闹天宫，这菜，你会不会做？"

陶厨师长盯着他，眼睛眨巴了半天，才终于开口说："我会啊！怎么了？"

南易的脸上一下子绽放开了花，一把抓住了陶厨师长的手，热烈地摇晃着。陶厨师长一脸茫然，不明白这是怎么回事。

南易进了屋，把事情说了，陶厨师长笑着把这道菜的做法娓娓道来。南易一边喝酒吃花生米，一边听得入神。

陶厨师长最后说："上次我被你拿住一次，这回……"

"扯平了！扯平了！"南易激动地举起酒，和陶厨师长干杯，已经有点醉了。

清晨，小雨哭了，秀儿揉着发困的眼睛，起床给她拿尿布。梁拉娣接过尿布，吩咐秀儿："你要嫌她吵，就上里屋睡去。"

秀儿点点头，进了里屋。

梁拉娣好一通忙活，给孩子换尿布，刚反应过来，南易不在了，疑惑地冲窗外看，自言自语地说："外国人也吃早饭啊……"

秀儿拿着一小摞钱，从里屋走出来。梁拉娣看见，愣了，问她："哪儿来的？"

秀儿揉揉眼说："舅舅留下的，就放枕头边，还有个条儿。"

梁拉娣接过钱和条，条上写着一行小字，字体歪歪扭扭，极其不美观："**姐：钱给小雨。守业。**"

梁拉娣咬着嘴唇，感慨万分。

这时，喝得昏昏沉沉刚刚醒来的南易忽然一惊，问陶厨师长："现在几点了？"

大厨看看表，说："9点了。"

南易大叫："我迟到了！今天就要闹天宫啊！"手忙脚乱往外跑。

陶厨师长说："你等会儿，我骑车送你过去！"两人急匆匆赶到地方，南易直接一头钻进了餐厅。

外国友人和市领导、姜司令等人坐在饭桌边等着。

许久，一道菜装在一个大蒸屉里，郑而重之地被两个人端上来，吸引了所有人的目光。

大蒸屉摆上来，两个服务员从里面抬出一个大平盘，只见当中放着一个大的海蟹壳，上面堆好炸酥的粉丝，撒些青丝红丝，做成了花果山的样子，前面则是一些萝卜，雕成了花，刻成演武场、铁索桥和桌椅凉亭。

花果山上，则是无数只红红的炸虾，姿态各异，手中抱着一棵棵小棍儿似的豆芽，有的好像在演武，有的仿佛在对练，活脱脱上百只举着金箍棒的猴子，在大闹花果山。

透过后厨的玻璃窗户，南易紧张地看着这边的状况。所有人都无比紧张。

姜司令看着很满意，啧啧点头。一旁的外国友人看得都呆了。终于，一位外国友人忍不住了，拿起筷子，夹了一个"猴子"，放到嘴里。刚吃下去，他立刻大赞："太棒了！"说着，连连竖大拇指。

听着外边传来的喝彩声，后厨里的南易坐在椅子上，松了口气。

厨房门开了，姜司令带头，市领导和外国友人一起，集体为南易鼓起掌来。

送走了外宾，南易跟着姜司令坐到宾馆会议室里，姜司令有些心花怒放："南易啊，你今天是功臣，这要是放到战争时期，你就是特等功啊！"

南易笑道："我这也是借花献佛，总算完成任务了。"

姜司令说："别谦虚，今天是好样的，我没看错你啊！对了，有个事情跟你说……"说着掏出香烟，找火。南易赶紧掏出打火机，过去给点着。姜司令长长地呼出一口烟雾，示意南易凑近，压低声音说："先不要跟别人说，我最近可能会调整一下，去当副省长。"

南易一脸惊讶，又惊又喜，没吭声，继续听。

姜司令顿了顿，看着南易，接着问："我想带你去省里，你愿不愿意？"

第二十章
知恩图报

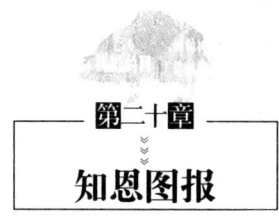

南易要去省里的消息传遍了全厂,崔大可眼红,到处跟人说南易为人不仗义,也没见几个人理会他。

刘峰在家里设了家宴,给南易饯行。两个人坐在桌上喝酒,都已经喝至微醺。经历了"文革"的焦敏变得有些自闭和内向,一改以前飞扬跋扈的神情,也不多说废话打扰南易和刘峰,自己坐在写字台前辅导朵朵写作业。

朵朵嫌刘峰和南易说话声音大,皱着眉头回头看,焦敏把她拉回去。

刘峰和南易边喝边聊,南易有点伤感,对刘峰说:"我就一句话,知恩图报这四个字,我明白。"

刘峰摆摆手说:"什么都不说了,喝酒。"

俩人举起杯,又干了一口。这时,崔大可提着酒和花生米来了。南易和刘峰丝毫不觉得意外,刘峰招呼崔大可进来,给他加了个凳子。南易烦得够呛,翻了个白眼儿。

崔大可觍着脸过去坐下,把酒和花生米往桌上一摆,对刘峰说:"刘哥,南大厨露一手的机会可不多啊,你也不说叫我沾沾光……"

刘峰笑着说:"今天我是下厨,给南易饯行。"

崔大可两眼放光,很夸张地赞道:"那我更得讨个嘴啦!能吃一顿你做的饭,难啊!"

刘峰和崔大可一起哈哈大笑,南易懒得掩饰心情,故意把脸扭向一边,自己夹菜吃,没给崔大可好脸色看。

从刘峰家里出来,南易又径直去了医务室。时值中午,医务室里除了南易和丁秋楠,没别的人。南易带着酒劲,坐在椅子上,两眼通红地来找丁秋楠告别,一直盯着她也不说话。

丁秋楠给他倒了一杯水，让他盯得不好意思起来："怎么喝成这样？"

南易不说话，仍然看着她。丁秋楠的脸微微一红，赶紧没话找话："什么时候走啊？"

南易说："过几天吧，不急。"

丁秋楠坐下来说："这一走，以后就不回来了吧？"

南易问："你想让我回来吗？"

丁秋楠听了脸上一红，声音陡然变小："说什么呢？"

南易暧昧地说："你要想让我回来，我就回来。"

丁秋楠盯着南易，认真地问："我要让你不走，你是不是就不走了？"

这句话把南易问住了，一时间陷入了沉默。过了好一会儿，丁秋楠一笑："不行吧？"

南易忽然认真起来，思索半天，严肃地开口："你要是认真的，我就真不走了。"

听南易这么说，丁秋楠愣了。两个人互相看着，眼神里透着说不清的复杂意味，最后，还是丁秋楠打破了沉默，声音很伤感："以后要有空，多回来转转吧。"说完，起身，拿着南易面前喝完水的杯子，又去倒水了。

南易看着她，看着看着，把眼睛挪开了，表情满是遗憾。丁秋楠倒完了水，给他端过来，南易伸手接，但眼睛直直地盯着丁秋楠，俩人眼神相对，都是深情无限。

忽然，门吱呀一声，开了，俩人同时回头，崔大可站在门外。南易一惊，已经接到手里的杯子一下没拿稳，掉在了地上，发出巨响，水也泼了自己一裤子，赶紧手忙脚乱地抖搂裤子。崔大可装得什么都没看见一样走进来，还带着点讨好的意思，去帮南易收拾地上的杯子。

南易特别紧张，丁秋楠倒是特别坦然，站在一旁看着他俩。南易结巴地问崔大可："你，你不是回家了吗……"

崔大可笑着逗他："你不是说去和大伙儿告别吗，告别到这儿来啦。"

南易脸红，更紧张了，不知道该说什么好，手也不知道该往哪里放。崔大可一副理解万岁的口气，说得还特别真诚："啊呀，老同事，老邻居，告别一下应该的，我来拿一下钥匙，这就走，你们聊着啊。"

可南易哪里还敢多待，逃似的回家了。

家里已经收拾得差不多了，南易从外头搬了个凳子进来，踩上去，到柜子顶上找东西。梁拉娣看着他不停地摸东西，调侃他："可以呀，学会藏私房钱了你？"

南易说："是私房菜。"够了半天，好不容易够着一个东西，拿下来，下了凳子，拍打着上边的土，愣了。那是他家传的菜谱。菜谱几乎全都被老鼠给啃了，已经残缺不全，南易傻了,呆呆地看着剩下的几页目录,眼圈一红,哭了。

梁拉娣问:"这就是你说的那本家传菜谱啊?"见南易一脸沮丧,搂住他的肩膀,柔声安慰他:"有些东西,丢了就别想它了,再想,它也回不来了。"

在南易听来,这话既像说菜谱,又像说丁秋楠。他猛地抱住梁拉娣,哇哇大哭起来。梁拉娣看着他一个大男人,哭得一塌糊涂,也不知道该说些什么,拉着他的胳膊,陪着他。

第二天,南易一家带着行李穿过厂区出了门,走到厂门口,只见崔大可拉了一个横幅,上面写着:**热烈欢送南易荣调省城**。崔大可带着刘明敢,俩人各拉横幅的一头,起劲挥舞着,脸上绽放着热烈的笑容。

南易被感动了,慢慢走过去,但嘴上还是不阴不阳地说:"横幅这钱,不会让我出吧?"

周围的人都围过来,和梁拉娣一家说话。刘明敢凑过去,想和南易握手,被崔大可拨开,自己偷偷把南易拽出人群,拉到一边,低声说:"兄弟,你可不能忘了我啊。"

南易说:"放心,打死我也记得你。"

身后,小南拽着秀儿的衣襟,哇一声哭了。

丁秋楠一个人站在楼窗户前,默默看着南易远去,两行泪水无声地淌下。

和厂食堂相比,省机关食堂无论是环境、摆设、厨房用具,包括配套设施来看,都显得格外气派、大气。食堂的空间也很大,足够几十人就餐。除此之外,还隔出一些房间,分别是主任室和几个小餐厅——领导的专座。

厨子们都在做饭,忙活着各自的事情,南易一来就做了班长,众人不服,虽然表面上很尊重他,但带着不敢冒犯的成分,只要南易一干活,就被大家抢走,明显是孤立他。南易也看出来了,但不动声色。

小餐厅内,以前的姜司令、现在的姜副省长正在吃着面前的辣子鸡,吃得满头大汗,衬衫的领口、袖口都解开了扣子,直呼过瘾。南易在一边陪着,看着姜副省长吃饱了,进到后厨,端了一碗青菜豆腐汤。姜副省长一边擦汗,一边接过汤来,晾着,高兴地说:"今天算是真的过瘾!从里到外地敞亮!用我们老家话来说,这就叫吃透了,哈哈!"

南易笑着:"汤是清淡的,正好涮涮舌头。"

姜副省长哈哈大笑:"哈哈,搭配得好!"说着,端着碗喝了一口,忽然,脸上的笑容僵住了,取而代之的是种被齁着的难受劲儿,不过还带着点大度玩笑的意思说:"咱们附近是不是打死了几个卖盐的?"

南易急了,端起来喝了一口,也被齁得够呛。南易知道自己被人陷害了,汤里被人多加了好几勺盐。南易没有发作，不动声色地道歉："对不起姜省长，这儿的勺子大，是我没把握好，我去重新做一碗。"

姜副省长摆摆手，笑着说："不用啦，再喝我的肚子就要撑炸啦。"说完站起来，抹抹嘴走了。

要下班了，南易脱掉了工作服，看上去像什么事情都没发生过一样，笑嘻嘻走出来，拿着一盒烟，走到聚在一起聊天、准备下班的厨子们面前，挨个给大家散烟，并发出邀请："晚上都没事吧？我刚来，还没尝过这儿的饭馆，嘴馋了，一起去喝杯酒，我请客，怎么样？"

可没有一个人愿意去，有几个厨子还讽刺了他几句。

大家都散了。南易很尴尬，走到最后剩下的一个看上去特别老实的老厨子面前，问："您呢？要没事，一起喝两杯吧。"

老厨子指指自己的肚子："肝不好，大夫不让喝。"

南易尴尬地笑笑，强挤出一丝笑容："没事，没事。"

正要转身走，老厨子拉住他，从他的烟盒里抽出一根烟，点着，很诚恳地告诉他："真的有病，不是不给你面子。要搁十年前，两个你也喝不过我。"

南易点点头，苦涩地、带着感动地笑了笑，沮丧地回到了家里。

南易一家搬进了新家，梁拉娣和秀儿都很兴奋。南易耷拉着脑袋坐在一边抽烟，极其沮丧。梁拉娣刚擦完的地，被他的烟灰又弄满一地，梁拉娣拿着扫帚过来，磕磕他的脚："让开，让开，瞧这一地的烟灰，不收拾也别糟蹋啊。"

南易挪了挪地方，强忍着情绪，没说话，也不发作。

梁拉娣还在唠叨："你看，刚说完，你又跑到那边弹去了，瞧这一地的……"

南易忍不住了，吼了起来："你有完没完啊？烦不烦？"

梁拉娣直起腰，顿了顿，特别严肃地说："南主任，我要是说，您一调到省里，脾气就变大了，人也得瑟了，您同意吗？"

南易被她逗笑了："你要这么说吧，我就没法和你吵架了。"

梁拉娣过去，看着他，柔声宽慰道："外头要是有人欺负你，还回去。咱是御厨，不是小流氓，别动手，想别的招。他们迟早得佩服你，你肯定行。"

机关食堂上班的时间很准时。第二天，厨子们三三两两走进食堂后厨时都愣了。厨房里，南易穿戴一新，特别精神地站在案板后，身材笔挺，双目有神，信心百倍的样子，宛如食神。

案板上，摆着一些码好的菜和调料，整整齐齐，各归其碟。

南易等他们进来，微笑着开口道："各位赏个脸，给小弟提提意见。"然后，他穿上围裙，站在锅前，带有露一手的意思，潇洒、利索地做菜。厨子们围成一圈看着，脸上的表情各异。

没多久，一道菜做好了，南易将盘子递给大家尝，厨子们过来挨个品尝，表情明显变了，是那种口服心服的赞叹和服气。

晚上，南易一家人吃饭，南易和梁拉娣想着法儿让挑食的小雨吃东西，正急得团团转，有人敲门。南易和梁拉娣对视一眼，秀儿跑去打开门，门外居然是崔大可，他蓬头垢面，像被人拿尘土泼在身上一样狼狈，手里提着一篮玉米棒。

咕噜一声，从崔大可的肚子里传出来。原来崔大可下午就来了，一直在省机关门口等着，没见着南易，只好一路问人才找到了这里。

南易忙让崔大可进来坐下吃饭，两人又聊了大半夜。

第二天清晨，南易送崔大可出来。崔大可提着一些南易送给他的点心，紧紧抓住南易的手，一脸真诚地说："你可要常回来啊，小南可想你们家秀儿了，成天跟我闹，非要我带他来。"

南易敷衍道："行，有空我带拉娣她们都回去。我不能送你去车站了，还得去做早饭。"

崔大可赶紧说："你赶紧回去忙去，你现在是大忙人，可不能耽误……"

南易点头："那你路上小心啊。"

崔大可一把拉住他，说："南兄弟，有好事，想着我点儿……"一步三回头地离去。

南易敷衍地跟他挥手。等崔大可走远了，南易走到哨兵旁边，赔着笑，指着崔大可的背影说："同志，以后这个人来找我，就说我不在，行吗？"

哨兵愕然地看着他。

这天，姜副省长在小餐厅吃饭时，对南易提到了省里要搞个接待办的事情，想让南易过去。南易想到了刘峰，趁机向姜副省长推荐了他。

随着刘峰要调到省接待办，整个家庭气氛全变了。不止焦敏，连女儿朵朵也对刘峰热情礼貌起来。一家人正其乐融融地收拾着东西，崔大可又来了。他的眼睛又红又肿，一看就是哭过的。

刘峰惊讶地问："大可？怎么了你？"

崔大可看了看地上收拾好的东西，坐在椅子上，有点哽咽："厂长，哦不，刘主任……刘哥……你这一走，咱俩就见不着了。"

刘峰拍拍他的肩膀说："不至于，我一礼拜就回来一次，还和现在一样。"

崔大可说："……我想去看看你都估计不行了，省委大院都不让人进去……刘哥，你可别忘记我，这几年，我崔大可别人的话谁都不当数，你刘哥说过的，我可都是死心塌地地办着啊……"嘴巴一撇，哭了。

刘峰哭笑不得地看着他，最后实在没辙，只好把崔大可也带上了。

南易却对刘峰把崔大可带上了表示出了极大的不高兴："崔大可怎么也跟来了？"

刘峰很诚恳地解释："我是这么想的，他这个人活泛，也会来事，搞接待的点子也够多，另外他如果来了也好，咱们还能团结起来。"

南易撇撇嘴："团结……"

刘峰笑了："这么多年了，你们俩还尿不到一个壶里啊！"

南易皱皱眉头："我烦他。"

刘峰略有些尴尬："也赖我，事先没跟你打个招呼，听听你的意思。"

南易赶紧摆手，笑着说："来了就来了，还能撵回去啊，只要你顺手就行，不然这个活要是搞不好，我也不沾光啊。"

刘峰也跟着笑，不过带着点儿三十年河东，三十年河西的尴尬。

眼见着南易、刘峰和崔大可都有了好工作，刘明敢也眼红了，大老远跑来找崔大可求工作。崔大可又哪里会帮他，冷冷地把他打发走了。

刘明敢沮丧地在街上逛，手里提着一些刚买好的东西。离他不远处，三个小痞子盯上了他。趁机找茬，把他堵到一个角落里，要抢他手里的东西。

刘明敢正不知所措，一个声音很粗的女声在他们身后响起："三个欺负一个，算爷们吗？"却是恰巧路过的许春柳。

小痞子们互相对视一眼，乐了，过去围住了许春柳。哪知许春柳三拳两脚，三下五除二就把三个小痞子打跑了。

刘明敢哭丧着脸，哆哆嗦嗦的。许春柳鄙视地看看他，问："你没事吧？"

姜副省长给刘峰部署了一项艰巨的新工作：省里改造大坝工程，在大坝现场有个三千人的誓师大会，要在现场想办法解决吃饭问题。刘峰只能硬着头皮答应了，然后急匆匆地去找南易商量："有个大任务。大坝施工，现场大会餐，人数是——"说着伸出了三个指头。

南易问："三百？"

刘峰摇摇头，说："三千！"

南易指着自己问："就我一个人做饭？"

刘峰坐下来说："那累死你也没戏啊。全工程系统所有的厨子，都归你指挥！"

南易想了想，摇头："这么大的场面，不一定保险啊。"

刘峰挑了挑眉，说："你不是御厨吗？这能难倒你？"

"皇帝只有一个，可你这是让我给紫禁城全体做饭啊，我哪儿弄过这么大的规模啊。"南易一脸苦笑。

刘峰一下子颓了："这不是要命吗？"

南易不理他。

第二天早晨，刘峰肿着眼睛走进食堂，南易瞅见他这副模样，顿时乐了："没睡好吧？"

刘峰叹了口气："一夜都没睡着。"

南易不逗他了，跟他说了实话："别这么紧张，我心里有数。"他一抖手，从兜里掏出一张纸来，"老鼠积德，祖传菜谱还给我留了一页，就是千人餐。"

誓师大会转眼就到了。大坝现场被布置得隆重而壮观。一大溜大号的行军锅依次排开，每个行军锅的后边都站着一个厨子，手里拿着饭勺，阵势颇像等待发射导弹的炮兵。

大坝另一头，搭起了很大的炉灶。有人在烧火，有人加水。

整个现场，有运输饭菜的，有布置饭桌的，呼喊声，人来人往，热闹非凡。

更多的人都在外围看着这壮观的一幕。

南易站在一个小土堆上，戴着一顶特别高的厨师帽，系着雪白的围裙，拿着喇叭，居高临下，像指挥官一样指挥着几十个厨子，气势非凡。看着众厨子都把东西安顿好了，架好了锅，南易左手把喇叭拿起来，放到嘴边，向厨子们大喊："都准备好了吗？"

"好了！"几十个厨子一起整齐地答应，声音震耳欲聋，声势浩大。

南易点点头，举起右手握着的小饭铲，猛地向前一挥，活像指挥冲锋时挥舞着的军旗："开始！"

整个会场顿时沸腾起来，炒勺和铁锅的相撞声、互相之间的呼喊声、火焰和着风的声音不绝于耳，南易站在正中心，将军一般地统领全局。

姜副省长和一些领导站在一侧，看着这个热闹非凡的场景，互相议论。姜副省长点点头，满意地说："有点儿意思！"

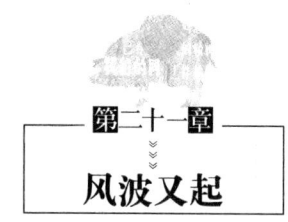

第二十一章
风波又起

时间的齿轮转到了20世纪80年代初。

崔大可已经升到了省机关接待办主任的位置,刘峰更是当上了市长。

星期天清晨,机关宿舍大院子里人来人往。一身笔挺的蓝布中山装的崔大可来回踱步,貌似随意地四处看看,抓紧机会巴结领导。

南易骑着辆自行车过来,车后座上放着个大麻袋,鼓鼓囊囊的。他看到崔大可又在把巴结领导,有些轻蔑地哼了一声,快速骑了过去。

南易家没有人,桌上摆着馒头咸菜。南易拉着大麻袋走进来,拿起桌上的馒头咬了几口,在屋子里四处看看,从床底下拖出洗澡用的大铁盆,把麻袋打开,全倒了进去。一铁盆白萝卜,摞得冒尖。南易又把桌子上的东西推到一边,从抽屉里拿出一个布包,打开,一溜各色刀具,从小到大一字排开。

梁拉娣端着脸盆走进来,看到这么一大堆萝卜,眼珠子都要瞪出来了:"你疯啦,买这么多萝卜干什么?"

"正事,你甭管。"南易在盆里挑出一个白胖的大萝卜,用手比划着大小。

梁拉娣蹲在地上拨拉着萝卜,还是好奇:"这么热的天,放不了两天就得坏,腌着也吃不完啊。"

南易不理她,拿起一把小雕刻刀一刀下去,不太满意,拿过旁边的一把大刀,直接就把萝卜削去了大半,削下的萝卜滚到地上,梁拉娣赶紧心疼地捡起来,抢过南易手里的刀,说:"别弄啦,哪儿买的?赶紧退了去。"

南易皱着眉头说:"你可真够能捣乱的,我这儿练刀工呢,现在不比从前了,来吃饭的都是大干部,菜炒得好不好单说,放个萝卜花就显得不一样。"

梁拉娣不以为然:"明儿人家要是想吃烧猪,你也牵一头回来练练?"

南易雕着萝卜，嘴里还不服软："你先把圈砌上，我准保给你弄回来。"

崔大可这会儿在家里打扮上了，蓝色的运动绒衣特意反着穿，黑色的咔叽裤子，裤线笔直。他站在大衣柜镜子前照着，拿起头油，把头发抹得锃亮，正在那儿自我欣赏呢，丁秋楠走了进来，看见丈夫这身装扮，撇了撇嘴："今儿回我妈家吧，你都好几个礼拜没露面了。等下星期我一上班，更没时间了。"

崔大可坐到床边，拿着一双黑皮鞋擦着，说："我这还有一堆事呢，你带着小南去吧。"

丁秋楠不高兴地说："就你忙，不就是个接待办嘛，整得跟中央领导似的。"

崔大可说："别看我们衙门小，就算真是中央领导来了也归我们管。哪个招待得不周到，都够喝一壶的。"

丁秋楠打开衣柜拿衣服，带出一个小本子。她捡起来翻看着，只见本子上写着每个机关领导的名字，下面歪歪斜斜写着字，还有一些画着奇形怪状的画——这是崔大可用来记录各个领导的喜好等小问题的本子。

丁秋楠好奇地问："这是什么呀？"

崔大可一把抢了过来："别瞎动，我跟你说啊，在机关里上班可跟厂子不一样，不该听的不该看的，都得长点儿心眼，尤其是那位。"他用手指指对面南易家，"少跟他凑近乎，你也算是领导家属了，注意点儿影响。"

"我跟南易怎么了，你给我说清楚。"丁秋楠拉着崔大可不依不饶。

崔大可看看手表，穿上鞋："行了，行了，就当我没说。"说完匆匆走了出去。他看到对面南易家的房门开着一条缝，想了一下，也不敲门，自己打开门就往里走。

南易正在桌前练习雕萝卜花，桌子上、地上全是萝卜的碎块和碎片。崔大可叫了南易一声，南易抬头瞟了他一眼，没说话，继续忙着手里的活。

"嚯，好家伙，您这儿摆阵哪。"崔大可凑到南易旁边看着，南易的萝卜花已经雕了一半了。崔大可感叹道，"有点儿意思。"

南易正雕到节骨眼上，一分神，一片花瓣被切了下来。南易生气地瞪了一眼崔大可，拿起大刀就把萝卜砍了一块，刀锋差点就碰到崔大可，把崔大可吓了一跳，赶紧躲开。

崔大可拿起桌子上雕坏的花看着，一副领导的派头拍拍南易肩膀，说："休息时间还不忘钻研业务，值得表扬，明儿我就让人写篇宣传稿。"

南易把崔大可的手推开，说："这算什么呀，我倒真有一个宣传稿你得亲自写写。"他笑笑，"某位办公室主任，为了照顾领导身体健康，亲自陪同领导夫人买菜，营造了团结向上、共同为国家作贡献的革命氛围。怎么样？"

崔大可知道是挖苦他呢，脸色一变，马上又讪讪地笑了笑："南易，我还真要跟你提点建议。咱们食堂的种类还是太少了，应该换换样子。晾点儿腊肉怎么样？"他的小本子上记着，姜副省长喜欢吃腊肉。

南易不理他。崔大可从左边裤兜里掏出一包恒大，抽出一支递给南易。南易不接，拿手指指崔大可的右裤兜。崔大可无法，从右裤兜里摸出了一包中华，南易这才接过来，点上，抽了一口，说："不会，没弄过。"

崔大可知道南易是个顺毛驴，吃软不吃硬，专拣好听的说："别人说这话我信，你我可不信，咱们机关就属你名气大了，外边的人兴许不知道市长书记是谁，可都知道机关食堂里有个大厨叫南易的。什么菜还有你不会的。"

南易果然动了心："等着吧，现在这天太热，晒不了两天就成臭肉了。"

"成，成，你记着啊。"崔大可说完开门走了。

崔大可骑着他那辆崭新的永久28离开宿舍区，拐到一个僻静处停下，四周看看。对面胡同里，一个年轻女人的脸露了出来——那是机关食堂的一个年轻的女知青琼花。崔大可看周围没人，跟她挥挥手。琼花跑过来，一下子跳上后座，崔大可马上骑走了。

两人来到人民公园里，崔大可手里摆弄着一个老式照相机给琼花拍照，时不时趁机捏她一把。琼花也没反抗，还说只要崔大可能帮她调动到崔大可那里工作，干什么都行。

崔大可一口答应，琼花高兴地挽起了崔大可的胳膊。两人在公园里一直待到黄昏时分，被到公园来买花的南易撞个正着。南易看看崔大可，又看看琼花。

崔大可看到南易，一下子没反应过来，愣在了原地。琼花看到崔大可的表情，知道有麻烦了，赶紧抽开自己挽着崔大可的手。

崔大可没处躲了，只得硬着头皮跟南易介绍："这位是琼花同志，这是我们单位的南易。"

琼花也硬着头皮打了个招呼，找借口走了。崔大可看南易的样子，有些害怕，找借口解释："一个朋友，我们有点工作上的事情需要商量一下……你忙吧。"

南易说："等会儿。"

崔大可站住，南易看看手里的君子兰，递给崔大可，让他拿着。崔大可不知道南易想干吗，接过花，还没定过神来，南易一巴掌扇到他的脸上，把他打蒙了。

南易骂道："这巴掌我是替秋楠打的。"

崔大可喊道："你干吗？！"

"这是替刘峰打的。"南易说完又是一巴掌。崔大可随手一挡，手里的花盆掉到地上，摔碎了。南易一看花摔坏了，急得就要打，崔大可忙拦住："君子动口不动手！"

南易骂道："你他妈也配说君子，好好的花让你弄成这样。"

崔大可看南易的劲头要跟自己没完，赶紧跑了。

南易骑着车回到宿舍，车前筐里，君子兰被报纸包着。丁秋楠站在门口张望着，看到南易，问他："南易，看见小南了吗？"

南易跳下车，想到刚才的一幕，自己反而有些不好意思。丁秋楠惦记着孩子，根本没有注意南易的表情，唠叨道："这孩子还没回来呢，别人早到家了。"

南易调转车头，说："我去迎迎。"还没骑上两步，就看见秀儿拎着小南的书包，陪着小南走了过来。小南身上的衣服已经被扯开了口子，脸上还带着血。

丁秋楠急忙跑了上去，问："小南？！你怎么啦，又跟谁打架啦？"南易跳下车，也跑上去。

秀儿解释道："秋姨，小南不是故意打架的，是我们学校那帮男生讨厌。"小南说："他们欺负秀儿。"

南易拉过小南，摸着他脸上的伤口，说："没事，没事，就是皮外伤。小南，疼不疼？"

小南疼得龇牙咧嘴，还是坚持说不疼。南易赞道："成，是个爷们。"南易这么一说，小南的胸脯挺得更直了。

丁秋楠拉着小南往里面走，说："快回去吧，让你爸看见又得一顿揍。"

晚上，崔大可果然在家里打小南。南易在家里听到了声音，气鼓鼓地骂道："什么东西！"

接待办的办公室内，正准备开会。崔大可坐在中间的椅子上，跷着二郎腿，故意让人看他脚上那双黑皮鞋。南易端着茶杯走进来，也穿了双皮鞋，他看见崔大可脚上的鞋，瞪了他一眼。崔大可假装没看见。丁秋楠走进来，南易故意招呼她坐到自己身边。

刘峰走了进来，坐在中间，说："人都到齐了吧，咱们简单开个会。下星期咱们市要开表彰大会，各市的一把手都要到，咱们要认真搞好接待工作，具体事务就由崔主任主要负责。"

别人都听着，只有崔大可拿着本貌似认真地记着。

刘峰发现南易和崔大可都穿着皮鞋，说："食堂的同志们都穿上皮鞋啦。"

崔大可忙解释："我就是随便穿穿。"南易低着头，掸掸自己的裤腿没说话。

刘峰说："我正要说呢，既然开全省大会，咱们都得注意一下个人形象啊，穿漂亮点儿，显示一下咱们的精神风貌。"

得到表扬，崔大可这才放下心来。

刘峰继续安排任务，南易在后面低声跟丁秋楠说话。崔大可心里直打鼓，一直盯着俩人。开完会，众人也跟着起身往外走。崔大可看南易和丁秋楠一起出去了，也急得要跟出去，却被刘峰叫住布置任务，只得又走了回来。

都交代清楚了，崔大可才从机关大楼里走出来。地上有一摊水，旁边明明有路，崔大可却非要拎起裤腿，大步跨过去，然后站在那里低头对自己的脚左看右看。

不远处，南易和丁秋楠走来，两人正在聊南易的君子兰，南易扭头看到崔大可正在那儿显摆，成心附到丁秋楠的耳朵边说："我上公园偷的，不要钱。回头给你送去。"

丁秋楠一脸惊讶："啊？！那哪儿成呀。"

远处的崔大可看丁秋楠的表情，忍不住匆忙走过去。

南易目的达到，向丁秋楠告别，还用眼神示意她。丁秋楠以为南易让她别把偷花的事情说出去，答应着，南易看崔大可瞪着他，眼珠子都要出来了，一脸笑容地哼着歌走了。

崔大可又急又气，却又什么都不敢说。

黄昏时分，南易抱着那盆君子兰兴冲冲地径直走到了崔大可家门口，敲了一下门，还没等里面会话，就打开走了进去："秋楠，我给你拿来了，瞅瞅。"

屋内，丁秋楠正穿着一件内衣在洗头，衣服已经被水打湿了贴在身上。她吓得赶紧躲到柜子边，也来不及擦掉水，拿起衣服就往身上套。

南易更是没有想到会碰到这一幕，下意识地转头要走。丁秋楠叫住了他。

两人有些尴尬，又有些暧昧。这时，门外传来邻居的叫喊声："怎么了这是，我怎么闻到一股煳味儿呀。什么东西烧了吧！""南易家怎么冒烟了！"

梁拉娣下班回来，发现邻居们都围在自己家门口，赶紧跑了过去打开门。南易和丁秋楠听见声响，也跟着跑了出来。

原来是小雨熨衣服熨到一半，被小朋友叫出去跳绳，熨斗忘了从衣服上拿开，把衣服烧焦了，连床单也烧了一块黑洞。梁拉娣连忙跟邻居一起泼水灭火。

梁拉娣看到南易从丁秋楠屋子里出来，已经有些奇怪了。刚才光顾着救火，现在看丁秋楠头发湿漉漉的，衣服也被洇湿了一大片，更加气不打一处来。

小雨匆匆跑进来，看见自己捅了这么大个娄子，吓得都不知道该怎么办了。

梁拉娣可找到了出气筒，拉过小雨揍了上去大骂一顿。小雨哭了起来。南易赶紧护着小雨："有话好好说，她也不是故意的。"

梁拉娣指桑骂槐道："一天到晚心思就不在这儿，天天往外头瞎跑，这个家里盛不下你了是吧，你走吧，你看谁家好你跟谁过去。"说着就把小雨往屋外头推。邻居们都在一旁劝解，南易和丁秋楠知道梁拉娣是什么意思，丁秋楠脸上挂不住，走了出去。

南易见状，吼道："你给我住嘴，胡说八道什么呢！"

梁拉娣瞅了一眼站在屋外的丁秋楠，说："南易，别让我说出不好听的来，你要想闹，咱们就敞开闹，让大家伙来给评评理。"

南易急了，一巴掌扇到梁拉娣脸上。梁拉娣愣了一下，然后疯了似的撞进南易怀里，把南易撞了一个趔趄。她大喊着："你敢打我，我跟你拼了！"

南易见周围邻居都看着，一把推开梁拉娣，转身走了，也不理身后大哭小叫的梁拉娣。

南易漫无目的地走着，不知不觉走到了向阳宾馆门口，他摸了摸兜，推门进去，正碰上派出所陈所长的老爷子八十大寿，厨子们却被一道八宝布袋鸡难倒了。南易手痒，自然免不了露了一手，又得到了一拨人的赞赏，南易也暂时忘却了之前的不快。

梁拉娣却一直在家里等南易吃饭，左等右等都等不到，赌气似的说："吃饭。"就把饭菜往嘴里塞。小雨和秀儿正不乐意饭菜太单调，南易就拎着饭盒，哼着小曲开门进来了。梁拉娣低着头不理他。

秀儿说："爸，您说说我妈吧，咱家不至于这么困难呀，我们怎么也算是祖国的花朵，就让您这么养育呀？"

南易说："还花朵呢，顶多就一个白菜帮子。"

秀儿站起身就往外走。

梁拉娣问："上哪儿去？一个大姑娘一天到晚到外头瞎跑。"

"我有事。"话没说完，秀儿的人已经跑了。

南易打开饭盒，里面装着半只鸡。南易掰下鸡腿放到小雨碗里，又把鸡翅递给梁拉娣。梁拉娣不领情。南易知道梁拉娣的毛病，故意对小雨说："小雨，这可是八宝鸡，二十多种材料在一块炖的，十多块钱呢，紧着有肉的地方啃，吃不完就得扔了。"

梁拉娣一听，拿过鸡翅就塞进了嘴里。

南易笑着说："这位同志意志可不坚定啊，来，来，就着萝卜丝儿，顺气。"

梁拉娣"扑哧"笑了出来。

上午，机关厨房里正在准备午饭。南易出出进进地忙着。杨小东边切菜边拿眼瞟南易，故意和钱大姐说起一道叫做"翡翠白玉"的菜，说是以前中南海的一位大厨的拿手菜。他还故意让南易听到最后那句"南师傅都不一定能做得出来"，南易果然就上钩了，马上卷起袖子做了起来。

杨小东偷偷乐了出来。

食堂里的厨师们都已经围在一桌子上吃饭了，只有南易还在厨房里面忙活着。不一会儿，南易端着一盘菜走出来，放到众人面前。

盘子里白色的豆腐都用白菜菜叶卷起来，菜帮子被切成细条把菜叶卷成的豆腐捆住，每个还系上了一个蝴蝶结，高汤做成汁浇在上面，看上去绿的绿，白的白，煞是好看。

南易说："尝尝吧，翡翠白玉。"

众人都夹起吃了，不住夸赞。杨小东边嚼边皱着眉头说着："菜是不错，不过……我吃的好像不是这个味儿。我记得人家好像不光有豆腐，嚼起来有点儿脆。"

南易想了想，站起身说："明儿再来。"

第二天清晨，众人都还没有起床，南易披着衣服把柜子里自己多年收集的菜谱全翻了出来。

梁拉娣抬起头睡眼惺忪地看着南易，问："你找什么呢？"

南易也不理她，把菜谱翻得哗哗响。

"神经病。"梁拉娣翻过身，用被子蒙住了头。

窗外突然传来崔大可的叫骂声："哪个混蛋王八蛋干的好事，让我找出来，跟你没完！"

南易走到窗边，打开窗户向下面看。梁拉娣也起床走过来。

楼下，崔大可手里拎着一个链子锁，跳脚大骂。筒子楼各家的窗户都打开了，众人都向下面望着。

崔大可还在大骂："你他妈给我出来，谁把我的车偷了？！我咒你八辈祖宗！"

丁秋楠穿着睡衣跑出楼门，拉着崔大可，低声说："都没起呢，你嚷嚷什么，赶紧回去。"

崔大可举着链子锁，抬头跟众人不依不饶："你们瞅瞅，咱们这儿可出了贼了。敢偷我的车，我要不把你逮着我就不姓崔！"

南易绷不住乐了出来。梁拉娣赶紧把他拉开，把窗户关上："别乐了，让外面听见。人家丢了东西你至于乐成这样嘛。"

南易说："活该，不就是辆破永久嘛，这回好了，成飞鸽了。"

梁拉娣笑着捶了南易一下。

门外传来丁秋楠推着崔大可回屋子的声音。

丁秋楠说："不就是一辆车嘛，赶明儿再买。吵得全楼都听见了，还是主任呢，就这点水平？"

崔大可喊道："我找了多少人才弄着的，一百多块钱哪，这个王八蛋，连个车铃都没给我剩下。"

丁秋楠问："你又上哪儿去？"

"派出所！"

南易忍不住乐得前仰后合，梁拉娣赶紧把被子捂到南易身上，想盖住他的笑声。

崔大可哭丧着脸从派出所回来，找自行车一事自然是没着落了。工作人员说外面有个姑娘等他很久了，崔大可探头出去，看到琼花站在走廊角落里，吓了一跳，赶紧来到走廊上，顾不上说话，拉着琼花走了出去。

崔大可边走边四处看，两人走到机关大院的僻静处。崔大可问："你怎么找这儿来了？"

琼花还没开口，先哭了起来。崔大可急得赶紧劝住："别哭啦，让人看见。到底怎么啦？"

琼花抬起头，只见她被打成了乌青眼："大可，你可得给我做主。"

崔大可说："我这儿还想找做主的人呢，什么事呀？"

琼花低声说："他回来了。"

崔大可急道："谁啊，我说姑奶奶，您能不能一气说完了。"

"卫国，我男朋友回城了。"

崔大可一愣，问："他把你打成这样的？"

琼花点点头说："他听人说我又找了一位，说我是见异思迁，水性杨花，我跟他闹，他就打我。"

崔大可忙问："你跟他提我了？"

琼花摇摇头说："没有，我没承认。"

崔大可这才长舒了一口气，说："没事，他是骂急了眼，只要你死口不认，他闹两天就完了。"

琼花说："我跟他分，大可，我这辈子就指着你了。"

崔大可忙摇手说："别急，别急，再等等。"

琼花不依："你什么意思呀？你想反悔？"

"我是说这事不能着急，得慢慢来。"崔大可边说边四处看，"你先回去，我单位还有好多事呢，等过两天我去找你。就这样啊。"

崔大可往回走，回头看琼花还站着不动，着急地冲她挥挥手，琼花这才走了。

厨房里，众人都围在南易和杨小东身边，桌子上摆着一盘南易新做的翡翠白玉。

杨小东尝了尝，又说这次的味道也不对，南易拿起菜盘就要往垃圾桶里倒。旁边的一位师傅赶紧抢过来。南易谁也不理，走了出去。

后半夜了，大院里一片安静。南易在床上翻来覆去地睡不着。突然，他坐起身，迅速穿上衣服。梁拉娣打开灯，墙上的表已经指向了两点。她皱着眉头问："这大半夜的你上哪儿去呀？"

"没事，睡你的吧。"南易起身快步走了出去。

走廊里空无一人，南易快步走到一户门前，轻轻敲了敲。里面没人答应，南易又用力敲门，喊道："小东！是我，南易，你出来一下。"

里面的灯亮起来，门打开，杨小东穿着睡衣，眼睛还没睁开，迷迷糊糊地问："南师傅，什么事啊？"

南易啊："赶紧穿衣服跟我走。"

杨小东听这语气，吓了一跳，忙问："出什么事了？"

南易说："快点吧，我又想了一遍你说的那道菜，走，咱俩上厨房去，我再试试。"

杨小东愁眉苦脸地说："明儿吧，这天还没亮呢。"

南易说："要是弄不出来，我睡不着，走吧，别吵着你媳妇。"二话不说，拉着杨小东就往机关食堂厨房走去。

南易一个人在厨房里忙活着，杨小东坐在旁边呵欠连天，快睡着了，根本听不进南易说的话，对他提的问题更是答非所问，最后有些急了，说了实话："南师傅，您别急啊，我实话跟您说吧，我也没吃过，那个翡翠白玉是编出来的。"

南易瞪着杨小东。

杨小东看南易瞪着自己，有些害怕了："您别上火，我就是跟人打赌，说能让您白请三天饭，就编了这么一个故事……我错了，您饶了我吧！"

南易问："跟谁赌？"杨小东支支吾吾不肯说。南易把刀往墩子上一摔，喊道："跟谁赌？！"

杨小东吓了一跳，结结巴巴地说："崔……崔大可。"

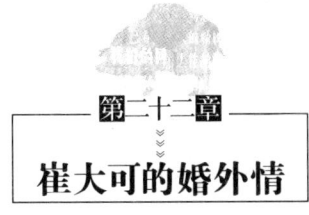

第二十二章
崔大可的婚外情

大院里，人们来来往往。崔大可从办公楼里出来，迎面撞见南易走过，脸上偷偷露出一抹坏笑，马上又掩饰住，清了清嗓子说："南易，正要找你呢，咱们得商量商量劳模大会的会餐怎么弄。"

南易说："等会儿上食堂来吧，我给劳模大会琢磨了个新菜，你过来尝尝。"

"好，好，待会儿就去。"崔大可快步走了，南易哼了一声。

没过多久，崔大可走进厨房："怎么样啊，什么好菜，让我看看。"他发现长条案子上放着好几个盘子，还用布盖着。他兴致勃勃地撩开，傻了眼。案子上一溜摆着十个大盘子，每个盘子里都是翡翠白玉。

崔大可转身想走，南易站在门口，门已经关上了。南易说："吃吧，都是特意给您做的。"

崔大可讪笑着："开个玩笑，开个玩笑。"他假装想起了什么，一拍脑袋说，"坏了，刘峰刚才还找我开会呢，我怎么忘了，我得先走了。"他拉拉门，可门已经锁上了。他转身笑着从兜里拿出中华递给南易："耽误了工作可是大事，我先去一趟，没事我就回来。"

崔大可想从南易腰上把钥匙抢过来，南易手快，一把拿下钥匙扔到窗户外面："这厨房的钥匙就我有，谁也甭想进来。"

崔大可眼巴巴地看着窗户外面地上躺着的钥匙。南易拿起一把最大的剁骨头用的刀，当着崔大可的面在磨刀石上磨得咔嚓响，举在阳光底下看看，刀锋被阳光照得刺眼。

南易把刀一下子杵在崔大可面前，喊道："吃！"

崔大可吓坏了，知道没处躲，夹起菜就往嘴里塞，只把十盘都吃完了，南易才放他走。崔大可扶着腰，揉着肚子，一步一挪地往外走，话都说不出来了，连着打了好几个饱嗝。

黄昏时分，崔大可和南易一前一后骑着车回到宿舍。突然，一个人冲到了崔大可面前，崔大可躲闪不及，连人带车摔在地上。

崔大可气呼呼地骂道:"你有病啊!"抬头看,却看到琼花一脸怒气地瞪着自己,他马上换上了一副笑脸,站起身,把车扶起来,"琼花同志,我还有事,咱回头再说啊。"

崔大可想逃,琼花紧紧攥着车把:"你以为躲着我就没事了,崔大可,今天你要是不把话说明白,哪儿也甭想去!"

崔大可急道:"你别着急,咱们再好好商量商量。"

琼花的语气很坚决:"没什么可商量的,反正我已经是你的人了,你就给我个痛快话,你想怎么办吧?"

崔大可摆摆手说:"我可什么都没干。"

"行啊,走吧,咱们上单位说去,看他们是信你还是信我。"

崔大可真急了:"你要这么说就没意思了,当初可是你先来找我的,不就是给你拍了几张照片嘛,光明正大呀,你可别往歪了想。"

琼花看崔大可把自己推了个干净,哇地哭出来,要往院子里冲:"崔大可,咱们没完,我找你媳妇说理去。"

崔大可赶紧拽住她,想捂住她的嘴,琼花又抓又咬,指尖划破了崔大可的脸,崔大可赶紧躲开。琼花又要往里面跑,崔大可连搂带抱,琼花又哭又叫地挣扎着。

南易骑车过来,崔大可总算见到了救星,连声喊南易。

南易本来不想理他,可看实在闹得不像样,这才跳下车,劝道:"琼花同志,这里是省机关,一个大姑娘当街撒泼打滚的像什么话,好看怎么着?"

琼花一个劲哭着说:"崔大可他欺负人,现在又不认账了。"

崔大可忙说:"我没有!"

南易一脸不屑地瞪了崔大可一眼,又对琼花说:"他要是真欺负你了,你上派出所告他去,人民政府不会让坏分子逍遥法外,可你这么闹法儿,有理也变成没理了。"

崔大可说:"我说你这是劝架呢,还是蹿火呢。"

南易一听,蹁腿上车:"我还不爱看你这西洋景呢,您忙您的。"

崔大可赶紧拉住南易。

琼花把眼泪一抹,对南易说:"成,南师傅,这回我听您的,崔大可,今天咱们就把话说清楚,要不然晚上就上你家去。"琼花说完,转身要走,回头盯着崔大可。

崔大可知道躲不开,又不敢去,一脸央求,非拉着南易一起跟琼花走了。

三人一起走进了一条僻静的胡同里,琼花走在前面,崔大可拽着南易跟着后头。琼花站在一户家门前,回头等着。崔大可躲到南易身后,南易轻蔑地回头看一眼他,往前走去。

南易刚踏进院门，一个麻袋包从天而降，把他罩住了，南易动弹不得。几个年轻人冲着南易又踢又打。其中一个喊道："敢动我的女人，你不想活了。"

琼花着急地拉住他喊："卫国，错啦，不是他。"

卫国推开琼花，骂道："一边去，你还想护着他。"

琼花着急地跑到院门口叫崔大可的名字，几个人听见琼花叫崔大可的名字，也不管南易了，跟着跑出来。可崔大可听见里面动静不对，早跑没影了。

琼花赶紧跑回来扶起南易，把麻袋拿下来，南易滚了一身泥，脸上流着血，眼睛也被打青了。南易吐了一口带血的吐沫。

琼花忙道歉："南师傅，真对不起，我跟崔大可的事倒让您白挨一顿揍。"

南易笑笑说："没事，没事，小伙子有把子力气，真当阶级敌人打啊。"

琼花拉拉卫国。卫国看看南易，又看看琼花，还是不太相信："你真不是崔大可？"

南易呸了一口，不屑地说："我要是崔大可倒好了，才不干这种没皮没脸的事。"说着就往外走，边走边揉着腰。

回到家，邻居们看到南易的样子，都吓了一跳。南易撒谎说自己抓住一个偷车贼，结果跟人打了一架。

刚要进屋，南易转身走到崔大可门前，一把推开。崔大可硬着头皮走出来，装出一脸惊讶的样子问："哟，谁打的，伤得不轻啊，快回屋里歇会儿。现在的贼厉害着呢，我那辆永久到现在都没找着。"

邻居们都跟着点头称是。

南易话里有话地说："我是帮别人抓贼，结果那个王八蛋自己脚底抹油先溜了。崔主任，您说这种人是不是混蛋？"

崔大可知道南易是骂自己呢，也不好回嘴，点头支吾着。

邻居们听了，义愤填膺地替南易打抱不平。

南易狠狠地瞪着崔大可，这才进了屋。

第二天，琼花径直找到了崔大可家里。丁秋楠疑惑地问她："同志，您找谁？"

琼花一愣，什么也不说，转身就往外走。丁秋楠越叫，琼花走得越急，转眼没影了。丁秋楠奇怪地看着。

南易走出门的时候，琼花从角落里走出来，眼圈红红地向南易诉苦。南易怕琼花把事情闹大，拉着琼花就要往外走，突然听见身后的楼上传来梁拉娣的大叫声。

南易吓了一跳，跟琼花转头往楼上看。窗户边，梁拉娣伸头怒视二人。

南易推着琼花赶紧走。梁拉娣已经跑下楼来，问："她是谁？"说着就要追琼花，南易赶紧拽住她："同事。招待所的。"

梁拉娣不信："招待所的找你干吗？"

南易敷衍道："不是要开会嘛，人家问我怎么安排。"

梁拉娣转身往里走："招待所的？行，我问秋楠去。"

南易赶紧拉住她："你有完没完，我跟个女的说话还得向你汇报啊！"

梁拉娣骂道："害怕了？心里没鬼你急什么？！我说呢，这两天又穿皮鞋，又请人吃饭，还骗我抓小偷？南易，你够可以的，你在外头不三不四，回家还装英雄？你以为我好欺负是不是？！"她越说越大声，南易拽着她就往家里走。

梁拉娣喊道："你放开我！要说在这儿说，让别人都听听，你这个大英雄做的什么好事！"

邻居有的打开门向外面张望，丁秋楠也从自己家伸头看。

梁拉娣刚想问丁秋楠，南易用手掐到梁拉娣嘴上，跟丁秋楠笑笑，把梁拉娣推进了自己家，关上门。

屋内传出梁拉娣的喊声："她是谁？！"

"跟我没关系！"南易实在没辙，只好说了实话，"那个人跟我一点儿关系都没有！她是找崔大可的。"

梁拉娣不信："蒙谁呀，她找崔大可怎么跟你拉拉扯扯的，别什么屎盆子都往人家身上扣。"

南易压低声音说："你小点声，我还用扣，崔大可惹得一身骚，还让我给他擦屁股，我跟谁讲理去？！"

晚上，崔大可正叼着烟坐在床边看报纸，丁秋楠坐到桌子前瞟了他一眼，假装不经意地说："今天来了一个女的，好像找咱家的。"

崔大可一听，吓得烟掉到了身上，急忙站起身把烟头抖掉。

丁秋楠越发觉得可疑了："你认识她？"

崔大可急忙掩饰："我认识她是谁呀，我又没见着。"

丁秋楠瞥了他一眼，不信："那你这么紧张干什么？"

崔大可说："我紧张什么呀，我是激动的。没看报纸上说吗，要全面进行改革开放了，这是咱国家决定命运的时候，实在是太让人兴奋了，我得好好琢磨琢磨。"

崔大可边说边走出屋门。丁秋楠哼了一声。

崔大可走出来，关上房门，这才舒了口气。他左右看看，也没处可去，沿着走廊往外面走,低头看自己手里还攥着那张报纸,随手丢在一旁。

　　清晨,院子里一片喧闹,梁拉娣刚送走南易,就大嘴巴地把崔大可和琼花的事情说给了邻居听,丁秋楠远远听到,一脸怒气地走了出来。
　　食堂里闹哄哄的,挂着横幅,上面写着"**热烈欢迎参加劳模大会的代表**"。每张圆桌上都摆好了碗筷杯盘,转圈放着几盘凉菜。参加劳模大会的人有的已经坐下,有的四处打招呼聊天。劳模胸前都挂着大红花。
　　工作人员忙着上菜,倒酒。后厨更是忙得热火朝天,南易指挥若定。
　　食堂中间,姜副省长、刘峰和一群劳模分两排一字站开,每个人的脸上都带着笑容,崔大可举着相机盯着取景器。
　　这时候,丁秋楠怒气冲冲地挡在了相机面前。
　　"你来这儿干什么,我正忙着呢。"崔大可说着要推开丁秋楠。丁秋楠不知道哪里来的力气,一把推开,把崔大可的相机打到地上。
　　丁秋楠骂道:"崔大可,你不要脸!"
　　崔大可从来没有看到妻子发这么大的火,愣了一下,马上意识到周围人都在望着自己,尤其是站成一排的领导。崔大可拉着丁秋楠就往外头拽,丁秋楠头发也被拽散了,就是不走。
　　崔大可吼道:"你疯啦,不看看是什么场合,回去!"
　　丁秋楠说:"你不怕丢脸,我怕什么!一天到晚在外头偷鸡摸狗,人家都找上门来了,你装什么装呀?!"
　　崔大可急了,刚举起手要打丁秋楠,可又怕这么多人看到自己打老婆,影响太坏,手举在半空中,又放了下来。
　　本来热闹的会场一下子安静下来,刘峰看姜副省长的脸色一沉,赶紧走过去劝丁秋楠:"秋楠,你们夫妻之间有矛盾,咱回头再说,现在正聚餐呢,大家伙都看着,影响多不好。"
　　丁秋楠对刘峰说:"刘市长,崔大可在外头搞女人,做领导的该不该管?!"
　　刘峰安抚道:"你放心,要是大可真的有错误,我们当然会严肃处理,咱们回办公室说,好吧?"
　　机关里的人听说丁秋楠大闹会场,都跑过来看热闹,厨房里的厨师们也都不干活,走出来张望。围着的人越来越多。
　　南易跑了出来,附在杨小东耳朵边说了一句,杨小东答应着赶紧跑了。南易推开众人,拉着丁秋楠打圆场:"同志们,今天是劳模大会,不过咱们机关里要评劳模,崔主任一定得算一个,每天就忙着工作,连家里的老婆孩子都顾不上了,闹点儿小误会,咱们都非常理解是吧,这说明什么?说明人家夫妻革命感情深厚!"

工作人员端着一大盆冒尖的乱炖放到各个桌子上,南易端起酒杯,指指桌上的乱炖说:"没什么好招待大伙的,今天我特意做了一道'革命大团圆',祝愿大家身体健康,团结一心奔四化!"

众人都笑着鼓起掌来,对南易赞不绝口。杨小东跑着拿过来一个大录音机,整个食堂响起了欢快的乐曲声,这才化解了尴尬。

崔大可觉得没脸见人,早就溜了。

刘峰的办公室里,丁秋楠和崔大可相对坐着,丁秋楠低头抹眼泪。

刘峰在屋子里来回踱步:"你们俩呀,说你们什么好。这回好了,闹得全省都知道了,咱们机关可真是出了大人物啦。"

崔大可申冤:"刘局长,这件事我真是冤枉。"

丁秋楠说:"你哪儿冤枉了?你以为神不知鬼不觉的,我告诉你,人民的眼睛是雪亮的!"

刘峰说:"行啦,都回去吧!"崔大可一脸委屈地看着刘峰,刘峰冲两人挥挥手,"具体怎么办,等领导商量了以后再说。"

丁秋楠腾地站起身走了出去,崔大可臊眉搭眼地走了。

傍晚,南易端着从食堂带回来的饭盒走到崔大可家门外,敲了敲门。屋门打开,小南走出来,一脸委屈地看着南易。南易把饭盒交给小南,叹了口气,转身看看自己家门,沿着走廊走了出去。

南易走出楼门,点上一支烟抽着。崔大可从旁边窜出来,一把拽住南易就往旁边走。南易吓了一跳,甩开崔大可:"干什么?!"

崔大可说:"你问我,我还想问你呢。行啊南易,平时装清高,背后玩猫腻,怎么着,想把我这科长捋下来,自己当是吧?"

南易骂道:"我没你那么恶心!"他转身想往回走,崔大可不依不饶地拽着他:"不是你说的谁说的!你不想让我好好过,你也别想舒服喽。"

南易推开崔大可,崔大可急得上去就打,南易反身给了他一拳,吼道:"疯狗啊你,逮谁咬谁,你以为自己玩得挺高级,这世上没有不透风的墙!回去问问琼花吧,早晚你得死在女人手里!"

不远处，杨小东骑着车匆匆过来，说有警察找他，让他马上去派出所一趟。南易一头雾水地匆匆来到派出所，原来是上次在向阳宾馆他帮着做了八宝布袋鸡的陈所长。

陈所长笑道："我上次都没来得及谢谢您，我爸爸现在还跟我念叨呢，可吃着这道菜了。"

南易说："那还不容易，什么时候想吃了找我去。就这事啊，吓了我一跳，这一路上净琢磨了，没干违法的事啊，顶大了把盐当糖使了，可警察不管这事啊。"

陈所长哈哈大笑起来，这才说到了正题："你认识一个叫梁守业的吗？他说是你弟弟？"

南易点点头，说："对，是我媳妇的弟弟。"

陈所长说："那就对了。"转头冲着外面说："把人带来吧。"

外面有人答应了一声。

陈所长继续对南易说："梁守业在黑市上倒卖假文物，让我们给抓住了。"他从桌子底下拿出一个小瓷瓶，"他还跟人说这是你们家祖传的，说你祖父是御厨，这是他在御膳房里装花椒面用的。"

南易嘿嘿一笑道："他还一套一套的，陈所长，您该怎么办就怎么办，我可一点儿都不知道。"

警察小刘带着梁守业走了进来，梁守业一看到南易，头低得快到脚面了。

陈所长说："人你带走吧。"又看向梁守业，"梁守业，私贩文物可是要坐牢的，念你是初犯，又是假玩意，这次就罚款，下次再让我们逮着，可没这么便宜了。"

南易恨铁不成钢地瞪了他一眼，转头对陈所长说："陈所长，谢谢您啦，那我把他领走了。"

梁守业跟着南易走了出去。

到了宿舍楼门口，南易转头看梁守业，说："你让我说你什么好？！"

梁守业不敢回答。南易快步向前走，梁守业追上他："姐夫，您可别告诉我姐啊。"

"你也知道丢人呀！"南易愤愤地说。

正说着，一辆绿色军用吉普车开过，停在南易身边。南易转头看了一眼。大毛从车里走出来，后车门打开，两位军人跟着走出。

南易惊喜地喊道："大毛？你小子一声不吭怎么就回来了。"

大毛冲南易笑笑，叫："爸。"

梁守业看到大毛身后的两位军人，其中一位肩章是一杠三星，是连长，梁守业马上来了精神套近乎。南易没理他，问大毛："二毛呢？就你一人回来了？"

大毛点点头，脸上的表情有些难过，南易正高兴，没注意，拽着大毛往里走。

大毛回头看看连长。连长说："进去吧。"另一名军人打开车门，抱出一个布包的箱子，一众人走了进去。

见到大毛回来，一家人都很高兴，满脸的笑意。大毛从旁边军官手里接过那个箱子，小心地放到桌子上，一脸伤心地瞅着母亲，没有说话。

南易意识到了不对劲，看着桌上用白布包裹着的箱子。大毛打开，里面是一个骨灰盒。

梁拉娣盯着大毛问："这是谁家的，你怎么拿这儿来了？"

大毛的眼泪下来了，一下子跪在母亲面前："妈！对不起！"

梁拉娣下意识地向后退了一步，心里隐约知道了什么。

连长说："大爷，大妈，您二老别太伤心。二毛同志牺牲了。"

梁拉娣腿一软，不相信地说："牺牲了？你们胡说什么呢？"

"一位新兵投手榴弹出了事故，二毛为了救全班战士自己牺牲了。"

梁拉娣傻愣愣地站着，忽然笑了出来，往门口走："你们这俩孩子，这么大了还跟妈开玩笑，肯定在外头藏着呢吧。"

大毛哭着拽着母亲，小雨和秀儿也哭起来。

许久，梁拉娣也终于撕心裂肺地哭了出来。

经过领导研究决定，崔大可最后接受的处分是停职反省。崔大可决定和丁秋楠离婚，连"离婚申请"都写好了，给了丁秋楠以后，他就把琼花约了出来。

街边的小饭馆里，崔大可和琼花相对坐在窗旁的桌子边。桌上摆着一瓶白酒、两盘小菜。崔大可已经喝得差不多了，琼花连筷子都没动，看着崔大可自斟自饮："你把我叫出来，就是看你灌酒来了？"

崔大可沉默了一会儿，低声说："琼花，要是我没了工作，你还愿意跟我吗？"

琼花吃了一惊，想了想才说："这事我说了不算吧。"

崔大可又喝了一口酒，鼓足勇气说："咱俩结婚吧。"

琼花故意夸张地哼了一声："崔大主任，您不是说跟我没有任何关系吗？"

崔大可叹了口气，说："活了大半辈子，天天跟孙子似的围着别人屁股后头转，把我自己是谁都忘了。就连老婆都不拿正眼瞧我，没意思，真没意思。"说着又要倒酒，琼花抢过酒瓶。

崔大可顺势抓住了琼花的手，琼花想抽回来，崔大可紧紧攥着，深情地说："别看咱们俩在一块儿没多长时间，可我一看见你心里就觉得特踏实，特放松。我那个老婆老觉得自己与众不同,其实不过就是一杯白开水,你说就算把它装进金碗里,也变不成茅台不是?"

琼花被崔大可的认真打动了,点点头说:"你要是真想明白了,我听你的。"

崔大可一脸感激,觉得浑身都痛快了。

小南背着书包正要去上学,正巧看到了崔大可和琼花。他一路跟踪崔大可来到了大杂院琼花的家门口,悄悄走到窗户底下,蹲下来往里看。

屋内,崔大可和琼花正腻歪着,窗玻璃突然发出巨大的声响,碎碴子冲着两个人就飞了过来。

自从知道二毛走了以后,梁拉娣吃不下睡不着,这会儿病了,半靠着坐在床上。丁秋楠捧着碗粥喂她,安慰着,两个女人就都哭了起来。

这时,崔大可突然怒气冲冲地走到门口,扭头看到丁秋楠,大喊:"丁秋楠,你出来!"他一身衣服脏兮兮的,袖子上残留着血迹,看上去非常狼狈。

南易从厨房应声走出来。丁秋楠站起身走到门口。崔大可问她:"小南呢?!"他拉拉袖子,"你看看,都是他干的。"

丁秋楠说:"胡说,小南上学去了。"

崔大可哼了一声:"上学?就学砸人家玻璃了?是不是你让他去的?"

丁秋楠不屑地说:"我没你那么无聊。"

"你就装吧,他把琼花……反正他把人家窗户全砸碎了,还把人砸伤了,要不是我拦着,早让警察抓走了。"

南易骂道:"崔大可,你的脸是城墙砌的?怎么这么厚啊!还恶人先告状,就算是小南砸的,你也活该!"

丁秋楠着急地问:"我儿子呢?"

崔大可不在乎地说:"我怎么知道,跑了!"

丁秋楠匆忙往外跑,南易跟了上去,两人在大院外的墙角边找到了小南。丁秋楠问:"你今天没上学?你把人家的窗户砸了?"

小南不理丁秋楠。南易拉开丁秋楠,问小南:"小南,你砸的?"

小南点点头说:"他们欺负我妈就不成!"

南易说:"行,没白疼你。走,南叔今儿好好奖励奖励你。"拉着小南就去了食堂后厨。

大李正在炒菜,小南连着吃了几样菜,都吃出了菜里的毛病,不是这个少放盐,就是那个太干。大李不由得说:"今儿南师傅可找到知音了。"

南易高兴起来，把酒杯递给小南："来，跟南叔喝一口。"

小南咕咚喝了一口，辣得眼泪都要出来了。

南易笑着说："喝酒也得有讲究，你那个是牛饮，小小地嘬一口，先别急着咽，在嘴里捂热乎了，这样酒的香味就出来了，还不伤胃，知道吗？"

钱大姐看小南跟南易对着喝酒，在嘴里含着，慢慢咽下去，感叹道："行，南师傅这回算是后继有人喽。你说这崔大可哪辈子修的福气，有个这么好的儿子，还出去乱搞。"

南易说："黄瓜还有串秧的时候呢，何况人呢。"

夜已经深了，一轮弯月挂在半空。

南易扶着有点醉了的小南回家，丁秋楠赶紧从床上站起来，帮着把小南放到床上，脱鞋，盖上被子。

南易说："喝了杯酒，有点醉了。"他看旁边桌子上，晚饭一点儿都没动，心疼地说，"你什么都没吃呀？"

丁秋楠说："我不饿，也吃不下。"

"天大的事也不能拿自己的身体糟践，我给你热热去。"南易说着端起菜就要出去，丁秋楠上去抢过来，碰到了南易的手，赶紧收回来。两人都有些尴尬。

丁秋楠说："我真不想吃。"

南易安慰道："凡事往开想，别钻牛角尖。"

丁秋楠叹了口气说："崔大可怎么样我最清楚，这些年他就没断了折腾，我都是睁只眼闭只眼过去了，可没想到小南敢去砸人家窗户，平时不哼不哈的，我还以为他不知道呢，看来我这个当妈的也不合格。"顿了顿，她又说，"我谁也不怪，就怪我当初瞎了眼。"说完苦涩地一笑。

南易不好再说什么，告辞回家了。

第二天，在刘峰的办公室里，丁秋楠明确表态了："我不离婚。"

刘峰看着崔大可，等着他表态。崔大可说："我觉得……还是离了好。我们之间已经没感情了。"

丁秋楠不屑地说："崔大可，你别以为自己是香饽饽，好像我多稀罕你似的。要是没孩子，咱俩就不会走到今天，这你心知肚明。"

崔大可耸耸肩："那不就结了。现在不就给你一个改正的机会了嘛。"

丁秋楠说："你这是不负责任！人不能光图自己痛快，小南怎么办？"

崔大可说："儿子归你。"

"你是他爹!"

刘峰摆摆手说:"行了,这事到此结束。"

丁秋楠站起身往外走。崔大可还不死心:"我觉得还是离了好。"

刘峰说:"崔大可,你想离也成,先打辞职报告吧,只要你在机关一天,离婚想都甭想。"

屋门传来敲门声,南易走了进来,看到三人,又想返回去。刘峰叫住南易,对崔大可说:"你们俩走吧,就按我说的办。"

南易看看丁秋楠,崔大可生气地快步走了出去。

丁秋楠对刘峰说:"谢谢您。"

刘峰说:"以前的事就别再提了,崔大可好面子,你也给他个台阶下。"

崔大可和丁秋楠一前一后走出机关大楼。崔大可追上丁秋楠,说:"咱们不是说好嘛,故意恶心我是吧?"

丁秋楠说:"现在是谁恶心谁啊。"

崔大可说:"这可奇怪了,不是一天到晚看着我不顺眼嘛,这回让你彻底不用看着我了,怎么?又舍不得了?"

丁秋楠冷哼一声道:"你少自作多情吧,要不是为了儿子,我比你痛快。现在那些同学就已经笑话他了,以后让孩子怎么抬得起头来?!"

丁秋楠说完快步走了两步,又转回身,把家门钥匙扔给崔大可。

南易看着丁秋楠的背影,笑着对刘峰说:"都闹到你这儿来了。"

刘峰厌烦地摇摇头:"唉,我这个市长啊,快成居委会主任了。家长里短的什么都得管。"

南易说:"也不称称自己有几斤分量,想跟丁秋楠离婚,鬼迷心窍了。"

刘峰说:"过了几十年鲜花也变成狗屎了,谁都有烦的时候。"

南易问:"你也想过?"

刘峰反问道:"你敢说没想过?"

南易嘿嘿乐了,问:"找我有什么事?"

"你瞧我这记性,都让他们弄糊涂了。"刘峰站起身来,走到办公桌前,从抽屉里拿出一条领带,"来,你帮我看看这个玩意怎么弄,我学了半天,睡一觉又全忘了。省委组织我们下个星期去美国考察,要解放思想,发展经济。还规定非得穿西服。"

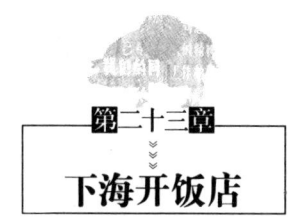

第二十三章
下海开饭店

傍晚，筒子楼家家户户都映出灯光。

不知道谁家的收音机里正在播放新闻：

我们当前的首要工作就是进行四个现代化建设，经济上不去，人民的生活就搞不好。贫穷不是社会主义，社会主义的根本任务是解放和发展生产力，其根本目的是要实现共同富裕。要坚持农村包产到户，允许个体私营经济发展……

深秋，金黄色的落叶随风飘落。

一辆汽车开进院子里，从美国考察回来的刘峰从车里走出来，司机跑到车后备箱，从里面拿出行李箱。

门打开，女儿朵朵跑出来。崔大可也笑着从刘峰家走出来，忙着接过刘峰的行李箱："刘市长回来了，辛苦辛苦。我听说您今天回来，特过来看看。"

朵朵挽着刘峰的胳膊往家走。崔大可抱着行李箱跟在后面。三人走进客厅。

刘峰坐到沙发上，崔大可忙不迭献殷勤、套近乎，汇报工作，想争取恢复工作，调回接待办去。

刘峰却不买账："接待办的名额已经满了，突然把你调回去，师出无名呀，再说别人都看着，恐怕不太合适。工作没有高低贵贱之分，你先踏实干着，再等等机会吧。"

崔大可被当面拒绝，泄了气，站起身告辞了。走出来，脸上已经没了刚才献媚的笑容。

午饭过后，刘峰正坐在办公桌前翻看着文件。敲门声响起，秘书小王走进来，看刘峰正在埋头看文件，扭过头向身后的南易示意别说话。

南易不吃这套，推开小王走进去："刘市长，我来了。"

刘峰抬起头说:"你先坐会儿,小王。"小王赶紧走过去。刘峰在文件上签字,交给小王:"这份给党办,还有跟工会说一声,姜省长的欢送会要搞得热闹一点儿,别太寒酸了。"

小王答应着走出去,关上了房门。

刘峰端着茶杯走到沙发前走下,南易问:"姜省长要去北京了?"

刘峰摇摇头,叹气道:"退啦。年纪到了,退居二线了。现在的工作不好做啊,我这次去美国才知道什么叫做现代化,咱们真的要急起直追了。"

南易有点受不了刘峰的官腔了,没吭声。

刘峰接着说:"你是咱们食堂的老人了,有件事先给你透个底,省委决定全面进行经济改革,我想在咱们食堂搞个试点,让私人承包。"

南易问:"私人承包?那不等于外面饭馆一样了?这么多人吃饭怎么解决?"

刘峰说:"承包就是要调动同志们的积极性,要你们在完成本职工作的前提下自负盈亏。从私心来说,我当然希望你能接手,食堂交给你我也放心,这事不急,你回去好好想想。"

南易站了起来:"成,反正谁承包不也还是做饭嘛,换汤不换药。"

刘峰又摆起了官腔,批评南易说:"你这种思想就不对,改革就是要彻底,汤药一块儿换。"

"行,我一定认真对待。"南易笑着开门走了。

梁拉娣被南易拉着去时兴的理发店烫了个头发,回到家,见丁秋楠也烫了一个跟自己一样的鸡窝头,有些不太高兴了。刚回到屋里,梁守业扛着一个袋子走进来。

梁拉娣忙接过袋子,问:"你怎么跑过来了?不忙吗?"

梁守业说:"咱妈非让我过来看看。我现在是无官一身轻了,村子里都搞包产到户了,谁还理我这个村长啊。"正说着,一眼看到了窗台边放着的君子兰。君子兰的叶子油绿油绿的,中间一簇白色的花骨朵。

梁守业一眼看中,骗梁拉娣说有个朋友专做君子兰生意的,看能不能卖点儿钱,再给南易拿盆更好的回来。梁拉娣想了想答应了。梁守业抱着花盆匆匆走了。

晚上,崔大可抱着一个大袋子走进来。他把袋子放到桌子上,打开,里面都是他的办公用品。

丁秋楠奇怪地看看,问:"你把这些都拿回来干什么?"

崔大可说:"用不着了不拿回来?从明天起我不上班了!"

丁秋楠问:"什么?!你为什么不上班了,调动工作了?"

崔大可摇摇头:"我辞职了,更准确地说,我停薪留职了。"

丁秋楠惊道:"崔大可,你没病吧?!好好的怎么说辞职就辞职了。"

崔大可说:"正好相反,我今天非常清醒,而且从来没有想得这么明白过,我决定要自己干一番大事业,你等着跟我过好日子吧。"

丁秋楠气急,生气地走了。

夜里,大院里一片安静,办公大楼黑着灯。只有机关食堂还透出灯光,传出高声说笑的声音。

食堂角落里坐着一大桌客人,桌子上一片狼藉。众人都边喝酒边大声说笑着。厨房里,杨小东和钱大姐坐在椅子上,累得直打瞌睡。南易让他俩先回去,自己从柜子里拿出一个密密麻麻写着菜谱的笔记本,一页页翻看着。

丁秋楠一个人慢慢走着,看到食堂还亮着灯,想了想,走了过去,见是南易在里面试菜,笑着说:"就知道你在这儿。"

南易说:"你来了,有口福。"把自己刚研究出来的新菜式献宝一样拿出来,丁秋楠吃得赞不绝口,却又满腹心事。

南易问:"又跟崔大可吵架了?"

丁秋楠找到了抱怨的对象,皱着眉说:"你说他是不是吃饱了撑的,愣把工作给辞了。"

南易有些惊讶地说:"是吗?也难怪,他在工会也得不着烟抽,那么爱当官的人,自打从主任位置上给撸下来,一直就没缓过劲。可他不上班干吗,就这么提前退休啦?"

"说的就是啊,哪有事事顺心的,大小也能挣份工资呢,一点都不替别人着想。"

南易和丁秋楠都笑了起来。

南易回到家里,看到窗台上君子兰不见了,急忙起床查看,看了一圈,着急地问:"我的花呢?你给我扔啦?我不就养了盆花嘛,又没养大花姑娘,你怎么就跟它较上劲啦?"说着穿上衣服就要出去找。拉娣跳下床拽住他。

梁拉娣说:"我没扔,守业拿走了。"

南易急了:"我的花凭什么让他拿走了?咱家就不能有一点儿好东西,你们家的人一来就跟那日本鬼子扫荡似的,不拿光不算完。"

梁拉娣不满地说:"你们家才是日本鬼子呢。平时挺大方的,拿你盆花就这么闹腾,不白拿,守业说了能卖一百块钱呢。"

"一百?!这一盆花少说得上千!"南易气呼呼地坐下来,"我告诉你,以后不许他再进咱们家门,凡是姓梁的都不许进!"

梁拉娣冷哼道:"那我还姓梁呢。"

"你嫁给姓南的了,要照着老规矩,您现在就叫南梁氏,远近都分不清,整个一个棒槌。"南易生气地躺到床上。

梁拉娣偷偷笑了出来。

崔大可说干就干,没多久,他的"还想来饭店"就开张了。崔大可春风满面地站在饭店门口,一挂长鞭劈里啪啦地响着。南易骑车过来,崔大可赶紧招呼:"南师傅,就等您了。"然后拽着南易向围观人群打起了广告:"这位就是南易,南师傅,咱们饭店的名誉大厨,就冲着他,你肯定吃完还得来!"

南易不愿意跟着崔大可站在马路当中瞎吆喝,转头看丁秋楠站在饭店里面,要走进去。崔大可赶紧招呼围观的人:"来,来,请进,各位请进。"然后跟南易一起走进了饭店。

饭店不大,两边放了六张桌子,装修简单。外面围观的人多,可没一个进来吃饭的。崔大可还不死心地站在门口想拉人进来。

南易四处瞅瞅,说:"还行,挺不错的。"

小南穿着一身厨师服走出来,拉着南易往厨房走。南易被小南拉着走进厨房。靠墙两个灶台,中间放着长条桌,桌子上摆着墩子,一旁一排菜刀擦得一尘不染。

崔大可也跟了进来,让小南出去,对南易说:"南易,咱俩一块干吧。我管经营,后厨的事全听你的,我敢保证,不出一个月,那钱就得哗哗地往里进。"

南易拒绝道:"谢谢您了,我有工作。"

崔大可说:"你那个工资够干吗的。你别看我这个庙小,可挣的钱都是自己的,咱俩三七开,我七你三?"

南易笑着撇撇嘴。

崔大可退了一步:"六四?"

南易还是不说话。

崔大可说:"商量,商量,我这已经扔进去不少了,总不能你拿大头吧。这样等收回成本,咱们一半一半总行了吧。"

"你甭费这个劲了,我现在干得挺好,没兴趣。"南易说着走了出去。

机关食堂角落里,刘峰和南易以及所有食堂工作人员围坐在桌前讨论承包食堂的问题,可谁也不愿意报名,生怕又有大变动。

崔大可的饭店里一桌客人也没有,崔大可没辙,又来求南易:"明天我请你吃饭,怎么样?"

南易有些不相信地看看崔大可:"不去。"

崔大可说:"我请客,你一分钱都不用带。"

南易摇摇头:"那也不去,你这个铁公鸡突然拔毛,肯定是黄鼠狼给鸡拜年,没安好心嘛。"

崔大可一脸诚恳地说:"我可是诚心诚意请你,你听说了没有,红旗路新开了一个广东饭馆,生意特别火,你不想去看看?"

南易想了想,点点头说:"好像有这么档子事,不是说请的广东大厨吗?"

崔大可说:"就是那儿,咱俩去会会,看什么大厨还能比你厉害。"

南易想了想,点头道:"行。"

"那咱们说好了,你可别安排别的事。"崔大可说着走了出去。

梁拉娣从厨房里走出来,说:"今儿怎么啦,你不是死看不上他吗?"

南易说:"他那点儿弯弯绕我还不明白,这些年他白吃我多少顿呀,我明天吃完喝完,一抹嘴不认账。让他着急去吧。"

第二天黄昏,南易和崔大可一起来到了那家粤秀饭店。他们推门走了进去,一位女服务员站在门口,弯腰鞠躬:"欢迎光临!"

崔大可吓了一跳,饭馆里播放着邓丽君的歌,墙上贴着一些港台明星的海报。崔大可故意找麻烦,要见老板,而这里的老板居然是刘明敢!厨师居然是许春柳!他们现在是夫妻俩!

第二十四章
又开"得胜锅"

粤秀饭店里,客人已经走光了,只剩下南易他们一桌。崔大可喝得醉眼迷离,一个劲儿挤对许春柳和刘明敢。

许春柳一忍再忍,终于啪地一拍桌子,喊道:"你看我们眼红是不是,有本事咱比比呀!"

崔大可说:"你还真别吓唬我,比就比!"

就为了这么一句气话,崔大可把自己的饭店装饰一新,墙上也贴上了港台明星的海报,柜台放着个双卡录音机,播放着流行音乐,声音很大——全都学着粤秀饭店的做,包括海鲜菜式。可是小南哪里会做海鲜呢?

崔大可又抱着一箱螃蟹去找南易了——都死了好几天的螃蟹了。

南易哪里知道螃蟹不新鲜,开开心心做了一桌子螃蟹宴,还请了邻居们来吃。众人埋头大吃,不住夸好。可到了晚上,全都拉起了肚子。小雨更是又吐又拉,连夜送去了医院一查,急性肠胃炎。

崔大可一张脸没处搁,正不好意思,祸不单行,饭店着火了!等崔大可赶到的时候,饭店已经损失惨重了。

天亮了,南易帮着小南和丁秋楠收拾着被烧得黑乎乎的饭店。崔大可蹲在墙角,看着眼神都直了,忽然站起身,怒气冲冲地从地上捡起一个烧成了黑色的铁棍就要往外走,一副要跟人拼命的架势。

小南赶紧拦住他:"您上哪儿去?"

崔大可发了疯一样:"我今天非跟他拼命不可!"

丁秋楠拦着他说:"是谁烧的都不知道,你跟谁拼命去啊?!"

崔大可急红了眼:"还能有谁,肯定是许春柳和刘明敢干的,看我开饭店眼红,怕我抢他生意，老子今儿跟他没完！"

南易上前拉住他："回去！人家烧你的店干吗，要是真看得眼红，也该你去烧人家的。"

崔大可蹲在地上大哭起来。

机关食堂承包的事情已经决定了，大李接了手，承包期限一年，先试行三个月。大家没想到从来不哼不哈的大李竟然站了出来，忽然成了领导了，都十分惊讶。

大李新官上任，立刻不再把南易放在眼里，南易以前定的规矩，不新鲜的菜不能用，他立刻就给改了，说是自负盈亏，要节省。

南易的心里说不上是什么滋味儿。

下了班，南易和梁拉娣并肩走着，说着食堂承包的事情，南易明显有点动摇了。这时，他不远处崔大可跟耗子似的溜着墙边往外走，边走边抬头看。

南易趁他不注意，大叫了一声："崔大可！"

崔大可没注意是南易，浑身一激灵，返身慌不择路地往里跑。

南易快走几步，拽住他："我说你属黄花鱼的，怎么净溜边啊。"

崔大可说："你想吓死谁呀。"

"躲谁呢？"南易故意四处看，大声说，"谁找崔大可呀？崔大可！"

崔大可拽着南易，快给他作揖了。他是躲着自己的债主了。饭店烧了，崔大可欠了一屁股债，人家都要上门了。

梁拉娣走过来，拉着南易。崔大可见机急忙跑了。南易乐不可支。

回到宿舍里，南易见了丁秋楠，问："崔大可呢？"

丁秋楠说："谁知道，天天跟疯了似的，非说刘明敢烧了我们家饭店。欠了一屁股债不管，一天到晚地瞎跑。"

南易问："那你怎么办？"

丁秋楠苦涩地笑笑："我想把饭店顶出去，先把钱还了，可都烧成那样了，根本没人要。"

晚上，两个讨账的男人在楼门口来回走。崔大可躲在不远处的树后，不知道该怎么办。

梁拉娣一家已经睡下了，突然，梁拉娣低声喊了起来："小偷！"从床上跳了起来。只见窗户上露出一只手的黑影。梁拉娣吓得指着，不知道该过去，还是藏起来。

南易从墙边找着扫帚，举着一步步往窗户边挪，窗外的黑影渐渐爬上来，看上去非常吃力。

梁拉娣躲在南易身后。南易一下子推开窗户,扫帚劈头盖脸地冲黑影打过去。梁拉娣叫着:"抓小偷啊!"

窗户外面的黑影被南易打得眼看抓不住窗棂,往下出溜:"南易,南易,是我!是我!崔大可!"

趴到窗户边看,竟然是崔大可踩在下面的泥台上,手扒着窗框,眼看就要支持不住了。

南易笑着看他,也不打算把他拉上来:"崔大可,你大半夜的不睡觉趴墙上学壁虎哪,我说你这肉大身沉的,掉下去倒说不定没事,有屁股接着呢。万一绊着了,那不就成吊死鬼了,再把我们半扇墙给拽塌喽。"

崔大可胳膊都发抖了:"你先让我上去!"

南易也不逗他了,把他拽了进来。梁拉娣问:"你好好的爬墙干吗?"

崔大可说:"别提了,那俩人堵门口一晚上都不走。"

南易说:"我今儿可知道什么叫狗急跳墙了。逼急了连自己家门都找不着?要爬也爬你们家窗户去啊。"

崔大可说:"我想呢,爬了半天没上去。"

南易哈哈笑了。

崔大可站起身:"南易,你甭乐,早晚我让你写个服字。"扶着腰走了出去。

这天,刘峰特意来找南易,批评他不该把《大众电影》杂志上登的外国人亲嘴的照片在食堂里四处传播。不用说,肯定是大李给刘峰打的小报告。南易气呼呼地走到食堂,在后厨里翻箱倒柜地找出那本《大众电影》,哗啦哗啦地翻出那张剧照,刺啦撕下来,啪地把剧照贴在门口宣传栏的正中间,对众人喊道:"今儿谁要敢给我撕下来,我跟谁没完!"

几个人偷偷乐。

黄昏时分,南易半靠在床上,翻来覆去地折腾,一口气还是没咽下去:"我还算给他脸了,要照着我以前的脾气,直接贴他脑门上。"

崔大可走了进来:"这又是跟谁较劲呐?"

南易说:"我正等着你哪,该到了啊,行了,想乐就乐,别绷着,嘴巴子都快抽筋了。"

崔大可拽起南易:"走,走,咱们俩出去转悠转悠。"

崔大可和南易并肩走在街道上。

崔大可说:"南易,我跟你说句掏心窝子的话,你可别不爱听。"

南易笑道:"行啊,说吧。你说的没几句能听的。"

崔大可说:"这段时间我带着你到处吃,你也知道你自己的手艺,你是名厨啊!你那个食堂都成了私人的了,你说你要是每天让大李提溜着来回转,你心里能好受得了吗?"

"我干活吃饭,谁也甭想管着我。"

"那人家也不能听你的呀,宁做鸡头莫做凤尾嘛。咱们一块干吧,你一身手艺在食堂光烧大锅菜了,谁也吃不出个咸淡来,多没劲哪。"

南易往前走着,没有说话。

崔大可接着说:"咱俩合伙,你一分钱都不用掏,就你这块牌子一挂上,客人肯定全上门。你瞅瞅,就许春柳那个二把刀都敢称自己是名厨了,你不比她强一百倍。"

南易说:"你甭拿话激我。"

崔大可拍了拍大腿,说:"我实话跟你说吧,我现在是架在这儿了,干也得干,不干也得干,秋楠把他们家的钱借过来还债了,我要是再不挣到钱,秋楠连娘家都不好意思回了。我一个大老爷们还好说,总不能让秋楠也跟着受罪。"他一副可怜巴巴的样子看着南易。

南易沉吟了半晌,说:"跟你干也成,不过工作我可不能辞。"

"没问题,你先兼着,一般的客人也用不着你上手,有小南呢。"崔大可高兴得快不知道该说什么好了,"咱们说定了啊,明儿我就找人装房子。"

还想来饭店装修一新,重新开张营业了。崔大可把一块大木牌立在大门旁边,牌子上写着三个红色大字:得胜锅。

崔大可志得意满地冲着围观的人做着广告:"各位亲朋好友,今天我们饭店开张营业,欢迎大家光临!咱们这里的拿手绝活就是这个,大伙瞅瞅,得胜锅!这来头可大了,当年成吉思汗西征就是靠着它扬名四海,进了紫禁城,建立的清王朝。咱们饭店的主厨南易,南师傅的老祖就是紫禁城里的御厨,吃了我们的得胜锅,战士打胜仗,学生考状元,小伙子追姑娘,一追一个准,旗开得胜,马到成功!"

饭店内的墙上写着得胜锅的广告,玻璃窗上贴着"特邀名厨——南易"。

新开张的饭店,生意出奇地好,头一个星期就赚了一千六。账是崔大可算的,南易倒是不在乎分多少钱,生意好,让他很有成就感,高兴。

过了几天,崔大可请来了三个女服务员,穿着统一服装,肩膀上披着绶带,写着"得胜锅"三个字。墙上挂着一幅裱好的画,上面是一位清朝官服老头,旁边写着"清光绪帝御用大厨,总管大太监钮估碌•南仕奇"。

崔大可看看南易，又看看画："不错，画得还真像。"

南易凑过去看："我说你可真能整幺蛾子，我什么时候成了钮估碌啦？"

崔大可说："您怎么啦，现今做生意就得讲究个说法，听着邪乎就成了呗，皇族啊。就算真有较真的，我都想好了，就说你祖父菜做得好，皇上一高兴封您叫钮估碌了。"

南易哭笑不得："行，编得还挺圆。"

晚上，就要关门了，崔大可拿着鸡毛掸子在清扫钮估碌·南仕奇老爷子。

南易坐到桌子边看着他，想笑又忍住："崔大可，你这光挂着可差点劲。就这么一幅画也没说服力呀，你得整点仪式才能让人觉得像真事儿似的。"

崔大可琢磨着："南易，你可算开窍了，就这么办。"

崔大可说干就干，没几天就整出了一个仪式来。这天，他在那幅画下放上了清朝式样的长条桌，指挥服务员把蜡烛和供品摆到上面，又把南易家一个祖传的旧瓷锅擦干净，放到条案正中间，瓷锅上面贴了张红纸，写着"祖传得胜锅"。

崔大可站在条桌前，服务员打开门，在他身后一字排开。饭馆里的客人都盯着他，屋门外行人也好奇地往里面瞅着，崔大可觉得差不多了，大声喊道："向钮估碌·南仕奇老爷子三鞠躬，祝他老人家万寿无疆！"

服务员捂着嘴偷乐，崔大可回头瞪了一眼："严肃点！"

南易站在厨房门口看着，强忍着不笑出声来。

旁边坐着的客人，看看画又看看南易，指指点点的："画的就是他吧。""那是人家老祖，没看上面写着呢嘛，清朝御厨。"

崔大可接着说："钮估碌·南仕奇老爷子，虽然您已经不在了，可您为人民服务的精神我们一定坚持下去，把咱们饭馆发扬光大！一鞠躬……"

崔大可带着服务员虔诚鞠躬。

"二鞠躬！"

南易已经乐得前仰后合了，丁秋楠也绷不住笑出来。

崔大可转回身，看看南易和众人，又看看墙上的画，醒过神来："嘿，合着我这儿给您鞠躬哪。"

一屋子人哄堂大笑。

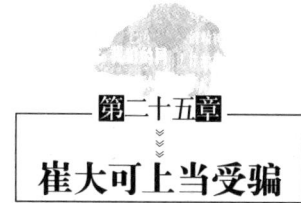

第二十五章
崔大可上当受骗

大院里,人们来来往往。崔大可在院子里走着,边走边赶着前面的人:"靠边,靠边,看着点啊,撞着了我可不赔。"

崔大可身后,南易开着一辆波罗乃兹轿车,歪歪扭扭一会儿往左,一会儿往右。这是崔大可买的新车,南易正在学着开。

不远处,刘峰看到崔大可的新车,走了过来:"呵,崔大可,买车啦。"

崔大可说:"嗨,开着玩玩。波罗乃兹,刘市长,要不还说是咱们国家英明,改革开放就是好,以前连辆自行车都跟个宝贝似的,现在咱也整上四个轮子了,来,您上去坐坐,特棒。"

刘峰说:"不了,不了,我还有事。"

崔大可一副兄弟的样子拍着刘峰的肩膀:"刘市长,以后用车您说句话,咱们这是自己的车,不比公家车,用一次又填表又排队的,您说上哪儿,油门一踩,走人。"

刘峰干笑了两声,转身走了。

崔大可上车开走,经过刘峰身边,特意按了两下喇叭,跟刘峰挥挥手,开出了大院。

晚上,小南终于向丁秋楠说明了自己的心思:不上学了,他已经自己办了退学,决定像南易一样做个好厨师。

丁秋楠不同意,正数落着小南,崔大可笑吟吟地进来了:"娘俩又吵什么呢,搁楼道里就听见了。"

丁秋楠皱着眉对崔大可说:"看看你儿子本事多大,自己就办了退学了。说是要当厨师。"

崔大可笑呵呵地说:"当厨师也挺好,不想上就算了。"

小南得到父亲的支持,口气也硬了起来:"还是我爸通情达理。"

丁秋楠点点小南的头，说："这会儿你爸又成香饽饽了，他那是害你哪。"

崔大可说："我能害自己亲生儿子吗？就他那成绩，从小学到现在就没上过70分，还不如让他早点儿出来干活呢。"说着跟小南使了个眼色，小南悄悄开门溜了。

"别生气啦，这点儿事值当的嘛。我给你看样东西。"崔大可从兜里拿出一张存折，打开，递给丁秋楠，"你看看，肯定吓你一跳。"

丁秋楠看了看。

崔大可说："数数后头几个零？"

丁秋楠惊喜地说："想不到一个小饭馆还挺能挣的。"

崔大可拿过存折怎么也看不够："什么小饭馆，我打算再挣一笔就开分店，到时候让小南去当经理，你就在家里享清福吧。"见丁秋楠不信，又说，"我现在要做大生意了，不出半年，给你捧个大金疙瘩回来。"

丁秋楠问："什么生意？"

崔大可说："秘密。"

丁秋楠笑着瞥了崔大可一眼。

南易吃完饭，靠在床沿上，点支烟，拿着报纸翻着。报纸上一则新闻勾起了南易的兴趣："中国瑰宝海外大放异彩"。他看到报纸上的一张青瓷炉的图片，腾地从床上坐起来，快步走了出去。

南易匆匆跑到得胜锅，在供奉钮祜碌·南仕奇老爷子的条案上翻了一遍，又走进柜台，在身后的柜子里寻找着。

崔大可奇怪地看着他："我说你找什么呢？丢钱啦？"

南易推开崔大可，把柜台下面的所有东西都翻出来："我那个瓷锅呢？原来摆条案上的，那个得胜锅？你们谁看见那个得胜锅啦？"

服务员面面相觑。

崔大可毫不在意地："那破玩意谁要啊，又没镶金带银，晚上关了门再说。"

南易大声喊道："破玩意？！镶金带银都没它值钱，你瞅瞅，五十万！"他把报纸扔到崔大可面前，崔大可瞪大眼睛看着南易。

小南闻声从厨房里走出来，和崔大可拿着报纸看着上面登的官窑青花海水纹炉的照片："青花海水纹炉？南叔，跟您那个还真有点儿像。"

南易说："什么有点儿像啊，就是！上面写着呢，这是一对，现在只出现了一个，还差一个呢，要是能凑成一对，五十万都不止！"

崔大可急了："关门！赶紧找！"

服务员们看老板着急的样子,连客人都不招呼了,都忙着寻找,可就是找不到。

崔大可大喊:"原来就搁在条案上的,谁拿走啦?赶紧拿出来啊,否则我告你们监守自盗。"

一位女服务员犹豫着问:"经理,您是说那个青色的瓷锅吗?"

南易喜出望外:"没错,在哪儿呢?"

服务员说:"上个星期来了个收破烂的,说是高价收那个,崔经理不是十块钱卖了嘛。"

晚上,梁拉娣在厨房里翻箱倒柜,气呼呼地,就是放不下这五十万的碗。南易自己也觉得窝囊,坐在椅子上生闷气。秀儿在一旁劝,一个劲儿说跟报纸上的不像。南易也怕梁拉娣急出病来,只好也跟着说不像。

这时,一身脏兮兮的崔大可推开门走进来,秀儿和南易直捂鼻子。南易问:"我说你这是从哪个屎坑里爬出来呀。"

崔大可哭丧着脸说:"完了,我连垃圾场都翻了,什么都有,就是没你的得胜锅。"

南易说:"你把全市的垃圾场翻了也不会有,谁拿着肯定都当宝贝,哪儿像你呀,有眼不识金香玉。"

秀儿偷偷拽了拽南易,说:"爸,这个花纹跟咱家那个不一样。"

崔大可抢过来仔细辨认着:"有点儿像,可又不太像。"

梁拉娣匆匆走出来,凑到灯光下仔细辨认:"咱家那个花纹好像全都往左的,还有这俩耳朵比咱家的大。"

南易看了看,说:"是有点儿不一样吧。"

秀儿故意大声说:"差着一毫米都不成。"

"我说南易,你看清楚了再闹啊,这通瞎折腾,真是闲的。"崔大可生气地摔门走了。

梁拉娣泄气了,把报纸揉成一团扔到垃圾箱里:"我就知道,你们南家祖坟就没烧那根香。"

这天,南易正在机关食堂里忙碌着,派出所的陈所长和一名警察走了进来。南易急忙笑着迎上去:"陈所长,今儿怎么有空来,怎么,老爷子又想吃八宝鸡啦。"

陈所长一脸严肃地看着南易说:"南师傅,我们有件案子需要找你核实一下。"另一个警察不由分说地就往南易手上铐上了手铐,带到了派出所。

办公室内,南易已经摘下了手铐。陈所长坐在他的对面,问他:"南易,你认识一个叫洪阿广的人吗?"

南易摇摇头。

陈所长说:"他可说跟你很熟啊?"

南易很肯定地说:"不可能,我们当厨师的天天都有来吃饭的,来的都是客,可要说跟我很熟,那他是瞎掰呢。"

陈所长想了想,又问:"你有一个祖传中药食疗秘方?"

南易摇摇头说:"这又是谁胡说哪?没那事儿。"

陈所长拿出一张纸,放到南易面前:"这上面是你的签名吧?"

南易拿过来看了看,点头道:"没错,是我的,这是崔大可让我签的,说是工商局注册用的,我们合作开饭馆。"

陈所长说:"听说你的祖父叫钮估碌•南仕奇,还是紫禁城里的御厨,你手上有一本前朝各个皇帝的食谱?"

南易哭笑不得:"没有!这都说得没边了,我祖父是个太监,收养的我母亲,可这御厨是崔大可瞎说的,他非说这样可以招揽客人。"

"你跟崔大可除了饭馆,还做其他生意吗?"

"就这个啦?我除了会做菜别的也不会呀。"

陈所长合上笔记本说:"好吧,具体情况我们会再进一步核实。南师傅,这几天就得先委屈你一下了,事情没查清楚之前,你不能走。"

南易一头雾水:"陈所长,到底是怎么回事啊,您能不能跟我说明白,我现在还糊涂着呢。"

陈所长说:"有个叫洪阿广的人,打着你的旗号诈骗了一位香港商人十万块钱,说是你有一个滋阴壮阳的秘方,要合作开发,可钱他拿到手了,人就没了。"

南易一惊,忙说:"陈所长,我对天发誓,我根本就不知道。崔大可!这肯定是崔大可干的。您把他找来一问就明白了。"

陈所长说:"我们也在找他呢,你先别急,我们一定会查清楚的。"

梁拉娣去派出所问了好几次,可什么也问不到,只能在家里急得转磨。小雨坐在旁边害怕地看着她。

秀儿匆匆跑了进来,丁秋楠也跟着走进来。

秀儿说:"妈,人家说我爸骗了香港老板十万块钱,让人家告了,说是诈骗!"

梁拉娣一听,腿都软了,哭道:"我的老天啊,这是哪儿来的横祸呀,说了不让你掺和人家的事,你就是不听,别人都跑了,就让你一个人顶雷,我们孤儿寡母的可怎么过呀!"

小雨也跟着母亲哭起来。丁秋楠问:"崔大可呢?"

秀儿说："警察也找他呢。"

丁秋楠匆忙站起身往外走："我找他去！"

还想来饭馆里，几名警察在贴封条。小南阻拦着："我们饭馆怎么了，不说出个道道来，谁也别想封！"他把着厨房门，说什么也不让警察贴。

丁秋楠跑了进来，看小南在跟警察作对，急忙拉开他走出去："对不起，对不起，警察同志，我儿子什么都不知道。"

警察把一把大锁挂在大门上，贴上了封条。

小南喊道："妈！这是怎么回事啊？！"

丁秋楠问："你爸呢？"

小南说："一上午都不见人影，发生什么事了？"

丁秋楠说："你南叔都给抓起来了，什么都别说了，你快去把你爸找回来。"

小南答应着骑上车跑了。

晚上，派出所办公室内亮着灯。南易和陈所长相对坐在桌前，还在问着话。

陈所长问："你们饭店的经营都归崔大可负责？"

南易回答："是啊，我就管后厨，我这人就爱炒菜，别的事懒得掺和。"

"所以人家才敢打着你的旗号蒙人嘛。"

"您看，连您都知道不是我干的，还不放我回去啊。"

陈所长笑着说："这可不是我说了算的事。"

这时，一名警察把宵夜端了进来，是糟面条。南易拿筷子挑了几根，说："警察同志们够辛苦的，就吃这个啊。"

陈所长大口吃着："进了这儿你就别讲究了。"

南易说："你别小瞧这个，清水面条也得看怎么煮。"

陈所长来了兴趣，让南易去派出所的食堂露一手，自己先去忙别的事情了。南易也不推辞，去了厨房，一群警察围着看，啧啧称赞。

这时，陈所长的夫人兴冲冲地走进来，对南易说："我一听老陈说你在这儿，我就赶紧过来了，走走，上我们家去。"拉着南易就往外走，对一个警察说，"有什么事你让老陈找我，关所长家里你们还有什么不放心的，我给你们看着他。"

崔大可家里的桌上摆着几个存折，丁秋楠一个个算着上面的钱数。小南数完一沓钱交给母亲："三千两百二十一块五，一共多少？"

丁秋楠说："三万六。"

小南说："差得远呢。"

丁秋楠说："把饭馆也押上。"

小南说："妈，饭店都贴了封条了，不算咱家的了。"

丁秋楠叹了口气。

屋门砰地撞开，梁拉娣怒气冲冲地瞪着两人。她连刘峰都去找过了，可是刘峰跟她摆起了官架子，摆明了不想管。

梁拉娣对丁秋楠说："你男人在外头逍遥自在，让南易替你们受罪，还有天理没有啊？！"

丁秋楠低着头不好说话。

小南说："梁姨，这事我妈也不知道，都是我爸搞的鬼。"

梁拉娣哼了一声："得了，这个时候还跟我一个红脸一个白脸呢，崔大可干的就让他去派出所把南易顶出来，谁犯罪谁坐牢。"

丁秋楠把存折和钱递给梁拉娣，低声说："你放心，我绝不偏袒崔大可，我也找了他一天了。这些钱你先拿去，我就算把这房子卖了也得把南易赎出来。"

梁拉娣看着钱，转身走了。回到家，她把眼泪一抹，从柜子里把存折都拿出来，把丁秋楠的存折和钱一起放进书包，匆匆开门，往姜副省长家里去了。

姜省长坐在沙发上，李秋燕陪着梁拉娣坐在旁边，桌上摆着存折和钱。

梁拉娣边说边哭："姜省长，要不是走投无路，我也不会冒冒失失地跑来。那些钱南易连见都没见过，莫名其妙地就把南易抓进去了，我们都要冤枉死了。"

姜省长沉吟着没有说话。

李秋燕说："老姜，你倒说句话呀。"

姜省长叹口气道："我现在都已经退下来了，说什么话也不管用了。"

梁拉娣恳求道："瘦死的骆驼还比马大呢，您出面总比我们平民百姓管用。我儿子已经为国家死了，丈夫再进了监狱，您说我下半辈子还有什么指望呀。"

姜省长说："你去找找刘峰嘛。"

梁拉娣说："找过了，人家刚当上市长，怕引火烧身。"

李秋燕也劝道："你打个电话关照一下，最起码别让南易在里头受罪。真要查清楚了，赶紧让他们放人。"

姜省长拿起电话拨打，说着说着笑了起来，挂上了电话，对梁拉娣说："拉娣，南易让你把家里的小银鱼赶紧给他送去。"梁拉娣一愣。姜省长笑道，"你在这儿哭天抹泪的，人家在里头正热火朝天呢。"

陈所长家里的厨房里热闹得跟集市一样,陈所长夫人领着一群警察夫人们忙得热火朝天。南易叼着烟大爷般地坐在一旁指点她们技巧,不时有人走过来让南易看自己的劳动成果是否合格。

陈所长陪着梁拉娣走了进来,看着这个阵仗,笑道:"好家伙,你们在这儿开饭店啦?"

梁拉娣拉着南易说:"你在这儿干吗呢?我都快急死了。"

南易说:"我这儿临时办了个烹饪班。你赶紧回去吧,我在这儿交代问题。"说完,拿过梁拉娣带来的银鱼,转身走进厨房。

梁拉娣看南易根本不像倒霉的样子,被女人簇拥着有说有笑,生气地说:"我再管你就不姓梁。"转身气呼呼地走了。

半夜时分,宿舍的大院里空无一人。

崔大可家还亮着灯,丁秋楠一个人在屋子里着急地来回踱步,不时看看墙上的表。表针已经指向了十二点多。

丁秋楠突然听见屋门开锁的声音,急忙跑过去打开门,崔大可站在门口。丁秋楠问:"你跑哪儿去啦?"

崔大可急忙捂住丁秋楠的嘴,向四周看看,没有人,忙着走进屋子,关上房门。

丁秋楠说:"你又在外头瞎折腾什么了,南易都给抓起来了,你知道不知道?"

崔大可叹口气说:"我也是被骗了。"

丁秋楠说:"饭馆都给封了,谁骗了你你找谁去,凭什么让人家替你坐牢,你跟我去派出所说清楚!"说着就拉崔大可出门。

崔大可挡在门口:"你小声点儿!着什么急呀。"

丁秋楠着急地说:"这都火烧眉毛了,我能不着急嘛,你倒好,一推二六五,现在才露面。"

崔大可说:"我也是才弄明白,那个姓洪的原来是个大骗子,我也是受害者呀。"

"那干吗抓南易?"

崔大可有些害怕地瞅一眼丁秋楠:"我跟他们说是南易的主意,合同上也签的他的名,就算我去了派出所,南易也出不来。"

丁秋楠气得劈头盖脸地打崔大可:"崔大可,你王八蛋!"

第二天清晨，梁拉娣靠在床上生闷气，对一旁给南易收拾衣服的秀儿说："我在外头着急忙慌的，你爸在里头也没耽误吃喝呢。"

秀儿乐了出来："您可真够逗的，那是我爸人缘好，走哪儿都有人帮忙。非得让他关小黑屋里受罪才对呀。"

梁拉娣想想也是，脸上表情缓和了一些。

这时，门外传来敲门声，丁秋楠走了进来。梁拉娣一看到她，马上翻过身躺下。

秀儿说："秋姨，我给我爸送东西去。"

丁秋楠说："去吧，我在这儿陪着你妈。"

秀儿答应着关门出去。丁秋楠坐到床边问："拉娣，南易怎么样？有信了吗？"

梁拉娣说："你别在这儿猫哭耗子假慈悲，没有你南易也不会进局子里去，自己的丈夫看不住，惹出这么一堆烂事，占便宜你们快着呢，吃亏都是我们的！"

丁秋楠哽咽起来："拉娣，我知道你讨厌我，有时候连我都讨厌自己，找了这么个男人我还有什么可说的，这些年了我们三天一大吵两天一小吵，要不是看在孩子的分上，我连死的心都有了。这件事都怪崔大可，您放心，就算我去坐牢也不能让南易吃亏。"

梁拉娣听着丁秋楠的话，有些于心不忍了。

丁秋楠接着说："拉娣，咱们都是女人，我跟崔大可是怎么回事你都看着呢，你说我能怎么办？不过是两眼一闭，凑合活着罢了。"说着哭了起来。

梁拉娣坐起身，把毛巾递给丁秋楠，说："妹子，我就是嘴上不饶人，你别往心里去。南易搞成这样也不全怪你，怪就怪这些男人们无事生非，倒让咱们跟着受罪。"

两个女人感同身受，对着哭开了。

没过几天，南易就平安回家了。一家人坐在桌边吃饭，都很高兴，屋外传来敲门声。小雨跑去打开门，门外站着丁秋楠。

梁拉娣赶忙招呼丁秋楠进来。南易没想到拉娣这么热情，奇怪地看了她一眼。

屋门口，崔大可臊眉搭眼地从门边走进来，手里拎着两瓶酒。

丁秋楠说："南易，拉娣，我们来赔个不是，都是我们的错，害成您这样，您大人有大量，别跟我们一般见识。实在对不起了。"

南易低着头吃饭，没有说话。

丁秋楠捅捅崔大可，崔大可看南易的酒杯空了，急忙拿酒要给南易斟上。南易用手挡开："别，我可没这个福气，我还想踏实多活两年呢。"

崔大可说："南易，这件事是怪我，可我也没想到会弄成这样，我敢指天发誓，我崔大可要真是有一点儿故意蒙你的意思，天打五雷轰！"

南易说:"你要真能把我蒙住了也算你有本事,我问你,我什么时候给你一个中药秘方啦,拿出来我瞅瞅。"

崔大可自我解嘲似的笑着。

"还滋阴壮阳?!我还真有一个秘方,专治你这个二百五加二吊半。"南易说着站起身,走进厨房,拎着把菜刀出来,冲着崔大可就过去了,把崔大可吓得只往后躲。

梁拉娣怕真闹出人命,也赶紧走过去拦着南易。南易一把抢过崔大可手里的酒瓶,用菜刀把瓶盖起开。

一屋子人都笑了起来,只有崔大可还心有余悸地贴墙站着。

小雨对丁秋楠说:"爸收到从外国来的信了,咱家在外国还有亲戚呢!"

梁拉娣笑着说:"南易的父亲病了,这不就想起南易了吗!"

崔大可一脸羡慕。

刘明敢的粤秀饭店生意越来越差,不得已关门停业了。许春柳买了一大蛇皮袋的衣服、墨镜、电子表之类的东西,转行开起了春柳服装店。

这一开,却抢了秀儿的生意。她最近瞒着南易和梁拉娣,自己和两个小混混大黑和孙猴子一起在街边摆着摊卖衣物饰品,秀儿自己当模特,生意本来一直不错,这会儿客户却都跑到许春柳服装店去买五块钱一件的衣服去了。

秀儿带着大黑和孙猴子走到服装店,秀儿钻到人群里,在里头扒着衣服,趁着刘明敢和许春柳没注意,一下子把一件连衣裙撕了个大口子,举起来大声说:"哟,这是哪个垃圾堆里淘换出来的衣服呀,都破成这样了。"

孙猴子在人群里附和着:"肯定都是别人穿过的,要不能这么便宜嘛。不定有什么传染病呢。"

正在挑选衣服的众人都住了手,有的人从刘明敢手里把自己的钱又抢了回来。

许春柳一看有人来砸场子,从凳子上蹦下来,走过来拿过连衣裙看了看,对秀儿说:"姐们,想买衣服就闭嘴,不想买赶紧走人。"

秀儿提高声音说:"我倒是真想买,可买了也不敢穿呀。你们瞅瞅,这都裂着大口子呢,屁股都露出来了。"拿着连衣裙四处举给顾客看。

顾客们纷纷要求退钱。秀儿幸灾乐祸地瞅着许春柳。许春柳急了,一把拽住秀儿喊道:"成心捣乱是不是,也不看看老娘是谁?!我今儿要不把你脸蛋划上两道,我就不姓许!"

秀儿说:"就惹你了,怎么着吧,你挣黑心钱,还怕别人说呀?!"

许春柳冲过去就和秀儿扭打起来,秀儿也不吃亏拽着许春柳的头发狠揪,大黑和孙猴子趁乱把桌子掀翻了，衣服撒到地上，众人都忙着躲开，许春柳和秀儿踩着地上的衣服，大黑和孙猴子表面上是劝架，却成心对许春柳又打又踹。

刘明敢着急地围着几人身边打转，喊着："别打啦，别打啦！"

不知道是谁报了警，秀儿被抓到了派出所。没辙，她只好找小南来，谎称小南是她丈夫，这才跟着小南离开了派出所。

回到宿舍楼，小南走到南易家门口，确定里面没人，才跟秀儿招招手。秀儿慌忙跑了过来，打开门，迅速钻了进去。

崔大可的波罗乃兹停到路边，崔大可走下车，关上车门，故意在车边磨蹭了一会儿，显摆着自己的车，才转身走进了路旁的阿明发屋。

发屋一排摆着几张理发椅子，墙上贴着的全是时髦男女的发式照片，桌子上的一个小电视播放着李小龙的电影。一个女人正在烫发，低着头看着发式图集。

崔大可走进发屋，一位小姑娘迎上来问："先生，您理发？"

崔大可一副财大气粗的样子，坐到椅子上，说："不用剪，吹吹就行。"又要人家给他按摩，还不肯另外付钱。

一旁烫头发的女人有些看不起地瞥了一眼崔大可，马上转过头，叫道："大可！"

崔大可头上肥皂泡滴到眼睛上，用手抹抹转头看。

那女人居然是早就回了老家嫁人，说是再也不回来的琼花！

琼花和崔大可并肩走出发屋，琼花穿着一身时髦的套装，头发烫成了大波浪，脸上化着妆，跟以前判若两人。

崔大可忙着走到自己的车旁边，炫耀似的说："上车吧，我送你。"

琼花笑着说："还是坐我的车吧，方便。"她说着走到旁边一辆高级轿车旁，崔大可一看人家的排场，自己的小破车比起来真是小巫见大巫了，有些尴尬。

琼花打开车门，上车。崔大可走到副驾驶的位置上坐下。

琼花熟练地开着车，崔大可坐在她旁边扭头看着她。琼花问："你老盯着我干什么？"

崔大可深情地说："琼花，你一点儿都没变，不是，比原来还漂亮了。"

琼花笑了笑，说："刚才也没顾得上问你，过得好吗？"

崔大可说："凑合呗，你混得不错嘛，这种车连我们省机关都没几辆。"

琼花说："跟朋友借来开着玩玩。我刚回来，连家都没安顿好呢。"

崔大可问："你跟丈夫搬回来啦？"

琼花说："我离婚了，孩子也判给男方了，我现在是一个人吃饱全家不饿。"她扭头冲崔大可笑笑，"走吧，我知道一个地方不错，咱们坐下来再聊。"

两人来到一家西餐厅。这时已经华灯初上。

琼花端起酒杯："碰一下，有五年没见了吧。"

崔大可说："六年了。"

琼花笑道："你还记得挺清楚。"

崔大可说："忘不了，每回想起你走的时候的样子，心里就觉得特别难受。我可不是当着你面这么说啊，真是这么想的。"

这时候，秀儿拉着小南走进来。小南突然看到父亲和一个女的坐在一起，急忙拉着秀儿就往外走："我爸在里头呢。"

秀儿抬头看了看，果然看到崔大可和一个女人正在喝红酒，就要走进去。小南死活把她拽了出来。

"你拽我干吗呀，你说你爸要是看见我，得吓成什么样啊。"秀儿越想越觉得可乐，哈哈大笑。

小南生气地说："至于这么幸灾乐祸的嘛。"

秀儿看出小南生气了，拉着小南走了。

晚上，小南半靠在床边看着书。丁秋楠问："你爸怎么还不回来？"

小南不耐烦地说："管他呢，爱回来不回来。"

这时，崔大可开门进来。丁秋楠抱怨道："还知道回家呀。"

崔大可说："我这一大堆事呢，天天陪着你，不挣钱呀。"

小南瞪了崔大可一眼，话里有话地对丁秋楠说："妈，我听说有家玫瑰西餐厅，特火，哪天我带你去看看。"

崔大可的脸色一变，偷偷看小南，小南低头看书假装没注意。

丁秋楠说："西餐我可吃不惯。"说着走了出去。

崔大可忙去跟小南套近乎，从包里拿出一个漂亮的打火机，塞给小南。小南不要，对崔大可说："爸，您也差不离点儿啊，让我妈知道非跟你拼命不可。"

崔大可问："我干什么啦？"

小南说："您自己知道，说出来您还好意思让我叫你爸嘛。"

崔大可说："一个老朋友，就吃顿饭叙叙旧，什么事也没有。"

小南说："就这么简单？行，我现在就告诉我妈去。"

崔大可赶紧拉住小南："别没事找事了行吗？"

小南趁机开条件："把你的车给我开一个礼拜。"

崔大可不舍得，又没辙，只好答应了。又想起了正事，推门出去，到对面去找南易。

崔大可笑嘻嘻地对南易说："南易，我可是一有好事第一个就想起你来。有个朋友想跟我合作开间大酒楼，他投资，我负责经营，歇了这么长时间，你也该活动活动啦。"

南易没搭腔，走到镜子边仔细照着。

崔大可奇怪地问："照什么呢？"

南易说："我这脸上没写着傻字呢吧？"

"嗨，行了，行了，我脸上写着呢，行了吧。"崔大可赌气转身走了。

南易笑着哼了一声。

琼花家是一间两室一厅的楼房，装修豪华。崔大可跟着琼花走进来时，眼睛都瞪大了，在屋子里来回转着，问："琼花，这房子是你的？"

琼花忙着倒水，不在意地说："是啊，凑合住。"

崔大可羡慕地说："你这还凑合住，这个客厅就比我们家都大。"

琼花端来两杯咖啡："雀巢咖啡，从香港带来的，看喝得惯吗？"

崔大可坐到沙发上，感叹道："真不错。"

"我告诉你，现在人人都向钱看，你那点儿小打小闹的生意，能挣几个子儿？"琼花坐到崔大可身边，从桌子上拿出一支烟，崔大可给她点上。琼花接着说："要想挣大钱就得弄批文，现在钢材紧俏，你有一张批文，随随便便就能挣几十万。咱俩一块干吧，我有个朋友是省长亲戚，只要咱们弄成一单，下辈子都不用愁了。"

崔大可迟疑着说："是吗？我可一点儿都不懂。"

琼花说："有我呢，实话跟你说吧，当年我一结婚就后悔了，这么些年我一直都没忘记你。我现在这个样子，也不想求什么名分了，只要你对我好，我愿意跟着你，咱们一块好好干番大事业。"

崔大可心动了："琼花，要说这辈子我心里有过谁，除了我儿子，就数你了，我恨不得把心挖给你看。"

琼花看着崔大可，摸着他的胸口处说："是吗？我看看。"

崔大可一下子把琼花的手攥住，两个人搂抱到了一起……

第二十六章
"就想来"饭店

南易家里,梁守业又来了,管南易要了三千八百八十块,说是儿子娶媳妇要彩礼钱。南易给了钱,他就没影了,一直到很晚都没回来。

梁拉娣有点担心地说:"天都黑了,这人上哪儿去了?别是迷路了吧。"

南易说:"他能迷路?你甭为他瞎操心了,守业拿了钱还能回来?不定上哪儿造去了。我估计喜旺结婚就是假的,他就是为了来拿钱。我跟你打赌,他今晚上还能回来,我把脑袋摘下来让你当球踢。"

南易猜得确实不错,梁守业拿到钱就去赌博,没多久就输了个精光,还欠了一万块的债,这会儿正被人倒挂在一栋高楼的屋顶上。天已经黑了,月光照到楼顶上。

梁守业已经吓得魂不附体了,哆哆嗦嗦地答应了债主的要求。

天刚蒙蒙亮,南易家的门被敲得咚咚响。外面传来丁秋楠的喊声。梁拉娣赶紧披衣下床,打开门:"秋楠,这么早。"

丁秋楠问:"秀儿在吗?我问她件事。"梁拉娣让她进来,走到秀儿床边。

丁秋楠问:"秀儿,知道我们家小南去哪儿了吗?"

秀儿一下子坐起身:"小南怎么了?"

丁秋楠说:"一夜都没见人了,快急死我了,秀儿,小南天天粘着你,你知道他去哪儿了吗?"

秀儿看看丁秋楠和梁拉娣,说:"昨天他自己开车走了,我也不知道。"她慌忙穿衣下床,"秋姨,您别着急,不会有事的。"

还不等秀儿说完,丁秋楠拔腿就往外跑,在走廊上差点撞到崔大可身上。梁拉娣也跟着出来。

崔大可手里拿着个信封:"这儿有封信。"

丁秋楠拿过信拆开，快速看了一遍，一下子跌倒在地，昏了过去。

崔大可忙抱起丁秋楠往家里走，南易拿过信看，只见上面写着一行字：崔小南在我们手里，拿十万块钱赎命。

一群人手忙脚乱地把丁秋楠抬进屋里，放到床上。崔大可已经乱了方寸，就会在屋子里瞎转。

南易喊道："你瞎转什么，快去报案哪！"

崔大可这才明白过来，往外跑。

梁拉娣跟南易说："你跟他去吧，急成这样，肯定连囫囵话都说不清了。拿着信！"

南易拿着信追了出去。

秀儿觉得自己犯了大错，站在旁边不知如何是好。梁拉娣气不打一处来，对着秀儿一通乱揍："瞅瞅你干的好事，小南要是有个三长两短，你秋姨还活不活啦？！"

床上，丁秋楠醒来，挣扎坐起，紧紧拉着秀儿，问："昨天你们在西郊哪儿？"

秀儿有些害怕地说："我也不知道，那个地方我以前也没去过。"

丁秋楠问："就你们俩？"

秀儿看一眼梁拉娣，犹犹豫豫地说："还有大黑和孙猴子。"

梁拉娣一听更加火冒三丈，抄起床边放着的扫炕笤帚劈头盖脸地打秀儿："让你别跟那帮混混掺和，你就是不听，我就知道早晚得出大事！"

丁秋楠推开梁拉娣，拽着秀儿就往外走："带我去找他们！"

秀儿挣脱着："不是他们！我去找！"

夜晚，大院里一片安静，只有筒子楼里露出灯光。丁秋楠半靠在床上，梁拉娣坐在旁边陪着。崔大可心神不宁地瞧着窗外警察藏身的地方。

秀儿还没有回来，南易皱着眉说："乱成一锅粥了，我出去看看，别这个没找着，那个又丢了。"

南易刚走出楼门，就听见不远处传来追捕的声音和便衣警察的说话声。角落里，两名便衣警察把一个男人按到地上，男人挣扎着。南易急忙跑了上去。

男人看到南易慌忙叫着："姐夫，姐夫！"

南易弯腰一看，是梁守业，忙对警察说："同志，同志，抓错了，这是我媳妇的弟弟。"

警察这才把守业放了。

梁守业从地上爬起来，揉着被扭疼的肩膀，也顾不上说话，拉着南易就往楼里走，边走还边回头看，一脸的紧张。

南易和梁守业走进家门，梁拉娣问梁守业怎么这个时候来，问了好几遍，梁守业却像没听见似的，一直歪着头往崔大可家里看。南易盯着他，心里有了怀疑。

梁拉娣又大声问了一遍，梁守业才回过神来，说："你们怎么这么晚还没睡呀？我刚好出来办事，就过来瞅一眼。"

南易嘿嘿一笑，问："你都新鲜，有后半夜走亲戚的吗？你想等我们睡了干吗？"

梁守业问："怎么忽然这么多警察呀？"

梁拉娣说："别提了，小南让人给绑了，不知道哪个缺德带冒烟的，干这种混蛋事。等让警察逮着，有他们好受的，不判个十年八年不算完。"

梁守业看南易老盯着自己，有些不自在，站起身就走。南易越来越觉得不对，追了出去。

南易远远跟着梁守业。只见梁守业站在暗角里，从兜里拿出烟和火柴，手抖得把烟都掉地上了。他捡起烟，从兜里拿出一样东西，团成一团，扔到路边的垃圾箱里，往前走了。

南易等他走远了，赶忙跑到垃圾箱里捡起来，是一张纸条。他把纸条打开，只见上面写着：明天晚上十点，把钱放到西郊中路从左数第二个垃圾桶，一手交钱一手交人。

南易火冒三丈，想跑回去叫人，可眼看梁守业就要没影了，揣起纸条追了上去，扑上去就一通狠揍："你他妈想钱想疯了吧，这种没屁眼的事也敢干，走，今儿我大义灭亲，你等着在牢里过下半辈子吧。"

梁守业还想抵赖，南易从兜里掏出纸条举到守业面前："人赃俱获，你想蒙谁啊？"

梁守业急忙要抢过来，被南易扭住胳膊。他还在抵赖："不是我，真不是我，我就来送信，里面写的啥我一点儿都不知道。"

南易吼道："你可真是不撞南墙不死心啊，你甭跟我说，跟警察说去。"

梁守业吓得扑通跪倒在地上："是他们逼我的，我要不听他们的，他们就要杀咱们全家。您饶了我吧。"

南易问："小南呢？"

梁守业说："就在乡下呢，您放心，我一点都没敢亏待他，真的是好吃好喝伺候着呢。"

南易说："起来，赶紧自首去！"

梁守业赶忙求情："我这就回去把小南送来，保证再也不敢了，姐夫，咱妈要是知道我被抓起来了，肯定活不成了，我还有孩子，以后在村里还怎么待呀。你想想我姐，她本来身体就不好，要是让人知道这事，您在单位还能抬得起头来嘛。我带您去找小南，现在就去。行了吧。"他跪在地上，抱着南易的腿哀求着。

南易没辙，说："起来！我跟你去。"

梁守业这才慌忙起来，领着南易走了。

两人沿着偏僻的山路走了很久，南易又跟着梁守业绕过一个小山坡，就看见不远处立着一间红色的砖瓦房。

南易和守业走进去，屋内摆设简单，典型的普通农村人家，屋内没有人。梁守业叫了几声"方大爷"，没人，又匆忙走出屋子绕到屋后大院子里，只见院子当中用几块劈柴架着一个火堆，烧得正旺。小南和方大爷蹲在旁边烤火。

南易叫道："小南！你快把我们急死了。还以为你出事了呢。"

小南说："是梁叔带我来的。"

南易回头瞪一眼梁守业，梁守业低下头不敢看他。

小南说："哟，我的菜熟了。南叔您来看看我的发明。"他把火堆踩灭，从里面拿出一个泥球，用锤子砸开，香气马上飘了出来。

"真香啊。"南易好奇地蹲下来看着，只见泥球里面一层层裹着野菜叶，小南慢慢剥开，里面露出蘑菇似的东西，每片蘑菇都被卷起，中间插着竹签，小南拿起一个献宝似的递给南易，南易边嚼边竖起了大拇指。

南易完全忘记了小南是被绑架来的，跟他聊起了这个菜的做法。正聊得高兴，前面传来有人走来的声音，梁守业跑过去看了看，一脸惊慌地拽起南易："快走，他们来了！"

南易拽着小南想往外跑，两个男人已经跨进门，三个人匆忙往后山跑。小南跑得快，几步爬上山坡。

两个男人已经追了过来。南易大喊："小南，赶紧跑！"转身冲过去，推倒其中一个男人，又要抓另外一个。两人亮出手里拿着的镰刀，跑去追小南，南易拿起劈柴用力扔过去，飞身扑倒男人，两个人扭打到一起。守业一把抱住另一个男人，男人挣脱不开，纠缠中，刀滑过守业的脸，血一下子冒了出来。小南跑过来帮忙，被男人一把拽住脚脖子，摔到地上，男人瞅准机会，一下子把刀架在了小南身上。

男人大喊："都别动，动我就废了他！"

南易只好停了下来，四处看看，找不到合适的机会，正着急，身后传来一声枪响，把几人都吓了一跳。院子里，方大爷举着猎枪对着男人大喊："把孩子放开，我的枪可不长眼。"

男人举刀顶着小南往方大爷的方向走，边走边说："你要是开枪他先死！"另一个男人也跑过去。

方大爷举枪往男人头顶上的树枝开了一枪，碎枝、树叶落下来，两个男人吓得躲开，放开了小南。南易趁乱冲过去，把小南压在身下护住。方大爷又对着男人的脚边一枪，两个人吓得刀扔到地上，连滚带爬地逃跑了。

方大爷大骂:"王八蛋,我看谁还敢再来!"方大爷扶起南易:"没伤着吧。"

南易说:"方大爷,您还是神枪手啊。"

方大爷说:"我是不想造孽,熊瞎子都逃不过我的这杆枪,就那俩小王八羔子,一枪就让他们见阎王了。"

梁守业摸摸脸,一手的血,腿脚发软,倒在地上。南易鄙视地说:"一个大男人流点儿血怕什么,这会儿成怂包了。"他把衣服脱下来,给守业捂住伤口。和小南一左一右架着梁守业去了医院。

街道,人来车往。行人道上,一家二层酒楼正在装修。

饭店内,崔大可带着南易楼上楼下地转着:"不错吧,名儿我都已经起好了,'就想来饭店',还想来都不成了,就想来,非来不可。"

南易:"开饭馆就得菜做得好,还就想来,哦,人家要不来你给人押来?"

"所以呀,这不求您来了嘛。只要你在这儿坐镇,肯定都得来嘛。"崔大可拉着南易往厨房走,"我带你看看厨房,特大。"

厨房中间两溜长条桌,桌子上包了一层不锈钢。两边灶台还没有完工。崔大可说:"南易,你站这儿感觉感觉,有没有大厨的意思,有没有?!"

南易说:"厨房大就叫大厨了,那我到街上炒菜去不得了。"

崔大可说:"上次那事是我对不起你,不都道歉了嘛,小心眼了啊。"

"我们家守业不是也绑了小南一回嘛,两清了。"

崔大可说:"现在有钱就是祖宗,你说你一身本事,老窝在一个破食堂里,有什么意思。再说了,机关里的人请客都讲究上大饭店,体面啊,这种地方才能配得起你的身份。"

外面传来几声车喇叭的响声。崔大可跑到窗口看了一眼,对南易说:"我先走了啊,咱们晚上再说。"说完匆匆走了出去。

南易透过窗口,看到一辆轿车停在路边,一个女人站在车门口。崔大可跑出去,拉开车门,两个人上车开走。

南易恍惚中看到那个女人是琼花。

琼花开着车,把一个牛皮纸信封扔给坐在旁边的崔大可。崔大可打开看了看,高兴地说:"办好啦?"

琼花说:"我是谁呀。这么一张纸就值五十万。"她示意崔大可亲自己一下,崔大可在琼花的脸上亲了一口。琼花一路把车开往自己家的方向。

小雨和一位女同学在逛街，突然在人群里发现了秀儿的身影，秀儿穿着紧身白毛衣，下身红白格子的喇叭裙，身旁站着一位外国人。两个人卿卿我我手拉着手，惹得旁人都向他们行注目礼。

小雨绕过人群走过去喊道："姐。"

秀儿看到小雨，十分惊讶，下意识地把拉着外国人的手抽回来，问："你怎么跑这儿来了？"

小雨坏笑着说："我还想问你呢。"

外国人看到小雨，笑嘻嘻地说："这是你妹妹，真漂亮，beautiful！"

外国人一口流利的普通话倒把小雨吓了一跳。秀儿对外国人说："彼得，你等会儿我。"

秀儿拉着小雨走到旁边说："回家不许胡说啊。"

小雨说："看见什么就说什么呗。"

秀儿瞪了一眼小雨，从兜里拿出两块钱塞给小雨，小雨还不太满意，秀儿又拿出五块钱塞给她。小雨乐了，接过钱问："姐，他是谁呀？"

秀儿说："甭管，把你的嘴关严喽，听见没有？"

小雨拿着钱跑了。

晚上，秀儿回到家，小雨还故意吓唬她，两人正逗着，一个女人来找南易。那女人身材臃肿偏偏还要穿着一身紧身衣服，把腰间的肉勒出了好几层，披金带银，花团锦簇，脸上还架着一副金丝眼镜，却是许春柳啦！

许春柳的这身打扮南易有些忍俊不禁。许春柳穿着变了，说话嗓音也变了，操着一口广东味儿的普通话。梁拉娣和小雨也看着这个不速之客，只有秀儿一听是许春柳，偷偷跑进了里屋。

许春柳自己走了进来："没想到你还在这个地方住着。"

南易说："你这一身，猛不丁还真不敢认了。坐。"

许春柳坐了下来，对梁拉娣说："梁小姐，好久不见啦。"

梁拉娣说："这是哪阵风把你吹来了，真是稀客。这么些年在哪儿呢，也没有你们的消息。"

许春柳说："我刚刚从香港回来，跟一家公司谈谈合作的事情。南先生，我们可都已经落伍啦，现在南方搞得特别红火，深圳，知道吧，特区，我现在是深圳特区大红发公司的董事长。"

南易说："哦，是吗，叫我南易就成了，老先生先生的听着怪别扭的。"

许春柳说："听听就习惯啦，南方管男的都叫先生，女的都叫小姐。这是你的千金吧，真漂亮。"

南易对小雨说："小雨，快叫许阿姨。"

许春柳说："叫姐姐就行了。"

小雨偷偷看看母亲，小声地说："这都什么辈分啊。"梁拉娣赶紧捅捅小雨。

南易问："那你这次回来是探亲？"

许春柳说："南先生，我跟一家香港公司合作啦。我们计划开发中国的食疗，不单在国内做，更主要的是要打出国门，让外国人知道中国菜不仅好吃，而且治病强身，香港公司已经同意投资一百万，我第一个就想起你啦。听说你有一个中药秘方食谱，吃了就能滋阴壮阳，永葆青春，我们一起合作，有钱大家赚嘛。"

南易笑着说："还返老还童呢，都要变成长生不老药了。没有，纯粹是外头瞎传的。"

许春柳说："我也知道你不是那么容易说服的，没关系，日久见人心嘛，你再考虑考虑。"

梁拉娣问："你父亲身体好吗，他一退休就搬家了，也在香港呢？"

许春柳说："我爸那人闲不住啦，领导当了那么多年，退下来还想指挥我，他也就是卖卖油盐酱醋，我可是做大生意，他哪里懂。还把公司里一个打工妹娶回家了，两个人差了二十多岁呢，孩子都生了，还想让我管她叫妈，倒过来还差不多，天天跟我伸手要钱，逼急了我给了笔钱让他们单过，算盘珠子倒拨拉得挺响，占我便宜可没那么容易。"许春柳越说越生气，一不注意说话的腔调又回去了。南易和梁拉娣忍住笑。

许春柳醒悟过来，又操起了广东腔，拿出一张名片递给南易，说："就是这样啦，南先生，你考虑考虑，想好了给我电话。"说着站起身，从书包里拿出两盒磁带送给小雨。

小雨一看，高兴地给母亲炫耀："妈，张国荣的！谢谢阿……姐姐。"

许春柳走了出去，秀儿这才从里屋走出来。

南易低头看着名片说："我看她别叫春柳了，直接改叫春联得了，这一身乱七八糟的，比过年还热闹呢。"

众人都笑了起来。

崔大可的新店"就想来饭店"开业典礼上，服务员都穿着统一服装站成两排，崔大可拿着一挂长鞭点燃，鞭炮在地上如火龙飞舞。门口围满了看热闹的人。崔大可这次下了血本，请了十几桌人，见人就发烟，说是为以后的生意打门路。

厨房里正忙得热火朝天。小南在帮着南易指挥众人。杨小东和钱大姐等食堂里的工作人员也都被请来帮忙。

正热闹着，琼花开着车来了。崔大可赶紧走过去，边走边回头往饭店里张望一下。琼花打开车门要出来，崔大可赶紧拦住："你怎么跑来啦？"

琼花说："我怎么不能来，里面的人有一半都是我介绍给你的呢，你把他们都请来了，为什么不请我？"

崔大可回头看了一眼，说："秋楠在里头呢，不方便。"

琼花不依："不行，我今儿非进去不可。"

丁秋楠站在柜台里向外面望着，正看到崔大可弯腰站在车门边，头都伸进了车内。丁秋楠刚想走出去，被小南叫住，只好又去仓库拿酒了。

琼花还在跟崔大可闹脾气，崔大可正头疼着，梁拉娣不请自来了。她穿着一件半长的深蓝色中式改良旗袍，下摆绣了一圈各色小花，黑色的半高跟皮鞋，头发特意盘在后面，看上去风情万种。

崔大可说："哟，拉娣，你这是打哪儿来呀？"

梁拉娣说："咱们饭店开业我不能来贺贺喜吗？"

崔大可说："应该，应该，走，赶紧进去吧。"

梁拉娣看到坐在车里的琼花，琼花一看到拉娣，就戴上了墨镜。梁拉娣问："这位同志是谁呀？怎么不进去啊？"

崔大可做手势催琼花快走。梁拉娣还想仔细看，被崔大可拽了进去。

众人看到梁拉娣的打扮，都冲她行注目礼。梁拉娣大大方方地往里走。崔大可一一给她介绍，她一个也不认识，但应酬得十分得体，一下子就成了众人的中心。崔大可没想到拉娣的公关能力这么强，有些刮目相看了，忙进厨房把南易拉了出来。

南易惊讶地看着梁拉娣，问："你怎么跑来了？"

梁拉娣说："你跟崔经理开饭店，我不得过来打个下手，一回生两回熟，再来就是好朋友。你不是天天吵吵找不着知音嘛，今儿不全齐了。以后有个大餐小宴，你们就来找南易，满汉全席，家常小炒都不在话下。"

众人笑着迎合。

崔大可走到柜台拿酒。丁秋楠问他："刚才谁来了？怎么不进来？"

崔大可敷衍着："一个朋友。人家还有事呢，照顾客人去，老盯着我干吗呀。你看看人家拉娣多会来事，哪像你，木头桩子样在这儿杵着。"

崔大可逐桌一一碰杯。

酒宴结束，南易和梁拉娣往家走。南易看着梁拉娣的一身衣服，皱着眉头说："好好的你穿成这样干吗，直接给你摆门口当花瓶得了。"

梁拉娣说："我不穿你也说，穿了你也说。就许你油头粉面的，不许我打扮打扮。"

南易看拉娣旗袍紧裹着身体，屁股一扭一扭的，脱下西服披在她身上，自己往楼门口走。梁拉娣笑笑，跟上。

回到家，南易、梁拉娣和小雨正在吃饭，梁守业拎着一盆兰花走了进来，对南易说："姐夫，你瞅瞅，比您原来那盆漂亮吧。"

南易看了一眼说："凑合吧。"

梁守业说："凑合？这是墨兰，看见没有？这叶子绿得跟墨似的，好几千一盆呢。姐夫，还您了。"

南易说："难得啊，从来都是你往外拿，头一回送我东西呢。"

"您不能总拿老眼光看人呀，我现在大小也算个生意人了。我叫您开开眼。"梁守业夹了几口菜放进嘴里嚼着，从衣兜里掏出几个用皱巴巴的卫生纸包着的小东西，一件件整齐地摆在桌上。他打开一个纸包，里面是一个翡翠的扳指，他套在大拇指上，伸给三人看："翡翠的，看这翠，一点儿杂质都没有。"

他又打开另一个纸包，是一只白玉的小酒杯，放在灯下转着，看着他们说："怎么样，宋朝的。"

小雨伸手要打开桌上的纸包。守业拦了一下："嘿，你可不能动，弄坏了，你舅半条命就没了。"

南易看了守业一眼，撇了一下嘴。

梁拉娣说："这都是哪儿弄的？你可别又惹事。"

梁守业说："我跟朋友合作，开了个小古董店，工商局注册的，能有什么事。"他把纸包里的东西一样样打开向众人展示了一下，又用卫生纸一个个包好，边包边说，"看见没有，我手里尽是好东西，等哪天我把它们出了手，姐，就你这破房，不住了，咱买新的。"

南易说："那还不赶紧的，你能过上好日子，我们也沾点儿光呀。"

梁守业说："这事急不得，得找到好买主。前几天我那儿来了一个老外，五大三粗的，我还想着可来了这么一位，我这一个劲儿地'哈罗，哈罗'，一通紧忙乎，把价钱抬高三倍，不蒙他蒙谁呀，想当年八国联军从我们这儿拿走多少好东西呀，我算为中国人报仇。"他喝了一口酒，接着说，"你猜怎么着，那位爷一张嘴，没把我噎回去。他冲我说了一句'哥们，蒙谁哪'。"

一屋子的笑声。

晚上，南易走出楼门，发现丁秋楠在旁边慢慢走着，南易走了过去："秋楠，怎么在这儿站在呢？"

丁秋楠说："屋里待得闷，出来走走。"

南易说："那我陪你走会儿吧。"

两人沿着人行道慢慢走着。

丁秋楠突然说："崔大可外头又有女人了。"

南易赶忙劝道："你别老想这种事，有的时候越怕什么越来什么。"

丁秋楠说："我没想，也不怕，崔大可是什么人我最清楚了。现在他动不动就后半夜才回家，有时候干脆一夜都不见人。"

南易说："可能忙着生意呢。"

丁秋楠叹了口气，看着南易说："你不用宽我的心，我也想通了，就这么过吧，说实话，现在真让我离婚我也不想离了。"

南易说："孩子都这么大了，跟谁过不是一辈子。"

丁秋楠说："我不是因为崔大可伤心，我就觉得自己怎么变成这样了，每天好吃好喝，也不愁钱花，弄得我连重新开始的勇气都没有了。年轻的时候我还有点儿抱负，想自己干点儿什么，可现在真成家庭妇女了，还是特没文化的那种。"

南易沉吟着没有说话。

丁秋楠接着说："我现在才明白当初我妈说的话，女人一辈子最怕嫁错郎，我知道错了，可惜几十年已经过去了。"她苦笑了一下，"他在外头找个也好，既然管不住他，索性由他去吧。"

南易说："走，跟我出去转转。"他拉着丁秋楠走了。

爱丽丝舞厅空旷的大屋子里，楼顶吊着霓虹灯，一闪一闪的。屋内光线昏暗。几盏射灯不停地旋转。舞厅中间，男男女女搂抱在一起，随着音乐起舞。大厅里回响着邓丽君《何日君再来》的歌声。

梁拉娣第一次走进这样的地方，有些无所适从，边贴墙走边寻找着南易的身影。

舞池里，南易搂着丁秋楠踩着四步，丁秋楠低声跟着音乐唱着，灯光打在她脸上，显得特别妩媚，南易有些看呆了。

快三的舞曲响起，南易带着丁秋楠随着音乐跳起来，快速转圈，舞姿看起来特别的标准漂亮。周围的人都渐渐停了下来，观赏南易的表演。南易显摆似的带着丁秋楠越转越快，梁拉娣站到两人面前，南易和丁秋楠还按照惯性转了一圈，丁秋楠看到梁拉娣，马上想松开，两个人一下子失去平衡，差点摔倒，南易要扶住丁秋楠，重心不稳，搂着丁秋楠跌倒在地，趴到了丁秋楠身上。

旁边的人都笑起来，梁拉娣一把攥住南易，抓着他的衣襟就往外面扯，丁秋楠匆忙站起身，红着脸快步走了出去。

梁拉娣气冲冲地往家走，南易和丁秋楠跟在后面。丁秋楠喊着："拉娣，你别生气。"

还没等丁秋楠说完，梁拉娣回头瞪着她，眼珠子都快瞪出来了。南易拉走丁秋楠，梁拉娣打开自己家门，走进去，用力关上了房门。

南易跟丁秋楠示意了一下，丁秋楠走回自己家里，南易开门走了进去。

南易刚走进去，衣服鞋迎头飞了过来。柜门打开，拉娣把南易的东西一股脑都扔了出来。

南易问："你干吗？！什么毛病呀！大晚上的别抽风了啊！"

梁拉娣大骂："不要脸！上对门去吧，甭在这儿待着。"

南易笑着把衣服放到床上，施施然地坐下，说："这是我家，谁也甭想哄我走。"

梁拉娣冷哼道："你家？！你都忘了自己姓什么了吧。人家多好啊，细皮嫩肉的，赶紧过去搂着去啊！"

南易说："我看你是年纪越大心眼越小。都快成八百年陈醋了。不就是跳个舞嘛，秋楠跟崔大可吵架了，我带她去散散心，怎么了？"

"甭给我找借口，都五十多的人了，我都替你臊得慌。"

"我又没干见不得人的事，你自己心眼不正。"

小雨坐在桌前写作业，有些害怕地看着两个人。拉娣气得没辙，从抽屉翻出裁衣服用的剪刀，拿着南易的西服和衣服就要剪："我让你穿，我让你出去得瑟！"

南易跳起来拦着："我看你敢！"

小雨跑过来也跟母亲抢衣服："妈，这么贵的衣服，您都给剪光了，我爸还不得花钱买新的。"

南易一听，也不争了，说："剪吧，我再弄一身毛料的。"

梁拉娣哇地哭了出来，扔下剪刀。南易皱着眉头看着她，把毛巾递给她："行啦，老佛爷，歇歇吧。"

梁拉娣骂道："你不得好死你。"

南易说："是啊，我还没得瑟够呢，当然死不了。你老吃人家的醋干什么，我当初折腾半天不还是落你虎口里了嘛，你是胜利者呀，我都成你俘虏了你还有什么不放心的，要不这么着，打明儿起我挂个牌子出去，'拉娣专用'行了吧。"

梁拉娣这才破涕为笑。

就想来饭店内,有几桌客人正在吃饭。

厨房里,南易正在教小南刻萝卜花。小南手笨,已经把自己的手划了好几个口子了,好几个手指都包着纱布。南易越催他,小南越不敢下刀。

南易正急着,崔大可兴冲冲地走进来:"南易,我说什么来的,只要你出马,肯定客似云来。老外都点名要见你,快,快,人家在外头等着呢。"

崔大可把南易拉出去。周围人听说老外来了,都跟着出去看。却是那个和秀儿在一起的外国人彼得站在厨房门口。

崔大可向彼得介绍道:"这就是我们的大厨,南易!"

彼得冲着南易深深鞠躬,喊了一声:"爸爸!"

这一声"爸爸"把南易吓了一跳,忙说:"别,别,您叫……同志,叫先生也行,哪个缺德的教的你中文哪,我告诉你别见谁都叫爸,那是害你哪。"

众人都笑了起来。

彼得说:"爸爸,我是秀儿的未婚夫。今天特地来拜访您。"

南易一下子愣住了:"秀儿?!"

彼得点点头说:"对,我跟dear秀儿已经订婚了。"

南易立刻就往家里赶,到了家关上门,彼得被关在了外面,只好凑到门缝边听着里面的动静。

梁拉娣和南易坐在桌前,秀儿靠墙站着。梁拉娣瞪着秀儿,恨不得把她吃了,对南易说:"你倒是说话呀!"

南易说:"我能说什么呀,人家都管我叫爸爸了。"

秀儿大声说:"我们真心相爱,我就是要跟他结婚!"

梁拉娣不答应:"让他赶紧走人,我明白告诉你只要我一天不死,你就甭想嫁给他。"

秀儿很坚持:"婚姻自由,谁也别想拦着我。"

梁拉娣气得跳起来打秀儿。门被撞开,彼得冲进来,拽着梁拉娣直喊:"妈妈,妈妈。"

梁拉娣骂道:"你给我住嘴,谁是你妈!"

彼得说:"妈妈,我对秀儿是真心的。"

秀儿也跟着说:"我就嫁,非嫁他不可!要不你现在就打死我,否则我明天就跟他登记结婚。"

梁拉娣被彼得拽着,反手就打了彼得一个巴掌。南易一看邻居们都站在门口看着,大喝一声："别闹啦！"砰地把门关上，"都给我坐下！"

南易看着秀儿，问："你们怎么认识的？"

秀儿说："在街上，他去我们那儿买东西。"

梁拉娣骂道："你二百五吧，大街上就敢跟不三不四的人勾搭。"

秀儿说："彼得怎么不三不四了？"

彼得说："妈妈，我今年二十六。"

南易扑哧笑了出来，问他："家在哪儿呀？"

彼得说："爸爸，我是美国人，我很爱秀儿，我要跟你女儿求婚，请你答应让秀儿嫁给我。我的祖父在美国有很大的农场，有庄园，我是家里的唯一继承人，我的祖父答应我继承家里亿万美元的财产，秀儿嫁给我，就是庄园的女主人。请爸爸妈妈答应我。"彼得一番天花乱坠说辞，把南易说糊涂了，看看秀儿。

彼得接着说："我在这里留学，学习汉语。我一见到秀儿就觉得她是我的妻子。我们都是第一次恋爱，你的女儿很漂亮。"

秀儿听见彼得夸她，笑了起来。

南易问："你们好了多久了？"

秀儿说："两个月吧。他是留学生，说等我们结了婚就带我回美国。"

南易还没反应过来，彼得单腿跪在秀儿面前，深情地说："秀儿，嫁给我吧。"

秀儿有些尴尬地看看南易和拉娣，要拉彼得起来。彼得不肯站起来，对南易说："请你答应我。要不我就不起来了。"

南易说："你起来，跪得倒挺快的，你就是跪到明天，我该不答应还是不答应。"

秀儿把彼得拽起来。

南易说："你先回去等消息吧。"冲秀儿挥挥手。秀儿拉着彼得出去了。

就想来饭店的厨房内，南易正在教小南炒菜，崔大可走了进来，笑嘻嘻地看着南易："南易，你那个外国女婿怎么样啊？"

南易斜了他一眼说："瞧你那幸灾乐祸的样儿。"

崔大可说："我可是真心替你高兴。秀儿平时咋咋呼呼，我还当没什么心眼呢，想不到一上来就整个炸弹。以后你也能跟着上美国享受享受。"

小南听不下去了："秀儿不是那种人！"

崔大可说："哪种人啊，秀儿能找个有钱丈夫是人家的本事，开轿车，住洋楼，我还记得刘峰说的，外国有钱人住的房子随随便便就方圆几十里。"

小南把炒勺扔到桌子上，怒气冲冲地走了出去。

这时候，服务员来说有人找崔大可，崔大可走了出去。大厅里，一男一女两个人走过来，女人手里拎着话筒，男人跟着身后，扛着摄像机。那个女人自我介绍道："您好，我叫肖葳，是电视台周末合家欢栏目的记者。"

崔大可来了精神，跟肖葳握了握手说："欢迎，欢迎。没想到连电视台都知道我们这个饭店啦，这边请。"

崔大可领着肖葳走到旁边桌前坐下。还没等肖葳说话，崔大可已经滔滔不绝，自吹自擂起来。许久肖葳才找到机会开口："崔经理，您这里是不是有位大厨叫南易？"

崔大可说："对呀，那是我兄弟。这个饭店就是我们俩一起经营的。"

肖葳说："您能不能把他请来，我们电视台想开辟一个栏目，就是介绍中国菜，希望请南易当我们的特邀嘉宾。"

崔大可一下子僵住了。

肖葳说："当然，如果您想介绍一下饭店也行，我们可以找机会安排一下。"

服务员站在一旁偷偷乐。崔大可的热情瞬间降低了："他在厨房呢。"然后叫服务员带他们过去。崔大可被晾在了一边。

肖葳和男工作人员走进厨房，向南易热情地自我介绍道："我们是电视台的，想请您给观众朋友介绍一下中国菜，比如四大菜系的历史，尤其是演示几道家常菜。"

肖葳跟男工作人员示意了一下，男工作人员扛起摄像机，对着南易，肖葳把话筒举到南易面前。

南易却把话筒推开："等等，我说过接受采访了吗？"

男工作人员看看肖葳。肖葳示意他把摄像机放下，对南易说："南师傅，我们是想让观众朋友了解一下中国饮食文化的博大精深，您是咱们市里的名厨，在吃上非常有研究……"

南易打断肖葳："对不起，我不喜欢接受什么采访，喜欢中国菜就过来吃，光嘴上吹得天花乱坠的，那是假把式。"

肖葳说："吃饭都会吃，可怎么把菜做得精致，就不是一般人能知道的，我们也希望通过这个节目，让观众了解饮食文化的历史。"

南易反问："你了解多少？"

肖葳被将了一军，愣了一下，迟疑着说："我知道中国有四大菜系。"

南易说："小学生都知道，你要是采访这个，用不着我，上书店买本书，里面全都有。"

正说着，小雨气喘吁吁地跑进来："爸，咱家出事了！"

第二十七章
又入骗局

南易拉着小雨跑回家。

屋子里一片凌乱,所有的柜子和抽屉都被打开,东西扔得到处都是,两名警察在查看现场。

一名警察问梁拉娣:"都丢了什么东西?"

梁拉娣说:"没了五十块零钱,还有几件衣服。"

南易慌忙跑到地上翻找着,没找到,又跑到柜子里翻着。他从柜子紧里面拿出他的笔记本,这才松了口气:"还好,还好,没拿走。"他的那套刀具被扔到了地上,南易一个个捡起来:"吃饭的家伙没丢就成。"

梁拉娣忽然想起了什么,大叫一声"坏了",赶紧往厨房跑。警察和南易跟了进去,梁拉娣从一个破酱缸里掏出一个布包,打开一层又一层地包裹着的报纸,里面放着几百块钱和两个存折。

警察笑了起来:"您防盗意识还挺强。"

南易说:"小偷上我们家才算是瞎了眼了。就我这个媳妇,平均三天就得把值钱东西换一个地方,连我都找不着。"

警察走到门口,问:"最近发现有没有可疑的人进来?"

南易说:"没有啊,我们这儿人来人往的,也都不太注意。"

警察说:"有什么情况咱们随时沟通,我们先走了,赶紧收拾收拾吧。"

南易答应着把警察送出去。

梁拉娣蹲在地上把衣服捡起来。南易走回来帮忙,被梁拉娣一把推开。

南易说:"你这个人,小偷偷的咱家,你冲我发什么火呀。"

梁拉娣说:"这一栋楼多少户,怎么谁都不去偏偏就往咱家跑?还不是你在外头瞎咋呼,一天一身新衣服,还名厨!这回都踏实了吧。"

南易不高兴地说:"你别无理取闹啊!这跟我有什么关系呀,有本事你把小偷抓回来打一顿,就会窝里横,我可不吃这套!"

梁拉娣说:"没你小偷也不会来!"

南易气得没辙,打开屋门,冲着外面嚷着:"哪个混蛋王八蛋吃饱了撑的,你来呀,我这儿门开着呢,你他妈再来我把你的腿打断喽!"冲着地上的抽屉就是一脚,转身走了。

秀儿坐在里屋,耳朵上戴着个随身听。梁拉娣走进来,坐到秀儿身后的床上,语重心长地说:"秀儿,妈不是反对你谈恋爱,我当初像你这个岁数,都有你两个哥哥了,可结婚不是儿戏,你说那个人跟咱们不是一道上的人,妈就希望你能找个踏踏实实过日子的,要不以后后悔就来不及了。"

秀儿没有理她。

梁拉娣继续说:"妈是为你好,你是我身上掉下来的肉,妈能不疼你嘛。跟你说话哪!"

秀儿回过头,从耳朵里摘下耳塞,说:"你说什么?我没听见。"

梁拉娣问:"你听什么哪?"

秀儿把随身听交给梁拉娣看:"我听英语哪。彼得从美国带回来的,特好。您听听。"说着把耳机塞进梁拉娣耳朵里。

梁拉娣听了一下,摘下来说:"什么乱七八糟的,听不懂。"

秀儿说:"您连小学都没毕业,当然听不懂了。"

"我没毕业也把你们养这么大了。把它关了,咱们娘俩说会儿话。"秀儿看着母亲。梁拉娣接着说:"你也二十好几的人,妈就希望你能找个稳定工作,嫁个老实人,你说美国那么远,以后妈伸不着见不着的,你要是受了委屈,连个说话的人都没有,不得让我担心死。"

秀儿说:"妈,彼得怎么啦? 您干吗老跟他过不去啊。"

"长得都跟咱们不一样,不是一家人,进不了咱们家的门。"

"怎么不一样了?五官全齐吧,身上一个零件也不少啊。"

"我跟你说正经的呢,别在这儿逗咳嗽。"

秀儿笑着说:"妈,我知道您心疼我。以前您老嫌我不务正业,跟一帮混混瞎折腾,我现在不是全改了嘛,天天在家里学习,彼得也劝我要听您的话,说妈都是为我们着想。"

梁拉娣惊讶地说:"他说的?"

秀儿点点头说:"他还说以后在美国给我爸开个中餐馆,现在中餐在国外特流行,妈,您跟我爸辛苦这些年了,以后您也享享女儿的福。"

屋门打开,南易哼着曲子,踩着四步,蓬擦擦地进来了,拽起小雨抱着他在屋子里跳舞,小雨咯咯乐。梁拉娣和秀儿也走出来看着。南易放下小雨,拉着妻子:"来,我教你。"

秀儿也说:"妈,您也学学,以后出国人家邀请你,不跳不礼貌。"

南易教梁拉娣摆好姿势,跳了起来。

崔大可家,小南坐在桌前,拿着刻刀认真地雕着萝卜。丁秋楠问:"你爸今天回来吗?"

小南说:"他没说,甭管他,爱回来不回来。"

丁秋楠坐在床边,看看小南,踟蹰许久,说:"小南,要是……我跟你爸离婚,你怎么想?"

小南手一抖,手指上又被划了一刀,血流出来。丁秋楠忙站起身,帮小南止血,从抽屉里拿出纱布包上。

小南说:"妈,我爸有时候是挺烦人的,可再怎么说也是一家人,您多担待。"

"我就那么一说,没事。忙你的吧。"丁秋楠走到窗边站着。

小南放下刻刀,走过去从背后搂住母亲:"妈,我最近看您老是心事重重的,要是有不高兴的跟我说,儿子给你做主。"

丁秋楠笑着拍拍小南:"有你,妈就知足了。"

一辆加长林肯停在了宿舍楼前,穿着一身笔挺的制服、戴着白手套的司机下车走到后车门打开门。

彼得西装笔挺地走下车,手里捧着一束红玫瑰。他整整领带对司机说:"等着我。"彼得故意站在大门口,四处看看,向围观的人们展示了一下,这才走进楼门。

南易在家拿着扫帚扫地,边扫边练习模特步。门外响起敲门声。秀儿头也没梳,穿着一身家居衣服走到外屋打开门,一看是彼得,叫了一声就往里屋跑,把彼得和南易叫得愣住了。

南易走到门口,彼得恭敬地给南易鞠躬。南易说:"别鞠了,进来吧。"

彼得走进屋门,秀儿从里屋走出来,已经换好了衣服,梳完了头,她撒娇道:"来也不说一声,弄得人家都没准备。"

彼得把手里的玫瑰花递给秀儿,说:"我来请爸爸妈妈一起出去吃饭,吃西餐。"

小雨高兴地蹦起来:"好啊!"

梁拉娣却不愿去，不管大家说什么都不肯。南易说："走吧，都去。"他凑到梁拉娣耳朵边放低了声音，"眼看这闺女就送给老外了，你再不吃他几顿，多亏呀。"

梁拉娣这才点了头。

一家人在邻居的议论声中和崔大可嫉妒的眼神里坐着那辆加长林肯走了。

南易一家人和彼得的一顿饭吃得挺开心，梁拉娣也有些动摇了。回到家，衣服也没换，南易又把梁拉娣拉着去了爱丽丝舞厅。

舞厅内，灯光闪烁。南易拉着梁拉娣跳舞，梁拉娣边跳还边来回看："这儿女的还都穿着裙子，也不怕冷。"

南易说："穿裙子是为了转圈好看，谁像你呀，穿着老棉裤就来了，你以前也挺讲究的，怎么岁数一大什么都不顾了。"

梁拉娣说："嫌我老了？"

旁边一对舞伴转到南易身边，女的冲南易笑笑，梁拉娣撇撇嘴："一看就跟我差不多岁数了，嘴涂得跟喝了鸡血似的。你是不是老跟她跳啊，一看就是个骚娘们。"

南易说："那是，人家的腰可比你的细多了，你瞧瞧你的，我连搂都搂不过来，你得减减肥了啊，都成水桶了。"

梁拉娣不高兴了，甩开南易，往旁边的椅子走。南易只得跟了过去。两个人谁也不理谁。

又一个舞曲响起。南易站起来，成心气拉娣，特意走到刚才跟他说话的女士面前，请她跳舞。两个人走进舞池，动作熟练地跳起来。

一个老男人走到梁拉娣面前，故作潇洒地伸出手，要请她跳舞，也不管她答不答应就拉起她的手。

梁拉娣急得放大嗓门叫着南易。舞厅里众人都以为出了什么事，停下来看着梁拉娣。

南易被弄得特别不好意思，走过来问："你嚷嚷什么？"

梁拉娣说："我说了不跳，这个人非拉着我，我又不认识他。"

"跳舞嘛，还得多熟啊。"

梁拉娣说："别的男人拉你老婆的手，你就一点儿反应都没有？！"

南易说："有人能看上你，我还真想谢谢他呢。"

梁拉娣骂道："你不要脸。"

南易拽着梁拉娣就往外走："我可不要脸嘛，都让你丢尽了。"

几个中年妇女走进来。看到南易，咋呼着迎上来："哟，南师傅，怎么走啦，咱俩可好几天没跳过了，今儿我就是为了你来的。"

南易说："大白杨呀，有日子没见你了。"

被叫做大白杨的女人高头大马，皮肤更是出奇的白皙，说话也是声如洪钟，根本没注意旁边冷脸站着的拉娣，过分热情地拉着南易："你不来我跳舞都没劲。来，来，拉拉手。"

梁拉娣在一旁忍不住了："南易！"

南易只好走了出去。

秀儿和小雨正坐在床边看电视。南易和梁拉娣一前一后走进来，两个人都是脸色铁青，又大吵了一架。

第二天，肖记者又来就想来饭店了。

崔大可嘱咐南易："南易，我跟你说，记者可不能得罪，万一给你发个消息，说咱们这儿吃出耗子屎来了，饭店立马就得关门。"

南易说："她敢？！记者就能胡编乱造啦？"

服务员说："她来吃饭的，还点了菜呢。"说着把菜单交给南易。南易看了看，麻婆豆腐。

崔大可说："来者不善呢，挑刺来了。"他走到大厅，看到肖葳坐在靠窗的位置上，拿着一瓶汽水走过去："肖记者，就盼着你呢，来，来，先喝口水。"

肖葳问："南师傅呢？你放心，我今儿就吃饭，不采访。"

崔大可说："吃饭采访都欢迎，南易就那个脾气，你越让他干吗他越端着。"

服务员端上菜，肖葳拿起筷子一样尝了一口，脸上露出欣赏的表情，埋头大嚼起来。

南易端上了一盘凉拌苦瓜："清清口，想不到你还挺能吃辣椒。"

肖葳说："那是菜炒得好，甜辣适中，我一点儿都没觉出辣来。"

南易说："你甭光找好听的说，我不喜欢什么采访。"

肖葳说："那我来吃饭，您总不能不欢迎吧？"

南易笑着哼了一声。

秀儿做好饭放到桌上，对梁拉娣说："妈，我跟您商量个事。彼得有个朋友开了一家移民公司，说像我这样的条件，美国政府是很欢迎的。让我先办理移民出去，我们在美国结婚。"

梁拉娣说："那也成。手续麻烦不麻烦？"

秀儿说："挺简单的，不过彼得都是美元，要换成人民币损失太大了。"

梁拉娣站起身，从柜子顶的一个破纸盒里拿出个布包，打开，从里面拿出一个存折交给秀儿。

秀儿高兴地打开一看，说："咱家有这么多钱哪。"

梁拉娣说："那都是你妈一点一点从嘴里抠出来的。"

秀儿说："要不我爸老说您防他跟防贼似的，这么重要的东西您就放这个破纸盒里。"

梁拉娣说："你没听说过吗，越危险的地方越安全。我要不防着你爸，这点钱不出一个月就都得给造光了。"

秀儿说："还是您厉害。"

梁拉娣说："别跟你爸说啊，到时候还我美元就行了。"

南易抱着个大纸箱子兴冲冲地开门进来，把箱子放到桌子上。箱子里是南易的后妈从美国洛杉矶寄回来的衣服。

小雨和秀儿把衣服都拿出来，觉得每件都好看。两个人抢着。里屋，梁拉娣坐在床边抹眼泪："厂长今天通知我提前退休。嫌我年纪大，干不动了，占着茅坑不拉屎。"

南易说："厂长这么说的？咱找他去！你年年都是劳模，咱就占上不走了，让他再盖个新厕所去。"

梁拉娣笑了出来："这是我说的。厂子要精简，年轻的都安排到总厂去，我们这些年纪大的直接买断退休了。"

南易说："我说嘛，厂长不能这么没文化。咱们厂本来就是后娘养的，现在都机械化了，人怎么干也不如机器快。"

梁拉娣说："那说不要我就不要了？天天教育我们以厂为家，我们还没说走呢，先给轰出来啦？"

南易说："你也忙了这么多年了，在家享享清福多好，你那点儿工资挣不挣无所谓。"

梁拉娣说："这不是钱的问题。"

"当然，当然，这是尊严问题。你要是真不习惯，你看看咱家哪块儿需要焊焊，要不把咱家门和窗户都焊个栅栏，还不行把里外屋中间也焊上？多少活啊，我都怕你忙不过来。拉娣同志，咱家建设非常需要你呀！"

梁拉娣笑着说："甭跟我耍贫嘴，你当咱家是动物园哪。"

南易笑着拉起梁拉娣说："我那美国后妈寄东西来了，挑一件，要不那两个丫头一根线头都剩不下。"

外屋，小雨和秀儿都换上了新裙子，站在镜子前照着。南易从桌子上，拿起一件花衬衫在自己身上比划着："这件我合适，我要了。"

秀儿说："那是女式的。男的谁穿花衬衫呀？"

南易说："我就穿！谁规定女的才能穿花的呀？"

秀儿说："那您可真成咱们大院一景了。"

南易说："要的就是这效果。"

南易穿着那件花衬衫在镜子前头照着，非常满意，拿小梳子梳梳头，顺手放进上衣口袋里。刚要开门出去，梁拉娣从里屋走出来，一看南易的打扮，拽住他："哪个大老爷们穿成这样出去了，还不得把你抓起来。"

南易说："我穿什么关别人什么事？"

梁拉娣死活把南易拽回来，非要南易换衣服。南易无奈，把衣服换好，趁着拉娣不注意，把花衬衫塞进自己的包里，走了。

就想来饭店里，已经过了上客时间，还剩下一两桌客人。

南易从厨房走出来，问柜台前的小南："小南，你爸上哪儿去了，两天都不见人。"

小南说："说是有急事，上外地了。"

南易说："厨房调料该买了。饮料和酒也不全了。"

小南翻着账簿说："南叔，账上没钱了。"

南易说："不会吧，这段时间生意不错啊。"

小南说："本来今天发工资的，别说工资了，连进货的钱都不够，您看看，就剩下五百多了。"

南易接过账簿看着："赶紧找你爸。肯定都在他那儿呢。"

小南说："工资怎么办？"

南易说："先跟他们说，等崔经理明天回来发。"

小南说："我爸都不知道上哪儿了，我回家先跟我妈要点儿。"见南易点头，跑出去，骑上车走了。

丁秋楠正在屋子里看电视，见小南匆匆走进来，问："怎么这会儿回来了？"

小南说："您先给我点儿钱，饭店等着进货呢。"

丁秋楠站起身，打开抽屉说："饭店没钱了？不是说天天满座嘛。"

小南说："谁知道我爸干什么呢，就剩五百多了，连工资都发不出来。"

丁秋楠说："这叫做生意呢，不往家拿，还得往外掏。"说着把一个存折递给小南。

小南拿了就往外走，边走边打开看，突然停了下来："妈，您怎么给我一个空存折啊，里面就十块钱了。"

"不可能。"丁秋楠拿过来一看，急忙走到抽屉边，打开，又从里面拿出两个存折打开，一屁股坐在椅子上。

小南拿过来看，里面一分钱都没有了。他问："妈，钱呢？"

丁秋楠站起身，拉着小南就要往外跑："报警，上次你南叔不就被偷了嘛，肯定也偷咱家了。咱们都没发现。"

小南说："哎哟，您用用脑子，小偷偷完还能把存折送回来？"

丁秋楠站住："你爸！一定是他，小南，你爸去哪儿了？"

小南说："他就说去趟外地，特着急就走了，没跟我说哪儿？"

丁秋楠眼泪下来了："肯定是你爸拿着钱跟那个狐狸精私奔了！我知道早晚有这一天。"

小南说："您别自己吓唬自己，还不知道怎么回事呢。您边别着急，我找他去！"说着开门跑了。

南易已经换上了花衬衫，梳梳头发，走了出发。肖葳还坐在靠窗的老位置上，刚刚吃完。南易笑着说："这儿快成你食堂了。"

肖葳笑着从书包里拿出几本讲美食的书，说："您瞧，这些书我可都看过了，您不想考考我学得怎么样？"

南易翻看了一下："全是胡编乱造，看了也没用。"说着往外走。

肖葳忙拿起书包跟出来，边走边说："您不问问我，怎么就知道我什么都不懂啊。"

南易刚要回答，小南骑着车飞速过来，到南易前面停下。他看看肖葳，拉着南易走到旁边，低声说："南叔，我爸把我们家里的钱全卷走了。"

南易大吃一惊，骂道："这个王八羔子！"他气得来回走了两步，问，"你知道那个琼花住哪儿吗？"

小南说："又是她？要不报警吧？"

南易摇摇头说："你爸自己拿钱跑了，警察不管。"

肖葳跑过来问："南师傅，您要找谁，我是电视台的，认识人多。"

南易看看小南，犹豫了一会儿，问："有家叫什么达信贸易公司你知道吗，我想找他们经理，叫琼花的。"

肖葳说："成，您等我，今晚上给您回信。"说着快步走了。

丁秋楠一个人以泪洗面，突然拿起桌上小南用的雕刻刀，狠狠地往手腕上割下去。

南易和小南回到家，小南开不了门，叫妈也没人理，有些慌了，用力撞门。南易找来一个铁棍撬门，用力把门撬开了，小南推门冲了进去。

丁秋楠坐在地上，手腕被割了两道口子，血流出来。

"妈，你这是干什么呀！"小南六神无主，抱着丁秋楠哭。

梁拉娣和秀儿跑进来，梁拉娣说："好好的怎么寻短见了？！"

南易拿过毛巾擦掉丁秋楠手腕上的血迹，说："还好，割得不深，快拿纱布来。"

秀儿答应着跑回家拿来纱布，南易把伤口包好。小南把丁秋楠抱到床上。丁秋楠大哭起来。

梁拉娣问："到底出什么事了？"

南易说："崔大可把钱全拿走跑了。"他又劝丁秋楠："秋楠，你别着急，就算他逃到天边，我肯定也能把崔大可找回来。"转头对拉娣说："你陪着她，我去找。"

南易匆匆走了。

肖葳和南易从一辆出租车里，走出来，向路边一栋楼走去。两人来到一间挂着达信贸易公司牌子房间门口。但房门挂着大锁。南易从窗户望进去，里面东西已经搬空了，一地的垃圾废纸。

肖葳说："这种皮包公司，骗完钱就跑。"

南易问："你知道她住哪儿吗？"

"幸福路5号。"

"走！"南易和肖葳跑下楼。可是琼花早在上周就已经搬走了。

夜晚，南易走进家门，梁拉娣赶紧迎上去："找着崔大可了？"

南易摇摇头说："没有。秋楠怎么样了？"

梁拉娣说："小南陪着呢，一时想不开，想通了就好了，再怎么说也舍不得儿子呀。"

南易脱下衣服，坐了下来，问："咱家还有多少钱？饭店等着开支呢，进货也没钱了，先拿咱们的垫上。"

梁拉娣说："又不是你的饭店，为什么咱们出钱？"

南易说："等下个月挣了钱就还你，秋楠他们娘俩就剩这个饭店了，要是关门让他们喝西北风去？"

梁拉娣不情愿地从柜子里拿出存折扔给南易。

南易拿着存折看了看，去隔壁敲门。丁秋楠已经睡着了，小南站起身问："南叔，我爸真跑了？"

南易说:"别着急,凡事有你南叔顶着。"小南眼里含泪,点点头。南易把存折交给小南,"明天把工资发了,该进货进货。"

小南摇头:"您的钱我不能要。"

南易说:"拿着!就算我入股了。"

清晨,南易走出家门,看看对面崔大可的房门,想敲门进去,又犹豫着。屋门打开,丁秋楠穿戴整齐地走出来。

南易问:"你干吗去?"

丁秋楠说:"我去饭店帮帮小南。"

南易说:"我去,你在家歇着吧。"

丁秋楠说:"我没事,想通了,老怕有这么一天,这一天到底来了,就算崔大可这辈子再也不出现,我还有儿子呢,我得高高兴兴地活着。"

南易说:"这就对了。"

丁秋楠冲南易笑笑,两人走了出去。

南易家的屋门半掩着,梁拉娣看着南易和丁秋楠走远,对秀儿说:"你说这崔大可真跟狐狸精跑了?"

秀儿说:"男人还不都这样,见异思迁,秋姨多好的人呀,找这么一位可够倒霉。"

梁拉娣说:"知道了吧,小心着点儿,一失足成千古恨,找错了丈夫一辈子都消停不了。"

秀儿忙帮彼得说话:"您别把人家的事往我身上拉,我们家比彼得才不是那种人呢。"

梁拉娣笑着说:"还没过门呢,就你们家彼得了。他人呢,怎么好几天都没露面了?"

"人家忙呗。天天给我打电话,早请示晚汇报。"秀儿一脸甜蜜。

梁拉娣问:"移民的事怎么样了,你让他赶紧催催,成不成的也该有消息了。"

秀儿不耐烦了:"不知道,不知道,您烦不烦呀。不就拿了您两万块钱嘛,至于急成这样吗。"

梁拉娣瞪大了眼睛:"就两万块钱?!那可是我跟你爸干了一辈子才好不容易攒下来的。"

秀儿说:"彼得正办着呢,手续可复杂了,那不是说一天两天就能办完的。您放心吧,出不了一个月,您女儿就是美国人了。"

梁拉娣笑着打了秀儿一下。

夜里，崔大可一脸疲惫地回到家。丁秋楠看到崔大可火冒三丈，还没等崔大可进屋，就从门边拿起扫帚冲着他就去了："崔大可，你还有脸回来！"

这阵势把崔大可吓坏了，转身往回跑。南易和梁拉娣也从自己家里跑了出来。小南追上母亲，抱住她。

南易说："秋楠，你先别急，让他把话说清楚。"又问崔大可，"崔大可，你把钱都给琼花了？你吃饱了撑得啊！"

崔大可说："秋楠，我被那个臭娘们给骗了，一分钱都没有了，这两天我到处找她，什么都没了，我辛辛苦苦挣的钱都没了。"

丁秋楠说："活该！你不是就看着人家好吗？你滚，从今天起我跟你一刀两断！"

崔大可装可怜说："我也是想给咱家多挣点钱，谁知道他们做了局让我上套。我都好几天没吃没喝了。"

丁秋楠早就看透了他，转身往家走，砰地关上了房门。

南易一副恨铁不成钢的样子瞪着崔大可，拽着梁拉娣也回了屋。

下了班，南易脱下厨师服，换上了花衬衫，皮鞋擦得锃亮地走出来，又要去跳舞，还拉着钱大姐扭了两下。

大李在一旁撇了撇嘴，小声说："流氓。"

这一声被南易听见了。他大声问："你说什么？有本事你再说一遍？"

众人都看着大李。大李说："说怎么了，这是工作的地方，也不看看自己多大岁数了，不正经！"

南易走到大李身边，一个巴掌就扇到他脸上："你再说！"

大李下不了台，挺着胸大骂："流氓，老流氓！"

南易又一个巴掌扇过去。大李捂着脸嚷嚷着跑了。

打了架，刘峰自然又要跟俩人谈话。大李说："刘市长，要不您把我调走，要不……"

南易说："要不什么？"

大李瞅了一眼南易："反正现在这样没法工作。"

刘峰说："好了，这事以后都不许提了。"说着站起身。

这时，杨小东走进来，对南易说："南师傅，外头有个女的找你。"肖葳从外面走了进来。

南易看一眼大李，特意表现得非常热情，笑着迎上去："小肖，有事找我，出去说。"跟着肖葳走了出去。

在街边一间饭馆的包间里,南易和肖葳相对而坐,肖葳给南易斟酒:"南师傅,喝完这杯酒,您可得答应我求您的事。"

南易说:"喝酒没问题,多少杯都奉陪,其他的就算了吧。"

肖葳说:"您不是觉得我不懂嘛,这么着,您考考我,要是我说对了,您就喝一杯。"

"跟我叫板?"南易端起酒杯跟肖葳碰了一下,一饮而尽。

两人一问一答,喝得越来越尽兴,一直喝到饭馆打烊了,肖葳才搀着喝得醉醺醺的南易走出来。肖葳拦住一辆出租车,问南易:"南师傅,您醒醒,您家在哪儿啊?"

南易已经不省人事了。肖葳费力地把南易弄进车里,自己坐到前面副驾驶的位子上,让司机开到了最近的宾馆。

肖葳在宾馆内开了个房间,费力地把南易架到床边躺下。她刚帮南易把鞋子脱掉,盖上被子,就传来敲门声。

肖葳跑过去打开门,两名警察站在门口。

看着面前的两名警察,肖葳吓住了:"怎么啦?出什么事了?"

其中一名警察说:"查房!"推开肖葳走进去,看到床上的南易。

肖葳忙跑回去从书包里拿出自己的工作证,说:"同志,我是电视台的记者。"

警察翻看着肖葳的工作证,说:"现在怀疑你们有不正当关系,跟我们走一趟吧。"

肖葳说:"警察同志,我确实是电视台的记者。"

警察说:"现在假记者多了,有什么话上派出所说去吧。"

另一名警察拍拍南易,南易睡得正香,翻了个身,根本不理。警察用力推着他,喊道:"起来!"

南易被搅了好梦,猛地挥挥手,大叫:"干什么?!再闹打人了啊!"

两个警察架起南易,像拎麻袋一样把南易拖着往外走。

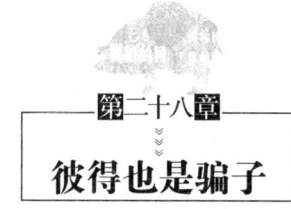

第二十八章
彼得也是骗子

派出所门口，梁拉娣冷着脸等着，南易和肖葳走了出来。南易不太好意思地对梁拉娣笑笑："来啦。"

梁拉娣没好气地说："废话，我不来你能出来吗？"

肖葳想替南易解释："阿姨，误会，我就想请南师傅做采访。"

梁拉娣不高兴地说："甭叫我阿姨，我比你大不了多少。"

南易笑了出来。梁拉娣不理两人，自己往前走。

肖葳对南易说："南师傅，真对不起。"

南易摆摆手说："都怪我喝多了，跟你没关系。快点回去吧，一晚上也没睡成。"紧追了两步走到梁拉娣身边。

梁拉娣和南易一前一后走进家门。梁拉娣忍了一路的火这才发出来："你可越来越出息了，喝酒都喝到人家床上去啦，自己都一脸褶子了，还跟小姑娘磨叽什么？"

南易说："你不说她跟你岁数差不多吗？"

梁拉娣说："你别避重就轻，昨晚上你们跑宾馆干什么去了？"

南易直截了当地回答："睡觉。"

梁拉娣气得脸通红："行啊，你倒不藏着掖着，离婚！"

南易毫不在乎地说："离就离呗，你别老嘴上功夫，真离一次我看看。"

梁拉娣气急，不理南易，从床底下拿出一个手提包，打开柜子把自己的衣服扔进去。南易也不劝，坐在旁边看着。梁拉娣没台阶下了，只好拎起手提包往外走，回头对南易大声说："南易，你求我，我都不会再回来了。"

南易冷冷地说："不送了啊。"

梁拉娣砰地撞上门走了。

第二天，南易正在想来饭店里做菜，一个服务员走进来，手里拿着一封信递给南易："南师傅，您的信。"

南易奇怪自己的信怎么寄这儿来了。他看看信封，没有写落款，只写着"南易亲启"。他打开信封，只看了一行，脸色一变。

崔大可凑过来看，南易立马合上，不让他看。

崔大可说："这字像是女人写的？谁呀？偷偷摸摸地寄信肯定有问题。"

南易顾不上跟崔大可斗嘴，揣上信，匆匆走了。

那封信是琼花寄来的，约南易见面。

南易匆匆来到信上说的那个很不起眼的小饭馆里，在一个角落里看见了戴着帽子和墨镜的琼花。

南易走过去坐下，问："你找我干吗？不怕我报警？"

琼花说："我在外面看了半天，一直都是你一个人才进来的，信里我都写清楚了，我相信你不会。"

南易说："你应该去找崔大可呀，怎么想起找我来了？"

琼花的情绪十分低落："我不想再见他了。"

南易讥讽道："把人家的血汗钱都拿走了，是不敢见。"

琼花掏出一个存折递给南易："请你把这个交给他。"

南易打开看了看，里面的数字显示二十万。南易不解地问："我就不明白了，你既然是来还钱的，光明正大地去找他嘛，弄得这么神神秘秘的干吗？"

琼花说："我没骗他，谁想到阴差阳错地走到这一步，这些钱就算我跟他做个了断，我谁也不欠了。"

南易说："我要是把这个给他，你想让我怎么说？"

琼花说："就说是你的，别提我，实在不行你先帮他存着，等适当的时候再拿出来。"她站起身，苦笑道，"我走了，这辈子都不会回来了，你告诉崔大可，这些日子我很快乐，我会记着他的。南师傅，谢谢你。"说完走了出去。

离开小饭店，南易回到宿舍楼，走到崔大可家门前，把存折放进口袋里，敲了敲门。屋门打开，丁秋楠两眼红着，明显刚刚哭过。

南易走进去，问："又跟崔大可闹气了？这臭小子，刚老实几天啊，真是三天不打上房揭瓦，我今儿不把他骂明白了我就不姓南！"南易说着要往外走。

丁秋楠拉住他："不是，跟他没关系。"她有些不好意思地从床头拿起一本书，"我看书呢，越看越觉得心里怪酸的。"

南易看了看封面，是琼瑶的小说《烟雨蒙蒙》。南易说："都是现编乱造，你还当真了。"

丁秋楠说："写得特别好，一个女孩遇到了她的爱人，却因为偶然的事故不得不离开，而那个男人的心里也一直都没有忘记她。"她一脸向往，"看着人家的故事就好像年轻时候的日子又回来了，那种爱情才叫做刻骨铭心呢，能有一个男人让我记一辈子都是最大的幸福了。"

两个人对视着，彼此的眼光里都充满了柔情。南易甚至有一种冲动，想把她抱进怀里。两个人都有些难以自持了，丁秋楠越走越近，刚想投进南易怀里，南易返身夺门而出。

南易站在门口手足无措。小雨问："爸爸，你干吗呢？"南易这才醒过神来。

小雨说："刚才有人来，说刘叔叔找您呢。"

南易转身往外走，手里的存折又塞进了裤兜里。

刘峰和南易坐在办公室里。刘峰说："南易，你在咱们单位比我待的时间都长，有十年了，对吧？"

南易点头："九年多。"

刘峰说："你也算是老同志了，现在组织就需要你真正起一次表率作用，给大伙做个榜样。这些年你在食堂的工作大家都看在眼里，确实是勤勤恳恳，吃苦在前，享受在后，咱们机关有了你，接待工作一直都搞得很好。"

南易看着刘峰，觉得他话里有话，接口道："下边该但是了。"

刘峰被南易逗笑了："但是你这个嘴上不饶人得改改了。"

南易放松下来。

刘峰说："我给你交代实话吧，机关要精简机构，领导考虑了一下，决定缩小食堂规模，以后接待任务都交给外面，食堂就承担咱们内部人员的一日三餐，所以现在的编制严重超标，必须精简人员。你是食堂的第一元老，如果让别人走，恐怕难以服众，希望你能接受这个任务。"

南易有些意外，一时不知道说什么才好。

刘峰说："突然提出让你离开，确实难接受。不过我也是考虑你一直都在外面跟崔大可搞饭馆，不愁没有出路，再说你是名厨，走到哪儿肯定都很受欢迎。在食堂本来就是大材小用了嘛。"

南易说："您甭给我戴高帽子，我颈椎不好，受不起。"

刘峰说:"不着急,这件事也不是让你马上表态,回去再跟拉娣商量商量。"

南易站起身,径直走了。

傍晚,南易一个人坐在桌前喝闷酒。秀儿正责怪南易把梁拉娣气走了,刘峰的秘书小王找了来:"南师傅,刘市长在食堂等着您呢。北京商务部的孙处长来视察工作,点名要吃您做的菜。"

南易说:"不是接待工作都不归我管了吗,让他们到外头吃去。"

小王说:"就算您可怜可怜我吧,我当这个秘书也不容易。算我求您了。"

秀儿拉起南易,把衣服递给他:"快走吧,回来再喝。"

小王拉着南易走了出去。

食堂里,刘峰在陪着一桌客人,桌子上的菜已经吃得差不多了。南易走进厨房,小王忙着过去打招呼:"孙处长,刘市长,南师傅来了。"

刘峰说:"孙处长,南易在我们市都是鼎鼎大名,一会儿你比比,看跟北京的大厨一样不一样。"

孙处长说:"好,好,要不老说真正的高手都在民间嘛,越是小地方越是藏龙卧虎。"

厨房里,杨小东刚炒完一盘菜,见南易进来,问:"南师傅,做什么,我给您打下手。"

南易在厨房里看了一圈,发现桌子上摆着一大碗白菜粉丝豆腐汤,说:"就它了。"

杨小东马上拦着:"这是中午剩下的。不能给领导吃啊。要不您歇着,我做。"

南易说:"不用。"端着汤出去了,杨小东在后面急得想追出去,可又不敢。

南易端着汤放到桌子上。

孙处长赞道:"还是名厨厉害,这么快就做好了。"

众人看着那碗汤,互相瞅瞅,都不敢说话。刘峰更是尴尬不已。南易好像什么也没看见,一人给盛了一碗,说:"这是我们食堂的特色菜,珍珠翡翠白玉汤!"

众人都象征性地喝了一小口,刘峰马上站起身,对孙处长说:"孙处长,去我办公室休息一下吧。"

众人都站了起来。刘峰瞪了一眼南易,陪着孙处长往外走。

南易喊道:"刘峰!你回来。"

刘峰回过身,有些吃惊地看着南易,小王眼看要出事,拉着南易,南易甩开他,说:"汤还没喝完呢,你看看这一桌子菜,哪盘都没动几筷子,食堂规定上不是写着呢吗,不许铺张浪费,哦,都是写给我们平民百姓看的,不是您跟我说的领导该起带头作用吗?"

气氛一下子闹僵了,孙处长的脸拉下来,刘峰想发火,可看着旁边的孙处长只好压下来。

杨小东劝道:"南师傅,您少说两句吧。"

南易说:"我哪儿说错了?"

刘峰走到桌子前,端起汤喝完。小王和杨小东急忙跑过来,把一盆汤都灌到了肚子里,刘峰脸上带笑陪着孙处长和众人走了出去。

南易一屁股坐到椅子上。

晚上,小南和丁秋楠坐在屋子里。小南看看母亲的脸色,小心翼翼地说:"妈,我爸这几天特老实,就待在饭店里,哪也不去。"他走到母亲身边坐下,"他这回真的知道错了,您就看我的面子,饶了他吧。"

丁秋楠说:"甭跟我提他。没听说过农夫和蛇的故事吗?等他缓过劲来,得反咬咱们一口。"

小南说:"我们都说好了,饭店挣的钱都直接交给您,兜里没钱自然就老实了。"

丁秋楠说:"是他让你来当说客的吧。"

小南说:"饭店是营业的地方,让我爸老在那儿睡觉,不单他休息不好,主要是影响生意。"

丁秋楠犹豫着,看一眼小南。

小南接着说:"我肯定站在您这边,以后他要是还出乱子,我第一个把他轰出去,轰出咱家都不算,直接轰出地球去。"

丁秋楠笑了出来。

小南这才站起身,打开门。崔大可笑嘻嘻地走进来,丁秋楠冷冷地瞪了他一眼。崔大可就当作没看见,走到床边躺下:"还是咱家的床舒服。"

丁秋楠喊道:"起来!谁让你在这儿睡了。小南,你跟我睡。"

崔大可无奈地站起身,走到小南的单人床边坐下。

清晨,秀儿端上早点,南易从床上坐起来,问:"你怎么不叫我?"

秀儿说:"叫您干吗,再跑到食堂闹腾去?您可真是的,捅了那么大娄子,看您怎么收场。这是我妈不在,要不不定怎么骂您呢。"

这时候,屋门打开,梁拉娣拎着旅行包快步走了进来。秀儿说:"妈,我正说等会儿去接您呢。"

梁拉娣没说话,打开柜门换了件家里穿的衣服。南易笑嘻嘻地走过去看着她,说:

"不是说请都不回来吗,怎么自己就杀回来了?"

梁拉娣说:"这是我家!想叫我让位没那么容易,我就天天在你眼前晃,恶心死你。"

南易笑着哼了一声。

这时,屋门外传来敲门声。秀儿打开屋门,门外站着两名警察。其中一人问:"这里是南易家吗?南秀是住在这里吗?"

秀儿说:"我就是啊。"

警察问:"你认识一个叫吴根发的人吗?"

秀儿摇摇头。警察拿出一张照片递给秀儿,问:"那你见过他吗?"

南易跟秀儿看照片,两人奇怪地互相看了一眼。梁拉娣走过去,拿过照片看了看,说:"这不是彼得嘛?"

警察问:"你跟他什么关系?"

秀儿顾不得回答问题,忙问警察:"他是我未婚夫呀。他怎么了,出什么事了?"

警察又问:"你们交往多长时间了?"

秀儿回答:"有半年吧,警察同志,彼得到底怎么了。"

"他是一名诈骗犯,专门欺骗像你这样的年轻女性,先以结婚做诱饵,然后再用办理移民为借口骗钱。"

秀儿摇头道:"不可能,他是美国留学生,你们搞错了吧?"

警察解释道:"他原名叫吴根发,无业游民,中俄混血,他用同样的手法已经骗了15个人,诈取钱财一百多万。现在这个人已经被我们抓起来了,他供述说拿了你们两万元,有这事没有?"

秀儿木然地点点头。南易惊讶地看着秀儿。

警察接着说:"吴根发已经交代了,上次是他找人偷了你们家,就是为了想找本宫廷菜谱。"

梁拉娣怒不可遏地对秀儿喊起来:"咱家的脸都让你丢光了,我早就说他不是好东西,你非不听!这回好了,鸡飞蛋打,看你以后怎么办?!"

秀儿哇地哭了出来,边哭边问警察:"他人呢?"

警察说:"在外面警车里,我们需要你配合做一个笔录。"

秀儿说:"您让我见他一面。"

梁拉娣喊道:"还有什么可见的?杀他一百次我都不解气!"

秀儿不理母亲,对警察说:"求求您,就让我见一次,要不当面问问他,我一辈子都不安心。"

南易也说:"警察同志,就让她见吧,我们家孩子一根筋,要不她得天天到派出所找您去。"

警察答应了,押着吴根发走进来。秀儿扑上去,连着扇了他几个巴掌,骂道:"彼得!你不是叫彼得吗,你不是美国人吗,你不是家里有农场吗?!"她越说越伤心,哭着打吴根发,"你不是说一辈子爱我,一辈子不蒙我吗?!"

吴根发低着头,一句话都不敢说。

南易已经是怒不可遏了,冲着吴根发一拳打过去:"王八蛋,今天不收拾了你我就不姓南!"

吴根发已经吓得腿都软了,警察拽着他打开屋门往外走。

南易挣脱开警察追出门去,秀儿急忙跑过去,一下子被撞倒在地,血从裙子里顺着两腿流下来。秀儿捂着肚子喊着。

梁拉娣扶起秀儿:"秀儿,你这是怎么啦?"

南易抱起秀儿径直就往外跑。

南易和梁拉娣坐在医院抢救室外着急地等着。

医生走了出来,说:"已经没事了,不过孩子没保住,流产了。"

梁拉娣一屁股坐到墙边的长椅上:"我就知道这孩子早晚得出事。"她的眼泪流了下来。南易看着她,叹了口气。

抢救室里传来吵闹声。医生跑进去,南易也扶着梁拉娣走进去。秀儿脸色苍白,站在窗户边,满脸是泪,喊着:"都别过来!我没脸再活着了!"

梁拉娣焦急地说:"闺女,快下来!天塌下来妈给你顶着,你要是死了,妈才真不能活呢!"

旁边两个护士要过去抓秀儿,秀儿拽住窗框就往下跳。南易赶紧跟护士挥手示意:"好,好,秀儿,咱们都不动。"

秀儿刚流产,身体本来就虚弱,靠在窗框边,一只脚踏在窗户外,两手仍然紧紧抓着窗框,随时准备着要跳下去。

南易一步一挪地往前走,边走边跟秀儿说话,转移她的注意力:"秀儿,这事不怪你,爸妈一点儿都没有责备你的意思。我们心疼还来不及呢。"

秀儿哭着说:"我什么都没了!什么都没了!"

南易说:"你还有我们呢。爸知道你心里难受,遇见这事谁都不容易过去,你看看你妈,为了把你们拉扯大多少大风大浪都熬过来了。不管有多难,爸妈陪着你一块儿咬牙挺过去。你要是不活了，那以后谁能跟我斗嘴呀，爸做菜给谁吃啊？"

秀儿哇地大哭起来。南易一个箭步蹿过去，抱起秀儿。

所有人都松了口气。

就想来饭店内，南易坐在桌前，看着一封信。小南走过来问："南叔，秀儿好了吗？"

南易说："好了。就是不想出门。你有时间带她出去走走，散散心。"

小南高兴地答应："行，一会儿忙完我就去找她。"

崔大可走了过来："小南，你有那么多闲工夫吗，库房里的货可不多啊，一会儿赶紧进点儿。"

南易看一眼崔大可，对小南说："小南，忙你的去吧。"

小南白一眼崔大可，走了。崔大可凑到南易面前，说："海外又来信啦？"

南易说："我美国的亲人要过来看我了。"

崔大可说："这回是真的吧。我看看，是美国来的吗？"

南易把信揣进兜里："是不是美国来的，都跟你姓崔的没关系。"

宿舍大院里，小南站在墙角。秀儿走了过来，问："你找我？"

小南笑着从身后端出一大盆玫瑰萝卜花："玫瑰，送给你。"

秀儿接过来，玫瑰花在水里漂浮着，看上去特别漂亮。秀儿的脸上露出笑容："真漂亮，亏你想得出来。"

小南说："街上卖的玫瑰花有什么意思，我这个不单能看，饿了还能吃呢。"

秀儿说："谢谢你。"

小南认真地说："秀儿，嫁给我吧。"

秀儿惊讶地抬头看他。

小南说："这些花我刻了一晚上，每刻一朵，脑袋里想的都是你。我就娶你，不管别人说什么，我都不在乎。"

秀儿摇摇头说："小南，我一直都把你当弟弟，以前是，以后也是。其实我明白你心里是怎么想的，我总想着只要我不提，你早晚也就淡了。你是很好的男孩子。"

小南急道："我已经不是孩子了。"

秀儿说："行，你是很好的男人，可咱们俩永远也不可能。别再提了，尤其是别让你爸知道。"

小南着急地说："为什么不可能？！我喜欢你，这辈子我只喜欢你一个人。"他走到秀儿面前抱住她，要强吻秀儿，秀儿躲着。

小南说:"别人能吻你,为什么我不能?!"

秀儿一下子打了小南一巴掌。小南被吓住了。秀儿眼里含着泪:"你就是想要我是吗,你跟别的男人有什么区别?!行,我给你,然后咱们就再也没关系了。"

秀儿说着就解开衣服扣子。小南退后几步,转身飞速跑了。秀儿蹲在墙角,眼泪扑簌簌掉下来。

宣传栏里贴着一张红色的大纸。上面写着关于福利房的分配标准:年龄三十五以上,工龄十年以上,如家庭另一方单位已经分房则不在此次分房范围之内,单身不在此次范围之内。总共15套。为表公开,公平,公正,选出分房小组予以监督。

南易沿着走廊快步走到刘峰办公室前,刚要敲门,发现门开着条缝。里面传来女人的抽泣声和说话声:"刘市长,我们一家六口就住个二十平方米不到的地方,屋子里除了床什么都放不下。我们家老林太老实,就知道工作,从来不争不抢,可眼看着大儿子要结婚了,我婆婆又是半身不遂,您让我怎么办?我现在愁得一夜一夜的睡不着。"

刘峰说:"我们都会考虑的,你放心。我们不是要选举分房小组吗,具体情况到时候再说。"

南易敲了敲门走了进去,看到行政科的女同事老吴坐在刘峰面前抹着眼泪。

刘峰看到南易马上站起身:"老吴,先这样,我跟南易还有事要说。"

老吴站起身,走了。

刘峰不胜其烦地皱着眉头:"分房通知刚贴出去半天,我这儿就没断过人,头疼。"

他走到沙发前坐下。

南易笑着把他的茶杯端过来:"喝口水,休息休息。"

刘峰接过茶杯,看着南易问:"你也是为这个来的吧?"

南易说:"没有,通知上不都写得挺清楚的吗,按照规定办呗。"刘峰喝了口水。南易接着说,"刘市长,我来是想跟您汇报一下思想,您不是非让我提前退休嘛。我……我想了好几天,实在是舍不得。我可不是舍不得那个位置啊,您说单位照顾了我一辈子,我还没找着机会报答呢,心里过意不去啊。"

刘峰说:"你能响应号召就算是报答了。"

南易说:"那单位也号召我们要爱岗敬业呀,这一点我感触很深。"

刘峰知道南易又要长篇阔论了,打断他:"行了,你也别上下五千年了,你是怕一旦退休就没机会分房了吧。"

南易嘿嘿笑着。

刘峰说:"南易,我也给你透个底,咱们单位符合分房条件的不下一百人,可房子就十几套,工作难做呀,我还希望像你这样的老同志能够做些牺牲呢。"

南易说:"那也不能老让我牺牲啊,刘市长……"

刘峰站起身,走到办公桌前坐下:"好了,以后再说吧,你先让我干点儿正事吧。"

南易只得站起来,走了。

第二天,梁守业又来了,身后还跟着一位三十多岁的男人。那男人穿着一身西服,手里捧着个雕花盘龙的黑漆小木箱。梁守业向南易介绍道:"姐夫,这位是我们古董店的赵经理。"

梁拉娣忙着让座倒茶。

赵经理小心翼翼地把木箱放到桌子上。梁守业对南易说:"姐夫,赵经理有件东西让您给看看。"

南易摆摆手说:"我哪懂你们的事呀。"

赵经理说:"南先生,这件东西除了您别人都不懂。"他打开木箱,里面放着一个黄色锦缎包裹着的东西,赵经理小心地打开,从里面捧出一本古书似的东西,纸已经发黄了,看上去年代久远。

赵经理交给南易,南易小心地接过来,只见那本古书的封面上写着《直隶官府秘传菜谱》。梁守业和赵经理一脸期待地看着南易。

南易打开瞅了两眼,问:"赵经理,您这个菜谱是哪儿弄的?"

赵经理说:"我认识一家人,他们家祖上就是直隶府衙门里头当差的,这本菜谱可是传家之宝,文革的时候埋在地里才算没被抄走。"

梁守业说:"姐夫,赵经理一向对中国菜特别有研究,还打算要专门开一家直隶菜馆,想请您帮着指点指点。"

南易翻看着,摇了摇头:"假的。"

梁守业和赵经理都吃惊地看着他。赵经理说:"不会吧,我找人鉴定过,纸张墨迹都有年头了。"

南易:"这我不敢说,不过上面写的东西就不对了。直隶官府菜说起来也有一百多年的历史了,外面一直传说有一本这样的菜谱,不过光是听说,谁也没见过。可这个不是。您就看这个抓炒鱼,据说当年慈禧吃过赞不绝口,问厨师叫什么菜,厨师自己瞎炒的,急中生智临时给起了个抓炒鱼的名字。可这上面写的是糖醋汁,这就不对了,这是后面厨师改良后的,不是原来的那道菜。"

赵经理一脸失望。梁守业急得还想圆回来:"单凭这一点也不能就说是假的吧,兴许是后人加上去的?"

南易说:"那我就不好说了,要不您再找别人问问。"

赵经理收起菜谱,站起身说:"麻烦您了。"说完就走了出去,梁守业忙跟着走了。

梁拉娣说:"你可真是,就说是真的呗,又跟你没关系。"

南易说:"假的就是假的,那不是糊弄人吗。"

梁守业又跑了回来,说:"姐夫,您可真坏了我的大事了。你知道他花多少钱买的,一万!这回全打水漂了。"

梁拉娣说:"你怎么不早说啊。"

梁守业说:"我怎么说啊,姐夫,赵经理还要跟我合作开饭店呢,到时候您不是也能挣点钱吗,要不明天我把他叫回来,您就说想了一晚上,觉得还应该是真的,不就结了嘛。"

南易瞪了梁守业一眼:"想挣钱想疯了吧,你出去蒙人我不管,我眼里可不揉沙子。"

梁守业一跺脚,转身走了。

就想来饭店里看上去生意似乎很好,每一桌都坐了人,可每桌都坐着三两个年轻人,桌子上就摆了一盘最便宜的炒菜。那些人高谈阔论,一点儿没有要走的意思,看上去似乎是来找茬的。

小南没辙,好话说了一箩筐,那些人就是不买账,言语不和就打了起来。几个人把小南压到身子底下,一通猛揍。小南顺手捡起一块碎玻璃碴子,也没看清是谁就扎了过去。

其中一个男人惨叫了一声。

有人报了警。

崔小南涉嫌打架斗殴,还把人给扎伤了,按规定,拘留十五天。崔大可和丁秋楠一点儿办法也没有。丁秋楠只好去找南易,请南易去找陈所长帮忙。南易说:"直不愣登地过去肯定得给撅回来,得想个辙。"他在屋子里转圈,丁秋楠和拉娣都着急地看着他。

南易突然停住脚步问梁拉娣:"咱家还有鸡吗?"

梁拉娣说:"没有,你还有工夫想吃的。"

南易说:"你懂什么,成不成的就看这只鸡了。"

丁秋楠马上站起身就往外跑:"我去买!"

南易匆匆走进厨房忙活起来。

一切准备就绪,南易亲自去把陈所长的老父亲请到了就想来饭店。饭店没有开门营业,服务员都不在,秀儿正在忙着把凉菜端到一张桌子上。

南易一番寒暄后，说到了吃的上："陈大爷，我听陈所长说过，您是洛阳人？"

陈父点点头说："可不，当年跟着解放军北上入关，就在这里扎下来了。一晃几十年了。"

南易说："我知道洛阳有个水席特别出名。今儿您给我指点指点，看我做的是不是那个味儿。"

正说着，秀儿把菜一盘盘地端上来，八盘凉菜转圈排开，红红绿绿特别好看。南易一样样介绍，陈父边吃边不住称赞，最后还将做好的一只八宝布袋鸡给他装好，让他带回去慢慢吃。

陈父高兴得不得了，陈所长开门进来了，要带父亲回去，南易忙说："这还没吃完呢，可不能浪费，要是扔了就糟蹋了。忘了当年连饭都吃不上的时候了，我说得没错吧，陈大爷。"

陈父说："那是，我们入关的时候一天就发一个窝头，就这样我们都把江山打下来了，现在你们算是过上好日子了。"

南易点头："陈大爷说得句句在理。我就老教育我们家孩子，过好日子更得记得当年的苦，没你们打下的新中国，我们还不知道怎么样呢。"

陈父看着陈所长说："瞧瞧人家南师傅，比你这个当所长的觉悟都高。我这个儿子，一天到晚忙忙忙，一个月都见不着一面。还是人家南师傅惦记着我。"

陈所长一脸无奈，南易想乐，赶紧忍住，帮着陈所长说："陈所长是真忙，这您可冤枉他了。尤其是现在的年轻人不好管，我那个徒弟崔小南，就没少让我操心。"

陈父说："您现在都收徒弟啦，应该，您开这么大的饭店，是得多找几个帮手。"

南易见差不多了，话题就往正事上扯了："您别看我摊子大，事情也多呀。净是来白吃白喝的，昨天还有一帮混混来砸场子，非说我炒的菜不对口。"

陈父说："那他们是胡说呢。"

南易说："还是您明白。我徒弟一听就急了，打起来了。"

陈所长一听要说到正事上了，站起身，说："您也吃完喝完了，咱回去吧。南师傅，一共多少钱？"

陈父说："南师傅请的是我，坐下，难得高兴一天。"他又问南易："刚才说到哪儿了，后来怎么着了？"

南易接着说："那帮人要砸我招牌，那我徒弟能干吗，急红了眼，就把一个混混给扎了一个小口。"

陈父大骂："活该！"

陈所长哭笑不得。

南易说:"话是这么说,可这法律不允许呀。就给抓起来了,要关十五天。"

陈父说:"那是那帮人成心捣蛋,不怪他。"

南易说:"是啊,他妈都快急疯了。您说挺好的一个小伙子,跟一帮小偷强盗关一块儿,先不说别的,万一学坏了,不是麻烦了吗。"

陈父问陈所长:"在你那儿呢吧?"

陈所长说:"爸,这是公务上的事,您别管啊。"

陈父说:"不就是扎了一个小口嘛。"他看向南易,南易急忙点头。陈父接着对陈所长说:"关两天,明儿放了吧。算是给我一个面子。南师傅找个好徒弟不容易,别毁了人家孩子。"

南易赶紧顺竿爬:"谢谢您了陈大爷,以后我每个月请您吃一次,下次咱做河南烩面,这您还真得教教我,正宗河南烩面这羊肉汤是最讲究的了。"

第二天,南易去派出所接小南。崔大可和丁秋楠在派出所门口焦急地等待着。不一会儿,南易和小南就出来了。小南脸上还带着伤,丁秋楠心疼不已。崔大可冲小南一摊手:"钥匙拿来吧。从今天起你经理的位子收回,你呀,好好跟我再学几年吧。"

小南从兜里拿出钥匙扔到崔大可手里,跟着丁秋楠回家去了。

崔大可拉着南易去开店,这才注意到派出所外面的布告栏里贴着法院通告,一群人围着看,议论纷纷。

"又枪毙人了,够热闹的。"

"还是严打管用,早就该这样了。"

"这还有个女的呢,才三十五,诈骗,侵犯国家财产。好家伙。"

崔大可和南易也凑到前面看,见通告上赫然写着琼花的名字,名字上被打上了红叉,写着死刑立即执行。

南易惊呆了,崔大可更是浑身酸软,滑溜到了地上。

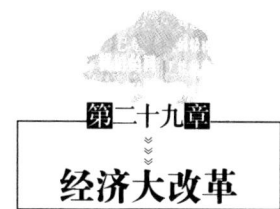

第二十九章
经济大改革

一处没有什么行人的郊外，南易坐在路边田埂上，看着不远处的崔大可。崔大可半蹲半跪地坐在地上，肩膀一耸一耸的，痛哭不止。

南易叹了口气，站起身走过去，捅捅崔大可，说："走吧。"

崔大可吼道："一边去，甭管我！"

南易说："你冲我发什么火？！要怪就得怪你自己，挣钱，挣钱，结果怎么样？就挣回来一颗子弹。"

崔大可干号着琼花的名字，嗓子都已经要发不出声响来了。

南易揪着崔大可的脖领子想把他拉起来："清醒点儿吧，琼花要是看见你这样，你让她走都走得不安心。"

崔大可却跟一摊烂泥一样："你甭跟我猫哭耗子假慈悲，你就想有这么一天呢，你就盼着我倒霉呢，你高兴了吧，你知道什么叫真情嘛，你根本就不懂！"

南易气得拖着崔大可往家里的方向走。

回到家，崔大可躺到床上就不吭声了。南易把丁秋楠叫到自己家里，把琼花给他的那个存折放到桌子，把事情说了一遍。众人都沉默着。

许久，丁秋楠才说："这不会是赃款吧，要不要缴公？"

南易说："应该是琼花自己的钱，否则警察早找上门来了。秋楠，你先收起来吧。"

丁秋楠点点头，拿起存折低头摩挲着，犹豫地问："她已经……"

南易点头："公告上面写着立即执行，估计人已经没了。"

梁拉娣问："犯了什么罪啊？"

"倒卖批文，那个男的弄的是假批文，骗了一个单位好几十万，把琼花也装进去了。两个人都判了死刑。"南易说完，叹了口气。

梁拉娣说:"哎呀,真够险的,崔大可不差点也让给毙喽。"

南易说:"听说琼花不知道批文是假的,可事已经做下了,再说什么也没用了。得亏琼花没把崔大可拉下水,否则真难说了。"

丁秋楠叹气说:"折腾半天把自己给折腾进去了,何苦。"

南易说:"也算琼花有良心,我上次见她就觉得她话里有话,没想到出了这么大的事。"

梁拉娣盯着南易说:"你的嘴还真够严的,连我都瞒着。"

南易也等着拉娣说:"告诉你?不嚷嚷得满世界都知道,非得把崔大可的命要喽。"他又对丁秋楠说:"秋楠,别跟崔大可吵了,他心里不好受也可以理解。"

丁秋楠一脸的忧愁:"你瞧他那个样子,躺床上不吃不喝,不想活了似的,我死都没那么伤心。"

梁拉娣吓了一声,说:"胡说什么,毕竟是认识的人,忽然一下子没了,心里过不去,别跟他一般见识。"

南易嘱咐道:"钱的事先别告诉他。"

丁秋楠点点头走了出去,梁拉娣和南易对视,都叹了口气。

丁秋楠走进来,崔大可躺在床上,被子蒙住头,一动不动。丁秋楠生气地走过去,被小南拉住,丁秋楠冲儿子挤出一丝笑容,从床上拿起自己的被子,被子被崔大可的脚压着,丁秋楠用力推开,抱起自己的被子走到小南的单人床边,也躺了上去。

小南看看这个,瞅瞅那个,一脸无奈。

就想来饭店厨房内,一个厨师往一大盆鲜鱿鱼里撒染色剂,用手搅拌着。南易走了进来,看见了染色剂的袋子,生气地说:"这是什么?我说过没有,不许加这些乱七八糟的东西。"

厨师说:"我也说了您肯定不答应,可崔经理非要放。"

南易走了出去,对萎靡不振地坐在柜台里的崔大可说:"崔大可,谁让你放的?"他把染色剂的袋子"啪"的一声扔到柜台上,"想挣钱也不能拿这个坑人哪,吃坏了肚子你后悔都来不及。"

客人们都向他们看着,崔大可忙站起身,把南易推进厨房:"你别大声嚷嚷,让客人听见怎么办?"

南易说:"你也怕人知道啊!"

崔大可说:"这不是吃不坏嘛,再说别人都放,咱们干吗那么傻呀。"

"再怎么说这也是化学品。给你炒个塑料盆你吃吗?"南易说着,端起一大盆鱿鱼就要往垃圾桶里倒。

崔大可急忙拉住他:"我又没给里头放砒霜,你脑子就不会转转弯?"

南易生气地脱下厨师服,扔给崔大可说:"行,我还不跟你玩了。"

崔大可的脾气也犟了起来:"没你倒省心了呢!"

南易转身走了。

这天,南易的后母潘琳达从美国回来,找到了南易家里,和梁拉娣见了一面,约他们晚上去宾馆吃饭。梁拉娣笑着答应了。

机关食堂的大厅内,大李坐在食堂桌子边,面前放着账本和计算器,摆放着一沓人民币。大李对着账本给员工发工资。

众人都接过数着。杨小东数完一遍,觉得不对,偷偷问钱大姐:"怎么少了?你的对吗?"

钱大姐说:"李主任,您算错了吧,怎么少了一百多呀?我这个月一天假都没请,天天早来晚走的,怎么倒扣我钱啊。"

大李煞有介事地看看账本,说:"没错。"

南易走进来。钱大姐说:"南师傅,赶紧过来领工资吧,看看你是多少。"

南易接过工资,约略数了数,抬起头瞪着大李:"李主任,我今儿可见着资本家什么样了,合着我们是干得越多挣得越少,您吃饭也得让手下人有口汤喝吧。"

大李说:"现在月月亏损,您还有工资呢,我连工资都没有。"

南易哼哼道:"工资是单位给定的,你也同意了,哦,亏了都摊我们脑袋上,赚了您揣自己兜里。"

钱大姐和杨小东在一旁点头附和。

大李说:"南师傅,你在外面也没闲着呀,在这挣一份,外面又得一份,你要是再喊冤就不对了吧。"

南易说:"我挣多少是我的本事,我就是在外边挣一百万,你少给我一个子都不成。"

大李说:"你天天不安心本职工作,我已经睁一只眼闭一只眼了。"

南易说:"你两只眼睛都睁着,闭着眼不是想我,是想怎么往自己兜里划呢。"

大李有些生气地把账本扔到南易面前:"你们自己看,我要是往自己兜里划拉,你告我去!"

南易说:"你以为我不敢?!这账你早就做好了,当我傻呀。"

大李说:"别不知足了,食堂马上就要精简了,能给你们发工资已经够对得起你们的了。"

南易说:"这是两码事,就算我今儿下午离开,上午的工钱也得给我。不给也行,账本都在我心里呢,咱们都甭走,一块好好算算,谁吃了都给我吐出来。"

大李瞪了一眼南易,拿出一百块钱。南易对众人说:"你们先来,数清楚了,出力挣钱没什么不好意思的。"

众人都要回了自己的工资。南易拿过大李拍在桌子上的一百块钱扔给杨小东:"小东,一人一包烟,今儿我请客。"

杨小东高兴地接过来,南易转身走了。

黄昏时分,南易一家仔细打扮了一番,出门去赴约。

宾馆餐厅里摆设得金碧辉煌。南易领着一家人走进来,梁拉娣跟刘姥姥进大观园似的,四处看。服务员打开包间门,潘琳达从里面走出来,热情地走上去,给了南易一个拥抱,还轻轻吻了一下南易的脸。这一下把南易也弄得有点不好意思。梁拉娣躲到了南易身后。

潘琳达又拥抱小雨和秀儿,秀儿笑着跟潘琳达说了一串英语,潘琳达惊喜不已:"南易,想不到你女儿的英文这么好,正宗的美国腔。"

南易觉得秀儿给自己长脸了,笑着说:"她平时就爱在家瞎学。"

潘琳达亲热地拉着秀儿走到桌前,招呼大家坐下。服务员依次上菜。潘琳达拿出包装精美的小礼物,每个人给了一份。

南易说:"让您破费了。"

潘琳达说:"南易,咱们是头一次见面,这次来也是子淮临走前一直嘱咐我的,他当年撇下你母亲去了台湾,后来又跑到美国,居无定所的,当时大陆也在闹文革,怕找你们反而添麻烦。不过子淮心里一直都过意不去,好在看见你一切都好,我想子淮在天之灵也能安息了。"

潘琳达拉着秀儿的手接着说:"我这辈子最大的遗憾就是没有儿女,你有两个这么漂亮的女儿,真是福气。我都想跟你抢一个了。"

南易说:"那是您没看见她们闹脾气的时候,有时候我都想直接轰出去算了。"

秀儿不好意思地笑笑。

潘琳达说:"那好啊,你要真不想要了,我就把秀儿带到美国去。"

梁拉娣和南易有些吃惊地互相看了一眼。秀儿兴奋地瞅着潘琳达。

潘琳达说:"就怕秀儿不舍得离开家。"

秀儿忙不迭说:"我愿意。"

梁拉娣瞪了一眼秀儿，秀儿意识到自己表态得太急了。

潘琳达笑着说："不急，我后天就要回去，秀儿，你什么时候来我都欢迎。"

刘峰和南易相对坐在办公室的沙发上。刘峰说："最近挺忙啊，找了你好几天。听说你又跟大李杠上了。"

南易冷哼道："别的本事没有，告状倒挺快。"

刘峰说："听你这话就知道心里不服气。当然，大李也有他的缺点，不过当初我可是先征求过你的意见，是你不想承包的嘛。"

南易说："都是老皇历了，说过好多次了，我没想承包，更不至于拿这个跟他对着干，就算我要被扫地出门了，也不会伸着脑袋让他打。"

刘峰说："好了，你就一点儿问题都没有？老迟到早退的说得过去吗？"

南易说："谁说的？！我的工作哪一样没完成了？你别老问我，去问问下边人怎么说，自负盈亏就能随便扣我们的工资？"

刘峰说："一天没退一天就得干好工作，饭菜质量越来越差，分量越来越小，你是厨师，难道你一点儿责任都没有？"

南易说："要是看我不顺眼，当面跟我说，背后给我穿小鞋，我可不认！为什么质量这么差，烂菜叶子他熬着吃，剩馒头煎煎当鸡蛋馒头片卖，比原来还贵了一毛呢，就这么干能好得了？！什么叫市场经济，把公家钱都揣自己兜里，就叫市场经济啦？！好好的一个食堂为什么弄到今天这个地步，我比谁都心疼！"他越说越生气，站起身摔门走了。

就想来饭店还没有开门。小南拽着南易走进来，偏要南易指导他几手做菜的技巧，其实还是想缓和南易和崔大可的关系。

崔大可笑着迎上来，拉着南易往里走："来，来，就等你了。"南易转身就要走。崔大可说："别走嘛，你看我今天没开门，专为了请你的，大人不计小人过，我给你赔不是还不行？"

南易说："这我可当不起，您是经理呀，这个饭店不是姓崔嘛，我姓南，咱俩不对路。"

崔大可笑着说："小心眼了啊，等咱们吃完这顿饭，你要真想走，我肯定不拦着。"

丁秋楠从厨房走了出来，说："南易，这顿饭是我请的。"

南易看看三人："合着一家子都撺掇好了，给我摆鸿门宴？"

丁秋楠说："就算给我个面子，这些年你没少帮我们，我就想好好请你吃一顿，没别的意思。"

崔大可马上拽着南易走到桌前："今儿可是秋楠掌勺,你得尝尝。"

小南帮着母亲把菜端上来。

丁秋楠说："我的手艺你也知道,拿不上台面,可要让别人做,倒是我没诚意了。"她给南易倒酒,"我知道你跟崔大可闹矛盾,本来不想管,弄好弄坏都是他活该。可我觉得这事要就这么黑不提白不提了,就是我的不对了。当初这个饭店要没你撑不到今天。就为这,我也得谢谢你。"

南易说："这是从哪儿说起啊。"

"从哪儿说起都应该,我得把账还清了,要不我心里不安。"丁秋楠拿出个纸包放到南易面前。

南易打开,里面放着一大摞钱。

崔大可问:"你拿这么多钱干吗?"

丁秋楠说:"这里有五万块,其中两万是你入股的钱,其实也算不上什么入股,要不是你借给我,饭店早没了。还有三万是你应得的红利,早就该给你了。"

南易看看钱,又看看丁秋楠。

崔大可一看形势不对,着急起来:"我让你劝他回来,你怎么倒往外推呀?!"

南易说:"行,咱们今天就算是两清了?"

丁秋楠说:"这都是你应得的,你不拿早晚也让崔大可造光了。"

崔大可说:"误会,南易,我可没有要散伙的意思,我是……"

小南把钱全都包好,打断崔大可,对南易说:"南叔,您拿着。"

崔大可说:"你们娘俩捏鼓好了,就给我演这么一出,你妈糊涂,你也跟着犯病啊。"

丁秋楠不理崔大可,对南易说:"南易,大可这个人你比我清楚,大事迷糊,小事计较。他让我把你劝回来,饭店没有你,客人都不上门了,开门就是赔钱。可这些年我们光为自己想了,老让你忙前忙后的跟着白干,别说拉娣不高兴,连我都觉得过意不去。以后你也该享享清福了,让崔大可自己折腾去吧。"

崔大可站起身,拽着丁秋楠往外走:"您请吧啊,我让你来帮忙的,不是来拆台的。"

丁秋楠说:"你这个台子早就散了,还用得着我拆?"

"得,得,算我错了,找谁也不该找你。"崔大可把丁秋楠往外面推。

丁秋楠往外走了,小南追出去。

崔大可走到桌边坐下,闷着头一连灌了三杯酒,苦笑了一下,说:"你瞅我这辈子混的,连老婆孩子都不把我当回事。我知道,你心里也看不起我。"他长叹了口气,"南易,我是真佩服你，你说我争了一辈子，抢了一辈子，到头来什么也没落下，我为什么呀？"

南易说："你是心眼不正。"

崔大可说："我杀人了还是放火了？我爸死得早，我妈守了几十年活寡，我就想让她过几年好日子。像我这种没钱没权没靠山的人，不巴结领导连饱饭都吃不上。一天24小时当碎催啊，我没脾气吗？可为了我妈，为了这个家我全忍了。我知道秋楠这一辈子都觉得嫁我亏了，恨不得我赶紧进棺材。"

南易打断道："这话可说重了。"

崔大可说："你知道身边躺着一个人，天天都跟冰棍似的是什么滋味吗？我抱着这根冰棍都过几十年了。要搁别人早捂化了，可我们家这位都成冰山了。你们都觉得她好，怎么就没人想想我心里有多苦啊。"崔大可说着，眼泪下来了，"南易，你知道我多羡慕你吗，你没白活，我跟你说！"

崔大可又灌了一杯，接着说："你想笑就笑，想骂就骂，我得看着别人笑才敢笑，听见别人骂我都不敢还嘴。我憋屈死了我！"他越说越委屈，哭得稀里哗啦的。

南易把毛巾递给他。崔大可抓住南易的手："南易，我就剩这个饭店了，算求求你了，再帮我一回？"说着就要给南易下跪。

南易忙拽他起来。崔大可说："要是这个饭店没了，我就永远翻不了身了。"

南易看着崔大可，沉吟了一会儿，说："让我回来也成，不过咱们得约法三章。"

崔大可忙点头："行，十条都成。"

南易说："第一，后厨的事你不能插手。第二，这个饭店我来经营。第三……"想了半天，南易也没想出第三，"第三先留着吧，等我想起来再说。"

崔大可一迭声地答应着："我什么都不管，只要你回来就行。"

南易从回到饭店的那天起，小南就开始追在他屁股后头磨叽着，求南易收他为徒。南易走到哪儿，小南跟到哪儿。南易刚拿起抹布，小南就抢过来擦。南易拿起菜刀，小南也要拿过来。

南易被他磨得没法子，笑着说："那我考你一道菜，你要是做出来了，我立马收你。"

小南忙点头。

南易说："给我熬一锅汤，要鲜汤。"

小南说："这还不容易嘛。"

南易提示道："记住喽，好好琢磨琢磨这个'鲜'字。"

这时候，饭店后门口停着一辆箱形小货车，车门开着，车里面堆放着纸箱，一位三十多岁的男人把纸箱卸下来放到地上，箱子里整齐地摆放着各种干货。崔大可一副老板派头,老练地拨开表面一层货物,从紧底下拿出一块鱿鱼干,明显的要比箱子上面的货物小了很多。崔大可摇摇头说:"咱们打交道可不是一天两天了,糊弄我?"

那男人说:"崔经理,这肯定得大小掺着卖,您都把好的拿走了,这些我给谁去啊。"

崔大可把鱿鱼扔到箱子里,说:"价钱还不一样呢。"

"我给您打九折。"

崔大可摇摇头。男人立马从兜里掏出几张钞票,塞进崔大可的兜里:"这海货切碎了一炒谁还看得出大小来呀,味道都一样,亏也亏不到您兜里。"

崔大可故意沉吟着不表态,男人又把两张钞票塞进崔大可兜里。崔大可这才假装勉为其难地说:"就这一次啊,我看你也不容易,下次我可不收。"

"没问题,我帮您搬进去。"男人把箱子搬进厨房。

南易走过来查看,从箱子里翻出了小鱿鱼,闻了闻,扔进去:"甭搬了,这些我们不要。"

男人说:"南师傅,崔经理都已经验过货了。"

南易说:"你能蒙他,可蒙不了我。这些都快过期了,味道不对。"

男人笑着给南易敬烟:"南师傅,肯定没问题。"

南易推开,说:"有没有问题,咱俩心里都清楚,明天你不用来了,我换人了。"

崔大可听见争吵声,走进来,对南易说:"南易,我刚才已经跟他说过了,就这一次,下不为例,他也不容易。"

南易说:"咱们容易啊,你怎么胳膊肘往外拐呀?"

崔大可说:"先用这一批,做熟了不都一样嘛。"

南易看看两人,明白了过来:"合着你们俩都商量好了,行,崔大可,当初咱们是怎么说的,我眼里可不揉沙子,你要这么干,那我就告辞了。"南易说着解开身上的围裙往外走。

崔大可忙拉住他:"行,行,行,都听你的,你说怎么办就怎么办。"

南易说:"搬走。"

崔大可赶紧喊:"赶紧搬走。"

男人不死心地看着崔大可:"崔经理,要好的也行,价钱可得再加两成,给您送货还不够我的油钱呢。"

崔大可看着南易。南易说:"加就加,反正我得要好的。"

男人答应着把货搬了出去。

晚上,小南捧着一大摞书回到家,丁秋楠急忙上去帮他放到桌子上,一本本看着,都是菜谱："买这么多书？"

小南说："南叔要收我当徒弟了。只要我考试过关，肯定就收我。"说着拿出笔记本，把书放到面前。

崔大可不服气，拿起来看两眼，扔到桌子上："就他毛病多。以前你要是也能这么认真，早考上大学了。"

"大厨不比大学生强？"小南推着崔大可和丁秋楠，"我要干活了，你们别捣乱。"

丁秋楠说："别弄得太晚。"

崔大可不太高兴地说："这可好，一家人都围着南易转吧。"

正是午饭时分，机关食堂的墙上贴着分房小组名单，第一位就是南易。还规定"凡是参加分房小组的同志原则上都不参加此次分配"。

南易看到了名单，脱下厨师服，走出食堂，来到刘峰的办公室门前，刚要敲门，里面传出市委书记的说话声："这是咱们市的规定，干部队伍要年轻化，希望你不要有顾虑。"

刘峰说："我服从组织上的安排。"

南易想了一下，转身走了。

就想来饭店里，小南端着一个搪瓷锅从厨房走出来，放到桌子上。桌子一字排开摆着三个汤锅。南易走进饭店，小南忙拉着他坐到桌前："南叔，汤炖好了，就等您了。"

小南一一打开盖子，一副胸有成竹的样子："这是鲜蘑炖排骨，这是萝卜炖牛肉，这是竹荪炖子鸡。"他边说边每个盛了一小碗，满脸期待地看着南易。

南易依次喝了一口，问："没了？"

小南说："没了。"又问，"不行？"

南易摇摇头。

小南说："这可都是最新鲜的东西了，这牛肉我挑的是牛腱子肉，这鸡是一个月大的小鸡，还有这些菜都是一个个选的。"

南易说："我不是说了让你在'鲜'字上下文章嘛。我问你，'鲜'字怎么写？"

小南说："一个鱼字旁，旁边一个羊字。"

南易看着小南，没说话。

小南说："您是说把鱼和羊肉炖一块儿？"

南易站起身："再学两年吧。"

小南不死心，跟着南易："南叔，汤鲜就行了呗，您这有点儿教条了。那羊肉跟鱼一块儿是鲜，也不能说鸡肉牛肉就不鲜了呀。"

南易说："那没错，不过当厨子最要紧的是什么？刀工，炒菜都可以练，只有这个……"南易指指自己的脑袋，"不是能练出来的，为什么大伙都炒一个菜却有高下之分，全凭的是感觉，靠的是脑子，你用功，这没的说，可惜就是脑子太笨，不会转圈。"

小南一脸失望。

梁拉娣从邻居那儿得知南易成了分房小组的组长，着急地就去找他，在宿舍门口碰到了回来的南易。梁拉娣喜笑颜开地看着他，说："这么大的事你也不告诉我？"

南易一头雾水："什么事？"

梁拉娣说："你不是当分房小组长了嘛，这下好了，都打入敌人内部了，肯定有戏。"

南易说："想得挺美，你以为分房小组干吗的？给别人分房，自己没有。"

梁拉娣不高兴了："凭什么？"

南易说："人家说了，原则上分房小组不参加此次分配。"

梁拉娣说："原则上，谁定的原则？你脑子缺根弦儿啊，咱不干！"

南易说："白纸黑字都写出来了，刘峰这是想堵我的嘴呢，行，不是不让我参加嘛，我这回还真较上劲了，他们那些领导干部一个瓦片都甭想拿走。"

梁拉娣推着南易往外走："赶紧辞了去，说你干不了，要不就说我在家闹着要上吊呢，反正这破组长咱不当。"

刘峰和南易来到了一间饭店的包间里。刘峰说："早就听说这儿的菜不错，今儿我请你。今天没上下级，就是朋友吃顿饭。"他打开菜谱看着，价钱高得让他有些踟蹰。

南易看出来了，拿过菜谱，随便点了几个家常菜，把服务员打发走了。

刘峰自嘲地笑笑："现在真是当官的不如做老板的，不看不知道，一看吓一跳，我都赶不上时代了。"

南易说："分工不同嘛，我们再怎么说都归你们领导，你不给掌好舵，我们一不小心还不得走死胡同里去。"

"你也别老心里不平衡，要退下来的不单你一个人。年纪大了，该给年轻人让路啦。"刘峰说着，端起酒杯喝了。

南易问："我听说食堂里的师傅都要遣散？"

刘峰点点头："改革嘛，总得有人做出点儿牺牲。"

"那也不能老牺牲在前，享受在后啊。"

"这话放到别人身上成，放你身上不对。你这辈子还有什么没享受过？"

"多了，我还没当过市长呢。"

刘峰苦笑道："你以为这市长当得就那么过瘾啊。大到政策实施，小到吃喝拉撒睡，我都得管，一样没弄好，就算你跑断了腿，上上下下还都不满意。这一到岁数，别人巴不得让你赶紧腾位子让地儿呢。"

南易耸耸肩说："那就不干了，回家歇着去。"

刘峰长叹一声说："我也想啊，可我们家那口子你也知道，什么时候看见我都是白眼珠子比黑眼珠子多，我就算当联合国主席她也照样瞧不起我。"

南易说："合着您最后落了一个里外不是人了。"

刘峰说："你比我强，拉娣没文化，可一门心思想着你。"

南易说："现在她一门心思想着房子呢。您这临了给我封了一个小组长，还原则上我们就不参与分房了，那我要是真就分了自己一套，您还把我法办喽？"

"让你干这个组长确实是我的主意，可我不是成心想气你，咱们单位这些人我琢磨了一遍，除了你我找不出第二位能够真正做到不偏不倚的人了。你是嘴上不饶人，动不动还敢跟领导拍桌子，可你心里有杆秤，关键时候知道什么该做，什么不该做。"

"您这帽子戴的，我还摘不下来了。"

"不说啦，喝酒。"两个人喝酒。刘峰又说，"南易，我还真有件事想请你帮帮忙。"

南易问："给你分一套？"

刘峰说："我才不往枪口上撞呢。过几天省委组织部周部长要来开会，我想请他吃顿饭。"

南易笑嘻嘻地看着刘峰。刘峰说："你甭乐，咱们这些年也算是配合得天衣无缝了，能走到今天我没有你不成，你没有我也不会过得这么顺当，这是最后一次，怎么样？"

南易看着刘峰，想了一下，都："我这算是送佛送到西了，您要是得着什么真经，也别忘了普度众生一下。"

刘峰说："共同进步，共同进步嘛。"

南易拿起酒杯，跟刘峰碰杯。

晚上南易刚打开屋门，梁拉娣就迎了上来，问："辞啦？怎么说的？"

南易囫囵答应了一声："哎呀，就那么着了。"

梁拉娣说："怎么着啊，你没辞？我就知道让你去肯定办不成。平时咋咋呼呼的，这个时候倒成了软柿子了。你不好意思说，我去。"她说着就要出去找刘峰。

南易拉住她："你别捣乱了，咱们房子又不是不够住。以后秀儿和小雨一嫁人，屋子里就剩咱俩了，你整那么大房子有什么用啊。"

梁拉娣说："没人住我瞅着也高兴，你给他卖了一辈子命，到头连个瓦片都捞不着，你亏不亏呀?"

南易说:"这不是房子啊,又没让你住大街上。"

梁拉娣说:"他给你灌了什么迷魂汤了,人人都伸着脖子往前钻呢,你倒往后撤了。我去!我一个大老娘们怕什么?"

南易只好说实话:"你去也没用,刘峰都要下台了,他能帮你什么忙?"

梁拉娣一愣:"我不信!"

南易砰地把门关上:"这个家还是我说了算呢,你要敢走出去一步,别说房子了,这个家我都不要了,直接散伙了事。"

拉梁娣涨红了脸,哇地哭了出来。

第三十章
吃的记忆

就想来饭店的厨房内，南易正忙着炒菜，一个服务员跑进来，说："南师傅，有位客人指名道姓地非要见您。"

南易走到厨房门口，顺着服务员手指着的方向看，只见角落里坐着一位60多岁的男人。南易走了过去，问："这位先生找我？"

男人站起身，跟南易拱拱手："早就听说南师傅的大名了，久仰久仰。"

南易谦虚道："都是外面瞎传的，不值得一提。"

男人说："既然大伙都这么讲，肯定不一般。听说您通晓四大菜系，我这倒有个菜想请教一下您。"

南易说："您说。"

男人说："鹿筋台蘑烧鸡。"

南易抬起头，吃惊地看着他，马上笑着给他倒茶："听您点的菜，就知道您是个吃家。"

男人问："我给您出难题了？"

南易说："那倒算不上，这么着，今儿材料不齐，明天这个时候您再来？"

男人说："一言为定！"

南易点点头，男人站起身走了出去。南易转身走到柜台前，拿着笔在纸上快速写完几个字交给小南，嘱咐道："照这个买，一点儿都不能差。"

小南答应着接来就要出去，崔大可追到门口，把纸条抢过来看了看，吸了口气说："这得花多少钱啊，不成！"

小南说："南叔着急要呢。"

崔大可说："就这点儿东西够咱们一天的流水了，这不干等着赔钱嘛，你跟他说买不着。"

两人正说着，没注意南易走到身后："钱我自己出！"

崔大可说："我不是那个意思。"

小南也忙说："南叔，您别听我爸的。"

南易对小南说："你爸说得对。这个月工资我不要了，那个人就是想来将我一军，不挣钱我也不能丢人。赶紧去吧。"

小南答应着跑了。

晚上，南易坐在桌前翻看着菜谱，秀儿拎着几罐可乐回家，看南易正在屋里，拿着一罐可乐，打开递给他。南易推开说："我不喝这玩意儿。就这个黑了吧唧的，还没板蓝根好喝呢，还可口可乐，哪可口啦，那不就跟灌了一肚药汤子一样嘛，谁乐得出来呀。"

秀儿嘴里含着的一口汽水都喷了出来，笑着说："爸，您可别上外头说去，让人笑话您。这玩意喝多了还上瘾呢。我听人说外国没茶水，都喝这个，我得赶紧适应适应，要不出去不习惯呢。"

南易问："你都琢磨好啦？"

秀儿说："爸，您跟我妈说说，我出去了一定好好学，肯定不给您丢脸。"

南易说："我是为了这个吗？我是怕你出去一个人吃亏。"

秀儿说："早就吃完了，还能怎么着。"她认真地对南易说，"爸，经过这些事我也看明白了，我想离开这里重新开始。"

南易看看秀儿，说："你要真想清楚了，爸不拦着。"

秀儿高兴地抱住南易："谢谢爸。"

梁拉娣走了进来，问："什么事啊，这么高兴？"

"没什么。"秀儿转身跑进里屋。

梁拉娣问南易："她跟你说什么？"

南易说："没看我正忙着呢嘛，哪儿那么多话呀。"

梁拉娣哼了一声，走出屋子。

第二天，那个男人准时来到了就想来饭店。南易正坐在厨房里，等着灶上大蒸锅里的东西蒸好。

时间一分一秒地过去。小南有些待不住了，走到门口撩开门帘往外看。南易喊："回来！"小南快步走回来。南易说："当厨子最忌着急慌忙，一看客人都到了，火候没到就往外拿。菜都是有灵性的，多一分少一分，味道就差到十万八千里了。"

小南点头答应着，也坐到旁边椅子上。

南易又喊:"掀锅!"

小南没反应过来。

南易说:"让你起菜你倒又慢半拍了。"

小南慌忙站起来,走到灶台前,掀开蒸锅,里面放着一个青花带盖的汤碗。小南端出来,南易用毛巾擦干净,端起来走出去,放到男人面前,然后在他对面坐下。

崔大可和服务员都凑过来看着。

大碗里放着一只炖熟的鸡,油光发亮,鸡身边转圈摆放着鹿茸、鱼肚和蘑菇。男人喝了口汤,又夹起鸡肉放在嘴里咀嚼着,皱着眉头不说话。男人又夹起一块鹿茸和蘑菇吃了,终于冲着南易竖起了大拇指。

南易气定神闲地笑笑,小南长舒了口气。

男人说:"没的说,果然一丝不差。这道菜听上去简单,可用的材料讲究,这鹿茸得是取自山里的梅花鹿,鱼肚得是天津的,那里靠海,蘑菇得是山林里现采的,干蘑菇得有股腥味,柴鸡得是农村的走地鸡,吃小虫子青草长大的,哪个不对味道就不一样,您下本了。"

南易听对方津津乐道一番,高兴地说:"好曲得弹给知音人,我做了一辈子菜,可真正的知音没几个,您算一位。"

南易和男人相视而笑。

崔大可拉着小南走到旁边,说:"盯着把钱收喽,两百,一分都不能少。"

小南撇撇嘴说:"您自己说去。"

崔大可瞪了小南一眼,走到男人面前,问:"老先生,您吃好啦?"

男人从兜里拿出钱包,说:"多少钱?今儿这道菜我几十年没尝过了,难得啊。"

崔大可说:"什么时候您想来我们都欢迎。三百。"

男人刚要掏出钱,南易按住他,说:"您要是拿钱就是看不起我,今儿我请客。您能来就是缘分,我们就算交个朋友了。"

南易说什么也不肯收钱,那男人笑着说:"那就恭敬不如从命。"南易笑着把男人送出了门。

崔大可急得直转磨,也只能眼巴巴地看着客人走了,想了又想,拉了南易去街边的小饭馆吃饭。

两人点了几样简单的小菜,崔大可给南易倒酒。南易说:"自己有饭店不吃,还往外头跑,透着你有钱是吧?"

崔大可说:"累了这么长时间了,咱俩也放松放松。"两个人喝完酒,崔大可又给南易倒上,说:"南易,我可得给你提个意见。"

南易抬头瞟了一眼崔大可:"不就是那只鸡嘛,都叨咕一整天了。我不是告诉你了,这个月工资我不要。"

崔大可说:"想要也没有,连着两个月都赔钱了!"

南易不相信地看着崔大可。

崔大可说:"你甭拿眼瞪我,明儿你自己去看账本去,上个月赔五百,这个月加上那只鸡少说也得上千。"

南易说:"赔就赔,下个月挣回来不就得了。"

崔大可喝了口酒,说:"你说得轻巧,就你这么弄且翻不了身呢。咱们那个就是个小饭馆,您老是哪个贵买哪个,成本比菜价还高,哪儿盯得住啊。"

南易说:"你直说吧,别绕弯子了。"

崔大可嘿嘿笑道:"南易,你是个好厨子,可不是做生意的料,这人不可能什么都会,咱们还像以前一样,我主外你主内,怎么样?"

南易冷笑道:"你倒是会做生意呢,怎么越做兜里钱越少啊,让个女人给骗了个精光。"

崔大可借着酒劲,也有些混不吝了:"我最看不起你这样,不成就得承认。就说过去在工厂,几百号人哪,你以为食堂就是做好饭这么简单?上上下下关系复杂着呢。你不就是会炒菜嘛,你以为那些人捧着你,那是欣赏你呀?那是你有利用价值!"

南易的脸色不对了:"照你的意思只要会巴结人就全齐了,你这么八面玲珑的怎么还让琼花给蒙得一愣一愣的?"

崔大可说:"琼花的事一大半怪我,当初她非哭着喊着要嫁我,我不是因为秋楠和儿子没离成嘛,本来想着她回来我能帮帮她,到了落下这么一个结局,我心里一直都觉得怪对不起她似的。现在她的样子还时常在我眼前晃呢,心疼啊。"

"你就不怕我把这话告诉秋楠去?"

"随便说,她能怎么着,敢跟我离婚吗?不敢啊。你跟秋楠一见面就对上眼了,一副相见恨晚的样子,结果呢,她怎么不找你呀,还不是钱作怪。"

南易生气地瞪着崔大可,尽量忍住不发火:"你说,接着说,今儿让你说痛快喽。"

"实话都不中听,你清高了一辈子,谁都看不起,到了让一个寡妇给收编了,一下子从天上掉井里了吧,你还老瞧不起我,其实咱们都一样。"

"我就算找了个寡妇,可我也正经跟人家过日子,你呢,秋楠对你多好,你干得那些下三滥的事情还有脸说?"

"花都漂亮着呢,可也是粪肥催起来的,你跟秋楠都是一个毛病,太把自己当回事。"

南易忍无可忍了,一下子站起身,把酒杯摔到桌子上,碎了。南易生气地说:"今儿老子就让你明白明白,什么叫不知好歹!"拽着崔大可的脖领子就走了出去。

崔大可喊着:"放手!你算哪棵葱啊,用得着你来教训我?"

"我今天还就跟你较上了。"南易一拳打到崔大可的脸上,崔大可捂着眼睛叫着,两人都已经喝得踉踉跄跄,脚步不稳了,崔大可一屁股坐到地上,南易弯腰要拽起他,自己也绊了一下,跌到崔大可身上。南易又揪住崔大可,崔大可被打急了,回了南易一拳,两人扭打到一起,直到打累了才停下来,坐在地上喘着粗气。

第二天,崔大可和南易都顶着青紫的眼圈去饭店,崔大可为了遮掩,还戴了一副墨镜。两人没少被员工私下笑话。

饭店门口,记者肖葳春风满面地走进来。

南易说:"又来找我采访,您还真锲而不舍啊?"

"这回不单是采访,还有更好的事呢。"肖葳从书包里拿出一张请柬,递给南易,"我给您下战书来了。"

南易打开,小南也凑上来看,问:"擂台大赛?"

肖葳说:"我们电视台要搞厨艺擂台大赛,请来的都是各地的名厨,南师傅您可得给咱们市争光啊。"

小南兴奋地看着南易。南易有些踌躇。崔大可凑过来问:"那我们饭店也能上电视啦?"

肖葳说:"当然啦,南师傅要是得了状元,您的饭店不也能名扬四海啊。"

崔大可忙对南易说:"南易,好机会啊,没人能赢得了你,以后咱们就是状元饭店啦。"

"你倒是接得快。"南易转身往厨房走。

崔大可说:"你到底参加不参加啊,别是害怕了吧?"

南易说:"甭激我,这辈子我还没怕过谁呢。"

刘峰请南易帮忙宴请的领导组织部周部长来了。南易下了本做了一大桌好菜。几人一番寒暄后,周部长夹起一筷子放到嘴里,脸色立刻就有些不对了。刘峰察觉出不对,也夹了一口,苦着脸想吐出来,可看众人都望着自己,咽了下去,忙给周部长盛汤。

刘峰和周部长忙喝了口汤,这回都吐了出来。

南易奇怪地问:"怎么啦?"

刘峰说:"你怎么放这么多盐啊,齁死人了。"

南易忙夹一筷子吃了,没觉得有什么问题,又尝了其他几样,还是没觉得有什么问题,纳闷地问:"咸了?"

"你吃不出来?"刘峰惊讶地看着南易。

南易转身跑回到厨房,又尝了本来就要端出去的菜,还是没有感觉。

杨小东也跟着吃了一口。南易问:"咸了吗?"杨小东看南易瞪着自己,支支吾吾半天才敢说:"确实挺咸的。"

厨房外,刘峰忙着跟周部长解释:"周部长,您看这事闹的,我都不知道该说什么好了。我知道有家饭店菜炒得不错,来,来,咱们去那儿吃。"

周部长说:"太晚了,今天就算了吧,以后再找机会。"

"千万别,您好不容易来一趟,连顿饭都没吃上怎么行,您一定得给我这个面子。"刘峰拽着周部长往外走。

南易和杨小东等人从厨房里走出来,刘峰转头瞪了一眼南易,走了。

南易一脸茫然,有些手足无措了。

一直到很晚,南易还一个人坐在食堂里,面前的桌子上放着他刚刚炒出来的菜,还冒着热气。

南易一个人傻愣愣地瞅着。秀儿走进来叫了他一声,他却好像没有听见。秀儿又叫了好几声,他才回过神来,抓着秀儿说:"你尝尝,怎么样?"

秀儿有些害怕地瞅了南易一眼,尝了一口桌上的菜,微微皱了皱眉头,撒谎道:"挺好的呀。"

南易说:"不对,你蒙我。我觉得这盘放盐多了,你说呢?"

秀儿忙点点头:"对,这盘有一点儿咸。"

"胡说!我就没放盐!"南易一下子站起身把桌上的菜都推到地上,菜盘子碎了一地。好像所有的力气都抽干了似的,他佝偻着身子慢慢往外走,秀儿害怕地看着他,慌忙追了出去。

回到家,南易走进里屋,什么也不说,倒头躺到床上,用被子蒙住头。梁拉娣奇怪地看看他,跟了进去,掀开被子说:"怎么啦?这才几点啊,脸也不洗,衣服也不脱,又跟刘峰治气啦?"

南易翻身不理她。

秀儿把母亲拽到旁边,附在她的耳边小声说了刚才的情况。梁拉娣一脸吃惊,转身走进去,坐到床边,说:"不舒服了?要不去医院看看?"她摸摸南易的额头,南易厌烦地推开。

梁拉娣说:"不就是做坏了顿饭嘛,反正你也要退休了,正好撂挑子不干了,还落个清闲呢。"

南易一骨碌坐起来,喊道:"你烦不烦哪,让我清静会儿行不行?!"

秀儿忙拉着母亲走出去,帮她整理去美国的行李。

第二天,小南正帮着厨师把新买的菜搬进来。南易从菜筐里拿出一根黄瓜洗了洗,咬一口,觉得没味,又从筐里拿出一根苦瓜,掰下一块放进嘴里嚼着。

小南看到南易生吃苦瓜,吃惊地问:"南叔,不苦啊。"

南易说:"哦,我看看新不新鲜。"

小南也学着南易的样子咬了一小口,马上被苦得眉头都皱了起来,急忙跑到水池边漱口,特佩服地看着南易一口一口嚼着,说:"我还不知道苦瓜要这么尝味儿呢,南叔,您怎么练出来的,教教我吧。"

杨小东走进来,说:"南师傅,童子鸡,您来做吧。"

南易摇摇头说:"你弄吧。"

杨小东和小南奇怪地互相看看。

这时候,服务员兴冲冲地跑进来,说:"南师傅,电视台的来采访了。"

南易答应着走出去。

大厅一角,肖葳带着几人布置好灯光。

南易在摄像机前正襟危坐。肖葳帮他整理了一下,坐到他对面,说:"咱们开始吧,您像平常一样就行,别紧张。"然后转头跟摄像师点点头,灯光亮起,直照着南易。

肖葳问:"南师傅,您做厨师已经多少年了?"

南易说:"前前后后算起来快四十年了。"

肖葳说:"您一直都强调做菜是一门学问,越是简单的材料越能表现出中国饮食的博大精深,中国菜发展到今天已经经过了上千年的演变,您可以说通晓各大菜系,又有自己的创新……"

南易听不惯肖葳一连串的赞美话,打断她:"名厨算不上。中国菜到今天能够受到这么多的关注,不是我们厨师的功劳,正相反我们也是碰上了好时候,过去咱们要什么没什么,吃饭就是为了填饱肚子,现在国家改革了,老百姓已经从吃饱上升到要吃好,吃出滋味了,我们这些干厨子的才算是有了用武之地。所以我们真的要感谢社会。可惜我年纪大了,可以说是心有余力不足了,我后半生最大的愿望就是能找到真正喜欢做菜的好徒弟。"

南易的一番话让在场所有人都没有思想准备，大家都吃惊地看着他。

晚上，南易躺在床上翻来覆去地折腾，可就是睡不着。他索性坐起身，却把梁拉娣惊醒了："怎么了，睡不着？"她也坐了起来，"我也睡不着，也不知道秀儿怎么样了。这死孩子，也不让咱们送送，我一想着秀儿一个人孤零零地走了，心里就不好受。"

南易说："秀儿跟你脾气一样，好强，什么事都是自己一个人扛着。这样也挺好，独立。"

梁拉娣说："但愿顺顺当当的，别出事。"

南易说："能出什么事，别瞎想了。"

"对了，咱们那个三房一厅的问题已经解决了。"梁拉娣说着披衣下地，从抽屉里拿出一张纸，坐回到床上打开纸，那是一张楼房的平面图纸，上面被画得乱七八糟的。梁拉娣兴奋地指着给南易看："我已经琢磨好了，虽说咱们分了个两室一厅，可客厅大，你瞅瞅，咱把阳台打通了，这边封上，正好能弄出一间房，特合适。"

南易说："又来了，天天就琢磨这事，你弄这么多间房给谁住啊？"

梁拉娣说："以后秀儿回来不还得住家里，再说了，大毛那儿还有三口人呢。"

南易说："怎么跟老母鸡似的，都想轰自己窝里。孩子大了早晚都得出去，到时候就剩咱们俩了，整一堆房子捉迷藏玩啊。睡觉，睡觉。"说着躺到床上。

梁拉娣白了一眼南易，背对着他躺下。

就想来饭店的大厅变成了考场。一大群年轻人聚集在里面，热闹得像集市一样。崔大可带着几位服务员在维持秩序。

这是南易选徒弟的考试。年轻人们从切菜到炒菜，各门各类一样一样地比着，南易在一旁看着。明眼人都看得出，小南是表现最优秀的。

比赛完后，参选的年轻人站成一排，南易眼光一个个扫过，小南一副胸有成竹的样子，等着南易叫自己的名字。南易走过他身边，顿了顿，又往前走，指着旁边的两个年轻人："就你们俩吧。"

小南无法接受："南叔，您不公平。既然公开考试，就应该公平合理。刀工、炒工，我哪一点不比他们强？！"

南易笑笑："你的技术没的说，我承认。可做菜讲究的是色香味，不是为了表演的，颠勺是好看，可也得分炒什么菜，你那么个炒法，我不尝都知道肯定火候过了，火太大就会把毒素都带进菜里，光会玩技术不是一个好厨子。"

众人听得频频点头。小南一脸的灰心丧气。

夜里，食堂里空无一人，厨房门开着，里面透出一丝光亮。

厨房内亮着昏黄的灯光。长条桌和灶台擦得干干净净。靠墙从大到小摆放一溜刀具，锅碗瓢盆都整齐地放着桌子上。

南易一个人慢慢走着，手掠过桌子、切菜墩子，拿起一把菜刀，刀锋在灯光下反射着光芒，南易小心地用手摸过刀锋，攥攥刀把。这里就是他奋斗了几十年的战场，而这些菜刀、炒勺、铁锅、木墩都是他手下指挥的士兵，南易就像一位就要永远离开战场的将军一样，跟他士兵做最后的告别。

厨房门口，梁拉娣站在暗影里看着南易，眼泪止不住地流了下来。

第二天，就想来饭店还没到开门的时间，南易在厨房里教两个徒弟，小南借故拿东西，在旁边偷学。南易有些过意不去，让小南在旁边看看。

崔大可走了进来，把南易拉了出去，说："肖记者可来电话催了，下个星期开赛，你赶紧准备准备。"

南易没有说话。

崔大可说："你别不当回事，衣服都给你准备好了，胸口绣了三个金字：就想来！特漂亮。"

南易一脸苦笑："你甭拿我开涮，哪个厨师穿这种衣服啊，还就想来，往哪儿来？"

"难得有个这么好的机会嘛，要不缝后背上，这总行了吧。"

南易坚决摇头："不穿！"

崔大可还要拉着南易商量，南易转身走进厨房。一个服务员端着一盘刚刚做完的八宝豆腐就要出去。南易看到豆腐里汪着一层油，拿过来，问："这是谁做的？"

服务员转头看看小南。小南还没来得及开口，南易把菜盘子冲着他就扔过去了，小南吓得一躲，一盘豆腐撞到墙上，豆腐和盘子碎片掉得满地都是，所有人都吓得不敢说话，看着南易。

南易喊道："我就是这么教你炒菜的？！一勺豆腐半勺油，你让客人怎么吃？"

小南手足无措地站着，杨小东拉开小南，自己拿出豆腐要重新做。南易说："你让他自己弄，做不好就甭干了。"

周围人都看着自己，小南脸涨得通红，小声嘟囔着："不就是一盘豆腐嘛……"

南易骂道："你说什么，就是一盘豆腐？做菜不分大小，你见哪个厨子豆腐炒不好，却能做满汉全席的？"

崔大可应声走进来："怎么了这是，外面催菜呢，都站着等谁哪？"

小南转身跑了出去。众人急忙各自干活。

夜晚，街道上行人稀少。就想来饭店的霓虹灯招牌灭了，里面的灯光黑了下来。

大厅里没有人，厨房内，工作人员都已经下班。南易一个人坐在桌前，看上去好像苍老了许多。

小南静静走了进来，看着南易，低声说："南叔，对不起，今儿是我不对。"

南易苦笑着问："小南，你为什么非想当厨子？"

小南说："喜欢呗，从小看您做菜就跟看画家画画一样，您总能变戏法似的弄出各种各样好吃的，我当时就想要是有一天也能像您这样就好了。"

南易说："还是爱吃。"

小南笑笑说："以前是，可我现在知道能做好菜真的不容易，您不是老说，做厨师才真是做到老学到老，不论多小的事都不能马虎，再普通的菜也要弄出不一样的味道来。可我连豆腐都炒不好，差得太远了。"他看着南易叹了口气，"其实人都觉得厨子没文化，我觉得一点儿也不简单，我到现在还没摸着门呢。"

南易站了起来，说："开火！"

小南奇怪地看着南易。

南易说："你不是想学吗，开始吧。"

小南兴奋得不知道该说什么好了，忙把煤气灶打开。

崔大可坐在桌前算账。丁秋楠走进来，崔大可立马把账本藏了起来。丁秋楠看了他一眼，崔大可没事人一样把账本放进了抽屉里，走了出去。

丁秋楠越想越不对，忙打开抽屉拿出账本翻看了一下，没有什么发现。她在抽屉里找着，从紧下面找出另一个小本，打开，把两个账本对着看。

崔大可走了进来，见丁秋楠在看账本，立刻就要抢过来，丁秋楠躲到旁边，问："这是什么东西？一笔账干吗记两个本上，数目还不对。"

崔大可摆摆手说："你不懂，跟你说不明白。"

丁秋楠皱了眉头："崔大可，你这才老实几天啊，又玩这些猫腻，你怎么死性不改啊，写假账要坐牢的。"

"现在谁做生意不做假账啊，老实能赚钱吗？"

丁秋楠不理崔大可，把两本账本都给撕了，崔大可急得上去就抢。丁秋楠死攥着不撒手。

屋门口，小南兴冲冲地跑进来，嘴里喊着："妈，南叔答应教我做菜啦。"一眼看到崔大可抱着丁秋楠抢着账本，急忙跑上去问："怎么了，你们干什么呢？"

丁秋楠把账本塞给小南，说："别给他。"

小南马上把账本藏在身后，问："说清楚喽，到底怎么回事？"

丁秋楠说："你爸干的好事，自己在家做假账呢，想扣着南易的钱不给。"

崔大可说："没有啊，我没那么想过，我就是想少交点儿税。"

小南说："那就更不对了，做生意交税国家规定的，这要一查出来饭店都甭开了。"

崔大可说："你不说我不说谁知道。"

"咱老老实实做生意，挣该挣的钱，你这样不单毁了自己，南叔都得跟着吃挂落。"小南把账本撕得粉碎。

清晨，工作人员都还没有上班，小南和南易就已经在厨房里忙活起来了。南易炒了好几个菜，让小南试吃。小南微微皱了一下眉头。

南易盯着小南问："怎么样？"

小南犹豫着说："还行。"

南易说："实话实说，你现在不说实话，难道等比赛的时候让评委说吗？"

小南迟疑了一会儿，说："都挺好的，就是……好像这味道都有点儿走样了。这个我估计您放糖太多了，还有那盘我觉得可能……"

南易说："你别老好像可能的。"

小南下决心似的看着南易，终于说了实话："这不像您做的菜！"

南易盯着桌子上的菜，一股脑全扔进了垃圾箱里："一个厨子连味道都尝不出来了，还参加比赛？丢人吧！"

小南吃惊地抬头看南易。

南易佝偻着身子默默往外走，一下子栽倒在地。

丁秋楠扶着梁拉娣匆匆赶到医院急救室，问站在急救室门口的小南："你南叔呢？"

小南说："在里头。"

梁拉娣着急地问："什么毛病啊，怎么就突然晕倒了？"

小南说："医生说是轻微脑淤血。"

梁拉娣差点站不住了，小南忙扶着她坐到旁边的长凳上。

过了好一会儿，医生终于走了出来。丁秋楠上前问道："大夫，人怎么样？"

医生说："还没苏醒过来，好在送来得比较及时，要是再晚一会儿就说不准了。"

梁拉娣跟跟跄跄地往里面跑，丁秋楠急忙扶着她。

南易紧闭着双眼躺在病床上。梁拉娣扑过去抓着南易的手，喊着他的名字。南易没有反应。梁拉娣摸着他的脸和已经有些花白的头发，眼里溢满了泪水，低声说："再睡一会儿就起来吧，你这人不是最讨厌赖床的嘛。咱们辛苦了大半辈子，好不容易把子女都拉扯大了，你可不能比我早走。都是我拖累了你，瞧瞧头发都白了，你再给我个机会，让我好好伺候伺候你。"

梁拉娣边说边哭，丁秋楠站在旁边眼泪也跟着扑簌簌掉下来。小南搂着母亲，看着南易，眼圈也红了。

梁拉娣接着说："咱们不是说好了嘛，等你退休咱们去看看大毛，再到二毛牺牲的地方给他做顿好吃的，二毛就喜欢你做的菜，你忘了，以前这俩孩子连菜汤都不舍得扔。你老说他们是饿死鬼托生，二毛就说肯定老天爷看他太饿了，才送了这么会做饭的老爸给他。你还想去哪儿我都跟着你，咱把钱都花喽，我攒了一辈子就是为到老了跟你享享清福。你要是先走了，我还有什么盼头啊。"

南易慢慢睁开眼睛："这个老婆子，越来越啰嗦了。"

大家都笑了出来，笑中带泪。

在医院里又观察了一些日子，确定没有大碍了，南易这才出院回到家里。南易好几天没看到小南了，问拉娣他在干吗，梁拉娣说："还能干吗，这几天饭店都靠他了。小南跟我说肖记者又来电话问了，说是比赛不能延期，我让他推了。"

"推了？你怎么不跟我商量就推了。"南易说着就要下床。

梁拉娣急了："你干吗去？"

南易说："上饭店。"

梁拉娣拦着不让："病还没好呢，不能出门。"

南易不理她，往外走，梁拉娣赶紧走上去扶着他，和他一起去了饭店。小南忙从厨房里跑出来："南叔，您怎么过来啦？"

南易问："比赛的事情你推了？"

小南看看梁拉娣，梁拉娣站在南易背后，给小南摆手示意。小南说："您身体刚刚恢复，我跟肖记者说了，下次再参加。"

南易说："大话都说出去了，自己还能往回咽？"

小南说："都知道是您身体不行，不会有人说什么的。"

南易指指小南："你去参加。"

小南一惊，摇头道："我哪儿行啊。"

"你不是想当我徒弟嘛,我现在就教你。"说着,南易站起身。

梁拉娣说:"刚好点儿就折腾,先回去吧,晚上让小南回去你再教他。"

南易转头瞪了一眼梁拉娣:"干脆等到赛场上我再教他得了。"

南易往厨房走,小南马上走过去扶着,南易甩开小南,自己走了进去。他站在砧板前,拿来一块纱布蒙到蒜瓣上,从拍蒜开始教:"既然是打擂台,咱们就是跟人家叫板去了,任何一点动作别人都看在眼里,拍蒜看着不是技术,可弄得蒜瓣乱飞,就先输了一着,这叫由小见大。"

小南点头答应着,拍好蒜瓣,把菜刀随手让砧板上一戳。

南易又说:"刀锋冲着自己,这叫礼貌。"

小南忙把菜刀按照南易的指示放好。

桌子上摆了一溜各种半成品的菜肴。南易问:"你打算怎么炒?"

小南说:"我听您的。"

南易说:"听我的你炒不出我的味儿,你得听自己的。"

小南看着桌上的东西,犹豫着不知道该从哪个下手。南易也不看他,端着茶喝着。小南犹豫了半天,打开火炒了一盘鸡丁,里面还放着红色绿色的青椒、黄色的菠萝块。

南易吃了一口,问:"你是想炒宫爆鸡丁啊,还是咕噜肉?跟咱们打擂的是川菜厨子,你这是往枪口上撞呢,这些菜他炒了一辈子了,连我都不一定能比得过他。"

小南又端过另一盘,带骨鸡肉裹了面粉炸得焦黄,放到已经烧热的铁板上,小南浇上一层黑胡椒汁。

南易评价道:"铁板可以保温,但容易让菜变老,你裹了一层面粉倒是能解决这个问题,可惜鸡肉用油炸过,已经失去了原来的鲜嫩,这有点脱了裤子放屁,多此一举了。"

小南让南易这一通批评,自己先泄劲了:"南叔,我真的不行。"

南易说:"这才刚开始,你要真想当个好厨子,就得学会用脑子。我就告诉你一句话,宁愿战死也不能让人吓死。"

夜已经深了,大院里没有一个人。筒子楼家家户户都已经关灯睡觉。只有南易家透出灯光。

南易坐在桌前,桌上台灯亮着,南易面前摆着各种菜谱,他一页页翻着,边看边在旁边的小本子上记着。

梁拉娣说:"快睡吧,身体刚好,哪儿禁得住你这么折腾。"

南易把台灯往下按了按,遮住灯光,说:"我不困,你睡吧。"

梁拉娣披衣下床,给南易披上一件衣服:"不就是个比赛嘛,让小南自己琢磨去呗。"

南易说:"当师傅是干吗的?扶着他骑上马还得送两程呢,更何况他还没开窍,心里没底呢。"

梁拉娣说:"输就输了,正好都踏实了。"

南易说:"这跟输赢没关系,我不是较真的人。"

清晨,南易整理好菜谱,刚要出门,丁秋楠跑了进来:"南易,小南在这儿吗?"

南易说:"我正要去饭店找他呢,怎么了?"

丁秋楠说:"昨晚上一夜都没回家,我早上去饭店也没人,我还以为他在你这儿呢。他的朋友我也都问过了,都没见着他。"

梁拉娣说:"跑啦?不会吧,明天就该比赛了。"

南易失望地坐下来:"是我看错了人。"

崔大可和丁秋楠又找了一天,还是没找到小南。

南易坐在桌前,一脸平静地擦着他的那套刀具。梁拉娣观察着南易的脸色,问:"要是明天小南回不来怎么办?"

南易没有说话,对着刀锋哈口气擦着。

梁拉娣又说:"不行你就说身体不舒服,去不了。"

南易把刀具小心地收好,站起身说:"睡觉吧。"脱衣躺到床上。梁拉娣看着他,暗暗叹了口气。

清晨,梁拉娣端着脸盆往自己家走,丁秋楠开门出来。梁拉娣问:"回来了吗?"

丁秋楠摇摇头。

梁拉娣说:"这可要愁死人了,昨儿南易一天都没说话,肯定气得够呛。你去劝劝他吧,他身体刚恢复,我真怕再气出个好歹来。"

丁秋楠点点头,跟梁拉娣开门进屋,两个人都愣住了。南易站在大衣柜前,已经穿好了崭新的一身白色厨师服。

电视台演播厅内,肖葳在指挥工作人员布置赛场。大厅里灯火通明,演播台上一左一右已经放好了两个长条桌和灶台,上面放着好几只已经清洗干净的肉鸡,旁边码放着各种蔬菜、调料。

评委和观众们陆陆续续走进来就坐。

南易坐在化妆间的椅子上,梁拉娣和丁秋楠崔大可帮着他收拾好东西。崔大可和丁秋楠不时看着手表,丁秋楠跑到门口向外面望着,一会儿又走进来,一脸焦急。

电视台助理走进来:"南师傅,该开始了。"

南易点点头。

丁秋楠说:"再等等,还有一个人没来呢。"

助理面有难色:"别人都已经准备好,没法再拖了。"

南易站了起来:"不用等了,开始吧。"

梁拉娣也还想拖一会儿:"不着急,再等会儿。"她小声地对南易说:"你连味儿都尝不出来,怎么炒菜啊?等小南吧。"

南易不理她,拿起随身用的刀具,走了出去,众人只有都跟着他出去了。

演播大厅内,主持人肖葳站在演播台上说:"观众朋友们,大家好。今天我们邀请了一南一北两位名厨参加这次食神擂台大赛,我们的题目就是……"她指指旁边放着的肉鸡,"鸡!鸡肉是我们老百姓食桌上经常吃的菜肴,可怎么能做出不一样的味道就是一门学问了。让我们看看名厨做出来的鸡肉有什么不同。"

演播厅上方吊着大旗,上面写着"南"字,南易看着,眼前变得模糊起来,梁拉娣忙扶着他。

肖葳说:"现在我们欢迎名厨上场!南师傅!"

观众掌声响起来。

南易推开梁拉娣刚要往前走,身后传来小南的喊声:"南叔!"众人急忙回头望,只见小南急匆匆地跑上来。

丁秋楠说:"你跑哪儿去了,急死我们了。"

崔大可忙拿着厨师服,三下两下给小南穿上。小南对南易说:"南叔,您不是说了宁愿战死也不该吓死吗,就算输我也要输得堂堂正正。"

南易看着小南,眼里泛出泪花,点点头,把手里的那套刀具交给小南,说:"我给你当帮手。"

助理着急地跟南易挥手,催促他上场。这时,梁守业抱着个大包裹匆匆跑进来,喊着:"小南,你要的东西!"

小南忙接过,和南易走上了台。众人都走到演播台角落里看着。

站在台上的肖葳看到小南出现,这才放松下来,宣布比赛开始。

对面的川菜名厨马上利落地忙碌起来。

小南把包裹打开,里面是猴头菇、山茄子等山货。

梁拉娣看梁守业跑得满脸是汗，说："小南进山了？你怎么不跟我说一声啊。"

梁守业说："哪有工夫啊，他要的东西都不好找，紧赶慢赶才算没耽误正事。"

小南拿出菜刀，把鸡利索地拆骨，切成薄片。南易把鸡肉都炒成了半成品。小南拿过一个家里最常见的搪瓷盆，最底层码上一层鸡皮，再码上一层山货，然后是一层鸡骨，再码上一层猴头菇，南易帮着小南一层层排放整齐，在搪瓷盆转圈贴上了一层面片。

肖葳宣布："还有二十分钟。"

台边擂鼓声好像在催促着。台下丁秋楠、拉娣和崔大可仔细看着。

演播台上，小南把搪瓷盆放进大蒸锅里。肖葳问南易："南师傅，您今天给我们带来的是什么菜？"

南易说："你问我的徒弟吧。"

小南高兴地笑着说："名字还没想好呢。"

肖葳说："跟我们保密？好，等会儿我们一定要好好尝尝。"

小南把蒸锅打开，端出搪瓷盆，撒上辣椒末、蒜蓉，浇上热油，盆里的菜刺啦响着，冒着热气。

肖葳看看表，宣布："时间到！"

小南把搪瓷盆端到演播台前放着的条桌上，旁边放着川菜师傅做的菜，一个萝卜刻成的鸡放着盘子正中，旁边转圈放着切成一半的鸡蛋，蛋黄被挖走，空心的地方摆着鸡丁和其他材料炒出的肉碎，红红黄黄的，而小南的大搪瓷盆显得特别拙朴。

服务小姐把菜端给了评委和观众们。

评委们先试吃了川菜吴师傅的菜，评价道："吴师傅的鸡肉裹了蛋黄，里面好像还有虾蓉和荸荠，很新鲜。"

"光吃鸡肉会觉得有点腻，合着蛋清就中和了味道。"

"鸡蛋应该是煎过，浇上糖醋汁很好吃。"

肖葳说："好，我们来看看南师傅的。"

评委低头吃着。小南和南易有些紧张地看着。

一个评委说："这里还有山茄子，现在城市里可难得见到这样的野味了。"

另一个评委说："鸡肉软硬刚好，再跟山蘑菇和野菜一块放嘴里，我好像闻到森林的气息了。在铁锅里贴一圈面片，菜汁能够把面片烘熟，还能吸收菜的香气。一举两得。"

肖葳说："好，请评委亮分吧。"

评委看着演播台上，陆续亮出了纸牌，每个上面都写着南字。小南兴奋地跳起来。观众热烈鼓掌，台上彩纸漫天飞下。台下，梁拉娣和丁秋楠高兴地抱在一起。

肖葳对南易说:"南师傅,现在您该给我们揭晓菜名了吧。"

南易想了想,说:"就叫'吃的记忆'吧。"

就想来饭店内张灯结彩,高朋满座。大厅前面摆着一把太师椅。

崔大可高喊:"南氏御厨第五代传人崔小南拜师仪式开始!"

南易走到太师椅前坐下。众人簇拥着小南走到南易面前,小南笑着跪下来,端过一杯茶递给南易,恭恭敬敬地喊道:"师傅!"

南易笑着接过来,喝了。梁拉娣递给南易那套刀具,南易把刀具郑重地交到小南手里,说:"这套刀具我珍藏了四十年,从今天开始它就属于你了,所谓工欲善其事必先利其器,这就是咱们厨子安身立命的家伙,你要好好用。"

小南认真地点头:"师傅,我一定好好保管。"

南易从旁边拿过他的那本菜谱,众人都小声议论着这是不是传说中的宫廷秘方。

南易说:"我没有什么好给你的,人人都以为我有什么秘方,其实这世上从来没有什么秘诀,所有的菜谱都在咱们做菜人的心里。这本菜谱是我多年来的心血,今天把它交给你。"

小南打开菜谱,看到里面把南易做过的每道菜都写得非常详细,小南分外感动。

南易接着说:"要想做个好厨师,我就送你一句话,'做菜先做人,厨德有多高,厨艺就有多深'!"

崔大可高喊:"礼成!"

南易站起身把小南扶起来。众人都向小南道喜。南易一个人默默走出饭店。

饭店里不知道是谁叫了一声"南师傅"。

南易转回头,一脸灿烂的笑容。

后　记

　　从上学起，黑龙江的语文老师拿着教鞭，机警地盯着台下就座的我们，三天两头考成语，十有八九都跟吃有关。津津有味、好吃懒做、寝食不安、生吞活剥、囫囵吞枣、挑肥拣瘦，这些被爱吃的古人发明的词语，都是在那时候记住的。从此跟了我一辈子。

　　长大了才知道，吃饭很能代表一个人的性格，北方人吃不惯南方的米饭，南方人也很难将就北方的面条，一个意思。那些喜欢大口吃肉、大碗喝酒的大汉，很难理解苏杭菜的细致和淡雅；那些卷着袖子和大饼蘸着大酱和生葱的人，也不知道有些人为什么要坐在星巴克，一杯咖啡抿半天儿，瞧着都累。

　　两年前，也是一个像今天这么猴冷猴冷的冬天，我和导演唐大年不断地去见一个又一个吃相不同、性格也不一样的编剧，在各种饭馆跟编剧们见面，在通州的山西饭馆，嚼着过油肉，聊。在芍药居的骨头庄，撮着吸管儿，聊。在北三环的便宜坊，啃着烤鸭，聊。记忆里，还有一些川菜，量足，一般辣。还有一些茶餐厅，一般味道，没劲。还有一些咖啡馆，咖啡劲道，只是桌上会爬过蟑螂。

　　都是一些和吃有关的记忆。在这一连串儿的饭桌和饭桌之间，我确定了合作的人选和方向，开始了漫长的创作。之后很久，就是今天了。很快，这本书和这部电视剧都要跟大伙儿见面了，我顿时觉得自己像一个羞涩地、俩手在油腻腻的围裙上来回互搓着、看着被掀开的厨房盖帘儿，望着食客的厨子。

　　《人是铁饭是钢》（原名《大厨》）是一部黑色幽默的电视剧，各位买了书的读者，从序言看到后记，对白和剧情设置就用不着我再多废话了，我只想说，从创意到剧本、从剧本到影像、从影像到小说，是一个艰苦到不愿意回忆的过程，好像热腾腾的杀猪菜出锅上桌，拿筷子捞菜之前，必得经过从杀猪到脱毛、再劈柴和生火的繁复。再往前倒，还得先养猪崽儿。

　　每道菜和每个小说与电视剧一样，精心炮制打磨好，再到端上桌，都不容易。

我想说的是，如果它们让读者和观众尝着还算不错，没掀桌子没骂娘，没撸了袖子打厨师，我就欣慰了。

感谢北京紫禁城影业公司总经理许建海，没有许总经理的大力支持，这部电视剧就无法顺利问世，各位读者也就无缘看到这本书了。

购买此书的朋友，谢谢各位的捧场，咱们再会。

张旸

2011年冬，北京。

图书在版编目（CIP）数据

人是铁饭是钢 / 张旸著. ——北京：新世界出版社, 2012.5
ISBN 978-7-5104-2501-1

Ⅰ.①人… Ⅱ.①张… Ⅲ.①长篇小说－中国－当代Ⅳ.①I247.5

中国版本图书馆CIP数据核字(2011)第276887号

人是铁饭是钢

作　　者：	张　旸
责任编辑：	陈　琼　施玉环　杨韦倩
装帧设计：	八牛设计
版式设计：	唐晓林
责任印制：	李一鸣　黄厚清
出版发行：	新世界出版社
社　　址：	北京西城区百万庄大街24号（100037）
发 行 部：	（010）68995968　（010）68998733（传真）
总 编 室：	（010）68995424　（010）68326679（传真）
	http://www.nwp.cn
	http://www.newworld-press.com
版 权 部：	+861068996306
版权部电子信箱：	frank@nwp.com.cn
印　　刷：	北京中印联印务有限公司
经　　销：	新华书店
开　　本：	710×1000　1/16
字　　数：	260千字　印张：22
版　　次：	2012年7月第1版　2012年7月第1次印刷
书　　号：	ISBN 978-7-5104-2501-1
定　　价：	29.80元

版权所有，侵权必究

凡购本社图书，如有缺页、倒页、脱页等印装错误，可随时退换。
客服电话：（010）68998638